21世纪
世纪
年　度
报告文学选

2020 报 告 文 学

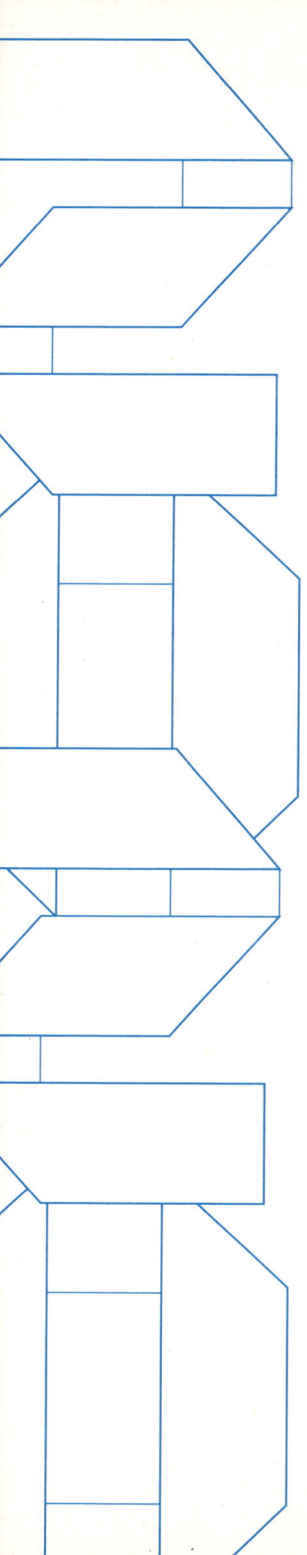

21世纪
年度
报告文学选

2020
报告文学

李炳银 编

人民文学出版社

图书在版编目（CIP）数据

2020报告文学/李炳银编．—北京：人民文学出版社，2021
（21世纪年度报告文学选）
ISBN 978-7-02-017004-3

Ⅰ.①2… Ⅱ.①李… Ⅲ.①报告文学—作品集—中国—当代 Ⅳ.①I25

中国版本图书馆CIP数据核字（2021）第038693号

责任编辑　李　宇
装帧设计　李思安
责任印制　任　祎

出版发行　人民文学出版社
社　　址　北京市朝内大街166号
邮政编码　100705
网　　址　http://www.rw-cn.com

印　　刷　三河市鑫金马印装有限公司
经　　销　全国新华书店等

字　　数　314千字
开　　本　880毫米×1230毫米　1/32
印　　张　13.125　插页3
版　　次　2021年4月北京第1版
印　　次　2021年4月第1次印刷

书　　号　978-7-02-017004-3
定　　价　49.00元

如有印装质量问题，请与本社图书销售中心调换。电话：010-65233595

出版说明

二十世纪八九十年代，我社曾编辑出版过小说、散文、诗歌、报告文学等各种文学体裁的年选本，其后，这项工作一度中断。进入新的世纪，我社陆续恢复编辑出版短篇小说年选、中篇小说年选、散文年选，对当年我国中短篇小说及散文创作实绩进行梳理、总结，向读者集中推荐，取得了良好效果，也为新世纪的文学积累做出了贡献。

报告文学敏锐及时地把握时代脉搏，反映社会生活。根据文学界人士和读者的建议，同时与小说年选、散文年选形成系列，我社又恢复编辑出版报告文学年选；编选范围原则上为当年全国各报刊上发表的报告文学作品，入选篇目的排列以作品发表时间先后为序。

我们希望年度报告文学选能够反映当年报告文学的创作概况，使读者集中阅读欣赏当年最优秀的报告文学作品。我们的努力是否达到了这样的效果，期望得到文学界和读者的批评和建议。

人民文学出版社编辑部

目录

- 001· 涧溪春晓（节选） 徐锦庚
- 052· 铁人张定宇 李春雷
- 069· 新时代的青春之歌（节选） 林超俊
  —— 黄文秀
- 115· 哈拉哈河 李青松
- 137· 为什么是深圳（节选） 陈启文
- 209· 无声之辩 李燕燕
- 257· 虎 啸 任林举
  —— 野生东北虎追踪与探秘
- 346· 山海闽东（节选） 许 晨

涧溪春晓（节选）

徐锦庚

初出茅庐

归鸿声断残云碧，
背窗雪落炉烟直。
烛底凤钗明，
钗头人胜轻。

角声催晓漏，
曙色回牛斗。
春意看花难，
西风留旧寒。

一首《菩萨蛮》，凄婉感伤，情深意挚，道尽李清照的满腹乡愁。

飘零他乡久矣，易安居士望归鸿思故里，见碧云动归心，惆怅寂寞，冷清孤单，只好寄情笔墨，抒发乡关之思，表达悲苦之情。

词人魂牵梦萦的故乡，就是济南章丘。

东出济南城，车行不远，南仰群山迤逦，脉连岱岳，倚鲁中山地；北望一马平川，腹衔黄河，接鲁北平原。"盖青济之喉襟，登泰莱之要冲"，山水相连，河湖交织，万木葱茏，景色如画：千年古邑章丘到了。

让词人魂牵梦萦的章丘，绝非等闲之地。

济南之名，缘于地处古四渎之一"济水"之南。其最早得名之地，就在章丘的龙山。

在龙山，可以翻阅中华8500年文明史。考古成果证明，史前文化，大致经过西河文化—北辛文化—大汶口文化—龙山文化—岳石文化5个阶段。这一史前文化发展谱系中的两个，即西河文化和龙山文化，首先在龙山发现并命名，而龙山的4处国家级和省级文化保护遗址（西河遗址、城子崖遗址、东平陵城遗址、焦家遗址），清晰呈现了中华文明的进程，表明龙山是中华文明的重要发祥地之一。城子崖遗址、西河遗址、洛庄汉王陵、危山彩绘兵马俑、焦家遗址发掘时，都曾轰动一时，分别列入当年"全国十大考古新发现"。从西河文化、龙山文化到商周文化、齐文化、汉文化，一直延续到唐宋文化、明清文化，序列完整，堪称中华文化和齐鲁文化的典型。

西河文化历时2000余年，在漫长的历史长河中，先民走出大山洞穴，离开茂密森林，选择龙山定居。这里丘壑连绵，古树成林，土地肥沃，河湖交错，水源充沛，气候适宜，水生动物丰富，自然环境优越。

章丘是中国陶艺之乡。8500年前，先民开启陶艺之路，以多沙泥质红陶为特征。距今6500年前，制成陶器"鼎""鬲"，在中国阴阳学说中，这是象征符号。距今5000年前，创制"黑陶蛋壳杯"，在中国工艺美术史上，这是巅峰陶器。中国古代传说中，有"黄帝以宁封为陶正""舜陶于水滨"的故事。然而，西河遗址考古发掘表明，这里最早的陶器实物，要比黄帝时代早三四千年。

章丘是中国农耕文明的摇篮。8500年前，先民相中"狗尾草"，选育驯化，培育成粟米，历数千年栽培，世代朝贡，至今仍广泛种植。这就是龙山小米。

章丘是工业文明发轫之地。8500年前，先民发明制陶工艺，制出大型陶壶，用以酿制"桑葚美酒"。5000年前，以粟米为原料，酿出中国第一杯"米酒"，传承至今。章丘铁匠始于春秋，兴于汉，盛于唐，历2700多年。春秋初期，章丘使用铁质农具，带动矿石采掘，产生铸锻行业。战国末期，成为中国冶铁中心，章丘铁匠名扬天下，制作的宝剑，2000年前就是名产，皇帝用于赏赐公卿重臣。而欧洲直到18世纪中叶，才用炒钢法冶炼熟铁。汉武帝有鉴于铁的重要地位，下令设立专门管理机构，全国设铁官48处，山东就有12处。其中一处，就在章丘境内东平陵，即今龙山街道办事处。《山东通志》载："唐时铁器，章丘最盛。"

章丘是中国最早的城市。8500年前，先民滨河而居，掘壕放水围城。6500年前，建成原始国家雏形，现"焦家遗址"。5000年前，建成亚洲首座大型城市——"城子崖古国"，城内道路首次尝试用"石灰面"修筑。3300年前，修筑首条"高速路"——"周道"。秦末汉初，兴建山东最大城市——"济南国"。

章丘是历史悠久的古城。从距今8500多年，到西晋永嘉（307—312）年间，龙山一直是济南乃至山东的政治、经济、文化中心。魏晋以前，济南的首府，就在章丘境内的东平陵城。隋开皇十六年（596），章丘设县。1992年9月,章丘撤县设市。2011年8月,章丘被民政部、联合国地名专家组中国分部评定为千年古县。2016年9月,国务院批准章丘撤市设区,成为济南市城区的一部分。

章丘以泉水著称。民间相传,济南以趵突为魁,有72名泉,对应72地煞星;章丘以百脉为冠,有36名泉,对应36天罡星。百脉泉直上涌出,百脉沸腾,状如贯珠,历历可数。墨泉高出地面半尺,其色如墨,四季喷涌,晶莹剔透,飞花四溅,隆隆有声。梅花泉五泉齐喷,如暗香浮动的梅花花瓣,"倒喷五窟雪,散作一池珠"……诸泉昼夜喷涌,汇流成河,环绕楼宇农舍,交融稻田荷塘,滋润风物稼穑。

泉水,已成章丘的根脉和灵魂,赋予其优雅的气质和生命的律动。

章丘自古多名士。丰厚的历史文化,孕育造就历代英才俊彦:战国时期阴阳家代表人物、五行创始人邹衍,"尽言天事",创立"五德终始说"和"大九州说"。西汉东平陵的王莽,被看作"周公再世",称帝"新朝",推行改制。唐朝名相房玄龄,辅助李世民,"筹谋帷幄,定社稷之功",成就"贞观之治"。宋朝一代词宗李清照,独创"易安体",流芳百世,享誉"千古第一才女";其父李格非,也是北宋文学名流。元代张斯立、张友谅叔侄先后居宰相位,刘敏中、张养浩、张起岩不但官位显赫,在文学方面也各领风骚。明代戏曲家李开先,被誉为"嘉靖八才子"之一。清代"辑佚"大家马国翰,一生辑书千卷,泽被后世;刑部郎中李慎修,刚正不阿、疾恶如仇,史称"白脸包公"。近代商业资本家孟洛川创建"瑞蚨祥",以德为本,以义为先,以义制利,"祥"字号遍布全国,开创股权激励和连锁经营之先河,成为中国近代民族商业资本萌芽的标志,毛泽东称"历史的名字要保存,瑞蚨祥一万年要保存"。这些人中豪杰,薪火相传,一脉相通,留下璀璨夺目的华章,为推动社会发展贡献卓著,也为章丘积淀深厚的文化底蕴。

站在新时代起点上，现代章丘人秉承先贤，锐意进取，敢闯敢创，善作善成，正在谱写新的历史篇章。

这里讲述的，是一位女性和一个村庄的故事。

一　回娘家

这个故事，应该从那场运动会说起。

那是1994年秋天，章丘市明水镇举办农民运动会。主席台上，端坐着镇领导，当中是镇党委书记林子祥。

运动员分5支方队，鱼贯而入。前4支队，队伍松散，步伐凌乱，有的挺胸凸肚，有的抓耳挠腮，有的交头接耳，有的东张西望，像群散兵游勇。林子祥皱起眉头。

"一二一，一二一！"突然，入场口响起口令声，是个大嗓门，有些尖细，显然是女性的声音。大家伸长脖子，朝入场口张望。这时，一支方队走进场，统一穿着运动服；领头的年轻女子，身材高挑，浓眉大眼，短发及耳，显得格外精干。她的身后，是群青年男女，肤色黝黑，动作粗犷有力。

走到主席台前时，女子一声令下："向右——看！"便举手向主席台敬礼，脚下踢起正步；与此同时，队员们齐刷刷望向主席台，正步整齐划一，胳膊孔武有力，一板一眼，煞有介事，仿佛是阅兵队伍。

一看这阵势，林子祥咧嘴乐了，问身边的镇教委主任："这个女的是谁？"

"是王白中学的代课老师，叫高淑贞。"教委主任回答，"她既是领队，也是教练。这支方队，是10个村的农民代表，她一手调理的，很认真。"

"这样的能干事！"林子祥频频点头，"她在学校表现咋样？"

"不孬！是典型。"教委主任满意地说，"在我们农村中学，别说民办教师，就是公办教师，入党也很困难。她去年就破格入党了，很不容易，如果不是成绩突出，是不可能的。"

"噢。"望着台下的身影，林子祥若有所思。

明水镇下辖5个管理区，每个管理区各管10多个村。第二年冬，王白庄管理区党总支书记郭强来到学校，找高淑贞谈话。郭强也是教师出身，曾经教过高淑贞。

"淑贞，想换份工作不？是项光荣的工作。"郭强开门见山。

"啥光荣工作？"高淑贞有点诧异，"当老师挺好的，我很喜欢。"

"领导相中你了。"郭强歪着头，笑眯眯地卖起关子。

"相中我？"

"还记得去年的运动会不？"郭强兜出底子，"林书记注意上你了，想让你回娘家村当支书，你去不？"

"去！"高淑贞磕巴都不打，快言快语，"我非得把这个村治好，也给娘家人长长脸！"

"不过，"郭强打起预防针，"你娘家村可不好干，底子薄，可能会遭人欺负哩。"

"那怕啥？谁敢欺负我，我就同谁打！"高淑贞头一甩，袖一撸，"小时候，男同学欺负我姐，我把他摁在地上揍！"

"哈哈哈！你这个女汉子！"郭强两手一拍，"年底村两委换届时，你就上任！"

高淑贞生于1965年，兄弟姊妹8个，她排行老六，上有四姐一哥，下有一妹一弟。她该感谢父母，如果不是父母重男轻女，一心想再要个儿子，她也到不了这世上。为啥想多个儿子？就是怕被人欺负。因为父母被欺负怕了。

父亲高家民，排行第三，上有俩哥。16岁时，国民党军队抓壮丁，要把他二哥高家林抓走。那年，高家林18岁。家里正缺劳力，当爹的寻思，老三还小，派不上用场，不如让他顶老二，出去混口饭吃，于是借口老二有病，四处托门子，居然办成了。高家民当了两年挑夫，没少吃苦，发育后身材高大，模样也俊，上司甚喜欢，让他扛枪当兵，还送他进中美特训班。

1948年，高家民所在部队吃了败仗，沿济青铁路，往青岛撤。一天夜里，火车开到一个车站，停下休整。一打听，说是昊家坡站。高家民一激灵，这不是家门口吗？瞅准一个空当儿，一猫腰，钻进谷子地溜了。炮楼里的哨兵发现后，朝他开枪，子弹跟在后面，嗖嗖地撵。高家民慌不择路，把腿摔断了，但不敢歇息，连滚带爬，逃过一劫，侥幸捡了条命；不敢回家，跑到大哥的女儿家，躲在炕洞里，直到队伍开拔。

这段传奇，"文革"时却成罪状，他被打成"历史反革命"，经常挨斗，家人苦受牵连。二哥高家林先是躲到东北，最后含辱自杀。几个大一些的孩子也跟着遭罪，不能当红小兵，不能入团，只读到初中就辍学了。

小时候，高淑贞问过爹，你怨人家不？父亲呷了口茶，眯着眼，缓缓回答："打仗死了多少人？这一片儿，一起出去的好几个，就我一个回来。我已经很知足喽！不怨天，不怨地。"所以，生产队长无论派他啥活，他都很顺从。

"文革"结束后，高家民看到了希望，让闺女帮他写申诉信，诉说自己的冤屈。这样的申诉信，高淑贞不知写了多少封。直到1980年，父亲终于被平反，戴了十多年的"帽子"，终于摘掉，高家终于摆脱厄运，抬头做人。

高淑贞一路读到高中，体育成绩很好，是济南市高中女子乙组5公里竞走冠军，"三铁"（铅球、铁饼、标枪）项目都是第三名。1987年，她高考落榜，赶上县里招聘农村代课教师，顺利入选，被招到明水镇王白中学，担任体育和生物老师。后来，与校团总支书记赵云昌相恋，1988年冬结婚。

高淑贞十分珍惜这份工作，表现很好。学校进小偷时，她不顾危险，一马当先，力擒盗贼。有年冬天，淘气的孩子玩火，把铁路枕木点着了，她带着学生扑救。学校安排她当动物学、植物学老师，她开动脑筋，把课讲得灵活生动。很快，她就脱颖而出，担任学校团总支书记、片区少先大队辅导员，被评为优秀教师；得到组织的认可，1993年5月入党，进入校委会；随后又被评为山东省"新长征突击手"，荣获山东省"青春立功"一等功。

镇党委见她是棵好苗子，有意栽培她，将她树为优秀共产党员典型，安排在大会上发言，最后决定让她到村里任职。

高淑贞有个5岁的女儿，这时候按政策怀上第二胎，刚6个月。赵云昌担心："你挺个大肚子，行吗？30岁的人了，好好带孩子得了，瞎折腾啥？不怕别人笑话你？"

"我身体棒着呢，哪这么娇贵？俺娘那时怀着孩子，快生了照样拉沟子种麦子，也没啥事。"高淑贞笑嘻嘻地说，"我没当过官，不知道当官的滋味，想去过把瘾，你甭管。"

"喊，官迷。"赵云昌撇撇嘴，"受了委屈，别哭鼻子，我可帮不了你，自己找罪受吧。"

"受委屈？"高淑贞一拍胸脯，豪气干云，"我是受委屈的人吗？

你放心，我决不会求你。我可说好了，你干你的，我干我的，你不许干扰我。一言为定！"

"行，行，一言为定。"赵云昌苦笑一声。

高淑贞的娘家村，叫东太平。高淑贞的父亲头脑活络，在割"资本主义尾巴"的年代，就偷偷做小买卖，家里是最早的万元户。母亲性格豪爽，古道热肠，学了姥姥一手针灸、接骨的绝活，谁有个头疼脑热，请母亲扎一针就好；谁家生孩子，都会请母亲接生。可惜，母亲患了尿毒症，去世早，没来得及把绝活传给孩子。不过，她豪爽泼辣的性格，全部传给了高淑贞。

1996年元旦过后，郭强送高淑贞上任。到了村里，郭强要开党员大会，费了好大劲，才把党员叫齐。村部是3间平房，低矮破旧。高淑贞同大家见面，她原以为，都是乡里乡亲的，抬头不见低头见，大家会很热情。没想到，一见面，心就凉了半截：说是党员大会，其实仅有7名党员，个个蔫头耷脑，像霜打的茄子。

郭强宣布："经明水镇党委研究决定，任命高淑贞同志为东太平村党支部书记。"说罢，他带头鼓掌。高淑贞也跟着鼓，鼓了两下，发现不对头：在场的人，大多表情麻木，无动于衷地坐着，有的低头吸烟，有的交头接耳，还有的阴着脸，头扭向一边；只有两位老人，面容和善，一位微笑点点头，另一位举起手欲鼓掌，见别人不动弹，也放下了手。

郭强有些尴尬，干咳一声，说道："大家有什么意见？可以提提。"

阴脸扭头的那位，年近60，鼻子里"哼"一声，满脸不屑。他叫高文山，原是煤矿职工，退休后回村养老。

中间几位，分别叫刘秉信、高宝清、高绍雨、高绍武、高绍伟。

微笑点头的老人，便是刘秉信。另一位欲鼓未鼓的，叫苏士华，也是煤矿退休职工。

毕竟是娘家村，高淑贞还是了解的。除了刘秉信是老支书，任职多年，其他几个，任职时间都不长，都是干不下去，被迫辞职的。最后一任是高绍伟。也就是说，除2名退休工人外，全村5名党员，都轮流当过支书。高绍伟辞职后，村里实在选不出人，镇党委只好委派高淑贞。

见大家不吭声，郭强皱起眉头："俗话说，火车要有车头带，致富要有领头羊。咱村没了领头人，人心都散了，工作停滞不前，老百姓怨声很大，要尽快运转起来。你们都是共产党员，要服从组织决定，积极配合高淑贞同志，把工作抓起来。"

说罢，郭强挨个点名，一遍遍问："你有意见吗？"

被问者只好逐个表态："没有。"

问了一遍后，郭强一锤定音："都没有意见是吧？那好，通过！"

这一切，高淑贞看在眼里，但她不动声色，只是表态："我是镇党委派来的，不是我自己来的。我回到娘家村，还指望娘家人支持。"说到这里，她指着高宝清，"哥哥，还需要你支持呀。"

高宝清讪笑："那是，那是。"他是高淑贞的本家。

高淑贞转向刘秉信说："秉信，虽然你叫我小姑，但你是老支书，也是老教师，我没有经验，不会干，以后你要多教教我。"

刘秉信点点头，欠欠身，笑了笑："哪里，哪里，只要为大家伙干，都要支持。"

在东太平村，高氏家族的辈分中，高淑贞是"寿"字辈，比"绍"字、"兆"字大一辈。在座的，虽然年龄都比高淑贞大，但论辈分，都得喊她姑。所以，对他们，高淑贞换了一种口气，冲着高绍雨、高绍武、高绍伟说："你们几位，都当过支书，知道这个滋味，你们可不能给我出难题!"

几个人只得说:"哪能,哪能呢,谁也不好意思的。"

高淑贞知道,苏士华老实巴交,所以只对他笑笑,没有提要求。苏士华也赶紧朝她笑笑。

至于高文山,高淑贞自始至终没有搭理。她知道此人性格,向来自视清高,谁也不放在眼里,更瞧不起女性。自高淑贞进屋后,他不要说正眼看一下,连眼皮也未抬过。高淑贞明白,对这样的人,越把他当回事,他越会飘起来,不如晾一边,当他不存在。

见高淑贞停下来,郭强问:"说完了?"

高淑贞说:"完了。"

"那好。"郭强站起身,"会议到此结束,散会。"

这时,高淑贞注意到,高文山肩膀抖动了一下。

走马上任第一天,高淑贞有些失望。她原以为,当支书是件风光的事,她又是从村里出去的,娘家人会笑脸相迎。没想到,迎接她的,竟是一瓢冷水。她这才回过神:捧了一个烫手山芋。转念一想,自己太天真了,如果这个支书吃香,镇党委会想到她吗?

高淑贞从小就要强,虽然有些失望,但没有退缩,暗暗给自己打气:过河卒子无退路,只有头拱地,往前冲!

二 释印把

党员会结束后,接着开两委会。高宝清、高绍雨既是支部委员,也是村委会委员。村委会班子中,还有两名非党委员:一个叫高荣青,女的,计生干部;一个叫刘星田,村会计兼文书。高荣青进屋时,冲高淑贞笑笑,说了声"来了",便坐在角落里。刘星田进屋后,招呼也不打,一屁股坐下,掏出香烟,点着,顾自吸着,眼皮也没抬。

郭强宣布镇党委决定后,照例问高荣青和刘星田,你俩有啥意见?高荣青很干脆,说没意见。刘星田只顾吞云吐雾,并不吭声。

郭强直接点名:"星田,你呢?"

刘星田鼻子"哼"一声,撂出一句:"谁干都一样。"

高淑贞一愣,仔细打量刘星田,见他五十开外,两眉深锁,颧骨高耸,眼睛微眯,烟在唇间抖动,衣襟尽是烟灰;脸藏在烟雾中,冷得像把刀子,显得高深莫测。她心里一颤,知道遇上硬碴儿了。

高淑贞想,要干事,得先把班子的心拢一拢,连着开了几次会。头两次,她挨个登门通知。后来,她让人捎话,别人都来了,唯独不见刘星田。她只好再上门请,一请二请,竟惯成毛病:开会时,须得高淑贞亲自上门请,否则他不参加。

本来,高淑贞以为,高文山会给她使绊子。过了些日子才知道,他的能耐全堆在脸上,在村里没啥根基,也没啥地位,就像小河沟里的泥鳅,掀不起大浪。真正的对手,竟是高深莫测的刘星田。

东太平是小村,只有100多户,共300多口人,原属官道店大队,后来分出来。刘星田自年轻起,就在官道店大队当会计,资格比刘秉信还老。东太平村支书像走马灯,他却岿然不动,可谓树大根深。不过,他有"命门":爱赌。所以,一直没有入党。

别看刘星田不是党员,更不是支书和主任,却是"最高实权者"——管着村两委的公章、全村土地资料、全村人的户籍册。

农村的公章有多重要?一句话:掌管村民生老病死。娶亲嫁女?先盖章;妇女生娃?先盖章;娃要上学?先盖章;儿想当兵?先盖章;杀猪卖肉?不盖章,开不出防疫证明,甭想进市场。

照理说,管公章的人,只是保管员而已。盖不盖、啥时盖,应该听村支书、村主任的。但在东太平村,公章成了刘星田的私货,平时锁在家里，钥匙挂在腰上。谁想盖章，得看刘星田心情。如果他心情不好，即使村支书、村主任同意，他不掏钥匙，谁说也白搭。甚至有时管理区书记、主任上门，他照样不给盖。更过分的是，村民每盖一次章，他都要收2元钱。理由是村里没给他发工资，盖章会耽误他工夫。村民恨得牙痒痒，当面却不敢得罪，只能赔笑脸。

有一次，有户村民孩子考上中专，报到前需要开户籍证明。这天晚上，村民来盖章。刘星田家的门关着，里面亮着灯，传出几个人说话声，听得出是在打牌。然而，无论怎么叫门，里面就是不开。第二天早上孩子就要出发，村民急了，连叫带擂。这下惹恼刘星田，开门破口大骂。两户人家撕扯起来，最后闹到管理区。

高淑贞上任后，也尝到求他盖章的滋味：村民需要盖章时，她得领着村民上他家——无论是她盖章，还是管理区盖章，都须登他家门，赔着笑脸说好话，看着他拉着脸，掏出钥匙，打开橱子，取出公章，慢悠悠盖上，从不让别人碰到章。整个过程，就像他在施舍于人，公章俨然成其私有财产。这个过程，于他是权力的享受，于人却是人格轻慢，甚至是侮辱。只有一点不同，村民盖章须付费，高淑贞或管理区盖章时，他没有开口要钱。

前几任支书之所以如走马灯，与他也有直接关系。支书想办的事，凡是不合他意的，他一概不配合，把支书架空；至于其他村干部，更是被他牵着鼻子走。

以前，村办公室破败不堪，村干部很少来办公，遇事都是到家里商量。高淑贞上任后，将办公室拾掇一番，要求大家集中办公。其他人来了，唯独刘星田不来。高淑贞说了几次，他当耳边风。高淑贞有事时，只好上他家商量，倒像他是领导似的。为这，高淑贞心里憋屈，强忍着。

1996年3月，高淑贞剖腹产，生下第二个女儿，休息40天，就急着上班。这年夏天，农村开始整理土地资料，为来年的第二轮土地调整做准备。全村档案资料都在刘星田手里，村民需要频繁盖章，又遇到盖章收费的事，村民怨声载道。高淑贞决定找刘星田谈谈。

这天中午，高淑贞登门。刘星田刚吃完午饭，端着一杯茶，正嘬着牙，见高淑贞进来，抬抬下巴："坐。"

高淑贞在他对面坐下，和颜悦色地说："星田哥，你盖章收费的事，村民反映到管理区了，你不能再收了。盖100个章才多少钱？影响不好。今后工资会有的，钱比这多多了。"

刘星田沉下脸，茶杯重重一搁，气鼓鼓地说："一分钱工资都没有，咋过？以后不收就是了。"

见他这么爽快，高淑贞有点意外，很高兴，寒暄几句就告辞了，边走边想：人家虽然有情绪，觉悟也不算差，只要同他讲明白道理，他还是能接受的。看来，以后要同他多沟通。

高淑贞高兴早了。自那以后，刘星田确实没再收费，但也不办事了。村民来盖章，他说要出门赶集，没时间。晚上，村民来敲门，他明明在家，就是不开门。

高淑贞想，不能再拖下去，必须解决，就向管理区副书记郭伟宏汇报，要把公章收回来。

郭伟宏沉吟道："他管了几十年，你要收回来，他会刁难你的。"

"我不怕。"高淑贞头一扬，"他如果刁难我，我就同他干！"

"他不给咋办？你又不好抢。"郭伟宏有点担心。

高淑贞想了想，说："我有个方案，不过，得管理区支持。"

郭伟宏来了兴趣："你说说，只要合理，一定支持。"

高淑贞如此这般，说了"计谋"。郭伟宏频频点头。

这天,高淑贞来到刘星田家,对他说:"星田哥,管理区通知我,要审计呢。"

刘星田抬头问:"审计啥?"

高淑贞说:"我来半年了,要审计我的账目呢。"原来,高淑贞上任时,明水镇拨了10万元,用于东太平村的建设,包括修路、架电等。

刘星田皱起眉头:"我都一笔一笔记着呢。我记了30多年账,从没听说要审计。咋的?信不过我?"

高淑贞说:"那倒不是,这是新制度。以前,村里穷得叮当响,想审也没啥可审。现在,不是有10万元吗?按规定,是要审计的。明天,你把账本儿和公章拿到管理区去。"

管理区设有会计、文书和计生干部,管着10个建制村。每个月,各村会计都要去报账。

听说是管理区的要求,刘星田不敢违抗,有点不情愿,嘟囔道:"就这几笔账,我记得明白着呢,闭着眼睛都背得下来,看他们能审出个啥!"

管理区收到账本儿后,委托街道审计站,还真审计了一遍,出具了一份审计报告。过了些日子,管理区通知高淑贞,说审计好了,把账本儿拿回去。高淑贞取回账本儿后,交给刘星田。刘星田"咦"了一声:"咋只有账本儿?公章呢?"

高淑贞说:"管理区说了,公章统一管理,今后村民要盖章,我到管理区去盖。我有摩托车,去一趟很方便,反正也不远,你也省事了。"

刘星田张了张嘴,没发出声音,愣了半晌,双手一背,低着头走了。

几天后,刘星田来找高淑贞,气呼呼地质问:"我问过别的村了,公章都在村里呢,为啥咱村的公章要上交?"

高淑贞早就想好说辞:"别的村支书都是本村的,我是外面派来的。管理区要加强对我的管理呀。"

刘星田无言以对,悻悻离去。

从那以后,村民要盖章、开证明时,高淑贞腋下冒烟,即去即回,一手代办。这对高淑贞来说,工作量大了,但她很乐意,因为她巧妙地夺回了权力,也化解了矛盾,理顺了关系,村民们很满意。

这事传到林子祥耳朵里,他朝高淑贞竖大拇指:"淑贞,兵不血刃,高!"

不过,刘星田从此与她结怨,放风说:"我干了这么多年会计,从来没有哪个书记敢'咋几'(济南方言,意即'怎么着')我,就她能!"平时便消极怠工,经常找借口不参加会议,土地调整需要查找资料时,不时甩脸色给她看。

高淑贞一直憋着,心想:这是娘家村,抬头不见低头见,尽量维持着;万一撕破脸,将来就不好处了。

就这么疙疙瘩瘩着,到了第二年秋天。

有一天,村里要商量土地调整的事,高淑贞照例上门请刘星田。以前,刘星田都是找借口推。这次,他干脆连借口也不找了,直接说:"咋又开会?我没空!"

高淑贞说:"星田哥,你是会计,又是文书,你不参加,会没法开呀。"

刘星田梗着脖子说:"你不是能吗?我不干了,你爱咋干就咋干!"

高淑贞等的就是这句话,当即就坡下驴:"你不干可以,把账本儿交出来,我另外找人。"

刘星田以为，村里除了他，没人能干这活，本想刁难一下，没想到高淑贞这么说，气得跳起脚："好你个小玲玲（高淑贞小名），我知道你早就想换我了，终于说出来了。"

高淑贞不动声色："这可是你自己说的，我尊重你的决定，不让你为难了。"

刘星田不甘被免，与高淑贞几番较量，最终败下阵来，极不情愿地交出账本儿。

村里有个年轻媳妇，叫高玲，是刘星田本家亲戚，高中毕业，嫁到东太平村。高淑贞看她责任心强，愿意为村里做事，是棵好苗子，就有意栽培她，让她当会计和文书，还培养她入党。

三　清路障

高淑贞每次进出村，最头疼的是村外小道。

进出东太平村，须经过官道店村。以前同属一个大队，没觉得咋样，外出机会不多，活动范围限于本大队。分开独立为两个村后，去官道店办事少了，外出时再经过官道店，就显得绕道。于是，在官道店村外，东太平修了条生产路。所谓生产路，就是下地干活的路。要修生产路，就得占官道店的地。当年，为了修这条生产路，东太平没少和官道店磨叽，好在原先是一个大队，又都是集体的地，难度还不算太大。包产到户后，哪怕是让出巴掌大的地，农户也像是割自己的肉，没那么容易。

这是条土路，坑坑洼洼，步行时三步一晃，骑自行车经常摔跤。若遇雨天，更是泥泞难行，进出须穿雨鞋。高淑贞有辆摩托车，雨天不要说骑，连推都推不动。最初建生产路时，路基有6米宽，几十年下来，沿路两侧的农户，把弃之不用的砖石、瓦砾，随意堆在路旁，秸秆、农家肥一堆挨一堆。甚至还有种上桃树的，不断挤占路面，最窄处只剩一两米。别说汽车，拖拉机都无法通行，搬运个东西，只能肩扛板车推。

"新官上任三把火"，高淑贞走马上任后，烧的第一把火，就是修路，恢复原先路基。

要修路，就得先清障。别看尽是些垃圾，在农家眼里，就像鸡肋，食之无味，弃之可惜。沿路的地，大多是官道店的，要清障，须同官道店村打交道。高淑贞找到官道店村村支书李学进。李学进有些为难："都是村民自个儿的，我说了不算。要砍掉桃树，你们得赔偿哩。"

高淑贞不以为然："这是人民公社留下的路，路上咋能种树？要赔，让他们找我。"

"你就看着办吧。"李学进两手一摊，"我管不了，修路我没意见，只要老百姓愿意就行。"

两个村沾亲带故的不少。高淑贞发动村民，给官道店的亲友传话，说村里要撒灰线修路，让他们把自家的东西挪走；逾期不挪走的，村里将清运走。多数村民通情达理，也希望路能拓宽，他们上地也方便，所以能挪的都挪走了，用不上的就说不要了。随后，高淑贞找到附近的三号井煤矿，借来铲车，又从婆家雇来拖拉机，清运垃圾和杂物。

只有一户村民，就是种桃树那位，外号"小黄鼬"，要求一棵树赔500元，总共六七棵，须赔3000多元。村里穷得叮当响，哪有钱赔？高淑贞托人说了多次，"小黄鼬"梗着脖子说："不赔钱？甭想从这里过！"

"小黄鼬"为人强势，"文革"时没少折腾人。有一次批斗老支书，他把滚烫的糨糊涂在大字报背面，呼地一下贴在老支书后背上，烫得老支书惨叫连连。平时,村民都让他三分。

　　高淑贞打听清楚后,找高宝清、高绍雨、高荣青商议。在场的,还有高志广。高志广比高淑贞小一辈,叫她姑,人高马大,性格豪爽,好打抱不平,对高淑贞很恭敬。高淑贞上任后,村里有些人斜眼瞧她,有不服的,有不屑的。高志广听到风声,力挺高淑贞:"小姑,别听别人瞎吵吵,你只管干,咱支持你!"高淑贞说:"你跟着我干不?"高志广声高八度:"干!"高淑贞当即说:"行!你就给我当助手!"高志广爽朗回答:"行!"开始修路后,高志广就跟着跑腿。

　　听说"小黄鼬"耍横,高志广拍拍胸脯说:"小姑,这事好办,包在我身上!"

　　高淑贞乐了,知道他好喝几口,遂买来两瓶白酒,还有几样熟猪下货。落晚后,叫上高宝清、高绍雨,又拉上自己哥哥,上门犒劳高志广。高志广忙叫媳妇炒几个菜,几个人吱溜起来。

　　几杯酒下肚后,高淑贞停下筷子:"志广,你有啥好主意?这事不能再拖了。"

　　高志广酒杯一蹾,眨眨眼:"重赏之下,必有勇夫。"

　　"你想啥重赏?"高淑贞以为他提条件。村里一穷二白,拿啥去赏他?

　　"就赏这!"高志广端起酒杯,晃了晃,杯里尚剩半杯酒,盯着高淑贞,"小姑,我透了,你透吗?""透"是喝净的意思。

　　哥哥连忙拦阻:"你怀着身子呢,别喝了。"

　　高淑贞还有大半杯,足有一两多。她略一犹豫,端起杯,同高志广一碰,脖子一仰,杯子见底。

　　"爽快!"高志广喝一声彩,也一干而尽。

　　高淑贞放下杯子,抿抿嘴说:"志广,这条土路,老百姓已经吃够苦头，我想给村里铺条柏油路，没想到第一步就迈不开，我急啊。你别卖关子了，有啥好主意？快说说。"

高志广拿起酒瓶，给高淑贞斟满，慢条斯理："这你别管了，今晚只管喝酒，明天早晨看结果。"

第二天上午，咣咣咣！一阵破锣声，伴随着叫骂声，打破东太平村的静谧。村民开门一看，原来是"小黄鼬"，一手拿脸盆，一手拿木棒，边走边敲，边敲边骂，话语不堪入耳，尽是恶毒诅咒。

开始，村民莫名其妙，听了一会儿，终于反应过来：那六七棵桃树，昨晚不知被谁砍了，齐刷刷地躺在地上！

高淑贞家在王白庄，平时早出晚归，上午进村，听说此事后，抿着嘴偷乐。

过了几天，"小黄鼬"找上门来，怒气冲冲，要高淑贞赔偿。高淑贞装糊涂："是谁砍的你找谁去，关我啥事？"

"小黄鼬"瞪起眼："就怪你，你不修路，别人咋会砍？"

高淑贞端起茶杯，喝了几口水，慢悠悠放下杯，瞅着他："那是我们全村人走的路，你种树挡道，还有理了？人家在你家门口种树，你会乐意？别说我不知道是谁干的，就算是我们村里人干的，也不会赔你一分钱。"

"你等着瞧，我就不让你蹚路！""小黄鼬"气得一蹦三尺高，撂下这句话，甩手而去。

几天后，"小黄鼬"又种上小树苗，东太平的村民气不平，趁夜把树苗拔了。"小黄鼬"改种蔬菜，村民路过时，故意踩踏蔬菜。来来回回，反复较量多次，拖延了3个多月。为避免冲突，高淑贞叮嘱，留下一个豁口，先平整其他路基。路基全部平整后，这个豁口像个癞疮疤，特别刺眼，过往村民路过此处时，都要痛骂"小黄鼬"。官道店的村民下地，看到这个豁口后，也在背后议论"小黄鼬"。"小黄鼬"见惹了众怒，脸上挂不住，不再那么嚣张。

第二年开春，高淑贞张罗铺柏油路，让施工队刨掉桃树根，在豁口处填上石砟压实。"小黄鼬"胳膊拧不过大腿，尽管愤愤不平，却也无可奈何。

高淑贞挺着大肚子，天天泡在工地。站久了，腿脚肿得很粗，鞋都穿不上。婆婆不乐意了，埋怨她："为了一条路，要把孩子搭上咋地？"逼着儿子，硬把她拽到医院。

住院一检查，羊水都快没有了。医生皱起眉头："怎么才来住院？再晚点，孩子保不住了。"紧急实施剖腹产。

因为惦记着铺路，产后40天，高淑贞就执意出院，抱着孩子上工地。

柏油路铺好后，全程6米宽，与外面的公路相连，汽车直接进村，村民纷纷说好。高淑贞想，建设新农村，先要让路四通八达。她一鼓作气，在村庄内外继续修路。

村外有段水渠，200多米长，渠旁有上百棵梧桐树，是官道店村民栽的，占的是公家荒地。要拓路，须伐树。东太平村贴出告示后，官道店村民自知不占理，见"小黄鼬"也不是对手，知道惹不起，都自觉砍掉。想讹一把的人，不敢自讨没趣，也缩了回去。至于本村各家门前的树，只要阻了道的，都纷纷自伐。

东太平村的西侧，有个侯家庄。两村之间有条生产路，原先也是6米宽。路两侧耕地的主人，眼热那点路面，你一锹，我一镐，将路面刨成耕地，致使路面只剩2米多宽。高淑贞要把被占的路面收回来。不过，伐树还好，要想还地于路，就没那么容易了。

第一户是高兆海，原先是农民，后来顶替当了教师，老婆孩子仍在村里。头年冬天，高淑贞早早打了招呼，让他少种两垄麦子，腾出两垄地，来年开春后要修路。毕竟是老师，高兆海还算讲理，说多占的地可以退出来，但如果占他的地，就要就近调给他。

高淑贞说，可以按亩均600斤麦子、800斤玉米，折价赔给他，但高兆海不同意，坚持要补给他地。高淑贞想，来年将开始第二轮土地承包，需重新调整承包地，就答应了。

第二户是刘星田。他本来心里就有气，要从他碗里刨食，岂肯善罢甘休？开始，他让母亲和妻子出面，拔掉村里砸的木桩，坚决不让动他的地。后来，他也像高兆海那样，要求补给他相邻的地。

高淑贞来到地头，用脚丈量刘星田的地，共有190多步。这一丈量，发觉不对劲。她估算，刘星田的地南北长约180米，但查阅地亩账时，刘星田地的南北长度是150米。于是，她找了几个村民，重新测量刘星田的地，长度是181米！

明眼人一看就明白，刘星田这是以权谋私。第一轮土地承包时，就是在他手上丈量的。显然，他当年作弊了，十多年来一直贪占着。

这事惊动了管理区，找他谈话。这下子，刘星田慌了，乖乖吐出两垄地。有些村民不服气，私下找高淑贞，要求处理刘星田。高淑贞说："乡里乡亲的，天天生活在一起，抬头不见低头见，别太较真，让他家抬不起头。既然问题已解决，得饶人处且饶人，就别再追究了，冤家宜解不宜结。"

迎面而来的拦路虎，一个个被拱开。在高淑贞的奔波下，东太平村四周的路，越来越宽，越来越多。村内的断头路，也修成环形路，越走越顺畅。

从跬步出发，高淑贞开始千里之行。

四 拔穷根

东太平村不太平。

东太平是个穷村，村民除了务农就是在附近的煤窑、黏土矿打工。这些土窑小矿，安全得不到保障。煤窑常发生瓦斯爆炸，黏土矿也常坍塌，村民经常横死。高淑贞上任后就处理过多起伤亡事故。

1996年夏天，有天夜里，高淑贞给孩子喂完奶，正在沉睡中，大门被擂得咣咣响。半夜三更，这样的声音令人恐怖。夫妻俩被惊醒，赵云昌问："谁啊？"

门外传来女人的哭腔："高书记在吗？我家男人被车撞死了！"

高淑贞心里一沉，一骨碌起床，穿衣开门。门刚打开，一个妇人撞进来，扑通一声，跪在地上，号啕痛哭："高书记，这可咋整啊！你要帮帮我啊！"

因动静太大，孩子被吵醒，哇哇大哭。赵云昌连忙哄孩子。

妇人哭诉道，自己男人叫郑善铎，两口子本来有俩儿子，两年前，大儿子在瓦斯爆炸中烧死。为养家糊口，男人到外村瓦窑打工，刚才去上工时，在路上被车撞死了，肇事车也跑了。

高淑贞一听，扭头对丈夫说："孩子交给你了。"取了摩托车钥匙，对妇人说："走！"

出了门，高淑贞载着妇人上路。深夜漆黑一团，道路高低不平，高淑贞很少夜里驾车，一路提心吊胆。

路上，妇人告诉高淑贞经过：小儿媳妇也在瓦窑打工，晚上上工时，骑电瓶车走在前面，她男人骑自行车在后。接班时，工友问小儿媳妇："你公公爹呢？"小儿媳妇说："来了呀，就在我后面呢。"又过不短时间，工友觉得不妙："这么久没到，不会出啥事吧？"几个人沿路寻找，赫然发现他倒在路边。小儿媳妇赶回家报信，儿子夫妻俩往出事地点赶，她便来求助高淑贞。

出事地点在济青公路上。高淑贞用摩托车灯一照，顿时头皮发麻，全身汗毛直竖：郑善铎血肉模糊，横尸路边，半个脑袋没了，地上一大摊血。这样的惨象，即使白天也令人毛骨悚然，何况是在半夜？高淑贞吓得腿都软了。郑家人则哭得死去活来。

若是过去，目睹这样的惨景，高淑贞可能远远避开了。可是，现在不行啊，她是村支书，是村民的主心骨呢，得揽起这事。她抹了把泪，问在场的工友："报警了没？得找车运走，不能躺在路上。"

"咋报？"几个工友傻傻站着，早已六神无主，束手无策。

那时，手机还没普及，只能找座机。高淑贞想了想，说："我去找电话吧，你们在这儿守着。"三四里外，就是王白管理区，她独自一人，揣着恐惧，脑袋里晃着死者的惨样，骑着车，摸黑赶到管理区，叫醒值班室门卫，打通110、120。

那天晚上，高淑贞一夜没合眼，也没回家。第二天，既要处理后事，又要安慰死者家人，直到夜里10点才回家。她正在哺乳期，一天半没给孩子喂奶，奶水涨得厉害，胸襟都湿透了。

还没进家门，就听得孩子哑着嗓子哇哇哭。进门一看，赵云昌抱着孩子，正在屋里打转转，满脸焦灼。见了她，没好气地说："你还要这个家吗？你知道孩子哭多久了？喂啥都不吃！"

高淑贞已经近24小时没合眼，浑身累得像散了架，恨不得立刻躺在床上。听到丈夫抱怨，无名火腾地上来，本想回敬几句，可看到孩子哭哑嗓子的模样，又很心疼；接过孩子，坐到角落里，边给孩子喂奶，边抹眼泪。

看到妻子的狼狈样，赵云昌立马心软了，歉意地说："我给你下面条吧？肯定没吃饭，我也没吃，一块儿吃吧。"

高淑贞再也忍不住，嘤嘤哭出声来。正在吮奶的孩子停了下来，忽闪着大眼睛，好奇地盯着妈妈。

过了会儿，赵云昌端着面条出来，柔声说道："你来吃点吧，我知道你累了一天。我只是心疼孩子，没有责怪你的意思。昨晚你走后，我就没合过眼，一直在挂挂（方言，意为'牵挂'）着你。若不是照顾孩子，我肯定会陪你去。当村官事太多，啥事都找你，太累了，干脆别干了，回来当老师多省心。"

"你别扯后腿。"高淑贞抹把泪，叹了口气，"你不知道她有多可怜！连遭天灾人祸：前年儿子刚走，全家人还没缓过来，男人又走了，就像天塌了一样。我是支书，我不帮，谁帮？这是我的分内事，不用你帮忙，只要你能理解，不要责怪我，就够了。"

"我理解，我支持，不扯后腿。"赵云昌连忙表态，"你赶紧吃点。"

赵云昌话语不多，通情达理。高淑贞常接济困难户，他和妻子一起掏腰包。村里有个女孩，出生不久，尾骨处就长瘤，越长越大，压迫神经，两腿无法站立，只能在地上爬行。高淑贞看在眼里，疼在心上。她月工资260元，同赵云昌一合计，两人拿出300元。高淑贞又动员村民捐款，你1元，他2元，凑了五六十元，给女孩买了辆轮椅。

第二轮土地调整时，中央文件规定，村集体要保留5%的机动地，用于新增人口。很多村没有执行，地都被分光了。东太平村一些村民也嚷嚷，要把地全部分掉。

高淑贞坚决不同意。她在会上说："中央这样规定，是考虑到咱子孙后代。今后谁家不添子孙后代？要给后代留个机动饭碗。"在她坚持下，村里保留65亩机动地，作为村集体用地，按每亩每年100元，出租给本村2家种植专业户。这6500元，是东太平村第一笔集体收入。原来的空壳村、倒挂村，终于有了第一笔收入。

高淑贞想，过去村两委没威信，很大原因是村集体穷，干不成事。所以，她琢磨着，要给村里攒点家底。从哪着手呢？她找了本《章丘县志》，想了解一下村庄周围的历史。

县志记载，东太平村原叫纸坊庄，过去是造纸的作坊，后来被一把大火烧毁，故改了村名，不再造纸，改弹棉花。纸坊庄对面，有个倒流庄，过去是烧石灰窑的，窑建在大堰上。

高淑贞想，造纸技术复杂，要想恢复很难，但烧石灰窑不难，石灰石很多。对，就烧窑！那时，环保意识还不强，高淑贞也一样。

东太平村外有条沟壑，三四米深。沟壑两岸，当地人称大堰，堰里风势很大。高淑贞领着村民，在堰下掏个窟窿，窟窿直通堰顶，顶上竖个筒子，2孔石灰窑就建成了，省事又省钱。包给本村2户村民经营，1997年当年租金3000元，这是村里的第二桶金。第二年，2孔窑租金6500元。

尝到甜头后，高淑贞想扩大规模。可是，村集体没实力投入，她就发动村民自建，向村里交租赁费。村民们正愁致富无门，纷纷响应；官道店村也效仿，两村一下子建起39孔，东太平村占一半。1998年，村集体收入达到3万元。按照农村脱贫标准，村集体收入达到3万元，就标志着摘掉贫困帽子了。

有了钱就好办事。过去，村里没有办公经费，须挨家挨户征收。从1997年起，村里不再征收办公费，还盖起文化大院，建起村委办公房，村道安上路灯。第二年，高淑贞见村里的孩子无处托管，就腾出村委办公房，办起幼儿园，另建2间办公房。随后，她又建卫生室、扩容变压器。

原先，村里的变压器只有50千瓦，仅够照明。高淑贞请供电部门帮忙，改为三相电，扩容到150千瓦，棉花加工很快带动起来，东太平村成为棉花加工专业村。高淑贞没停下脚，又引导村民养殖畜禽，成为养殖专业村。

产业带动脱贫。村民荷包鼓起来之后，大家纷纷盖新房，六成人乔迁新居。村子也从破旧不堪变得崭新有序。

高淑贞当4年村支书，原先的穷村、乱村，被她带成了先进村。由于她治村有方，荣誉接踵而至。1997年，她当选济南市人大代表。这一年，她的代课教师身份"转正"，成为事业编制的公办教师。1999年，她被评为山东省"三八红旗手"。

镇党委十分满意，2000年2月，春节过后，提拔她到柳沟管理区任副主任。高淑贞推荐高玲任村支书，推荐高荣青为村主任人选，后来两人经村民选举当选。

听说高淑贞要调走，村民们十分不舍，家家都拉着她，要请她吃饭。临走那天，凡是在家的人，都出门送她。大家依依不舍，含着泪重复："常回来看看啊！"

招兵买马

一　下马威

2004年3月，周末，一辆摩托车驶进章丘实验中学，下来一个小个子中年人，找到高淑贞："高主任，听说你加班？好久不见了！"

两年前，高淑贞任管理区党总支副书记时，因上级要求教师归队，高淑贞调任柳沟中学，任党总支副书记。后来，柳沟中学并入章丘实验中学，高淑贞任女工主席、妇委会副主任，分管体育，负责女生公寓楼管理。

高淑贞热情相迎："哟？是庆孝哥！什么风把你刮来了？"来者叫王庆孝，与高淑贞在柳沟管理区共过事，也是党总支副书记。后来，章丘市区划调整，把济青铁路以南村庄划到旭升乡，王庆孝遂到旭升乡工作。2004年，明水镇改为明水街道，旭升乡改为双山街道。

"我正好路过这里，顺道来看看你。"王庆孝说，抬腕看了下手表，"晌午了，走，我请你吃饭。"

两人步出校门，在旁边一个小饭店坐下，炒了几个菜，要了一瓶啤酒，边吃边聊。

"你到三涧溪有半年了吧？还顺利吧？"高淑贞问。她是三涧溪村的媳妇，知道王庆孝去当村支书。三涧溪村原属明水镇，区划调整后划归双山。

"刚6个月。唉！"王庆孝一声长叹，脸上阴云密布，"遭老罪了！"

"咋了？"高淑贞放下筷子，"不顺心？"

"你这个婆家村啊，像个烂摊子，尽是些不讲理的。我快被逼疯了！"王庆孝端起杯子，一仰脖子，饮尽杯中酒，倒出苦水来，"这些年，三涧溪连换5任村支书，实在选不出合适的，街道党工委觉得我还行，就把我派去。没想到，我吃尽苦头！"

"咋了？"高淑贞身子前倾。

"唉！"王庆孝重重叹口气，"市里筹建城东工业园的事，你知道吧？"

"知道，工业园不就在三涧溪一带吗？"

"是的。三涧溪要征不少地。征地方案出来后，在村民代表大会通过。但是，执行时，村民仍不买账，要么漫天要价，要么拒绝征用，还使出歪招：男人不出面，让一群老娘儿们撒泼打滚。有一次，一群老娘儿们拥到我办公室，把我堵在屋里，有的就坐在我桌上，大半天不让我上茅房。害得我……害得我……"

"害你咋样了？"高淑贞盯着问。

"害得我……尿了裤子！"王庆孝捂住脸，抽泣起来。

"啊！"高淑贞大吃一惊。

王庆孝揩了把泪，继续诉苦："赵云贵是你小叔子吧？可没少刁难我。我一把年纪了，还受这帮刁民欺侮。真后悔当这个差！"

高淑贞赶紧说："要不，我回去同他说说？"

"那敢情好。这个——"王庆孝欲言又止，倒了杯酒，碰碰高淑贞杯子，算是敬过，瞅着她，"我琢磨好几天，今天来找你，想同你商量一下。"

"商量啥？"高淑贞倾身问道。

"你能不能接替我，当这个村支书？"王庆孝生怕高淑贞拒绝，语气急切，"这是你婆家村，你们赵家势力大，能帮衬你；你在娘家村干那么好，有经验……"

高淑贞连连摇头，打断话头："我在娘家村干4年，累得慌，家也照顾不上，赵云昌也有意见呢。当老师挺好的，轻松多了，我已经很知足了，不想去怄气。"

王庆孝急忙说："王恩峰到村里摸过底，有些老党员说，你能把娘家村治好，三涧溪也能治得了。"王恩峰是双山街道党工委组织委员、副主任。

高淑贞想起来，前些日子，王恩峰打电话给她，向她了解三涧溪情况，提起过这事，当时她没在意。她问道："凭啥说我能治得了？"

王庆孝说:"就凭你这股狠劲,准行!"

高淑贞摆摆手:"你那么有经验,都治不了,我可不啰啰(方言,意为'掺和')。不说了,来来,咱喝酒。"

"唉!"王庆孝愁云满面,放下杯子,"你这一拒绝,我喝不下去了。"

高淑贞忙把话岔开,挑些高兴的话题。但王庆孝蔫头耷脑,吃得没滋没味。

高淑贞记下王庆孝的话,当即回村,找到赵云贵劝说。赵云贵撇撇嘴,不以为然:"他是过路客,过几年就走,只会帮政府说话,哪里会照顾我们?我信不过他。政府有钱,还在乎我这仨瓜俩枣?现在这个社会,老实人吃亏,我不多向政府要点儿,不是亏了?"

高淑贞看他油盐不进,知道白费口舌。又找了几个叔婶,意思都差不多:政府的钱,不要白不要。跑了一圈回来,碰了一鼻子灰。她虽是三涧溪村的媳妇,但因夫妻俩都在外教书,平时不知道村里的事,对三涧溪村民并不了解,这回才知道,不讲理的果然多。

过了几天,闺密张文霞找上门来,拉她去吃饭。她是杨胡村支书。杨胡村有煤矿,经济条件好,张文霞配有桑塔纳,还有专职司机。杨胡村原属明水镇,后来调整到双山街道。当年,明水镇有3个女支书,除了她俩,还有王中村支书,三人是好朋友。论年龄,高淑贞最小。

席间,张文霞问:"淑贞,在学校干得咋样?"

高淑贞回答:"挺好的,党叫干啥就干啥呗。"

"听校长说,你干劲挺足呢。"张文霞话锋一转,"领导想让你再干书记,你干不?"

高淑贞问:"上哪去?"

"你婆家村呗。"张文霞说。

高淑贞问:"是王庆孝让你来说的?"

"喊!"张文霞嘴一撇,"他能请动我?是金书记让我来的。我是代表组织哟。"

高淑贞明白了,准是王庆孝请不动她,向街道党工委书记求助了。既然是组织的意思,高淑贞得认真对待,她沉吟半晌,说:"姐姐,让我考虑考虑。"

过了些日子,校长吕学江找高淑贞谈话:"金书记找到教育局,局里已同意。这是好事,我当然支持。关键看你态度了。"

高淑贞有点举棋不定。

吕学江趁热打铁,鼓励道:"我看,你值得去闯闯。我知道你的顾虑,请放心,我已考虑到了,继续保留你的教师身份。"

"你说到我心里了!"高淑贞眼睛一亮,"那我先去试试,最多干3年。如果失败了,就提前回来,行不?"

吕学江爽快答应。为解除她的后顾之忧,学校与街道党工委签订协议:借调高淑贞到双山街道三涧小学支教,担任三涧小学副校长。随后,街道党工委下发文件,任命高淑贞为三涧溪村党支部书记。

2004年6月1日,高淑贞带着党组织关系介绍信,离开学校,赴办事处报到。当天黄昏,王恩峰陪着她,来到三涧溪,准备召开党员大会。白天,村民要下地、务工,有啥会,只能晚上开。王庆孝也随同交接。街道党工委很重视,已提前两天向村里下通知。

进村前,高淑贞暗想:三涧溪是个大村,党员多达73人;王白中学就在三涧溪村,自己在这里教过8年书,22岁到30岁的年轻人,都曾是自己的学生;村里人对她很客气,这会儿屋里大概已坐满人,场面估计会很热闹,自己得说番亮堂话,给大伙儿鼓鼓劲。

031

王恩峰打头，高淑贞、王庆孝跟着，走进面粉厂南屋。村里办公场地小，借用面粉厂屋子。然而，屋里只有十几个人，正在埋头抽烟，屋里乌烟瘴气，光线昏暗。王恩峰一愣："人呢？不是早下通知了吗？"

半晌无人应答。王恩峰转身问王庆孝："你们没下通知？"

"我这些天没来。"王庆孝脸一红，贴近王恩峰耳边，轻声说道，"村干部已经5年没领报酬，平时使唤不动，大概没往下通知。"他干了9个月，灰头土脸，狼狈不堪，早已心灰意冷。10多天前，村民就在传他要走、高淑贞要来，更不买他的账。所以，这几天，他没到村里来，不想自讨没趣。

王恩峰沉下脸，挥挥手："你们快去叫，我在这儿等着。"

多数人纹丝不动，只有两三个人应承一声，出门去了。

过了好一会儿，才陆续有人来。王恩峰想发作一番，转念一想：冰冻三尺，非一日之寒，如果发脾气管用，就不必换人了。

等了半个多小时，好不容易凑成37人，刚刚过半，勉强达到法定人数。面粉厂把所有能当凳使的东西，都给搬来了，五花八门，高高低低；数量还是不够，有的2人挤一块儿，勉强坐下。高淑贞暗暗观察，发现一个怪现象：当过两委干部的，大多没有到场。

王恩峰忍住气，宣布开会。他先读了街道党工委的任命。然后，新老书记交接。交接手续很简单，就一张收支表格。高淑贞这才发现，除了几笔应收款外，实际收入数额为零，却负债80多万元！

交接之后，王庆孝发表告别感言。尽管他受尽欺凌，此时此刻，他还是顾及面子，尽说感谢的话。高淑贞想起他尿裤子的事，知道他言不由衷，心里暗暗发笑。

轮到高淑贞表态了，她快言快语，说话干脆利落："我是三涧溪的媳妇，活是村里的人，死是村里的鬼，一定会全心全意干好，希望大家支持我。"

这时，天色已暗，电灯像萤火虫，屋里光线差，看不清大家表情；只看到三五成群，互相递着烟，有的窃窃私语，有的高声谈论。过了一会儿，一个敦实老汉站起来，捆捆中山装，歪斜着大脑袋，阴阴地问："高书记，你当，我们不反对，只想知道，你带来多少钱？你能给村干啥？"

同样这几句话，如果是正常语气，高淑贞也能接受。但此人故意拖长声调，口气冷得像块冰，不仅是质问，还带着轻视，甚至挑衅。高淑贞一听，顿生反感。

前些天，高淑贞回村里，悄悄找几个人摸底。有人担心说，这个党员会，还不知能不能开成呢。尽管她有思想准备，但今天这个冷场面，仍是始料未及。她仔细打量，发话的叫杨孝坤，早年当过几年兵，在部队入的党，自恃见过世面，是个喜欢挑事的主儿。

高淑贞想，哟，刚见面就一斧砍来？我可不吃这一套！决定正面硬刚，当即冷冷顶回去："我没有带多少钱，只是扛两个膀子、一颗头来。"

杨孝坤听出火药味，拉长了脸，又刺出一剑："你说话咋这么难听？"

高淑贞明白了，对方故意当众发难，是想给她下马威，如果不把他镇住，别人也会趁势欺上；遂两眉倒竖，脸色一沉，加重语气："你提的是啥问题？我能带多少钱来？散会以后，我上你家去，你有啥意见，对着我说。党员大会上，不要再提这样的问题！"

高淑贞是大嗓门，又带着气，一番话威严十足，让人心中一凛。本来，会场嗡嗡声不绝，霎时鸦雀无声。众人的目光像聚光灯，齐刷刷望向她，又齐刷刷转向杨孝坤，看他如何应对。

高淑贞的凛冽语气，令杨孝坤措手不及。他张张嘴，没发出声音，鼻子不甘，"哼"一声，悻悻然坐下，别过脸去，呼呼喘着气，像斗败的公鸡。

这场面，让大家大感意外。看到杨孝坤败下阵来，知道遇到硬碴儿了，没人再敢发难。

不到半小时，会议草草结束，大家起身往外走。走到门外后，不知谁嘟囔一句："大老爷儿们都治不了，一个娘儿们知道个啥！"大家哄堂大笑。

有人高声附和："谁也治不了，神仙来了也白搭。"高淑贞耳尖，说话的是李大奎，原村支书。

"就是。"有人阴阳怪气，"哼，有好戏看喽，看她咋哭的！"

门外爆出一阵哄笑。

一股怒气，直冲高淑贞脑门，心里腾起一股火：咋地？瞧不起我？好！你们等着，咱们比试比试！

散会后，3人已是饥肠辘辘，来到村里的小饭店。因会议开得不顺，3人心情有些沉重。王庆孝挠挠头，同情地说："妹妹，这碗饭不好吃啊。"

王恩峰赶紧打气："这有啥。干不了，不是还有组织吗？"

高淑贞一摆手："请组织放心，别看这些歪头斜眼的，我不怕！谁和我打，我就和谁打！我既然接过这军令状，决不会认输！"

王恩峰哈哈大笑，沉闷气氛一扫而光。

这家小店叫四邻饭店，老板石俊是本村村民，正在厨房炒菜。论年龄，石俊比高淑贞略小；论街坊辈分，得叫她奶奶。这时，他擦着手走出来，冲着高淑贞说："奶奶，你来太好了。这群私孩子（方言，意为'私生子'，变相骂人'没爹'，或'娘不正经'），啥也不干，就知道吃喝。"边说边打开抽屉，拿出一沓白条子，"喏，这些条子，都是他们吃喝赊的账，欠好多年了。"他口中的"私孩子"，指的是村干部。

"多少钱？"高淑贞瞄了一眼白条，皱起眉头。

"6万多元呢！"石俊递给高淑贞，欲请她过目。

"什么？这么多！"高淑贞跳了起来，手往后缩，仿佛那是烫手山芋，"咋不向他们要？"

"我向他们要了几次，谁都不认。"石俊一脸苦笑，"他们说是为村里的事，不是他们的事，等村里有钱再还。村里啥时有钱呢？"

高淑贞看了眼王庆孝，王庆孝赶紧撇清："我可没吃过。"他被村民当猴耍，哪还敢来蹭吃？

"你想咋办？"高淑贞问。

"我还能咋办？"石俊看着高淑贞的脸，小心试探，"我只能指望奶奶了。"

高淑贞把茶杯一蹾："账上还欠着80万元债呢，这里又欠6万多元，你奶奶又不是神仙，能变出钱来？"

"这……那我……"见高淑贞不悦，石俊有些不安，望望王恩峰，王恩峰不吭声；瞅瞅王庆孝，王庆孝一脸无辜。

"这么着吧。"高淑贞缓了口气，"你也不容易。白条先收起来，等啥时村里有钱了，就还你。"

"哎，哎！"石俊点头哈腰，想了想，鼓了鼓勇气，"只是不知……啥时才有钱？"

"面包会有的，一切都会有的。"没等高淑贞回答，王恩峰打起圆场。他很清楚，这个糟头事，不是今晚能解决的，没个十年八年，石俊甫想拿到钱，遂替高淑贞解围，笑嘻嘻地对她说，"是吧？"

"是。"高淑贞勉强挤出笑容。

高淑贞的家，已搬到章丘城区明水镇。为方便孩子上学，在那儿买了一套房。那天晚上，她回到家，躺在床上，翻来覆去烙大饼，害得赵云昌睡不着，揶揄道："咋了？新官上任第一天，太激动了？"

高淑贞叹了口气："任命之前，我无所谓的，可干可不干。真任命了，我还真有点压力。没想到是这么个烂摊子，怪不得王庆孝死活不干。"

赵云昌哼了一声："又没人逼你，是你自己愿意的，能怪谁？你活该。"

高淑贞拍了一下丈夫："你是咋说话的？不给我鼓劲，反而说风凉话。我可告诉你，你别给我添乱，就像在东太平村一样，你别问我，也别管我，我也不给家里添乱。你得照顾好孩子，管好她俩的学习。"两个女儿，一个读初中，一个读小学。

"你爱咋咋地，我才懒得操这份闲心呢，咱俩井水不犯河水。"赵云昌一翻身，后背对着妻子，"你那年去东太平村，我是不反对。你今天去三涧溪，我是不赞成。我可提醒你啊，三涧溪可不是东太平村，没有一盏省油灯，我太了解了。"

高淑贞在娘家村受的委屈，赵云昌并不知道。高淑贞有个习惯，不把公家的事带回家，无论遇到多大委屈，从不对丈夫说。所以，赵云昌以为，她在东太平顺风顺水。

高淑贞坐起身，郑重地给丈夫立下规矩："我可给你说好了，今后，不管谁带礼物上门，你都要拒绝。如果你要留下，我会和你没完。"

"行行行，就你觉悟高。"赵云昌有点恼火，"又来给我规定这、规定那，我才不啰啰这些事呢。你爱咋整咋整，我可要睡觉了。"记得有天晚上，他同学打电话来，让他帮忙说说工程的事。高淑贞立马制止："你只管教好你的书，工程的事，与你没有关系，与我也没有关系。"从那以后，再有人请赵云昌帮忙，他都不再吭声，不想自讨没趣。

黑夜中，高淑贞头枕双手，望着天花板，想着心事。明天上午，她要开村两委班子会，该说些啥呢？看今天这架势，两委班子好不到哪儿去，说不定又会刁难。刁难就刁难吧，我偏不信邪！

高淑贞自认心大，总是一觉睡到天明。那一夜，她才发现，原来丈夫也会打鼾。

二　烂摊子

初夏的早晨，田野满目葱茏，空气湿润清新，暗香浮动，让人有些躁动。高淑贞骑着摩托，在公路上奔驰，乌黑的短发上下耸动，在风中欢快起舞，两行行道树疾速后退。因上午要开会，她特地早点来，她还没去过村部呢，想先熟悉一下。村里早就知道她要来，办公桌应该早给拾掇好了吧。今天，是她走马上任第一天。这样的早晨，本来应该心情大好、意气风发，但昨晚那个下马威，像是吞下只苍蝇，破坏了她的心情。此时，她就像学生即将进考场，不知道会遇到什么难题。

对三涧溪的历史，高淑贞并不陌生。后来，她策划了一本三涧小学乡土教材。在序言中，她饱含感情地写道：

> 我们可爱的家乡——三涧溪村，钟灵毓秀，人杰地灵，自古以来就人才辈出。有着悠久历史的涧溪村，一代又一代先人们，

用自己的聪明才智，创造出独具特色的涧溪文化。这一切皆是涧溪文明的象征。文明需要传承，更需要发扬光大。

3600年前，在东沟西侧神仙顶子处，涧溪先人建窑制坯，烧制出精美的陶器。古朴端庄的陶器，是先人勤劳、智慧的结晶。

2500年前，青铜制造的生产工具和生活用具，在涧溪先人手里已广泛使用。紧跟时代步伐，与时代同步，涧溪人一直以来就与时代融为一体。

600年前，社会持续战乱，生灵惨遭涂炭，人人朝不保夕，涧溪人为了生存，竭尽才智和力量，用鲜血、汗水筑起一座地下"长城"——涧溪古地道。精巧的结构，恢宏的气势，充分显示出涧溪人的智慧、勤劳和勇敢。

180年前，清朝道光年间，涧溪马氏族人马国翰志向远大，呕心沥血，为官期间，披阅数十年，致力辑佚，编撰的《玉函山房辑佚书》系列，数目之大，种类之多，自宋朝以来，无人匹敌，成为辑佚大家。

150年前，为防御捻军的烧杀劫掠，马氏家族杰出人物马国华，率众人先修章丘南部屏障——长城岭上的"锦阳关""黄石关"，后督修涧溪圩子墙，保障了一方平安，周围村庄百姓也受益匪浅。由于有了圩子墙保护，几十年间，涧溪人免遭匪患之苦，"梓乡保障"名副其实。

100年前，涧溪村独特的自然景观和深厚的文化底蕴，孕育出"涧溪八大景"，又有赵鸿年老先生文字的提炼、集成和升华，脍炙人口的八景佳句流传至今。

80年前，涧溪十人不甘现状，不畏艰难，勇于开拓，凭手艺、勤劳和智慧，勇闯哈尔滨，扶弱济困，患难与共，开拓出一片新天地，展示了涧溪人的大仁、大义、大勇。

70年前，在硝烟弥漫的抗日战场，涧溪人马厚盛沉着冷静，视死如归，驾飞机与敌机同归于尽，诠释了涧溪血性男儿舍生取义的英雄本色，成为三涧溪村永远的骄傲。

60多年前，三涧溪勇士马守杨、赵立海、马守侃、马素升等，随部队转战辽沈、淮海、平津几大战役，冒着枪林弹雨，强渡长江天险，见证了蒋家王朝的覆灭和新中国的诞生。

30年前，在改革开放的号角下，劈铁大王马世昆殚精竭虑，发明"钢坯冷断法"，足迹几乎遍及华夏大地，既为国家节省大量资源，也为家乡父老乡亲开辟了一条致富路，一排排的红砖瓦房拔地而起，见证了三涧溪村昔日的荣耀。

从三涧溪村走出的优秀儿女陈逸云、赵芳清、赵万清、刘科，在异地勤政为民，还时刻不忘家乡养育之恩，尽自己所能为家乡效力，报效生养自己的三涧溪村。

20年前，从三涧溪村考出去的优秀学子李帅、赵连昌，如今已成为国家和社会的有用之材。

传承三涧溪文明，弘扬三涧溪精神，是时代的要求，更是三涧溪村发展的必然。历史的接力棒已经传到我们这一代人手里，干事创业，勇超前人，让三涧溪村更富裕、文明、幸福，是我们这一代人义不容辞的责任。

前方，出现一片红砖瓦房，在绿树掩映下，宛如一幅油画。三涧溪村到了。在高淑贞的眼里，三涧溪是个美丽的村庄，历史上的"涧溪八大景"让村民们津津乐道，乡绅赵鸿年将其概括成诗：

北岭西望火车烟，南涧卧牛石万千。

马蹄浣衣多少妇，月牙弈棋赛神仙。

赵家垂柳千条线，石岗避暑月更天。

砚窝留名奇石古，胡岑枝荆到顶园。

前些年，高淑贞在王白中学任教时，为求证"涧溪八大景"，曾经一一实地踏访。

第一景："北岭西望火车烟"。位于西涧溪庄北、圩子墙里。从圩子墙望出去，就是胶济铁路。铁路始建于1899年，1904年建成通车，全长384.2公里，连接济南、青岛两大城市，是横贯山东的运输大动脉。受交通线路和交通工具限制，章丘南部山区和章丘城以北的人，只听说有火车，看火车却成为一种奢望。外村人来三涧溪走亲访友时，都想一睹火车开开眼界。涧溪四周有圩子墙，大门一关便出不去、进不来，于是人们就爬到北岭子往西看。因为火车由西往东时，是一段缓慢上坡，蒸汽机车必须猛加煤，煤多烟大，火车轰鸣，看的人更是兴奋不已。北岭子东首，有一棵几百年的古槐，古老与现代在此交织，此为涧溪第一景。

第二景："南涧卧牛石万千"。过去耕田犁地全靠牛，村民家里牛很多。一群群的牛，上午在南坡吃草，下午在南沟饮水。南沟常年流水不断，牛饮水后，卧在沟中平缓处休息。南沟里，有很多状似卧牛的石头，石头、卧牛难以区分。传说，一风水先生路过此处，看到石头大且多，形似卧牛，说这个村里必出大壮汉。结果，真出了大力士叶函勤。

叶函勤出生于100多年前，留下很多传奇故事。

有一天，叶函勤去五六十里外的窑头村，要买两口大缸。老板见他扛着碗口粗枣木杠，拿着两条铁索，奇怪地问道："路途这么远，你能挑回去吗？"叶函勤满不在乎："别说这两口大缸，就是里边再放两口，也没问题。"老板以为他吹牛，就说："年轻人，说大话别闪了舌头！"叶函勤一听来了气："你随便装，如果挑不走，我付双倍的价钱！"老板一跺脚："你要能挑走，我一分钱也不要！"叫来伙计，耳语一番。伙计依计，在大缸里放中缸，中缸里套小缸，小缸里再放碗，最后成了个实轴坨子，足有千斤。老板暗自高兴，心想今天赚大了。叶函勤不慌不忙，轻松挑起，拔腿就走。老板脸色煞白，一路跟着，直到3里外的分水岭上。叶函勤微微一笑，边走边说："老板，您不用送，我不歇了，您还是回去吧！"说罢，大步流星而去。老板目瞪口呆，跌足叫苦。

有一次，叶函勤去相公庄赶集，经过博平河时，河水很浅，人们踩着接脚石通过。一个从南山来的妇女，骑着毛驴赶集。山里的驴没蹚过水，不敢过河，主人从前边拉、在后边打，就是不动。叶函勤便帮着拉，直到笼头拉断，驴仍然不动。叶函勤一气之下，夹住驴背就走。驴连踢带蹬，驴一蹬，他一夹。驴渐渐不蹬了。到了对岸放下，驴却一动不动，原来已被夹死，连肋骨都被夹断，叶函勤只好赔了驴钱。

第三景："马蹄浣衣多少妇"。地点在村南门外。马蹄湾，马蹄形，堰上古树参天，沟底耐火土密不渗水，四壁石砌，方石突出。过去，村民修房盖屋、种瓜点豆、饮牛饮马，全靠此湾。东涧溪、西涧溪来此洗衣的妇女很多，你来我往，成为村中一景。

第四景："月牙弈棋赛神仙"。地点在北门大街东侧。月牙池，因形状似月牙而得名，高于地面1米左右，石头砌成。上面架有长条石，青石镶边，中间有3块高大石碑，石碑南北两侧，各有一棵古柏，树干粗大，树枝探出月牙池外。老人们常坐在长条石上下棋，怡然自得。

3块石碑，记载了村里的3段历史。中间，是涧溪修圩子墙时的捐款碑。左边，是重修马氏家祠的捐款碑。右侧记载的，是一桩惊动朝廷的诉讼案：胡氏开煤井，导致涧溪村水位下降，马步云进京告状，皇帝下旨派人查封，后立此碑，以示后人。

第五景："赵家垂柳千条线"。此处赵家即为赵家湾，位于村南门。赵家湾并不完全归属赵家，赵家占有三分之二，马家占三分之一。湾北侧正中，斜长着一棵粗壮的垂柳，四周也有众多垂柳相拥，柳条多且长，柳梢轻拂水面，碧水绿柳，景色宜人。夏季，是孩子们戏水玩耍的好去处。

第六景："石岗避暑月更天"。地点在村中心石岗子处，马氏家祠前，四街汇集处。石岗子过去很大，有几棵大槐树，北有马家家庙，东北面有五品官家大门，门前有上马石，庙前有两个旗杆座子。每到夏季夜晚，大人们领着孩子在此赏月纳凉，谈天说地。大人们讲故事，小孩子们围坐在跟前，有的干脆带块凉席躺在地上，说到精彩处，听者谁也不愿走，时常凉快到后半夜。村里过去有更夫，一个时辰报更一次，两人一伙，分别敲梆子和锣，与讲故事纳凉相映成趣，成为一景。

第七景："砚窝留名奇石古"。地点在石岗子空场西南角。"奇石"高约2米，宽约1米，扁形，像文房四宝的砚台，在大石块的一角，有孔贯通。自古流传至今，没人知道它的来历。原来位于小庙前街正中，起镇街的作用，后来就地掩埋了。

第八景："胡岑枝荆到顶园"。地点在大西门外百米处。过去，有一胡氏在此开煤井，挖出的煤矸石、土石渣堆放在一起，状如小山，被称为胡岭。因挖煤破坏环境，水位下降，村民马步云一步一叩头，先告到章丘城，后告到济南府，转而告到京城。皇帝下旨派人查封后，停井多年，土石风化，渣堆上长满茂密的枝荆，蔓延到岭顶。远看像座小山，近看像一个枝荆圆球，胡岭的枝荆直平，传说是唐王御令不准长钩。

高淑贞驶进村子。她是三涧溪媳妇，又在村里教过8年书，家长见到她，总是客客气气，把她当客人看。她也自认是客，感情从没真正融入村里。所以，对她来说，三涧溪既熟悉，又陌生。不过，从今天起，她必须把自己融入其中。

拐入村道，高淑贞放慢车速。村道坑坑洼洼，两旁堆满杂物。进入村庄后，空气顿时变得混浊，炊烟味、尿臊味扑面而来。她不由得缩起鼻子。

高淑贞来到村部。村部里面，有个大院子，内有多家小厂，紧挨着村部的是面粉厂。进入院内，高淑贞傻了眼：院中央尽是杂草，草丛中踩出一条小道，宽度刚够步行；四周的小平房，低矮破旧。

西屋门开着。高淑贞将车停在草丛，走进屋内。一个干瘦老头儿，正坐在桌前，低着头，认真卷着纸烟，桌上满是尘土和烟灰。他叫赵廷全，是村支委。

高淑贞认识他，主动打招呼："廷全哥，你来了？"

赵廷全抬起头，瞟她一眼，鼻子"嗯"一声，算是答应，顾自低头卷烟，明显是冷落她。

高淑贞心里不悦，环顾四周。屋子逼仄，挤着6张桌子，都是脏兮兮的。她问："王庆孝坐哪张桌？"

屋里没其他人，当然是问赵廷全。可是，赵廷全无动于衷，照旧慢悠悠卷着烟。

高淑贞耐着性子，又补一句："廷全哥？"

赵廷全仍不吭声,顾自伸出舌头,舔着纸,然后抬起下巴,朝对面桌子努努嘴。

桌子抽屉锁着,桌面积满浮灰,斜躺着一只瓷杯,断了把手,里面有半杯烟头,桌上一摊烟头,看样子是从茶杯里掉出来的。此外,还有一个瘪烟盒、一个纸团儿、半把梳子、几颗花生米,像谁把垃圾桶扣桌上了。高淑贞同王庆孝吃过饭,记得他不吸烟,这烟头显然不是他的。看来,王庆孝有些日子没进过屋了。

高淑贞一阵恶心,强忍着,挽起袖子,本想问赵廷全抹布在哪,看他那副冷脸,打消念头。满屋子找了半天,在角落地上拾到一块,看不出原色,还没抖呢,便腾起一团灰雾,她赶紧屏住鼻息。院里没有水,她来到面粉厂仓库旁,坡上有根水管。她找到一只破勺,接了水,抹布一浸入,水就变黑了。洗了多遍,水才变清。

高淑贞擦完桌椅后,赵廷全仍在卷烟,不紧不慢,边卷边吸,任她在面前晃来晃去,连眼皮都不抬。

高淑贞见他桌上也肮脏不堪,便说:"廷全哥,帮你擦一下。"

"不用,我已经惯了。"赵廷全不情愿地挪了下身子。那架势,倒像他是领导,高淑贞是手下。

高淑贞窝着火,麻利地揩了一遍桌面,本欲把其他桌子也收拾一下,想了想,放弃了。她是来治村的,不是来当清洁工的,不能惯这个毛病。见院里还没动静,她问:"他们咋还不来呢?"

"啥时候高兴,就啥时候来。"赵廷全回答。高淑贞听不出是正话还是反话。

这时,门外探进一颗脑袋,是个年轻媳妇,面容姣好,满面春风:"高书记来了?哟,一来就忙上了。"高淑贞认得她,她叫徐绍霞,是村委委员、计生干部。

"你们平时几点上班？"高淑贞放下袖子，步出门外，问徐绍霞。

"他们哪有准点儿来的！平时就我南屋几个媳妇，还有锡东叔到点来。"

高淑贞又问："平时，你们开会吗？"

"嘻嘻。哪有会开！"徐绍霞抿嘴一乐，邀请道，"上我们屋看看？"

高淑贞跟着徐绍霞，步进南屋。这是村计生室，有4张桌子，除了徐绍霞，另任人是办事员，室内摆设虽寒酸，但一尘不染、井井有条。高淑贞想，看来，村干部并不都是邋遢人，也有爱干净的。

徐绍霞向高淑贞介绍：旁边是总会计室，传达室用作了中队会计室；因村子大，有4个中队会计，马德均、李殿敬、马守庆、马守营。总会计叫邢锡东。

高淑贞问："他们平时都忙些啥？"

"忙啥？"徐绍霞笑嘻嘻的，"都在咂蛤蟆（方言，意为'瞎聊天'）呢。"

正说着话，3个办事员来了。她们是赵淑珍、王淑菊、孟祥芹，年龄在四五十岁间。随后，村委和会计也陆续来了。高淑贞一一对上号：村支委是马素利、赵廷全、邢锡东，缺了叶恒德；村委会主任是马素利，村委委员只有徐绍霞，同样缺了叶恒德。马素利说，恒德舅要辞职呢。

会议在村支委屋里开，大家扛着椅子过来，把屋子挤得挪不开身。会议开得平淡，该表态的，高淑贞昨晚都说了，今天主要是熟悉一下。马素利、邢锡东、徐绍霞还好，有问有答。只有赵廷全一声不吭，手下没停过，烟卷了一根又一根，似乎永远卷不完。

临结束时，高淑贞说："散会后，你们把桌子拾掇一下，瞧瞧这屋子，这么脏，你们坐得住吗？村民来办事，你们不嫌丢脸？你们家里也这么脏吗？村部环境咋样，反映的是班子素质和精神状态。"

徐绍霞"嗯"了一声，邢锡东嘿嘿一笑，马素利脸红了，嗫嚅道："我们平时都在家办公，不常来。"赵廷全鼻子一哼，别过脸去。

会议结束后，高淑贞对马素利说："走，到你恒德舅家看看。"

叶恒德家是几间平房，屋内家具简陋，不过干干净净，看得出主人善持家。叶恒德年近六旬，满脸皱纹，面孔黝黑，一副饱经风霜模样。这是高淑贞第一次见他，若不是事先知道他年龄，准以为他60多了。

见高淑贞上门，叶恒德有些窘，忙给她让座，催着老伴泡茶。夫妻俩态度热情。

高淑贞刚坐定，就单刀直入："恒德哥，你咋不干了呢？"

"咳，"叶恒德干咳一声，神情有点忸怩，"我年龄大了，身体也不好。"

高淑贞说："恒德哥，过去我不认识你，但听人说，你人缘好、威信高、有经验、讲公道。我正缺帮手，你得帮帮我，咋能辞职呢？"

叶恒德连连摆手："我老喽，不中用喽，帮不上你啥忙。再说，你嫂子身体有病。"

"嫂子有啥病？我陪她去看。"高淑贞说话如连珠炮，"你腿脚利索，身体硬朗，咋会不中用？你说实话，为啥要辞职？"

叶恒德抬起头，看了眼高淑贞，犹犹豫豫，欲言又止。高淑贞催促道："我是个痛快人，这里没外人，你有啥说啥，别像个娘儿们似的。"

"这个……我说了，你别怪我。"见高淑贞点头，叶恒德鼓起勇气，"昨晚的场景，你也见识了。咱这个村，唉！不好干哩。6年换了6任书记，为啥？刁民多。若说村没能人，王庆孝是上面派来的，算能干了吧？腰杆子也硬吧？不也整得尿裤子？大老爷儿们都治不了，你一个娘儿们，对付得了？以前，别人对你客气，那是因为你是老师。现在你当书记，抢了他们饭碗，他们能甘心？到时候，有你哭的。这些年，为了村里的事，我没少置气。我想了一宿，泄了气，算了，我置不了这个气，还是别遭罪了。"

高淑贞默默听着，没有反驳。这些日子以来，她对三涧溪摸过底，对村里"三国演义"的情况，多少知道一些。

三涧溪由东涧溪、西涧溪、北涧溪3个自然村组成，有12个村民小组，1164户，共3384人。村里的几个大姓，都是明代时山西移民的后裔。

元朝末年，受天灾战祸影响，河北、山东、江淮等地"饿殍成丘，赤地千里"，东西600里、南北1000里皆成废墟。明朝廷为巩固江山，决定从人口密集的地方移民。朱元璋下令疏散山西2府、5州、51县民众，移送到京、冀、鲁、皖、苏等人烟稀少地区。据史料记载，从明初到永乐年间50年中，大规模移民18次，共数百万人。其中向山东移民11次，主要接收地是济南府、东昌府、莱州府、兖州府等92县，移民达30万人。

当时，三涧溪一带人口凋零，到处残垣断壁。马、赵、陈、叶、蔡五姓人迁徙到此，在旧村落西边安家，取名西涧溪；李、王、邢姓人等，在旧村落东边落脚，取名东涧溪；王、赵姓人等，在旧村落北边河沟沿建屋，取名北涧溪。其时，涧溪村仅二三十户，不足百人。

山西洪洞县，有棵大槐树。涧溪的先祖迁徙时，都是在此树下集合，后人为了纪念，历代皆种国槐。几十年前，涧溪村古槐树很多，最大的一棵在北岭子南侧，树身数围，枯洞可容3人。逢年过节，村中老翁祭槐思乡，面朝西北方向，叩念列祖列宗。

世事变迁，东涧溪的李姓，西涧溪的马姓、赵姓，成为村里最大的三支家族，轮流在村里主事。自人民公社时期开始，东涧溪的李长洪干得最长，当了20多年大队支书，班子倒还稳定。

李长洪之后，是西涧溪的马厚滋，任6年支书，在西涧溪一呼百应。但东涧溪人不买账，特别是李大奎，没少刁难他。

接替马厚滋的马世昆，也是西涧溪人，铁匠出身，以劈铁为业，人称"劈铁大王"。早年，他带着劈铁队，当"劈铁头"；出外干工程，当民工头；村里烧石灰，当"窑长"。逢年过节庄里排社戏、演节目，他当"导演"兼"演员"。行行精，样样行。

十一届三中全会后，东方风来满园春。马世昆与他的劈铁队，终于挣脱桎梏，正大光明走出三涧溪，开始走南闯北，承揽钢铁破碎业务，劈铁队更名为"钢铁冷断加工队"。1979年，为集体创收18万元。这在当时，是个天文数字。以后每年上台阶，到1987年前后，稳定在120万元，每年交税25万元。多年间，三涧溪的水电费、提留费、摊派费、日常运转费，均来自加工队。10年中，加工队由单一加工炉料、砸钢渣，发展到冷断钢板。

1982年，柳州钢厂中板厂请去马世昆，帮忙冷断钢板。试车那天，厂领导和科室人员纷纷跑去，现场围满了人。原来，按传统工艺，冷断钢板采用气割技术，但马世昆用的却是反剁口、背落锤。这项技术无人试过，是他自己发明的，不会损耗冷断钢坯。现场立着一座大铁架，高达12米，顶上悬一把巨锤，重达2吨。马世昆威风凛凛，指挥若定，一声令下，鹰钩脱开，大铁锤呼的一声落下，厚厚的钢坯应声而断，干脆利落，人们大开眼界，齐声叫好。从此，马世昆名声大振，全国20多家中板厂，争相请他出马，冶金部也知道他大名。各厂家按以前的断钢法，给厚钢板割二道口，得消耗1瓶氧气、7公斤电石，损失钢材11公斤，人工费约10元。而用马世昆创新的冷断法，费用不到2元，节省大量人力、物力、财力。几年间，这支农民队伍仅凭此项技术，就为各钢厂节省资金上千万元。

太原钢铁公司有座钢渣山，高达23米，占地2.3平方公里，总量1000万立方米，已沉睡半个多世纪。1983年，加工厂副厂长李双良从岗位退下后，主动请缨处理钢渣山，不要国家一分钱投资。李双良慕名请马世昆协助。马世昆率领断钢队，架起17把锤，将渣山团团围住，每座锤架高15米，每把锤重达2吨，将钢渣破碎成炉料，用3年时间，"啃"尽钢渣山。连清朝时垫在沟底的废钢，也掘尽砸光。李双良回收废钢铁130.9万吨，之后还自创设备，生产各种废渣衍生产品，创造经济价值3.3亿元，走出一条"以渣养渣、以渣治渣、自我积累、自我发展、综合治理、变废为宝"的治渣新路子，为治理污染、改善环境、循环经济、科学发展做出了贡献，被誉为"当代愚公"。1988年，联合国环境规划署将李双良列入《保护及改善环境卓越成果全球500佳名录》，并颁发"全球500佳"金质奖章。为此，他于1988年、1995年两次荣获全国劳模称号，1994年荣获全国五一劳动奖章，1996年荣获全国优秀共产党员称号，当选第八届、第九届全国人大代表。而马世昆和他的断钢队却默默无闻，名不见经传。

马世昆和断钢队有了积累后，把目光投向家乡建设。1985年，筹建村面粉厂、腐竹厂，马世昆个人捐3000元修建三涧学校。1986年，筹建王白联中校办工厂。1987年，投资10万元，建三涧小学石化配件厂。1988年，马世昆个人出资5.8万元，建起村幼儿园，总面积1900平方米，建筑面积290平方米，并配套齐全教学用具、办公用具、桌椅、玩具。

1989年初，马世昆接任村支书。1993年，中央电视台在《神州风采》栏目中，介绍"马世昆和他的劈铁王国"。后来，马世昆又办起章丘县第三锻造厂、综合商店，开凿南北2处煤井，打了棉花屋抽水井，增加水浇地近千亩，还合修了从三号井到王白庄的沥青公路。三涧溪村进入鼎盛时期，周围村庄都刮目相看。

　　然而，这样贡献巨大、德高望重的"领头雁"，在担任村支书后，却被同班子的人处处使绊子，5年后气出脑溢血，被迫辞职，由李大奎接任。2001年，马世昆郁郁而终。

　　李大奎当家后，三涧溪村状况一路下滑：村集体家底被掏空，四处欠债达80多万元，村干部没领过工资；几家集体企业承包给个人后，再没向集体交过钱，久而久之，企业被承包人占为己有。换届时，马厚滋坚决反对李大奎连任，说他是败家子，发动西涧溪党员，阻止李大奎连任。

　　西涧溪有个马绍明，原本在外经营锻造厂，见机会来了，回村竞选成功。然而，他缺乏农村经验，驾驭不住，处处被动，难以服众，仅干了一年半，就黯然下台，由西涧溪的赵廷全主持工作。

　　换届时，在马厚滋支持下，西涧溪的马素利上任。3年后，李大奎再次当选。马厚滋抓住李大奎作弊的把柄，带着村民上访。李大奎仅干7天，就被罢免，仍由马素利接任。

　　这时，正逢章丘建设城东工业园，309国道两侧须征地、拆迁。但马素利既征不了地，也拆不了迁，寸步难行。就在这当口，街道办事处声称收到举报信，有三四十人联名，说马素利贪污60万元，找马素利谈话，勒令其辞职。村集体欠债80万元，哪来的钱贪污？马素利有口难辩，知难而退，辞去村支书，只任村主任——往常的各届班子中，村主任均由村支书兼任。于是，上级派来王庆孝，希望他能打开局面。一开始，王庆孝意气风发，渴望建功立业。未料，强龙难压地头蛇，他才干9个月，就铩羽而归。

由于班子软弱涣散，村里无人主事，党员一年开不了一次会，村务财务从来不公开。村干部没有补助，当然不愿意白使劲，整个班子一盘散沙。

这段"三国演义"，让高淑贞深感棘手。她诚恳地说："恒德哥，你是实在人，说得在理。如果之前知道是这么个烂摊子，我说啥也不来。现在，我就像是过河的卒子，没有退路，也没有后悔药，只有往前拱。不管村子多乱，我都不怕！要打就打，要骂就骂！刁民再多，我还怕了不成？邪还能压倒正？我不信这个邪！我娘家村过去也是个乱村，被我治了4年，不也成了先进村？人心都是肉长的，只要我自身正、下功夫、讲感情，石头也能把它焐热。我有这个信心，你也别泄气。我正缺人手，你情况熟、人缘好，留下帮我一把。有啥难处，我顶着，不会让你为难。现在可能没有工资，但请放心，我会让你们拿到工资的。如果你实在为难，等我站稳脚跟后，你再辞。行不？"

一席话，说得叶恒德目瞪口呆。一个"女流之辈"，说话比大老爷儿们还硬气。他有点心动，呷了几口茶，松了口："你给我点时间，容我再想想。"

（节选自《涧溪春晓》，人民文学出版社2020年4月出版）

铁人张定宇

李春雷

无疑,在这次轰轰烈烈的武汉"战疫"中,金银潭医院是"枪声"最密集的桥头堡,是地球人最关注的风暴眼。

这里,累计收治了2220名"新冠肺炎"确诊病人,其中包括全市大多数危重症患者。

这里,还曝光了一个举世关注的人物。

他,就是身患渐冻症的"铁人院长"张定宇!

铁人,并非仅仅形容他的意志刚强如铁,还因为他的形象。由于病情严重,下肢机械化,双腿僵硬,犹如铁具……

1. 山雨欲来

2019年12月27日19时。

他像往常一样,滞留办公室。

每个傍晚，通常是属于他的黄金时间。大家都下班了，再没有人来人往，再没有电话喧闹，整个楼层，像空山一样静谧。沏上一杯茶，静心地处理文件、细心地翻阅报纸、安心地回复微信，既结清了当天事务，又避开了堵车高峰。七时半，大街宽敞了，开车回家，回归自己的小生活。那里，是妻子热腾腾的饭菜和甜蜜蜜的微笑。

秋冬交替之后，是呼吸道疾病和常见传染病高发期，可今年格外稀少。虽是好事，却也有些失常。因为暖冬？抑或，难道真如坊间戏言，刚刚在武汉参加完世界军人运动会的万余名外国人，把这些都带走了？但他总有一种莫名的不安，感觉要发生什么。于是，今天，邀约业务副院长黄朝林留下，聊。

真是说曹操，孟德到。刚刚打开话题，手机响了，本市同济医院一位专家。

对方语气急迫，有一个不明原因肺炎病人，肺部呈磨玻璃状，疑似一种新型传染病。对方还透露，第三方基因检测公司已在病例样本中检测出冠状病毒 RNA，但该结论并未在检测报告中正式提及。鉴于这种情况，询问是否可以将病人转诊过来。

心底，一道闪电掠过。

他所在单位是武汉市唯一的传染病专科医院。相关法律规定，传染病要定点集中治疗。

"你们做好准备，我马上通知值班医生，带车接人！"

可，一会儿后，对方又打来电话，病人死也不愿转院。

哦，又是这种情况，总有病人忌讳"传染病"三个字，望而止步。

他叹息一声："那就做好隔离，紧密观察吧。"

虽然患者没有过来，但他的内心，已经风起浪涌。

当即联系刚才提到的那家第三方检测公司。反复沟通，由对方将未曾公开的相关基因检测数据发送本院合作单位——中科院武汉病毒研究所，进行验证。

几个小时后，初步基因比对结果提示：一种类似SARS的冠状病毒！

12月29日下午，湖北省疾控中心来电，省中西医结合医院出现7名奇怪的发烧病人，所述病状与前者类似。

心头，一阵惊雷响震。

他马上吩咐黄朝林副院长亲自带队，前往会诊，并叮嘱务必做好二级防护，出动专用负压救护车。最后，又严正强调：每个病人单独接送，一人一车，不要怕麻烦！

就这样，小心翼翼、战战兢兢，直到深夜十二点左右，才把病人陆陆续续地送入本院南七楼重症病区。

他的双腿，禁不住颤抖起来。

他隐隐约约地意识到，一场战斗就要来临了。

但是，善良的人们啊，幼稚的人类啊，这哪里仅仅是一场战斗，而是一场战役，一场世界历史上规模和范围空前巨大的瘟疫战役。而他的脚下，便是最早的风暴眼！

他，张定宇，武汉市金银潭医院院长！

……

2. 我本医生

张定宇，1963年12月出生于武汉市汉正街。小时候，他跟着哥哥，跑遍了这里的每一条街巷，体味着老汉口的繁华。1981年，他考入华中科技大学同济医学院医疗系。

虽然学医，却也无奈疾病。大学期间，最亲爱的哥哥竟然患病而亡。凶手，是一种名叫流行性出血热的传染病。

这，是他生命中永远的痛。

医学院毕业，进入武汉市第四医院，麻醉科医生。

个头不高、浓眉大眼、身材清瘦、医术精湛，说话办事风风火火，严肃认真从不服输，这是他留给所有人的深刻印象。

出色的表现，使他成为组织重点培养对象，从医生、副主任、主任、院长助理，直到副院长。

在这里，他还遇到爱情。妻子程琳，武汉卫校毕业，本院护士。贤惠的妻子，无微不至地护理着他和全家人。哥哥离世，他成为家中独子。父亲病故后，母亲跟随他生活。婆媳亲好，宛若母女。

2013年12月，张定宇调任金银潭医院院长。

金银潭医院，几年前由本市三家具有传染病业务的医疗单位合并而成。相比许多综合型医院，业务单调。更兼人心分散、职工上访，使得原本的清凉愈发清冷。截至他上任之时，各种外欠款1.6亿元，年亏损2000万元。

虽然如此，他却没有过多灰心。

别人不知道，他与传染病，有着特殊缘分呢。那就是当年哥哥的早逝，那似乎是一种不共戴天之仇。

针对医院的不景气状况，他开始尝试各种探索、多方突破。

专科医院？综合医院？创伤中心？肝移植技术？后来，思路逐渐明确：还是立足传染病业务。这才是正路，这才是武汉人民的根本利益！

于是，下定决心，立足初心，在原有基础上加强管理、全面提升、重点突破。

第一个突破点，便是把艾滋病防控工作争取过来。法律规定，法定传染病由各地传染病医院负责。但是，由于种种原因，原来这方面业务大都挂靠在别的部门，颇不顺畅。张定宇多方努力，终于捋顺关系。艾滋病业务，虽然并不能带来经济效益，却进一步确立了本院在区域传染病界的影响和地位。

同时，针对传染病治疗的关键难点，引进一系列先进设备，全面提高治疗水平，吸引广大病员。

最精妙一步，就是费尽千辛万苦，建立GCP平台。

什么是GCP呢？

简言之，就是新药试验平台，即在国家支持下，对所有预上市新药进行系统且缜密的试验确证。这是一套庞大的系统工程，需要专业团队和设备，还有结构合理、人数众多的志愿者队伍。当然，在整个过程中，如果表现良好，自有经费补贴。而他们打造的平台，在全国评比中，名列第二。

短短几年时间，金银潭医院便发生根本改变，不仅还清全部外债，而且年节余2000万元。

年近六十。就这样再干几年，光荣退休，享受生活，无悔无憾，此生足矣。

他万万没有想到，个人的灭顶之灾，悄然降临！

他更加没有想到，国家的弥天大祸，骤然而至！

3. 冠寇

12月30日，市疾控中心相关人员来到金银潭医院。他们反馈，已收治的7名患者的检测结果显示，所有已知病原微生物，均为阴性。

张定宇大吃一惊。

"你们取什么检测？"

"咽拭子。"

咽拭子取样是在上呼吸道，而肺炎病人的感染已经抵达肺叶。

"不行，马上做肺泡灌洗！"

张定宇立即通知纤支镜室主任，采集患者的肺泡灌洗液样本，火速分送省疾控中心、中科院武汉病毒研究所检测。

当天下午5点，标本采集完毕。

三个小时后，初步结果出现：病原体均呈阳性！

重大疫情，石破天惊。急如星火，上报北京！

第二天清晨，国家卫健委派出的工作组和专家组，乘坐第一班飞机，抵达武汉。

专家组来到金银潭医院，会诊病人和相关影像资料。同时，相关人员进行传染病学流行调查。

调查显示，区域病原地聚集于一个地方：华南海鲜批发市场！

该市场，位于江汉区发展大道207号，总建筑面积5万平方米，现安置1000多家商户，是华中地区规模最大的水产批发市场。虽名为海鲜市场，却含有不少野生动物交易，活宰现买，生意活跃。

当晚，武汉市卫健委10楼会议室，灯火通明。

专家组向国家卫健委派驻武汉市工作组汇报临床观察意见。

这次会议一个最为紧要的任务，就是分析新发疾病，抓紧商议制订一个诊疗方案。同时，商定关闭华南海鲜批发市场。

会议开到第二天凌晨三点半。

真正的跨年会议！

1月1日早晨8时,检测人员紧急赶赴华南海鲜批发市场,针对病例相关商户及相关街区,集中采集环境样本515份。

上午10时,江汉区市场监督局和卫生健康局联合发出"关于休市整治的公告"。

非常举动,瞠目结舌!

后来,虽然经过全球科学家们多方深层调研,又考察出几处不同疫源地。但作为早期浮现的疑似疫源地之一,最早果断关闭,显示了中国方面的高度自觉和高度责任感!

疫氛汹汹,谁为元凶?

全新恶魔,无形无影!

2020年1月3日,4家权威科研单位对病例样本进行实验室平行检测,初步评估判定为不明原因病毒性肺炎病原体。

疫情真凶,始现真容。

1月10日,紧急研发的PCR核酸检测试剂运抵武汉,用于现有患者的检测确诊。

12日,这种全新疾病被正式命名为"新型冠状病毒感染的肺炎"!

4. 风暴眼

1月3日,金银潭医院已新开两个病区,转入50多名病人。

同时,紧急采购呼吸机、监护仪、输液泵、体外除颤和心肺复苏设备。每个楼层,大致准备25台呼吸机和25台输液泵。

1月5日,病人已达100余位。

查房时,张定宇猛然发现一个问题。病人自费用餐,非但标准不高、营养不全，而且任由剩饭剩菜裸放床头。保洁员束手无策，不便清理。

这是一个巨大隐患。

他马上下令，即日起，所有病员餐饮费用由本院负担，标准与本院干部职工相同。且全部统一送餐，统一保洁！

众人大惊失色。

特殊时期，不算小账！

形势越来越紧张。

正在这时，金银潭医院的50多名保洁员不辞而别。

怎么办？

护士和行政人员顶上！

第二天，18个保安也全部主动离岗。

怎么办？

生死关头，不能回头！

所有党员、后勤人员，全部上前线！送餐、保洁、保卫！

……

在此期间，张定宇紧急招聘多家外部工程队、聚合院内所有人力物力，日夜苦战，用最快速度将全院21个病区全部改造完毕、消毒完毕、布置完毕。

大战之前，这是一个多么艰巨的工程！

事后证明，这是一个多么英明的工程！

最关键时刻，张定宇身边两位最重要人物，先后中箭。

妻子在武汉市第四医院门诊部负责接诊，虽然百倍注意，但还是感染。听到确诊消息，张定宇眼前一黑，瘫倒在地。

他已经好多天没有回家了，现在更是分身无术，不能前往探视。

仅仅几天之后，他在工作上最倚重的战友——业务副院长黄朝林，也不幸感染，且是重症。

无奈的张定宇，愤怒的张定宇，疲惫已极的张定宇，擂墙痛哭。

此中悲痛，此中心焦，如坐针毡，如火焚烧！

别无选择，别无选择，只有拼命地工作，拼命地工作，把所有的措施补防到位，把所有的预案准备到位。同时，仰告苍天，赶紧收回这一簇邪火吧！

每天晚上，他都要闭眼、面壁、单腿直立半小时。

是在祈祷吗？

当然不是！

5. 除夕夜

大年三十，除夕夜。

傍晚七时，办公室。

吃过盒饭饺子后，张定宇突然想起，要与病房里的妻子视频，说几句安慰话。这个可怜的女人啊，为我付出了一切，现在身染重病、生死未卜，不仅没有得到我的探望和照顾，连几句暖心的电话问候也少之又少啊。想到这里，心如刀割，五内俱崩，禁不住泪流满面，哽咽失声。

他擦擦眼泪，使劲摇晃麻木的脑仁，终于想出了几句温柔话。可刚刚酝酿情绪，电话响了。

紧急通知，解放军陆海空3支医疗队共450人，已分别从上海、重庆、西安三地乘军机星夜驰援，3小时后降落。其中，陆军军医大学150人医疗队，将直接奔赴金银潭医院。

少顷，电话再响：上海医疗队136名医护人员也将进驻，凌晨2时抵达！

"好！好！马上布置，马上迎接！"他挺直身体，像军人一样。

放下电话，火速召集人马，分头行动，再次冲锋。

真是武汉有幸、天道垂青。前些天，他已经抢在大疫降临之前，把全部病区规划改造完毕。若非，事到临头，火烧眉毛，如何来得及！

想到这里，心底涌上一阵莫名的自豪。他伸出大拇指，狠狠地为自己点一个大赞！

的确，张定宇提前完成的这一系列改造工程，太果断了，太给力了。

这才是政绩，这才是官德。

这，才是一个基层干部真正的守土有责！

……

安顿医疗队住下，已是凌晨3点。

日历悄然翻至1月25日，大年初一。

正是全国人民万家团圆的欢乐之夜。国人看完春节联欢晚会之后，大都进入了甜美的梦乡。

可他，和他的战友们，却不能停下啊。他们要立即清洁消毒、摆放物品，为即将进驻的医疗队最快投入战斗做好全部准备。

1月26日下午1时，陆军军医大学医疗队接管两个病区。

下午2时，上海医疗队入驻另外两个病区。

截至当晚11时，金银潭医院已累计收治重症患者657人。

火线48小时，张定宇兵不解甲、马不停蹄！

6. 铁与冻

金银潭医院的空气中,溢满了浓浓的消毒水味道,像硝烟,似雾霾。

楼道里,大家时时看到他跛行的身影,常常听到他呼吼的声音。

只是,他的嗓门越来越亢奋,脚步却越来越迟缓了,特别是双腿僵硬,如假肢,似高跷,若机械,像铁具。

上楼时,必须用双手紧握栏杆,用力地拉、拉。有一次,走着走着,居然摔倒在地,好久站不起来。

1月28日早上8时,全体病区主任见面会。

简短地汇报工作后,大家准备四散而去、各就各位。但这一次,他破例地要求留下,似有话说。

人们颇感意外。

而他,却又抓耳挠腮、吞吞吐吐,足足一分钟。

众人惊奇了、纳闷了。这完全不是他的作风啊,从来没有见他如此局促啊。

他停顿一下,慢慢张口。

"兄弟姐妹们,事到如今,我不得不说。再不说,可能就要耽误大事。"

大伙猛然瞪大眼,眼神里翻滚着一串串惊疑的问号。这些年来,单位由乱到治、由弱到强,发生了太多太多细细碎碎而又轰轰烈烈的事情。对于这些,大家都已经习惯了,只要有他在,便没有什么大事。就像现在,天大的事,不也是他在硬挺挺地支撑着吗。难道……

"我的身体出了问题……"仍是嗫嗫嚅嚅,继而,终于说出,"我是……渐冻症！"

什么？什么？

面部全扭曲，表情全凝固。

"是的，渐冻症，前年确诊！"他缓缓地却是平静地说，"医生告诉我，或许还有六七年的寿命。现在，我的双腿已经开始萎缩……"

渐冻症，即运动神经元病，属于人类罕见病。此病多为进行性发展，其病变过程如同活人被渐渐"冻"住，直至身体僵硬、失去生命。更重要的是，这种怪病，无法医治。

在座都是医生，谁不明白呢。

联想他这些天来的异常行动，大家恍然大悟。

张定宇沉默少许，接着说："我向各位兄弟姐妹道歉啊。这两年，我脾气不好，批评你们太多，你们都受委屈了！现在，我的时间不多了。在这最后的日子里，我必须跑得更快，才能跑得赢时间；我必须跑得更快，才能抢回更多病人；我必须跑得更快，才能和大家一起，跑出病毒魔掌。现在，形势万分危急。我们要用自己的生命，保护武汉，保护武汉人民，保护我们的城市！"

说完，他用尽全身力气，站起来，一跛一拐地走向前台，双拳相抱，深鞠一躬："拜托大家了！"

所有人，顿足捶胸，号啕大哭！

……

白衣执甲，冒死前行！

最疲惫的时候，最痛苦的时候，他就仰躺在办公室沙发上，与妻子聊天。一是问候，二是排解压力。

"疫情过后，我要陪着你，好好休息。"

"咱俩相差5岁，正好可以一起退休。到时候，我给你一个人当护士，你给我一个人当院长。"

"只是我脾气不好、急躁、不服输，老毛病改不了。"

"这才是武汉人。犟脾气2000多年了，怎么能改变？这是基因，也是病毒，一代代传染。"

"不要提病毒，不要提传染。我不想听！"

"好吧，好吧。张院长伟大、张院长敢干。在张院长领导下，汉正街永远正，长江水永远清，金银潭永远风平浪静。"

"哈哈哈哈……"

笑着笑着，却没有声音了。

再听，却是一串串呼噜声。

他睡着了……

7. 灵丹妙药

如何提高治愈率？如何降低死亡率？

在张定宇主导下，金银潭医院采取了多种治疗方法，比如大量补充氧疗设备，在病房里尽量多地匹配氧气面罩、高流量氧疗、体外膜肺氧合等手段。

但仅有这些常规武器，还不行啊。

探讨新路！

他们在国家专家组指导下，根据病情给予鼻导管氧疗、高流量湿化氧疗、无创通气治疗、气管插管呼吸机辅助通气等疗法，同时酌情给予抗病毒、抗感染、抗炎、抗休克、纠正内环境紊乱、纠正酸碱平衡失调等治疗。

还有血浆疗法。

大部分患者康复后，体内会产生一种特异性抗体。这种抗体可有效杀灭病毒。目前，在缺乏疫苗和特效药物的前提下，采用这种特异血浆制品治疗，可以增加重病患者存活的机会，也可为医生的救治争取更多时间。

张定宇妻子康复后，经过身体检查，符合捐献血浆的条件。2月中旬，她来到丈夫所在的金银潭医院，捐献400毫升血浆。

很快，在国家卫健委印发的新型冠状病毒肺炎诊疗方案（试行第六版）中，赫然增加"康复者血浆治疗"一项。

遗体解剖，无疑是寻找致死根源的最直接途径！

目前，医学对新冠病毒感染、致死的病理机制认识不够，也没有对症特效药。通过遗体解剖，可以最快地掌握和判断其传染性和致病性变化规律。

金银潭医院的第一个死亡病例出现在1月6日。

在ICU病房外，张定宇耐心地与患者家属沟通将近一个小时，试图说服同意对逝者尸体进行解剖，但是，没有成功。

后来，凡有病亡者，他都会走上前，真诚地哀悼之后，便是苦口婆心地劝说："我们知道凶手是谁，但它到底如何行凶，我们需要知道。只有这样，才能挽救生者。请您理解，请您配合啊……"

终于，有家属同意了。

2月16日，第一例、第二例患者遗体解剖工作在金银潭医院完成。十天之内，共完成12例。

由解剖获得的直接数据，有望给未来的临床治疗提供有力依据！

……

疫情发生后，科技部紧急启动针对该病毒的应急科研攻关。

金银潭医院承担的多个临床研究项目也陆续上马，涵盖优化临床治疗方案、抗病毒药物筛选、激素使用等亟须解决的问题。张定宇当初建造的GCP新药平台，真是天造地设的神奇伏笔啊。

在武汉前线的几位院士、教授和相关科技人员，迅速在这个平台上展开了克力芝、枸橼酸铋钾、瑞德西韦等药物的临床研究。

各种武器，一齐开火。

从乱枪打鸟，到精准射击……

8. 最后的战斗

2月9日，已经超负荷运转43天的金银潭医院，再次接到收治一批危重病人的紧急任务。

21个病区，每层楼都在走廊添加10至14张病床。

这天晚上，这里又吃力地接纳了256个危重症病人！

每天每天，都是如此节奏啊。

而调动整个医院运转的张定宇，无疑是其中最忙碌、最伤心而又最坚定的那个人。

萎缩的双腿，时时疼痛，好似抽筋。最疼痛的时候，必须单腿站立，把全身重心压迫到一条腿上，连续站立半小时左右，才能缓解。满头大汗、浑身颤抖、咬牙切齿、气喘如牛。

当然还有他的战友，这些可敬的勇士们。在那些漫长的日子里，他们有家不能回，大都寄宿在自己的汽车里。

"汽车宾馆"，就是他们战火中的家！

魔高一尺，道高一丈！

整个武汉市，都是如此这般火热啊。

在中共中央的统一指挥下，来自全国各地的十数万医务工作者、志愿者和各界爱心人士，和武汉本土战士并肩作战，在疫氛滚滚中，共同筑起了一道道血肉长城，抗击疫魔！抗击疫魔！

日日夜夜、黑黑白白、风风火火、铿铿锵锵。

希望之光、胜利之光，就这样吃力地从最初的慌乱和暗淡中走出，走向黎明、走向日出、走向满天朝霞……

2月21日，金银潭医院收治患者13人，出院56人。出院人数首次超过入院人数。

黄朝林副院长在病情加重持续10天后，也稳住了。最终，走向新生，并于3月2日回归作战队伍。

……

截至"战疫"尾声，金银潭医院的820张病床，累计收治了2220名病人，其中包括全市大多数危重症患者。

而金银潭医院的勇士们，在与病魔决斗的同时，也最大限度地保护了自身。作为战斗最激烈的桥头堡，这里只有9名医护人员感染，且全部治愈。

这，实在堪称奇迹！

张定宇和他的战友们，用最大的努力和最小的牺牲，成为保护这座城市的主力军！

9.肺言

一场大战，正在收兵。

虽然惨烈，却是大胜！

张定宇，已经近三个月没有休息了。

三月下旬之后,他偶尔回归了原来的节奏:晚上七点钟下班。

他,终于可以回家了。家里,有妻子热腾腾的饭菜和甜蜜蜜的微笑。

生活,如此美好;生命,如此温馨。

只是这样的美好和温馨,太有限了!太有限了!

但是,无论如何,现在的他,已经释然,足以欣慰。

因为,他问心无愧。无愧于这家医院!无愧于这座城市!无愧于这个国家!

但是,作为传染病专家,他想通过这场新冠肺炎之战说出自己的肺言——肺腑之言:

未来世界,瘟疫将是人类面临的最大敌人,是比核武器更大的威胁。

人类,必须改变生存方式,进一步与自然和谐相处。若非,走了非典,来了新冠。新冠之后,还有新患……

我的祖国、我的武汉、我的亲人,我爱你们,祝你们康宁恒好!

(原发于2020年4月1日《人民日报》"大地"副刊)

新时代的青春之歌(节选)
—— 黄文秀

林超俊

2020年元旦前夕,北京。

新年的钟声就要敲响,在辞旧迎新之际,亿万听众、观众都在期待一个激动人心的声音。自2013年12月起,习近平总书记已经连续7年向全国和世界人民发表新年贺词。7年来,每到新年前夕,人们总会如期收到习近平总书记的新年祝福,这是美丽的"约定",也是美好的相遇。在每一年的新年贺词中,习近平总书记始终用聊天谈心的方式说"知心话",用群众语言讲"大白话",每一年的新年贺词,都充满催人奋进的力量,年年有精彩、篇篇有金句。

2014年的"让老百姓过上更加幸福的生活";

2015年的"蛮拼的";

2016年的"让几千万农村贫困人口生活好起来";

2017年的"大家撸起袖子加油干";

2018年的"幸福都是奋斗出来的";

2019年的"我们都是追梦人"……

这些话语平实而温暖，充满新气象、新希望。

习近平总书记每一年的新年贺词一经发布，其脍炙人口的金句就迅速走红，引发无数人的共鸣，并且成为激荡人心的奋斗旋律。

2019年12月31日晚上7点，习近平总书记通过中央广播电视总台和互联网发布2020年新年贺词。这一年来，哪些人和事感动了我们？我们为谁喝彩？我们被谁感动？我们仔细聆听着习近平总书记的新年贺词，他说道：

> 一年来，许多人和事感动着我们。一辈子深藏功名、初心不改的张富清，把青春和生命献给脱贫事业的黄文秀，为救火而捐躯的四川木里31名勇士，用自己身体保护战友的杜富国，以十一连胜夺取世界杯冠军的中国女排……许许多多无怨无悔、倾情奉献的无名英雄，他们以普通人的平凡书写了不平凡的人生。

习近平总书记2020年的新年贺词中具体讲到了3个人和2个集体，其中满含深情地讲到了黄文秀——"把青春和生命献给脱贫事业的黄文秀"。

刚刚过去的2019年，全国有300多个贫困县摘帽、1000万人以上实现了脱贫，我们的脱贫攻坚事业取得了辉煌的成就。2020年是全面建成小康社会收官之年，也是脱贫攻坚决战决胜之年。站在"两个一百年"奋斗目标的历史交汇点，中国即将全面建成小康社会的盛景举世瞩目。

习近平总书记牵挂着全国的脱贫攻坚这一伟大事业，也牵挂着黄文秀这样的扶贫干部。1989年出生、刚满30岁的黄文秀，在扶贫一线上不幸遇难。她的生命定格在了2019年夏天的那个暴风雨之夜，她的事迹感天动地！

那是怎样的一个暴风雨之夜？她经受了怎样的人生考验？她是个什么样的人？为什么习近平总书记要号召广大党员和青年向她学习？

请跟随我们，走进这位壮族姑娘的世界，仔细回望她的成长足迹，看看这位驻村第一书记是怎样"炼"成的……

文秀的新长征

> 文秀给自己打气："有人曾说，让扶过贫的人像战争年代打过仗的人那样自豪，长征的战士死都不怕，这点困难怎么能阻止我继续前行。"

1. 奔向百坭村

2018年3月，文秀刚刚结束在田阳县那满镇半年的挂职锻炼回到原单位百色市委宣传部，就听到部里同志说部里要增派干部到深度贫困村担任驻村第一书记的消息，她对照了条件要求，觉得自己非常适合，就毫不犹豫地报名了。根据她的申请，经组织审批，她被派往乐业县新化镇百坭村担任驻村第一书记。

从此，"黄文秀"这个青春的名字和爱笑的形象，她的汗水、鲜血甚至是生命，就和"百坭村"这个深度贫困村紧紧地连在一起了。

文秀记得自己挂职那满镇党委副书记时，反复学习过习近平总书记2017年6月在深度贫困地区脱贫攻坚座谈会上的讲话,她还在学习笔记里做了摘录,明白了"脱贫目标"的含义:"我们必须看到,我国脱贫攻坚面临的任务仍然十分艰巨。从总量上看,2016年底,全国农村贫困人口还有4300多万人。如期实现脱贫攻坚目标,平均每年需要减少贫困人口近1100万人,越往后脱贫成本越高、难度越大。从结构上看,现有贫困大都是自然条件差、经济基础弱、贫困程度深的地区和群众,是越来越难啃的硬骨头。在群体分布上,主要是残疾人、孤寡老人、长期患病者等'无业可扶、无力脱贫'的贫困人口以及部分教育文化水平低、缺乏技能的贫困群众。在脱贫目标上,实现不愁吃、不愁穿'两不愁'相对容易,实现保障义务教育、基本医疗、住房安全'三保障'难度较大。"

脱贫攻坚本来就是一场硬仗,如何打赢这场没有硝烟的战争?

习近平总书记语重心长地指出:"深度贫困地区在2020年如期实现脱贫攻坚目标,难度之大可想而知。脱贫攻坚本来就是一场硬仗,而深度贫困地区脱贫攻坚是这场硬仗中的硬仗。我们务必深刻认识深度贫困地区如期完成脱贫攻坚任务的艰巨性、重要性、紧迫性,采取更加集中的支持、更加有效的举措、更加有力的工作,扎实推进深度贫困地区脱贫攻坚。"

从百色市到乐业县新化镇的路程有200多公里,当时乐业县还没有通高速公路,汽车行驶在云贵高原余脉那蜿蜒崎岖的山路上,摇摇晃晃将近5个小时才来到镇里,从镇里到百坭村只能换乘摩托车,摩托车走不了的山路只有下车步行前进。百坭村有11个自然屯,13个村民小组,共有472户2068人,是一个深度贫困村,其中建档立卡贫困户195户888人,起初的贫困发生率高达22.88%以上。

2018年3月26日,这是个普普通通的日子,但对于文秀来说却有特殊意义。这是她第一次踏进这个被列为深度贫困村的百坭村，也是她正式就任驻村第一书记的第一天，在她看来，这是自己奔赴扶贫新长征之路踏出的第一个脚印。

百坭村群众忘不了文秀第一次和他们见面时的情景。那是一个阳春三月的上午，春风拂面，村干部们和村民代表聚在一起，他们在等待市里派来的驻村第一书记。会议开始，村支书周昌战先介绍文秀，告诉大家这位就是新来的驻村第一书记。大家这才看清楚，刚才和大家说说笑笑的"学生妹"，就是他们等待的驻村第一书记、北师大硕士研究生黄文秀。

"大家好！我是黄文秀，大家可以叫我阿秀。"她自我介绍说，"毕业之后，我主动选择回到家乡工作，希望大家多多支持我的工作。我阿秀不是来作秀的，而真的是来干活的，谢谢大家！"青春的气息，爱笑的动人脸庞，文文静静的模样，这就是文秀留给当地群众的第一印象。

文秀继续笑着说："我初来乍到，也不会讲什么大道理，我就先给大家唱首歌吧！以前有一部老电影，叫《我们村里的年轻人》，我唱电影里面的插曲吧！"

还没等大家鼓掌，她就大方地唱了起来："樱桃好吃树难栽，不下苦功花不开；幸福不会从天降，社会主义等不来！……"文秀那甜美的歌声，爽朗的笑声，得体的话语和落落大方的举止，冲散了沉闷的会议气氛，会议室里顿时活跃起来，百坭村人用掌声来欢迎这位"学生妹"书记。

文秀的到来也给村民们带来了新的信息，尤其是党中央对脱贫攻坚的决心和相关政策。第一次开村委会，她介绍了全国贫困人群和贫困地区的特征与情况，让村干部们根据这些特征与情况和百坭村的贫困状况做比较。文秀为了全面掌握百坭村的致贫原因和现状，决定采取土办法，对村内的贫困户开展遍访工作，认真查摆问题并听取民情民意。

百坭村村委有栋两层办公楼，文秀就住在这栋办公楼一楼的一个小单间里。这个房间狭小、简陋，也就一桌一椅一床，但很整洁。炎炎夏日，房间里没有电风扇，更没有空调，文秀就用一把纸扇对付。在文秀的房间里，摆放着每天下村戴的草帽、夜巡用的手电筒、防止蚊虫叮咬的药水以及大瓶酒精，另外还有应对各种泥泞路况的高、中、低帮雨靴和运动鞋等。

小小的房间里，有两样东西格外打动我们，透过它们我们看到了文秀对群众、对生活浓浓的爱：一样是床铺下的塑料整理箱，里面装着准备送给孤寡老人的棉被和孩子的玩具；另一样是一把吉他，每当夜晚，总有小朋友来找她，听她弹吉他并跟她学唱歌。

百坭村的村委主任班智华是一个30岁出头的机灵能干的小伙子，是文秀在脱贫攻坚战场上的好战友。当他讲起与文秀一起工作的点点滴滴时，曾几度哽咽："她还有个双肩包，一般都随身携带，里面装着工作手册和工作报告等材料。"

百坭村195户建档立卡贫困户分散居住在几个不同的山头，对不熟悉地形的文秀来说，要在最短时间内掌握全村贫困户的详细情况是非常困难的。一开始，村民们对她这个年轻的女书记缺乏信任，不愿配合她的工作，村民们一脸不屑地说："你这个小姑娘估计是来走过场的，我们跟你聊了也没用。"有的还说："跟你说了你能帮我们解决问题吗？之前来了这么多人都没让我们村富起来，你一个女娃娃就能行？别在这儿耽误工夫了，赶紧回城里享福去吧。"。

这些议论对于文秀来说，有些出乎意料，她在日记里写道："我觉得心里憋屈，搞不懂为什么辛辛苦苦地翻山越岭、走村串户，老百姓却对我这么排斥……"她感到非常委屈，但没有气馁，她给自己打气："有人曾说，让扶过贫的人像战争年代打过仗的人那样自豪，长征的战士死都不怕，这点困难怎么能阻止我继续前行。"

她向村里的老支书请教，老支书语重心长地告诉她："文秀书记，你刚来村里，老百姓对你还不熟悉，他们不愿意与你深聊，你也要理解他们。农村其实是一个熟人社会，老百姓跟你熟了，自然就接纳你了。"如何才能跟老百姓熟起来？那天晚上回到宿舍，文秀一宿没睡着，她在思考：要想让老百姓愿意接纳自己，就得让老百姓觉得自己和他们是一样的。

于是文秀改变方式，到贫困户家时不再拿着笔记本问东问西，而是脱下外套帮贫困户扫院子；贫困户不让她进家门，她就去两次、三次甚至更多次；贫困户不在家，她就去田里帮他们摘砂糖橘、收玉米、种油茶，一边干农活一边商量脱贫计策。为了能够更好地和村民们交流，从来不喝酒的她，甚至主动带上酒和老乡们坐在一起拉家常。时间久了，村民们跟她见得多了，开始慢慢接受这位新来的驻村第一书记。"你这个女娃娃还真是'难缠'得很哩！"气氛开始融洽了，不少贫困户还经常这样跟她开玩笑。

"第一书记工作很多，但是她非常认真，每个环节都很细心，经常开会开到很晚，有时候会一直开到凌晨一两点，把工作都落实好了才休息。"百坭村村支书周昌战深情回忆道，"因为许多村民白天不在家，所以文秀书记一般是下午五六点钟开始入户走访。到一户家里没人，我们就走下一户，如果这家还是没人就再往下走，有时只能趁着人家煮饭的时候入户调查。"

村妇女主任韦玉行告诉我："为了尽快熟悉贫困户的情况，文秀在笔记本上绘制了贫困户分布图。自从驻村以来，文秀就一直到处跑，没闲过。当地的村庄分布比较散，好几个屯都距离村部10公里以上，到偏远的那洋屯要走13公里山路。文秀用了两个多月时间把全村跑遍了，将全村人的所有情况都掌握了，了解了村情民意，摸准了致贫原因，为进一步开展扶贫工作打下了良好的基础。"

为激发贫困户脱贫内生动力，文秀还以"乡风文明红旗村"创建工作为切入点，结合百坭村实际开展了文明家庭评比、善行义举榜活动和村规民约吟诵比赛，并与北京师范大学哲学学院本科生社会实践志愿队结对联建百坭村"乡村振兴，青年有为"志愿服务队，定期在百坭村内开展志愿服务活动。通过开展一系列活动，营造了百坭村团结奋进的脱贫氛围。

村里的路平了，夜晚的灯亮了，百坭村人通往小康的"路"宽敞起来了，心中的"灯"也更亮了，慢慢地文秀也赢得了百坭村人的信赖，她用自己独特的方式，就这样悄悄地走进了百坭村人的心里。

2. 以百坭为家

她像春雨，润物细无声——百坭村村支书周昌战用这个比喻来形容文秀。在周昌战的记忆里，和文秀书记在一起工作时，没有发生什么惊天动地的大事，她就像春雨，细致而温柔，而且出现得还很及时。

周昌战告诉我们，文秀于2018年3月来到村里做驻村第一书记，为了不在白天耽误村民们干农活，她常常在晚上和下雨天入户开展工作，一旦下雨村里的路就很滑，但她从来没有退缩过。

文秀以百坭村为家，把村民当成自己的亲人去关心。她在村委二楼会议室建起了规范化党员活动室；她讲的党课，对党中央的方针政策领悟得很深，而且切合百坭村的实际，对党员干部开拓思路、找准方向很有帮助；她带领党员干部严格执行党的纪律和规定，认真开展组织生活；她还主动关心慰问"五保户"，关爱村里的弱势群体。

她一边入户调查，一边思考：在这山高坡陡之地，什么样的产业可以打响全村致富的第一炮呢？为了解答这个难题，文秀收起漂亮衣服，换上运动装，脱下高跟鞋，穿起运动鞋，风风火火地走村入户，显得更朴实精干了，大家也越来越喜欢这个从北京回来的大姑娘了。

经过仔细的走访调研，文秀心里有了底。她认为，百坭村最突出的问题是生产生活条件差、农民增收难、集体无收入，因学致贫和因残、因病致贫占比最高。说到底，百坭村最需要的是发展。而发展，对百坭村来说应该主要抓两个方面——交通与产业。

说到交通问题，尽管做足了思想准备，但一踏入百坭村，文秀还是感到震惊！百坭，这个偏僻的山村无人知无人晓，一直在大山里沉默。高高的大山，深深的谷底，仿佛到了世界的尽头，再往前已无路可走了。文秀感到泰山压顶般的沉重，有点喘不过气来，摆在她面前的是一块脱贫攻坚的"硬骨头"！文秀在她刚进村后的日记中写道："路不好走，客商进不来，果子运不出。"

百坭村有11个自然屯，被大山包围、道路崎岖、易塌方、路难行，交通不便的问题是严重制约百坭村村民生产生活发展的"老大难"问题，改善当地交通条件一直是文秀最为急迫的心愿。

因为行路难，这里的村民吃尽了苦头。据村民回忆，那时候进村的路相当难走，连摩托车都很难通过。到了收获季节，果子运不出去，汽车进不来，种下的果子很多都掉在地上而无人问津。曾经的贫困户、如今的全村致富带头人班统茂告诉我们，以前全村砂糖橘虽种得多，但由于缺技术、缺资金，长期管护差、收成少，再加上落后的基础设施，导致砂糖橘滞销，几乎没什么收入，村民们都失去了种植砂糖橘的信心，于是他们将地撂荒，背井离乡，外出打工。"打开山门迎远客，天堑变通途"，这是多少代山里人梦寐以求的愿望啊！

要致富，先修路！交通是制约百坭村发展的最大瓶颈。文秀和村委干部们决定把解决交通问题放在首要位置。当时很多地方早就解决的修路问题，在这个偏僻的山村却还是"老大难"的问题。文秀了解到，百坭村群众对山上片区5个屯的通屯道路硬化问题意见较大。这5个屯在2014年已经修通通屯的砂石路，这条路有22公里长，但路面尚未硬化，由于当地雨季长、雨量多，这就暴露出砂石路的缺点，多处路段的砂石已被雨水冲刷流失，到处坑坑洼洼。每当下雨时，这些地方的路面就泥泞不堪，连越野车都很容易深陷其中，部分路段连摩托车都无法通行，甚至有些路段因泥石流、滑坡等出现垮塌。这不仅影响了附近群众的交通出行，甚至让很多孩子无法上学，也限制了全村的产业发展。

群众之事无小事，这是文秀的工作原则，所以她一件接一件地去办理。她和村"两委"（村党支部委员会、村民委员会）制订了5项水利工程建设规划，涉及烟叶生产基础设施的有3项。她在笔记本上详细记录着工作计划：百果屯和百爱屯"那红"水利工程全长600米，百布屯水利维修20米，百果屯、百坭屯水利维修20米……村内开展乐凤二级公路建设，产生征地和土地纠纷大大小小共计20多起，文秀前后40多次深入现场了解情况并耐心调解，成功化解矛盾，她因此成为不少群众的知心人。

就在文秀牺牲的前3天，2019年6月14日一大早，文秀和村干部带人拿着水管去陡坡上修缮被暴雨损毁的水渠，他们花了3个多小时才接通水道，暂时解决了问题。在修水渠的时候，班智华牵马驮着物料来回运送，这匹马经常为村里驮运农用物资和烟叶，文秀看到后心疼地说："马儿太累了，我带它吃点草，休息休息。"就在她牵马上坡的时候，有人用手机拍下了这个瞬间，这是她留下的最后的工作照。

在大学里爱穿漂亮裙子的文秀，在驻村期间却基本只穿运动装、运动鞋，她把自己漂亮的裙子和高跟鞋悄悄地收了起来。有一次过节，周支书不想让她一个人孤零零地过，便盛情邀请她去自己家吃饭，文秀很爽快地答应了。

那天完成进村入户工作后回到自己的宿舍，文秀特意回房间洗漱、换装，当她走出来的时候，只见她一袭白色长裙，长发飘飘，还背起她的那把吉他，身上充满着青春朝气。她笑眯眯地走出村委办公楼，周支书一下子认不出来了，以为换了一个人。文秀说："这样去赴宴，才合乎礼貌，是对主人的尊重啊！"

周支书由衷地说："你这么一打扮，太漂亮了！"

文秀调皮地说："哈哈哈，你没看见，我穿长裙，脚上却穿着运动鞋，还是不协调的，但是穿高跟鞋走不了山路啊！"

这就是文秀留给周支书和村民的生动的永恒的印记。

文秀从不谈自己家里的情况，直到出事后媒体报道，大家才知道她家也是贫困户，她靠党和政府的帮助以及爱心人士的资助才完成了学业，驻村期间老父亲又身患重病，但她为了百坭村的事业，回田阳老家的次数变少了。在文秀驻村满一年的那天，她的汽车仪表盘里程数正好增加到25000公里，她发了一个微信朋友圈："我心中的长征，驻村一周年愉快。"

凭借着一颗纯粹的心和脚踏实地的作风，文秀如温柔的春雨，一点点地润泽了百姓的心，给这片贫穷的土地带来了更多希望。她真正做到了想群众之所想，急群众之所急，她身上体现的正是共产党员的担当精神。文秀来到百坭村后，经过一年多不懈的努力，百坭村发生了一个个喜人的变化：2018年，全村通过易地扶贫搬迁脱贫18户56人，教育脱贫28户152人，发展生产脱贫42户209人，贫困发生率降至2.71%。完成屯内1.5公里的道路硬化，新建4个蓄水池，完成一个屯17盏路灯的安装，村集体经济收入6.38万元，百坭村获得百色市"乡风文明红旗村"的表彰……百坭村人终于笑起来了。

习近平总书记曾指出："年轻干部要到重大斗争中去真刀真枪干。"文秀正是这样优秀的年轻干部！

3．一碗米的最大价值

和村民渐渐熟悉之后，文秀感到与村民的相处变得越来越融洽了。得到了大家的接纳之后，她心里觉得很开心，于是她每天的入户走访也开始和大家有说有笑起来。在她调查村里的贫困情况时，村里人也好奇她为啥要跑到农村来工作。

有一次，在走访全村偏远的长沙屯之后，该屯的贫困户黄仕京坚持要留工作人员在他家一起吃晚饭，文秀和村支书周昌战答应了，但文秀拦住老黄说："不要杀鸡，吃你家种的青菜就好了。"

吃饭的时候，黄仕京突然问文秀："书记，听大家说你是大学毕业生，还是北京回来的研究生，怎么会想到要来这么边远的农村工作呢？我的孩子以后也会面临找工作的问题，我真的好奇你当初的选择。"

文秀思考了片刻之后对他说："百色是我的家乡，我学有所成，怎么有理由不回来呢？一位著名的社会学家说过，一个国家的落后首先是精英的落后，而精英落后的标志就是嘲笑民众的落后。我们党深刻明白这个道理，从而提出要教育扶持一批人脱贫，并且扶贫不仅要扶志，还要扶智。这样一个切实为群众谋发展、谋福利的党，我们怎么能不响应党的号召呢？"

黄仕京家有5口人，他的父亲当时已经84岁，大儿子是广西民族大学大二的学生，二儿子读高三，家庭开支主要依靠销售家里种植的八角和农闲时黄仕京外出务工取得的收入来维持，他们家成为贫困户的原因是因学致贫。吃饭的时候，黄仕京叹气说，家里穷，两个孩子读书，负担就更重了，想让老二放弃高考，回来跟他务农算了。

文秀听了以后，心里咯噔了一下。她忽然间想到了自己的家，想起自己的父亲母亲，她家里也穷，要同时供她和哥哥姐姐3个孩子读书，太不容易了！老黄看到文秀不夹菜吃，以为她在客气，就把菜夹到她的碗里。

文秀说："老黄，你让我想起了我的父亲，我的父亲对我们也是这么好。"

老黄问道："你们家也许比我们家富裕，所以能供你读书，还读到研究生，要不怎么培养出你这样的高才生呢！"

文秀一时语塞，她只能如实回答："我们家跟你们家差不多的。"

说到这里，在座的人都不太相信，文秀这么洋气的女孩子，会是穷人家出来的？不过，文秀也习惯了大家的不相信，遇到这些疑问，任她怎么解释，提问者都不相信，甚至以为她装穷。其实文秀很清楚自己的家庭情况，但她不轻易把家里的实际情况告诉外人。难道她要告诉老黄，她自己的家也是贫困户，自己的父母亲都是重病缠身的老人？此时她感觉说这些都不妥，眼下最要紧的是如何纠正老黄不让二儿子读大学的错误思想。这种错误思想在百坭村里还是比较普遍的，直接影响到百坭村孩子的教育问题，说得更远一点，会影响到百坭村未来的发展。

她直接切入正题，问道："是老二自己不想高考，还是他成绩不好不愿读书？"

周支书在旁边解释，说老黄家的老二从小成绩就名列前茅，现在在备考，想学医，目标是考上医学院，以后当医生。

文秀说道："那太好了呀！很有志气啊！"

老黄说道："好什么好哟！没必要读这么多书的，会写写字、算算数足够了，就算上了大学又有什么用，毕业出来也就一两千块钱的工资。之前看电视，说大学的高才生毕业出来卖猪肉，研究生毕业了应聘去当城管……你研究生毕业，不也来到这穷山沟工作？"

文秀发现"读书无用论"在贫困村里是普遍存在，大多数农民都这么认为，她觉得讲大道理无济于事，于是就想到用另一种方式来沟通。

文秀说："好吧，我们现在每个人都端着一碗米饭吃，我就从这碗米饭说起。请问一下，这碗米饭值多少钱？"

老黄说："哎呀，文秀书记，这碗米饭不值什么钱的！"

文秀说："我们先不说现在上大学有没有用，我先给大家讲一个故事。有一个徒弟问他的师傅：'一碗米能有多大价值？'师傅若有所思地说：'因人而异。把这碗米交给一个家庭主妇，加点水，上锅蒸个十几分钟，出来就是一碗米饭，这是一块钱的价值；在一个有点经济头脑的小商人手里，他把它泡一泡、发一发，分四五堆，用粽叶包起来做成四五个粽子，也就是四五块钱的价值；同样一碗米，如果交给一个大商人，他加入酒曲、加热、发酵，出来一小瓶酒，这瓶用米酿出来的酒可能有二三十块钱的价值。'所以一碗米的价值因人而异，人生的价值也是因人而异的，上大学的价值对我们每个人而言也是不同的。"

文秀继续说："众所周知，上了大学以后，大学生能学到一定的专业知识和实践技能，从而依靠和运用这些知识和技能寻求就业机会，并逐步获得一定的社会地位。以中国目前的实际，上大学获得大学文凭,就有可能获得更多的就业机会,没有大学文凭,对许多职业便只能徒增奈何而无从入内。从这一点上说,上大学是谋职、谋生的需要。人要生存,要保证温饱,当然并非一定要上大学,因为不上大学照样可以功成名就,过得很好,这样的例子俯拾皆是、举不胜举。人为万物之灵,理应具有更高的追求。在生存、温饱得到保证之后,求的是个人素质的持续发展和不断提高,即求得内心生活的丰富,同时也是求得智慧、情感和道德的丰富。其实人生好比一碗米,我们要让一碗米实现最大的价值啊!……"

周支书听到文秀这么深入浅出的解答,他心里暗暗佩服这位"学生妹"书记,她的肚子里还真有料。

老黄说:"哎呀!文秀书记,听君一席话,胜读十年书啊!我豁然开朗了!我再穷,也要支持孩子考大学,毕业出来之后好为国家做贡献!"

老黄说完,起身去倒了两碗酒,递给文秀一碗,恭敬地说:"文秀书记,我老糊涂啊,差点犯错误了,让你点醒了,我敬你一碗酒!"说完就"咕咚咚"地干了。在座的人望望文秀,以为文秀会推脱,没想到文秀只是犹豫了一下,便起身双手捧着盛满米酒的碗,一口干了下去,这让大家惊呆了!

后来,老黄的二儿子很争气,考取了广西医科大学。文秀得知后登门祝贺,同时为他家申请了"雨露计划",这使老黄家一次性获得了5000元的教育补助,解决了他家的燃眉之急。

老黄非常感激文秀,说她真是雪中送炭啊!他教育自己的孩子要以文秀为榜样,表示也要让自己的孩子争取在学校入党,以后毕业了也回到家乡,建设家乡!

4. 没有全民健康，就没有全面小康

"人民对美好生活的向往，就是我们的奋斗目标。"精准脱贫是党的十九大确定的三大攻坚战之一，健康扶贫是打好脱贫攻坚战的重要举措。习近平总书记十分关注健康扶贫，在扶贫考察、会议座谈等重要场合多次强调健康扶贫的重要性，提出了一系列新思想、新论断，如"没有全民健康，就没有全面小康""经济要发展，健康要上去，人民的获得感、幸福感、安全感都离不开健康"。

2018年4月17日，这是文秀来到百坭村担任驻村第一书记将近一个月的日子。这天，在百坭村的村卫生室有一个活动，是文秀第一次专门针对贫困户尤其是村里老人集中举办的一次活动——举行健康扶贫体检，同时还邀请到镇卫生院的医生开展义诊服务活动。

村里的群众吃过早饭后，三五成群地来到村卫生室，一些老人由小孙子、小孙女陪着来了。他们一是想享受送到家门口的免费体检，二是想看看这个新来的"学生妹"书记给大家带来的新鲜事。因为这段时间以来，文秀书记一头扎进村里，访贫问苦，对大家嘘寒问暖，体贴入微，越来越得到村民们的接纳与喜爱。

为助推百坭村高质量脱贫，打赢脱贫攻坚战，保障百坭村困难群众都能享受基本医疗保障权益，作为驻村第一书记，文秀多次组织村"两委"召开会议，要求村"两委"全力以赴助推百坭村脱贫攻坚，并以身作则加大日常走访力度，加大对村低保户、五保户、孤儿、建档立卡贫困户、低收入人群宣传医疗救助和医保扶贫政策的力度，确保在脱贫中不落下一个人。

文秀来到百坭村后，时刻惦记着村里的困难群众，经常拿出自己的工资收入慰问和资助村里的孤寡老人和留守儿童，还经常将自己所煲的汤和所煮的粥送给村里的老人。对于双目失明的76岁老人黄妈南

来说，文秀虽然不是自己的亲人但胜似亲人，因为老人的家人经常外出，而文秀却时常出现在老人面前，给老人端水送饭、洗衣扫地，还挽着老人的胳膊绕村子散步，陪老人聊天散心。后来，她为老人办理了残疾证，申请到残疾补贴，每月有80元。

因病致贫、因病返贫是脱贫攻坚中存在的最大风险，为确保精准扶贫医疗保障工作落到实处，文秀对村里的困难群众逐一进行入户调查，发放医疗救助宣传资料，讲解医疗救助新政策，介绍医疗救助范围、比例和上报医疗救助的条件、流程，宣传"先诊疗后付费""一站式""异地结算"等服务项目，帮助困难群众及时掌握最新的医保政策。

通过摸排和与困难群众的沟通交流，文秀及时将信息反馈到了新化镇卫生院，镇卫生院在接到文秀的请求后，立即部署和开展工作，及时到百坭村开展健康体检活动。

百坭村原来是没有村卫生室的，村医罗昌明只能在自己的家里接诊。为改变这一不符合规定的现状，文秀和村"两委"商定，将村部原来用来堆放杂物的几间仓库改造成村卫生室。后来，文秀和村干部们自己动手搬运东西，腾出地方，按照村卫生室的基本要求将场地粉刷一新。百坭村终于有了自己专门的卫生室了，村医罗昌明也正式在村卫生室开展接诊服务。

这天，在村部的高音喇叭里，传出了《健康扶贫政策顺口溜》，大家饶有兴趣地听着：

健康扶贫政策好，群众看病有保障。
大病集中专项治，九种大病要知道。
慢病办理慢病卡，门诊看病有报销。
平时健康有人管，家庭医生来签约。

一人一策很精准,综合服务好周到。
参加医保是关键,以免得病瞎着急。
住院不交押金钱,治疗过后再结算。
住院不设起付线,报销比例都提高。
重病还有大病保,起付减半比例高。
医疗救助添助力,住院报销一站式。
住院费用有兜底,一百最多掏十块。
出门看病莫着急,看病先去找村医。
住院转诊要分级,不然就要多交钱。
合理膳食保康健,戒烟限酒多锻炼。
脱贫仍不脱政策,脱贫不再有顾虑。
撸起袖子加油干,精准发力奔小康。

为了向大家讲解什么是健康扶贫,宣传党的健康扶贫政策,文秀召集村民们进行宣讲。看到大家到齐了,村支书周昌战说完开场白后说道:"请第一书记文秀讲话!"大家热烈地鼓起掌来。

文秀穿着印有"第一书记黄文秀"字样的马甲,显得很精神,她站起来和大家说:"各位乡亲父老,大家都很关心自己的健康,这是好事。保障大家的健康也是我们村委要做的事情,健康扶贫是精准扶贫的一个重要方面。因病返贫、因病致贫现在是我们脱贫攻坚的主攻方向。"

接着,文秀说了这样一个比喻:"'1'代表健康,'0'代表地位、财富和名誉,只有当你拥有'1'时,后面的'0'才越多越好。但当你的'1'不存在时,再多的'0'也是徒然,因为你一无所有。来到百坭村,我们听到这样一句话,'救护车一响,一头猪白养',这个说法很形象。在我们村里，因病致贫、因病返贫的现象很明显，例子也多，成了我们脱贫的绊脚石和拦路虎。"

她继续宣讲，围绕"看得起病、看得好病、少生病"，解读了国家和广西出台的大病集中救治一批、慢病签约服务管理一批、重病兜底保障一批的"三个一批"行动计划的内涵。她说："因病致贫、因病返贫，是脱贫攻坚的重要难题，我们要牢牢抓住贫困人口的医疗保障，精准施策，拔除'穷根'。党的十八大以来，党中央把人民身体健康作为全面建成小康社会的重要内涵，从维护全民健康和实现国家长远发展出发，正在铺设一条以人民为中心的'健康之路'。"

文秀说："我们广西已印发广西健康扶贫工程'三个一批'行动计划实施方案，全面落实大病集中救治一批、慢病签约服务管理一批、重病兜底保障一批的工作要求，将健康扶贫落实到人、精准到病，进一步推动全区健康扶贫工作。方案提出，2017至2020年，广西将对核实核准的患有大病和长期慢性病的农村贫困人口（指建档立卡贫困人口和农村低保对象、特困供养对象、贫困残疾人），根据患病情况，实施分类分批救治。其中，大病集中救治一批，通过明确救治病种、确定定点医院、确定诊疗方案等，开展农村贫困家庭大病专项救治，按照'三定两加强'原则，对患有大病的农村贫困人口实行集中救治；慢病签约服务管理一批，开展农村贫困慢性病患者健康管理，按照家庭医生签约服务协议内容要求对患有慢性疾病的农村贫困人口实行签约服务健康管理；重病兜底保障一批，提高医疗保障水平，切实减轻农村贫困人口医疗费用负担，有效防止因病致贫、因病返贫。实施该行动计划将是今后一个时期内广西各级医疗卫生机构的重要任务。2020年，要基本完成核实核准患有各种大病和长期慢性病农村贫困人口的分类救治工作。"

最后文秀说:"只有切实解决因病致贫、因病返贫的问题,才能打赢脱贫攻坚战。"

接着,文秀和村干部们现场为群众发放医疗救助宣传资料,讲解医疗救助新政策,帮助群众牢固树立"自己是自己健康的第一责任人"的新观念,使群众掌握了正确的防病知识、科学的就医知识和合理的用药知识,向群众普及健康的生活方式。

在担任驻村第一书记期间,文秀经常深入各屯。当文秀在百果屯因病致贫的贫困户韦胜若家中调查情况时,发现他的妻子黄玉妹患有类风湿性关节炎,常年依靠药物减轻疼痛,经常为了此病到县级和市级医院治疗,并为此花费了高额的医疗费用,再加上家里2个小孩还在上学,使得家庭经济变得紧张,生活变得困难,而家中又只有韦胜若1个劳动力,他一边要照顾家中生病的妻子,一边还要为家庭开支寻找经济来源。为此文秀常常到韦胜若家中进行看望,并多次反映到县扶贫办,该情况得到了县里的重视。

文秀还联系了县农合办了解到了29种慢性病,得知黄玉妹的病情符合办理慢性病卡的条件后,文秀马上收集办理慢性病卡的相关材料,并拿到村卫生室给村医罗昌明整理,然后一起送到县农合办。县农合办拿到相关材料后为黄玉妹办理了类风湿性关节炎慢性病卡,使黄玉妹在后续的治疗中得到了医疗保障。

后来,文秀又了解到黄玉妹因关节经常疼痛导致行动不便,她联系了县残联,为黄玉妹申请了一张轮椅,使黄玉妹在日常生活中能够自理,从而减轻了家庭负担。

文秀通过努力,让百坭村村民转变了"有病就苦熬"的观念和习惯,引导村民们树立起正确的健康理念。

5.扶贫"新手"如何"上路"?

从刚进村时受到村民的质疑,到解决百姓难题后获得村民的信任,文秀的扶贫征程上充满了艰难和坎坷,面对质疑她不放弃,面对困境她不退缩。在采访过程中,我们看到了文秀写的一篇驻村工作总结——《扶贫,从"新手"到"熟路"》,这篇总结较完整地反映了她驻村的心路历程,下面我们选取其中部分内容进行呈现:

> 2019年全国两会召开期间,习近平总书记在参加各省(区、市)代表团审议时多次谈到脱贫攻坚。在参加甘肃代表团审议时,习近平总书记强调:"脱贫攻坚越到紧要关头,越要坚定必胜的信心,越要有一鼓作气的决心,尽锐出战、迎难而上,真抓实干、精准施策,确保脱贫攻坚任务如期完成。"作为脱贫攻坚一线的基层干部,学习习近平总书记的讲话精神,我深有感触。
>
> 2019年3月26日,我担任百色市乐业县新化镇百坭村驻村第一书记刚满一年,一年来,我坚持带领群众学习贯彻习近平总书记关于扶贫工作的重要论述,坚持吃住在村,摸透村情民意,团结党员群众,以昂扬的斗志、饱满的热情、旺盛的干劲,带领村"两委"干部如期完成百坭村2018年的各项脱贫攻坚任务,从一名扶贫"新手"变得"轻车熟路"。
>
> 在我驻村满一年的那天,我的汽车仪表盘里程数正好增加到25000公里,我简单地发了一条微信朋友圈:"我心中的长征,驻村一周年愉快。"
>
> 还记得初到百坭村的情景,那时候我还是一个从没有接触过农村工作的"新手"。为了贯彻落实习近平总书记一直强调的"坚持精准扶贫、精准脱贫,找到问题根源,增强脱贫措施的实效

性",为了全面掌握百坭村的致贫原因和现状,我坚持用土办法,对村内的贫困户开展遍访工作,认真查摆问题并听取民情民意。

百坭村全村一共有195户建档立卡贫困户,分散居住在几个不同的山头,对于我这个不熟悉地形的"新手"来说,要在最短时间内掌握全村贫困户的详细情况,是非常困难的。但我没有失去信心,我想起了那句话——让扶过贫的人像战争年代打过仗的人那样自豪,长征的战士死都不怕,这点困难怎么能阻止我继续前行。

经过两个月的摸底,我基本掌握了全村概况。百坭村共有472户2068人,建档立卡贫困户195户888人,2017年未脱贫的为154户691人,因学致贫和因残、因病致贫占比最高。

除了走访全村的贫困户之外,我还有针对性地走访了村内党员、退休村干部、退休教师以及各村屯的小组组长。他们反映最为集中的一个问题就是山上片区5个屯的通屯道路硬化问题。这5个屯在2014年已经修通通屯的砂石路,但南方雨季长、雨量多,多处路段砂石已被雨水冲刷流失,一下雨,路面就泥泞不堪,坡度较陡的路段一到雨季连摩托车都不能通行,还有一些路段因泥石流、滑坡等出现了垮塌。这不仅影响了附近群众的交通出行,还导致一个问题:限制了村里的产业发展。全村的产业都集中在这5个屯的范围内,基础设施的完善对百坭村的发展至关重要。对于群众反映的这些问题,我都一一记录在驻村日记中,并向上级相关部门反映情况。2019年,除了2条路已达到通屯道路标准没有列入之外,其余3条路已列入乐业县2019年第一批财政专项扶贫资金安排项目。

习近平总书记关于"六个精准"的论述一直是我开展扶贫工作

的方法论，为了实现"措施到户"精准，按照县里的统一要求，我在村内组织召开了多轮研判会，针对全村未脱贫户、已脱贫户，每一位结对帮扶干部就自己帮扶贫困户的收入情况、产业发展情况进行了汇总。对于已脱贫的贫困户也不能降低帮扶力度，继续做好跟踪帮扶工作，同时建立返贫预警机制，巩固脱贫成效；对于未脱贫户则是因户施策，杜绝虚假脱贫和"数字"脱贫。同时，同步做好国家扶贫政策的宣传，提高群众的知晓率和获得感。

2018年行驶过的扶贫之路，对我而言更像是心中的长征。在这条路上，我拿出了极大的勇气和极大的信心，克服各种困难，2018年带领全村通过易地扶贫搬迁脱贫18户56人，教育脱贫28户152人，发展生产脱贫42户209人，共计88户417人；完成了屯内1.5公里的道路硬化，4个蓄水池的新建，一个屯17盏路灯的亮化工作，村集体经济收入实现6.38万元，获得了2018年度"乡风文明红旗村"荣誉称号。

截至目前，全村还有15户56人未脱贫，百坭村的基本公共服务还有待建设完善，如何推进产业发展还需继续谋划。面对这些，我充满信心，我将一如既往地坚持贯彻落实习近平总书记关于扶贫工作的重要论述，坚持目标标准不动摇，贯彻精准方略不懈怠，行百里者半九十，不搞急功近利，杜绝形式主义，继续加强农村基层党组织建设，继续增强群众获得感、幸福感、安全感，为百坭村如期打赢脱贫攻坚战、如期和全国同步进入小康社会做出新的贡献。

通过这篇文章的部分内容，我们能够感受到文秀扶贫之路的点点滴滴，从而感受到她这一路走来的艰辛与不易。

2019年7月1日上午，我在乐业县委宣传部和乐业县文联有关人员的陪同下，联系上乐业县新化镇政府的工作人员，得以来到文秀生前在镇里的住处。10平方米左右的地方，除了床铺，还有一个简易的书架和电脑桌。书架上放着两本驻村日记，里边记录了文秀驻村工作和生活的点滴。

文秀遇难后，她的驻村日记显得极为珍贵，上级通知要把她的日记本收存，我赶紧抄录和翻拍了其中一部分，并按时间顺序做了简要归类。让我们一起跟随文秀的日记，感受她扶贫之路的点点滴滴，向她赤诚而火热的初心致敬。

日记的一部分是文秀初来百坭村的感受。文秀到乡镇报到后就到百坭村担任驻村第一书记，初来乍到的她马上碰到了困难：

2018年4月2日，村"两委"见我是一个女生，对我也是充满好奇和期待，好奇的是我一个女生为什么来做第一书记，同时非常期待我能给大家带来改变。

我觉得心里憋屈，搞不懂为什么辛辛苦苦地翻山越岭、走村串户，老百姓却对我这么排斥……要想让老百姓愿意接近我，就得让老百姓觉得我和他们是一样的。

6月9日，目前全村有89户预脱贫贫困户，但我尚未能全部入户。今天虽然是周六，但我一共入户了8户贫困户，这些贫困户所在屯是道路尚未硬化的几个屯之一，他们生活得确实比较困难。

6月25日，乐业近日进入雨季，通往乐业县的路段发生了塌方，情况非常危急。我知道消息后马上联系村支书，让其时刻关注百坭村情况，这个周末过得十分紧张。

驻村日记的另一部分是文秀深入开展扶贫工作和真心投入扶贫的记录：

2018年7月26日，关于我们村的产业园的牌子，一直在努力中，5个致富带头人也在培养中。每天都很辛苦，但心里很快乐。

8月15日，我发现我的方言进步了，可以和贫困户完整用桂柳话交流了。

8月16日，不知不觉就到了8月份，时间过得真快，我以为自己无法坚持，但真的走到了今天。

9月11日，今天一起到长沙屯走访了贫困户，重点查看了住房和饮用水问题，都达标了，心里十分开心。

在文秀的驻村日记里，有一张手绘的百坭村贫困户分布图。每次走访完村民，文秀就会在驻村日记上标出每一户人家的名字和位置。在文秀的驻村日记里，字里行间无不透露着她对基层工作的认真投入和对百坭村百姓脱贫致富的真切期盼。

稻田里能长出"黄金"吗？

文秀说："我接受了党的任务，就要和时间赛跑，群众脱贫了我再好好休息，这样心里才安稳踏实。"

1. 贫困村的另一条产业路

1492年10月12日，在大西洋茫茫的海面上，"圣玛利亚"号、"平特"号、"宁雅"号3艘大帆船，借着强劲的海风，箭一般地向前方行驶。

这时，一位金发碧眼的头领模样的中年人，从望远镜里看见远方的海岸，他兴奋地叫喊着："看到啦！看到啦！我们发现新大陆啦！"

这天拂晓，水手们终于看到了一片黑压压的陆地，全船发出了欢呼声。他们在海上整整航行了2个月零9天，终于到达了美洲巴哈马群岛的华特林岛，又名"圣萨尔瓦多"，意思是"救世主"。那位兴奋的中年头领，就是意大利探险家、航海家哥伦布。

哥伦布一行经过70天不见陆地、不靠岸的航行，终于抵达了西半球的第一块陆地，他看到的这片新大陆就是北美洲。这个发现对世界产生了意想不到的巨大影响，新大陆的发现，是世界航海史上的空前壮举，它开辟了一条抵达美洲大陆的新航线，成为人类历史发展的重要转折点。

哥伦布和船员们在登上新大陆后，他们敏锐地观察到当地的原住民印第安人有一个习惯，那就是在劳作休息之余，将干燥扭曲的棕榈叶或车前草叶卷起来燃烧，然后用鼻子去吸食其冒出的烟气，以此来提神，这即是最原始的"雪茄"。哥伦布和船员们顺藤摸瓜，发现附近的海岛上有一种从来没见过的稀奇植物，土著人将此类植物的叶子晒干然后燃烧并吸取其烟气。他们觉得挺有趣的，于是就模仿起来。后来，他们向外推广了这种吸食的方法，这就是影响世界的行为 —— 吸烟！

尽管当年哥伦布在发现的新大陆上既没有找到预想中的黄金珠宝，也没有找到传说中文明富庶的中国、日本、印度，但是哥伦布将发现的烟草种子带回欧洲种植，使吸烟成为欧洲贵族的新潮流。

这就是人类最早发现的植物黄金 —— 烟草。

在发现新大陆500多年后的2018年4月的一天，在广西乐业县新化镇百坭村村委办公楼的会议室里，大家正在进行一场与烟草有关的讨论。

在讨论刚开始的时候,新到任不久的驻村第一书记黄文秀从包里掏出3包香烟,村干部们一下子纳闷了,新来的驻村第一书记,这位女娃也会抽烟了?

在这个会议室里就座的人员中,任何一个参会者的年龄都比文秀大,文秀常常亲切地称呼他们为"大哥""大姐"。今天由她这个不会抽烟的姑娘来主持这个和"烟"有关的会议,她自己也觉得挺有趣的。

文秀笑眯眯地看着大家说:"我和周支书商量了,今天我们只讨论一个议题,那就是'烟'。昨天我特意去买了这3包烟,我是不抽烟的,我自掏腰包请大家抽烟,是因为今天我们要讨论和'烟'有关的议题,大家别见怪。但开会的时候我们在会议室是禁止抽烟的,现在暂时不能抽烟,会后离开这个会议室,大家可以到操场上或者空旷的地方抽烟,请大家理解。"

大伙觉得新来的这位书记妹子请大家抽烟,倒是挺新鲜的,齐声回答说:"好啊!好啊!"

文秀说:"谢谢大家配合!下面会议直接切入正题,请村主任班智华同志就我们村产业发展谈谈种烟思路。"

班智华说:"好的!上周文秀书记给我出了这样一个发言主题,我们百坭村靠什么产业来脱贫?这也是制约我们村发展的瓶颈问题。文秀书记到我们村之后马上深入调研,认真思考和规划我们村的脱贫攻坚新思路。就这个产业问题,我就直说了,百坭村目前要抓的产业就2个——砂糖橘和烟叶种植,就是我们经常说的一果一烟。"

作为村里的烟叶种植大户,班智华继续说道:"村里种得比较多的是砂糖橘和烟叶。烟叶种植属于'短平快'产业,有烟草公司收购做保障,技术、物资、销路不用愁,旱涝保收,赚的钱还可以发展其他产业。每季烤烟卖完后，正好给孩子交学费。"

周昌战支书说："上个月我们讨论了砂糖橘种植，明确了砂糖橘产业的升级发展思路，也确定了致富带头人，种果的农民现在的积极性非常高。今天讨论第二个村级产业——烟叶种植，这是个'短平快'的脱贫项目，我赞成村主任的意见，认为一定要坚决抓好，尽快甩掉压在我们百坭村头上这顶'深度贫困村'的帽子！"

文秀带着赞许的目光看着周支书，边听边点头，然后对坐在周支书旁边的村委副书记说："度哥，你的意见呢？"

被文秀称作"度哥"的村委副书记，名叫黄态度，大家都亲切地叫他"度哥"，他是一位态度温和的中年男子。他家紧挨着村委办公楼，平时大家加班的时候经常到他家蹭饭，他也很大方，他在村干部里是一个很能团结大伙的人物。

黄态度说："对于种植烟叶问题，我黄态度的态度就是一句话——种烟，我们必须要搞！"度哥的发言引来了大家的一阵笑声。

文秀问妇女主任韦玉行："韦大姐觉得呢？"

韦玉行说："我家本来就是种烟的，我不仅支持种烟，还要发动更多人来种，主动帮助他们种好烟叶。"

村委干部们逐一发言，会议在热烈地讨论着烟叶种植的问题……

经过一段时间的讨论后，文秀环顾会议室四周，继续说："我国是世界烟草大国，国家对种植烟叶是有扶持政策的，尤其是对贫困地区。我们百坭村一直都有种植烟叶的传统，这是一项脱贫致富见效快的好项目。刚才大家的发言很好，我同意大家的意见，同意把烟叶种植列入百坭村农业产业发展规划中，谢谢大家！散会！"

说到这里，文秀看到大家起身后还盯着她桌子前面的3包烟，就笑起来："哈哈哈！现在我说到做到，开会前我同意把这3包烟分给大家抽的，现在请各位大哥拿去抽吧！"

度哥是个老烟棍，他笑着接过文秀买的香烟，有点爱不释手地说："这么好的烟我舍不得抽哦！"他的话又引来大家的一阵欢笑……

会后，文秀说对于砂糖橘，她已经有所了解，但烟叶以前没怎么接触，于是她对周昌战支书和班智华主任说："现在，辛苦两位老哥带我去看看烟叶种植情况。"

文秀开着自己贷款买来的白色汽车，带上他俩直奔烟叶种植的田垄。他们下车走了一段山路来到田间，当看到一片片绿油油的田野时，文秀疑惑地问："这黄黄的烟叶，原来也长得这么绿油油的呀？不注意看，还以为是青菜呢！"

班智华回答道："是的，这一片都是烟田，今年的烟叶长势良好。"

文秀问："我们村有多少户种了？"

班智华回答道："今年我们村有22户烟农，有13户就是靠种植烟叶脱贫了。其中就包括我家。"

文秀惊喜地说："哦！那太好了！"

班智华接着说出了不容乐观的现状："但是，百坭村种烟户不多，今年的种植户数在减少，种植亩数缩减将近一半啊！"

文秀追问："啊？这是为什么呢？"

班智华指指自己的脑袋，调皮地说："是这里！思想问题！"

文秀说："哦！最近我也在思考这个问题，请周支书和班主任就产业形成规模给我出出主意啊！"

常言道，靠山吃山，靠海吃海。百坭村傍山而居，开门见山，因山而困。大山里居住的农民多是散落杂居，每家守着几亩山地，靠种些玉米、水稻等传统农作物来维持生活，基本上还是自给自足的模式。常常是一家人忙活了大半年，只够填饱肚子，收入微薄，根本谈不上有什么经济效益。

一味地"靠山吃山"不是办法,只有找到出路,靠山致富才是硬道理。可在这山高坡陡之地,如何选择一两项合适的产业作为发展的"硬货",或者叫作能打出去的"拳头"产品呢？这正是文秀一直苦苦寻找的致富方向。在摸索砂糖橘的升级发展中,文秀和她的伙伴们看到了百坭村发展的新路子、新生机。有产业,才能让贫困群众稳定脱贫,过上稳稳的幸福生活。

文秀意识到,产业不成规模就没有效益。所以,必须再来一场农业的转型升级,但文秀心里也明白,这无疑是一场革命。百坭村的田地里,能不能长出"黄金"呢？

当天下午,文秀马上到村部,上网查询和种烟有关的资料。烟叶种植,对这个本来闻到烟味就反感的姑娘来说是完全陌生的领域,而为了村里产业的发展,善于学习的她也开始留意起烟叶种植的相关知识。这段时间以来,只要经过烟田,她都要和烟农、烟草技术员聊聊,了解烟叶生产的政策和动态,学习基本的生产技术。

种植烟叶,根据气候条件不同,一般分春烟、夏烟,春烟在2到3月份种植,夏烟在5月份左右种植,每季烟叶是一年采收一次。乐业县是一个靠近云南、贵州的地方,自然条件与之相似,应该可以扩大种植。但是问题来了,谁能给出比较科学的方案呢？到底要找谁咨询？为了稳妥,文秀决定去拜访相关部门和有关人员。村主任班智华看出了她的心思,就告诉她镇里有个烟站,烟站里有一个"老烟鬼",他最了解情况,也最有办法。

文秀心里嘀咕:"我又不抽烟,要我去找一个'老烟鬼'？"

带着疑惑,文秀很快就与当地烟草公司人员取得了联系,这天她跑到镇里,在新化镇烟站,她跟值班的工作人员说要找一个"老烟鬼",

烟站站长龙俊哈哈大笑道:"我就是'老烟鬼'哦!"

文秀上下打量这位个子不高,看起来斯斯文文、白白净净的人,她能感觉得出这是一个做事认真细致的小伙子。见到是年龄相仿的年轻人,文秀也开起玩笑来,说:"哈哈哈! 你哪是什么'老烟鬼'呀,是'小鲜肉'吧!"

龙站长说:"久仰了,文秀书记! 早就想去拜访你了,今天镇里的书记和镇长跟我说了,说百坭村的驻村第一书记要来找我,我已恭候多时,没想到是一位这么年轻的姑娘。你今日登门,我有失远迎啊! 失敬,失敬!"

文秀说:"我是无事不登三宝殿啊! 我来请教'老烟鬼'关于种烟的事。"

这位龙站长是一个80后的乐业小伙子,比文秀大三四岁,曾就读于广西百色农业学校,2007年毕业后到广西壮族自治区烟草公司百色市公司乐业营销部工作,在新化镇烟站担任技术员,前后干了11年,所以被同事笑称"老烟鬼"。他工作干劲大、经验丰富,是烟农的贴心人。

龙站长热情地向文秀介绍说:"乐业县位于广西西北部,全县总面积2600多平方公里,适宜烟叶种植的土地面积达10万亩,占全县耕地面积的53.13%。乐业县气候温和,降雨充沛,光照充足,土质优良,具有得天独厚的自然气候优势,是优质烟叶的种植区。乐业县2001年开始在全县范围发展烟叶种植,这项产业在新化镇发展迅速。2003年新化镇成立烟站,直至2009年种植面积达5000亩以上,收购量达到最高峰,那一年新化镇收购干烟13838担,烟农售烟收入893万元,上缴烟叶税197万元。现在农民们尝到了甜头,同时这也促进了地方区域经济的可持续发展,可以说是利国利民的大好事。"

文秀说:"那么,你掌握的百坭村烤烟产业基本情况如何?"

龙站长打开手机给文秀看百坭村近两年的烟叶种植和收购情况,文秀仔细地盯着手机看:

2017年,百坭村种植烟叶共有4个屯53户烟农,签订烟叶种植面积406亩,烟叶收购量619担,烟叶收购金额99.59万元,亩产值2453元。2018年,百坭村种植烟叶共有2个屯22户烟农,签订烟叶种植面积203亩。

龙站长突然问文秀:"你知道一担烟叶有多重吗?"

文秀说:"我知道,一担烟叶重100斤。烟草行业一般以'担'作为烟叶的计量单位,在烟叶计划下达、收购、销售中通用。为保证烟叶质量,每亩烟田对应的烟叶收购计划一般为2.5担,即250斤。没错吧?"文秀一口气作答,这是她查询了资料,做了功课积累出来的。这就是文秀的习惯,她做什么都用功用心来钻研。

"好懂行呀!"龙站长不由得对这位年轻的第一书记肃然起敬。

文秀说:"对比2018年的数据,2019年百坭村的烟叶种植户和面积预计会减少一半。说明烟农积极性减少了,这是为什么呢?"

龙站长解释道:"烟叶刚种上,收入要等到烟叶收购后才有统计,但是总产量和总收入预计可能会比2018年减少一半,这其中有很多原因……"

文秀的心情由刚才的惊喜变得沉重起来。她知道,最短的距离是从嘴到手,最远的距离是从说到做。文秀是从大山里走出来的孩子,她心里清楚,要让农民看到实际好的效果,他们才会真的去做,农民们很怕冒风险,也经不起风险。当然,从种地到"种出产业",这对于农民来说是一个艰难的质的飞跃。所以，文秀知道，还有很多思想工作要去做，农民固有的思想藩篱不破除，就无法迈出第一步，更不要说飞跃了。

紧接着，文秀抓住时机，向龙站长提交了一份建议书，建议镇烟站给予百坭村贫困烟农一些奖励政策：

第一，推行奖励烟农政策。烟农销售干烟每担给予相应的补助作为流转土地租金费用，在本乡镇种植烟叶每担补助40元，跨乡镇种植每担补助50元。

第二，推行奖励贫困户政策。对贫困户自行发展和种植烤烟5亩以上的，按贫困户当年销售所得烟叶税的30%返还贫困户。

第三，实行奖励村集体经济政策。村"两委"干部参与种植烟叶或宣传发动落实完成100亩以上的行政村，按照行政村所销售干烟给予每担20元的奖励，作为壮大发展村集体经济的经费。

龙站长答应文秀立即向县烟草局申请，尽快解决落实这件事。之后，文秀从龙站长那里借来关于烟叶种植的书籍，就回到村里了。

夜晚，文秀看完烟叶种植的书籍，眼睛有点疲惫，她走出自己的小房间，来到操场上。入夜的百坭村，夜风送来田野的清香，她抬头看到夜空繁星点点，耳边飘来歌声，仔细一听，正好是那首自己喜欢的歌曲——《夜空中最亮的星》。这歌声带给她心灵的共鸣，她转身回房间取出那把吉他，跟着轻轻弹唱起来：

我祈祷拥有一颗透明的心灵，
和会流泪的眼睛。

给我再去相信的勇气，

哦～越过谎言去拥抱你。

每当我找不到存在的意义，

每当我迷失在黑夜里。

哦～夜空中最亮的星，

请指引我靠近你……

唱着歌的时候，文秀联想到百坭村的产业升级还面临着诸多问题，是迷失在黑夜里彷徨失措止步不前，还是主动迎接明天的太阳并勇敢地面对前进道路上遇到的困难？这，对于百坭村的村干部，对于百坭村的老百姓，尤其对于文秀这个驻村第一书记来说，确实是一场全新的挑战，但是他们也坚定了勇敢走下去的决心和信心。

2. 文秀和村里的烟农

说干就干，这就是文秀的风格。脱贫攻坚，产业是贫困群众稳定脱贫不返贫的重要支撑，选准选好一个产业，对于贫困村来说至关重要。所以，文秀铁定了心，要认真地去放手一搏。

在拜访新化镇烟站站长龙俊之后，文秀对烟叶种植更有底气了。她回来和周昌战支书、班智华主任合计后，立即召集村干部、屯干部和烟农一起交流种植烟叶的心得，商讨如何提高烟叶亩产量和烟叶品质等问题。

她组织有经验的烟农为经验不足的烟农传经送宝；碰到烟草公司搞技术培训，她总是驻足倾听；得知有的烟农因为种植技术不到位而影响烟叶质量时，她苦口婆心地叮嘱烟农要抓好每个技术环节，不松懈才能多收入。

从此，她对村里的烟叶种植更加上心，每次走访贫困烟农都鼓励他们用心种植，不仅要脱贫，还要奔小康。"许多病菌是人带入烟田的，那就做个警示牌竖在地头。"进入2019年烟叶管理期，文秀和新化镇烟站工作人员商量如何减少烟叶的病虫害。

没多久，"进入烟区，严禁吸烟，严禁触摸烟叶"的警示牌就出现在百坭村的烟田里。

烟农韦峰灵好奇地问："文秀书记，你是学种烟专业的吧，不然你怎么这么懂行呀？"

文秀被夸得一脸通红，她谦虚地说："种烟专业？没有没有，我是现学的，还要你这位老烟农多教教我啊！"

烟农的思路开阔了，有信心了！一年一度的烟叶收购结束，文秀看到班智华主任统计出来的烟农收入情况：2018年9户贫困烟农中有8户脱贫，全村的贫困率也由22.88%下降到了2.71%。

"烟叶种植的收入真不错，我们得搞好。"文秀看完统计表后说道。同时，她细心地发现，贫困烟农班龙排的收入没有达标，还在未脱贫户行列。当天，文秀在驻村日记上这样写着："今年，只剩最后一户贫困烟农班龙排还没有脱贫，一定要全力帮他渡过难关！"

班龙排是残疾人，他有2个孩子，1个读高中，1个读初中，家中还有1个老人，家里极为贫困，属于典型的因学致贫和因残致贫的双重贫困户。第二天，文秀在城里自掏腰包给孩子买来书包、笔盒、课外读物后，立即奔赴班龙排家进行家访。

文秀和班龙排已经熟悉了，见到她来，班龙排不好意思地说："哎呀！家里这么脏、这么乱，都没收拾，对不起哦！"

文秀看到班龙排腿脚不灵活，就主动去拿扫把帮他打扫房间，然后又帮他收拾家里的桌椅板凳，屋里一下子就干净整洁了许多。

班龙排觉得这个"学生妹"书记一点架子也没有，像邻居家的妹妹一样可爱，于是他的拘束感也就没有了。这回他主动和文秀攀谈起来，说了自己种烟的难处。

他叹气道："我不敢多种啊！本来家里的劳动力就只有我这个残疾人，种烟是要干很多体力活的，我这腿脚不灵便，种多了照顾不过来啊！"

文秀说："你家的情况我已经了解了，你缺劳动力，我们村委会组织人力来帮你，也算我一个；缺技术，我们请烟站派技术员来指导，让你提高产量，确保烟叶的质量，这样才有好收成。你说好不好？"

班龙排感激地说："这些困难你都帮我想到解决的办法了，那我就有信心多种几亩啦！"

文秀问："那打算种多少亩？"

班龙排犹豫了一下，说："我的目标是种10亩。"

文秀高兴地说："好啊！我给你算一笔账，按烟田亩产3000元来算，10亩烟田的总收入可达到3万元，这样就可以脱贫了！关键是你要有信心啊，我们支持你！"

文秀说到做到。她对班龙排的帮扶格外用心，隔三差五就到他的烟田看看，到他家里和他拉家常，增强他种烟脱贫的信心。同时，文秀也鼓励班龙排的孩子好好读书，长大了报效祖国。每次见到文秀，都是孩子们最开心的时刻。当班龙排去烟田忙碌时，文秀就带上慰问品，帮他照顾老人家。

由于班龙排文化水平较低，文秀还主动当起了他的"烟草技术员"。她找来与烟叶生产相关的书籍进行钻研，向烟站工作人员、烟农询问种烟技术问题，烟草花叶病、黑胫病、青枯病，她都能分辨得出，防治药剂等她也都能说出用法。

2019年，班龙排在文秀的鼓励下，种了10亩烟叶，烟叶长势不错，当年马上顺利脱贫。班龙排含着眼泪说:"文秀书记待我们像家人一样,她心地善良、做事周全,是个好人,是负责任的好书记,她就是我的亲人!"

转眼进入烘烤季,班智华开始忙着采摘烟叶,装炉烘烤。这天上午,第一炉烟叶烘烤结束,他正准备装第二炉,突然接到文秀的电话,让他去村委会填个表。听说他正忙着烤烟叶,文秀挂了电话主动赶到烟田。

烤烟房就建在烟田边上,文秀走进热烘烘的烤烟房,望着刚刚打开炉门的炉子里挂满金灿灿的烟叶,她啧啧称赞。了解到这一炉烟叶可以卖一两万元时,她掐着手指头盘算着:要是一户贫困烟农能种这么一两炉烟叶,脱贫就有希望了。

烘烤是烟叶生产的关键环节之一。为了更好地了解贫困烟农的生产状况,文秀自费买来些零食,来到烤烟房,和贫困烟农边吃零食边讨论降本增效的办法,探讨烤烟房温度和湿度变化的控制,畅谈脱贫计划和烟叶收入。"这夹烟叶5.69斤呢,这炉烟叶不错哦!"文秀边给一夹烟叶称重边高兴地说。

烘烤烟叶,是要连续熬夜的。这晚,文秀又带着鸡翅膀、鸭腿等来到烤烟房看望班龙排等农户。文秀把自己的工作与生活融入到农户中,百坭村的群众也越来越喜欢这个热情、能干的"学生妹"书记。

贫困烟农韦峰灵,家里有3个孩子,其中2个在念大学,1个在念高中,他家的经济负担在农村算是非常重的,他家刚脱贫又进入了返贫行列。文秀在入户调查时,了解到了韦峰灵一户的具体情况后,就下定决心对其开展帮扶,于是她和村"两委"研究决定,把韦峰灵户及与韦峰灵户情况类似的黄瑞章、韦灵德3户家庭同时列入贫困户。如今这3户人家共培养出4名大学生,还有1名高中生、1名中专生,都是成绩优秀的好学生。韦峰灵很争气，2018年种植烟叶12亩，当年就实现了脱贫。2019年，在文秀的鼓励下，他将种植规模扩大到20亩，年种烟收入也从3万多元增加到6万多元，这大大缓解了他家的生活压力，也更加坚定他种植烟叶实现脱贫的决心。

在百坭村1年多的时间里，文秀特别关注贫困农户的各项烟叶生产工作，经常到田间地头了解烟叶长势。"今年前一段时间，由于暴雨造成山体滑坡，烟田水利不通，文秀书记顶着大太阳带着我们去维修设施，让烟田灌溉得到保障。文秀书记还计划今年年底要彻底维修好全部水利设施，谁能想到她就这么突然地走了……"韦峰灵边说边哽咽。

贫困烟农班华纯，家里有3个读小学的孩子和1个老人。了解到他家的情况后，文秀说："以后小孩上学需要用钱的地方很多，不多攒点钱，就算现在暂时脱贫，以后你还是会返贫的。种烟是一个不错的选择，你就租点地种点烟吧。"

班华纯听从了文秀的建议，种了8亩烟叶，按照烟草技术人员的指导进行种植，提高了产量，2018年实现脱贫。在文秀的启发下，他还利用自己搞建筑的手艺，在空闲时间打零工，帮助老乡建房子、铺地板，如今他们家已经达到了"两不愁三保障"的标准，日子过得越来越红火了。

百坭村妇女主任韦玉行是已经脱贫的烟农，她经常和文秀一起走村串户。她们经常到烟田中参与烟叶大田管理，到烤烟房旁指导烟叶烘烤，到烟农家中帮助烟农分级、保管烟草。

韦玉行回忆说，她们有时下午四五点走访群众，晚上9点左右才能返回村部。当晚文秀还要写总结，很晚才能休息，有时候晚上10点多了还跑到烤烟房中和烟农交流。即便生病了，文秀也从未落下过工作。"我总劝她多休息一会儿，她却说：'我接受了党的任务，就要和时间赛跑，群众脱贫了我再好好休息，这样心里才安稳踏实'……"

烟田需要灌溉，用传统的肩挑手提来淋烟田，不仅非常费力，而且效率低下，会耽误宝贵的农时，延误烟叶的生长。所以文秀也把烟田用水灌溉列入了急办的事项，同时争取到了县里相关部门和镇烟站龙站长的支持。

她和村"两委"制定了5项水利工程建设规划，涉及烟叶生产基础设施的有3项。她在笔记本上详细记录着工作计划：百果屯和百爱屯"那红"水利工程全长600米，费用9万元；百布屯水利维修20米，费用1万元；百果屯、百坭屯水利维修20米，费用1.14万元……"屯里的路通到二级路，石头堆成的坝体修成固定坝，为了尽快推进项目，她找我商量了好几次。"百坭屯烟农班华纯说。

文秀和村干部们带领烟农努力打造百坭烟叶"小而亮"的发展优势，通过以党建为引领，合作社为平台，建设"烟叶教学实践基地""优质烟叶基地"，推动烟叶生产高质量发展，开发"烟叶+非烟"的种植模式，创建"特色优质水稻""食用菌"等农业品牌，推动乡村振兴、脱贫攻坚。

文秀感觉到，当初将烟叶种植作为烟农增收、脱贫攻坚的一项重要产业来抓，把发展烤烟产业与精准扶贫工作有机结合起来，让贫困群众尽快脱贫致富，这个决定真的对了。

在上级部门的重视和各方的支持下，文秀和村干部们酝酿了一个新规划。一是在百坭村4个屯连片种植烤烟，种植面积220亩，户均种植面积15亩以上，收购上等烟比例达63%以上，亩产值3500元以上，户均收入5.5万元以上，努力打造新化镇百坭村"小而亮"的发展名片。二是在百坭屯搭建15个育苗中棚育烟苗，育苗结束后，中棚有9个月闲置期，由合作社充分对15个闲置育苗中棚开展综合利用，利用5个闲置中棚种植蔬菜，每个棚创产值4000元；种植火参果5个棚，每个棚创产值4000元；种植哈密瓜5个棚，每个棚创产值2000元。

看到百坭村的脱贫工作迈上了一个新台阶，文秀和村民们一样，心里甜滋滋的。她坚信，通过大家的一起努力，不忘初心、牢记使命，大力助推脱贫攻坚，推动乡村振兴，一定能让百坭村的老百姓过上幸福的生活！

至今，在百坭村那些脱贫的烟农家里，他们还把文秀的工作照挂在墙上。她温暖的笑容，连同她在脱贫攻坚第一线奋勇担当、奉献自我的精神，深深地嵌在百坭村老百姓的心里。

3. 一封写给文秀的信

乐业县地处广西西北部，是百色市海拔最高的县份，有"小东北"之称，冬天来得早，每年秋风过后，就有冬天的寒意了。

一个深秋的黄昏，我专程来到百坭村那用屯，来到文秀帮扶的一个贫困户——班统茂家里。

刚和妻子从果园回到家的班统茂有点疲惫，可说起文秀书记，他立即来了精神，尽管很多记者都来采访过他，但他还是很耐心地进行讲述，他回忆说："如果不是文秀书记来了，种了这么多年果树的我都想放弃了。她帮了我们很多，引荐大老板，解决了果子销售的问题；引进技术指导，教我们管护，给我们带来可观的收入。我家住了13年的房子也有钱装修得漂漂亮亮的了！"

文秀来驻村的时候，班统茂才刚刚脱贫，如今他已经是远近闻名的致富带头人了。现在产业园已经搞出来了，群众还没来得及说声谢谢，文秀就已经离开了。每当提及"文秀"这个名字，大家都充满了思念。

班统茂环视了一下四周，喃喃自语："她本可以……"心痛、惋惜、遗憾以及所有的不舍,在他迅速拭去泪水的动作里展露无遗。

班统谋和班统茂是兄弟,而班统谋一家并不是贫困户,但一提起文秀书记,他就感到非常痛心:"她性格很好,屯里每家她都来过,鼓励我们种砂糖橘和八角,去年我家收入1万多元呢!"

班统茂继续说道:"文秀书记到我们屯入户调查后,她最担心的就是我们果农的运输问题,因为这里都是山地,地势偏高,到处都是砂石路,一下大雨路面就被冲垮。后来她帮助我们屯申请了1.8公里的通屯硬化项目,新建了4个蓄水池,组织力量统一管护,不到1年时间就解决了从产到销的各种问题。2017年我家40亩果园收了6000斤左右的果子,通过科学管理,2018年产量翻了两三倍。在全村销售旺季时,文秀书记带着几个客商住在几户果农家里,解决了百坭村果子的销售难题。她说到做到,我很佩服她!"

在百坭村推选5个致富带头人,带领村民共同脱贫致富,这是文秀想出来的一个办法。她提议班统茂作为村里的致富带头人之一,可是对于这个提议,班统茂起初是比较抵触的。

"为什么当初会拒绝呢?"我问道。班统茂说:"我一开始有点不相信文秀书记这个小姑娘,因为她太年轻,像个学生娃,她的岁数和我女儿差不多,虽然她是从北京毕业的研究生,但能有办法帮我们脱贫致富吗?"

班统茂还有另外的担心:"我不愿意当致富带头人,是因为我没有什么技术,怕带不好大家,还担心我们的果子成熟以后不好卖,村民就会骂我。"

不管班统茂如何推辞,文秀还是不放弃,她三番五次到班统茂家鼓励他。班统茂清楚地记得文秀的话语:"班大哥,你只要认真带领大家把这个果管好,你所担心的问题由我来解决!"

后来，文秀把农业技术员带到了百坭村的果园里，手把手地教会了班统茂和其他村民们如何把果子种好管好。待到果子成熟后，文秀又积极联系销路，帮大伙找外地销售商。

2017年百坭村全村果园的产量只有6万多斤，2018年产量增加到50多万斤，比2017年翻了好多倍。靠着这一片果园，班统茂盖起了楼房，摘了"贫困帽"，同时还带动了屯里其他农户种植砂糖橘，走上了共同致富之路，他起到了致富带头人的带头作用。村里群众这回更佩服文秀了，纷纷说文秀会看人，文秀用对了人。

文秀不幸遇难后，班统茂一家非常怀念她："今年果子刚开始采摘，已经预定出去10万斤了。"班统茂感慨道，"如今文秀书记不在了，多想让她尝尝我家种的砂糖橘。"

2019年国庆前夕，班统茂受邀到北京参加电视访谈节目，讲到文秀时他很激动，他一激动，本来普通话就很不标准的他，对着摄像机就讲得更不清楚了，一遍遍地也没录好。到了夜里，他彻夜难眠，提起笔来写了一封信给文秀，表达自己的缅怀和感激之情，后来在录制节目时他就读了这封信。说到这里，他从卧室拿出了这封亲笔写给文秀的信，他用哽咽的声音慢慢地读给我们听，直至泣不成声……信是这样写的：

写给文秀书记的一封信

文秀书记：

距离你离开我们已经有131天了。最开始听到你遇难的消息，我们都不太敢相信，明明前几天还见面的人怎么说没就没了呢？自从你离开了我们，我们每天都在悲伤中度过。

曾经，你是我们脱贫致富的引路人，更是我们走向幸福生活的精神支柱。然而，正当开花结果之际，你却无声无息地走了，留给我们的只有无穷无尽的思念。

我们知道你有太多太多的不舍和牵挂。今天我借此机会告诉在另一个世界的你：文秀书记，请你放心，你未走完的长征路有人为你接过接力棒，你所许下的诺言，如今有更多的人来帮你实现和完成。

在你的鼓励和帮助下，今年我们村的砂糖橘又有了很好的收成，再过两个月就可以采收了，但是此时此刻，我们说什么也高兴不起来。

因为我们失去了你，再也盼不到你像去年那样来帮我们摘果、背果、收果、卖果了……

文秀书记，我们不能没有你，我们在等着你！我们在呼唤你！你听到了吗？

在今后的日子里，我们会化悲痛为力量，加倍努力，绝不辜负你对我们的期望，早日走出贫困，奔向小康！

文秀书记，百坭村的父老乡亲永远怀念你！

班统茂

2019年10月写于北京

这就是一个曾经的贫困户，一个朴实的农民，用他的真情实感，用他的肺腑之言，诉说着他对文秀的感激和缅怀之情。

2020年元旦前夕，我又来到百坭村新修通的通屯路旁，这里果林遍山，金黄的砂糖橘挂满了枝头，呈现一派丰收喜人的景象。和班统茂一样，脱贫户韦胜峰一早便开始在自家砂糖橘林里忙碌，收购橘子的车停在路边等候。韦胜峰说："路好了，农产品更加好卖，价格也高了。"新近销售的砂糖橘、蔬菜已经给韦胜峰家带来六七万元的收入。

水果收购商刘美宽开着大货车从贵州赶来，每天在百坭村收购2万多斤砂糖橘。"这里空气好，土质好，果子甜，我们愿意来这里收购。现在路通了，也比原来省了不少时间，更方便了！"

2020年春节前，我用电话连线了百坭村村支书周昌战，这个与文秀并肩作战的战友跟我说，2019年村里油茶种植面积和产量都增加了。全村约有5000亩油茶，投产面积已达2000多亩，还成立了油茶专业合作社，户均增收1万多元。

产业上了规模，村民不用担心加工和销路。在由文秀帮扶建起的榨油坊里，村民可免费榨油。榨油坊负责人罗向诚参与收购油茶加工后剩下的茶麸，并负责拓宽村里茶籽、茶油销路。从贫困户到产业致富带头人，罗向诚对文秀充满感激。

"她对我比我的女儿对我还好！"韦乃情逢人便夸文秀。文秀多次来他家，一来就是帮忙扫地、干活。韦乃情不识字，他的孙子要上户口，以及他要报销到市里看病的费用，都是文秀跑前跑后帮忙弄的。更为难得的是，他家后山的果林结出的枇杷果，以前都是烂在地里，2019年文秀帮忙找到销路，他家的枇杷果卖了2000多元。

种植户老梁今年68岁了，他家中的油茶种植就是文秀帮助规划的。2019年老梁卖了几批茶籽，光这一项收入就进账2万多元。我见到他的时候，他正在村里榨油坊排队榨油，这些食用油他打算留着过年时自家食用。闻着榨油机里飘出的山茶油香，他说着说着，就想起了文秀书记："我们家这一年获得的好收成，是离不开文秀书记的！之前，家里穷，不好意思请文秀书记吃饭，现在我们家脱贫了，想请她来吃饭，她却不在了……"

"去家里坐坐吧！"56岁的村民黄秋红得知我们为文秀书记而来，

发出邀请，"她走了以后，我们天天想她。"我们在随黄秋红去往她家的路上，她一路盯着脚下，不肯抬头。她的眼睛长了瘤子，不久前去做了手术，花了2万多元。"文秀书记多次动员我和老伴儿办理医疗保险。这次手术花的钱，大部分都能报销。她指导大伙儿种植砂糖橘，现在只要家里有地的都种上了，我家种了10多亩。茶叶也种了10多亩，光这个我家一年能收入四五万元呢！"说话间，黄秋红下意识地瞅了瞅窗外，"她给我们屯修了路灯。灯亮的时候，我就会想起她。"

再过几天，就要过年了。看到百坭村向好的发展势头，以及村里日新月异的变化，许多村民有了新打算。"今年我计划再扩种些砂糖橘，争取早点搬进新家。"在离村部10公里左右的那洋屯，脱贫户班龙春站在尚未完工的2层楼房门前谋划道。如今，新路直通屯口，屯里有近20户人家购置了小汽车。

2020年春节，在辞旧迎新之际，村民们买来灯笼装饰村里的文化广场，好好庆贺脱贫致富的好生活。宽敞的路、明亮的灯、漂亮的房子、红火的产业……它们无言，它们有情，它们见证着文秀在百坭村艰苦奋斗的足迹。在村民们的心里，文秀从未离开。

文秀书记，你日日夜夜牵挂的百坭村的老百姓，他们在你的心上，你在他们的心里，永远，永远！正如班统茂写给文秀那封信中所说的："在今后的日子里，我们会化悲痛为力量，加倍努力，绝不辜负你对我们的期望，早日走出贫困，奔向小康！"

4．脱贫庆功酒

百坭村的变化，处处凝结着文秀的付出与努力。

百坭村村支书周昌战清晰地记得，在文秀遇难的前3天，在进村入户的路上，文秀还跟他认真地说："再加把劲，我们全村今年底就脱贫了！"

　　她悄悄地自己掏钱跟酿酒的村民定购了两坛农家自酿酒，打算到时候拿来当庆功酒。如今这两坛酒还用布包好，静静地安放在村部的一个角落里，仿佛在等待它们的主人来打开……

　　"可是现在，好酒好菜已备齐了，我们的文秀书记却不在了……"说到这里，周昌战这位当过兵的壮汉子，眼睛湿润，声音哽咽……

　　百坭村的村民们一直有这个心愿，他们表示："等我们村都脱贫了，我们就用这两坛酒来庆功，以告慰文秀书记一直以来对我们的帮助与扶持，告慰她无怨无悔的默默付出，告慰她为百坭村所奉献的青春岁月。"

　　对于热爱这片土地的文秀来说，最好的告慰是什么？

　　那就是——继承时代楷模的遗志，继续前行！

　　周昌战说："如今百坭村发展得越来越好，我们争取获得更大的丰收！"

　　接任百坭村第一书记的杨杰兴说："我们会沿着文秀书记带领的路，埋头苦干，百坭村会和全国一道实现全面脱贫！"

　　百坭村的村民互相鼓舞打气："脱贫攻坚，我们一个都不能少！"

　　2020年还要加油干，努力不掉队，不拖后腿。

　　百坭村，这个幽静的小村，不论时光如何流逝，村民们会永远铭记这个"百坭村的女儿"——黄文秀。

　　在百坭村人心中，文秀是一盏明灯，照亮全村人的脱贫攻坚之路。"文秀精神"如同明亮的灯光，照耀着奔赴在脱贫攻坚战线上的人们，砥砺着人们继续奋力前行。

　　　　　　（节选自《新时代的青春之歌——黄文秀》，广西人民出版社2020年5月出版）

哈拉哈河

李青松

向西向西向西。偏北偏北偏北。

拐拐拐。向北向北向北。偏西偏西偏西。

——哈拉哈河。

初始右岸石壁如屏，石片棱棱怒起，一路崖壁参差，水倾之底处平阔，其势散缓，汩汩滔滔，流霞映彩。至急流处，水流汹涌，浪如喷雪。用徐霞客的话说："观之，狂喜过望。"遗憾的是，徐霞客没来过这里，徐霞客说的是别处的河。

别处的河不同于此处的河。哈拉哈河的水头——源自大兴安岭蛤蟆沟林场的摩天岭。它汇集了苏呼河和古尔班河等支流，全长蜿蜒三百九十九公里。说长不长，说短不短。

哈拉哈，不是哈哈哈。哈拉哈——蒙古语，屏障之意。哈拉哈河的河水坚韧、寡言、无畏，能清除一切阻塞它的东西。即便是岩石，即便是倒木，即便是泥沙。在阿尔山林区，哈拉哈河有两条，地上一条，地下一条。地上的是我们能够看得见的，清澈平缓，鱼翔浅底。地下的，是我们看不见的却能感觉到的，神秘莫测，沉默不语。它布局巧妙，层次分明。那些蓄水的湖泊，比如达尔滨湖、杜鹃湖、仙鹤湖、鹿鸣湖、天池、乌苏浪子湖也是哈拉哈河的另一种存在形式。久旱不涸，久雨不溢。地上河的河水突然上涨和下降，都是地下河的暗劲儿呈现的异象。

地球母腹，广阔而丰盈，正是靠着火与水的平衡，才得以生生不息。从里往外看，地球是火球；从外往里看，地球是水球。没有火，就没有水。要认识这一点，就必须认识另一点。

火山喷发是地球自我减轻和释放能量的有效手段，可以防止内部窒息，也可以防止因能量过度而导致痉挛。地球的内部永远在活动着，吐故与纳新，毁灭与创造，没有片刻停顿。古希腊人认为，火山是地球母腹的口，自然而不可少。如同昆虫嘟嘟放屁的气门，如同贝壳双扇微张的嘴。或者是用于呼吸的，或者是用于排泄的，如果堵上，就会把它们憋死。如果地球瞬间痉挛，那就是发生地震了。那些憋在地球腹部里的水蒸气压缩成了"球"，那就麻烦了。因为，它要找一个出口减压，就会在地下剧烈地运行，甚至发出呜呜呜的震耳欲聋的轰鸣声。引发地震，引发海啸，引发火山喷发。

就空间而言，过满，或者过空，都是问题。空虚和丰沛之间有一个奇妙的度，地球自己知道，地球自己能够平衡。火山熔岩喷发的时候，那股巨大的力量，造就了地下的河，却将火山岩和砾石覆盖在河面上。其上生长着白桦、赤桦、黑桦、红柳、青杨、榛子、蓝莓等乔木和灌木，曰之石塘林。这些植物的根紧紧抓住火山岩，并排除强酸去腐蚀它，把它变成土。砾石在一旁冷漠地观望着，却无路可以逃遁。因为苔藓已经抛出千千万万根绳索把砾石缚住，不能移步，不能叫喊，只能束手就擒。那些植物就是在火山岩的废墟里长出来。植物吞噬了废墟，吞噬了废墟底下的肉和骨头，吞噬了能够成为它能量的一切。且长势巨旺，饱满强壮。渐渐地，它们就成了这片世界的主角。

啾啾啾！ 啾啾啾！

石塘林里有鸟在穿梭忙碌，寻虫觅食。

也许，世界不是在某一时刻创造的，而是在可变的运动中慢慢创造出来的。

偶尔，也飞起两只花尾榛鸡，落到哈拉哈河的对岸去了。

花尾榛鸡是学名，俗名叫飞龙。在阿尔山林区，说花尾榛鸡没几个人知道，可一说飞龙，人人皆知。花尾榛鸡似雉而小，黑眼珠，赤眉纹，利爪，短腿。体长盈尺，羽色青灰，间或有黑褐色横纹。远观，如同桦树皮，不易被发现。起飞时需助跑，一飞二三十米，不能高翔。

因之肉的味道极美，清代，花尾榛鸡被列为"岁贡鸟"。康熙、乾隆均喜欢喝飞龙汤，当然，更喜食飞龙肉了。据说，满汉全席是断断不可少了飞龙汤的。飞龙汤一端上来，报菜名的太监的声调也跟着提高了不少。俱往矣，今天的国宴以及家庭餐桌上是断不可以有飞龙汤了。因为，在二十世纪九十年代，花尾榛鸡就被列入国家重点保护野生动物名录中。这就意味着，花尾榛鸡是受刚性的法律保护的野生动物。

花尾榛鸡性情温和，潜踪蹑迹，寂静无声。它的大部分时间都是栖息在树上。也许，在它看来，唯有树上是安全的吧。

觅食时，一般不发出叫声，可一到发情季节则鸣叫不止 —— 克克克克！ —— 克克克克！ —— 克克克克！节奏简明，声如金属响器。鸣叫时，也伸脖子，也俯首，也振翅，也翘尾，使出各种本领，向对方传递爱的信号。

　　花尾榛鸡喜欢在松林中觅食，落叶松和白桦树的混交林中也常光顾。其食物是昆虫、松子、榛果、忍冬果、蓝莓果及桦树的花序和芽苞。食物匮乏的日子里，也食乌拉草的草籽。它的巢有些简陋粗鄙——树下落叶中挖一个土坑，再衔来一些松针、乌拉草、树皮屑和羽毛，垫在坑底，就算是巢了。繁殖期一过，巢就废弃了。

　　阿尔山林区的冬季，意味着寒冷和冰雪。

　　花尾榛鸡往往选择林间雪地开阔的地方过夜。厚厚的积雪就是厚厚棉被。它一头扎进深雪里，然后用尖嘴捅开一个小口，用来呼吸。有微微的气息排出口外，结成薄薄的霜。在这里，霜与雪很难区别。霜，落在雪里，霜也就成了雪。而花尾榛鸡尾巴的羽毛刚好堵住入口，严严实实，顺便也堵住了入口里的秘密。悄无声息，极其隐蔽。

　　然而，危险无处不在。它还是经常遭受那些夜间出来觅食的动物的袭击。猫头鹰、紫貂、青鼬、猞猁、狐狸都是它的天敌。防不胜防啊！

　　对岸的森林一望无际，森林固定着哈拉哈河两岸的山体。阻止任性的沟壑随意改变方向，防止浅根的植被剥离山体。森林也在不断地修复残破的地表，缝缀撕裂的生态，拼接断折的筋骨。

　　森林犹如强大的呼吸器官，吸附了飘浮的物质，释放着氧气，净化着空气。洗心润肺。在这里，生命可以尽情地呼吸。

　　——深呼吸。

　　森林里充满生命的律动。

　　这里没有老虎，没有豹子，没有巨蟒，却有黑熊。黑熊常在哈拉哈河岸边出没，寻找食物。黑熊是杂食性动物，吃坚果、浆果、草根、蘑菇、木耳、鸟蛋、蜂蜜，也吃老鼠、蚂蚁、蚯蚓、蜜蜂、蜥蜴、草蛇。它喜欢翻腾森林里的石头、倒木，那些东西的底下往往有它要吃的美食。

呼地一下，石头掀开，小生灵们四处乱跑，慌不择路。它用爪子拍打着，啪！啪！啪！一些被它拍死，一些被它拍晕。

嘴里嚼着倒霉的老鼠，咯吱咯吱咯吱。

它好像永远吃不饱，缪尔曾写过一段话，来形容黑熊的胃口。他写道："它把食物撕碎，悉数吞到不可思议的肚子里，那些食物就好像被丢进了一团火，消失了。"——这是一种怎样的消化能力啊！

黑熊的武器是它的前爪。一掌掴去，再一掌掴去，必使对方非死即残。早年间，哈拉哈河岸边每年都发生几起勘探队员、伐木人或者猎人、采山货人被黑熊用爪子拍伤或者致死的事件。一个勘探队员在野外作业时，就曾遭到黑熊的袭击。当时，哈拉哈河岸边要建森林小铁路，他与队友正在测量地形。突然，林子里冲出一只黑熊，一掌掴来，把他拍晕，并把他坐到屁股底下。队友傻眼了，抡起测量工具就同黑熊搏斗。幸亏其他队友也及时赶来，才把黑熊赶走。结果，那名被黑熊掴了一掌的勘探队员，鼻梁骨塌陷，七根肋骨骨折，一只眼睛失明，头永远歪向一边。

黑熊也常深更半夜光顾伐木人的工棚，专门到厨房里找吃的。头一天剩下的高粱米饭、窝头全都成了它的夜宵。当然，它可不是优雅的君子。它还把角落里的米袋子面袋子抓破，吃得满嘴满脸都是面粉。碗橱也被它掀翻，碗筷散落一地，一片狼藉。

有时，黑熊也到哈拉哈河的浅滩上溜达，眼睛却不时瞟一瞟河里。它可不是漫无目的地瞎溜达，而是鼻子嗅到了河里的鱼正在靠近岸边的腥味。时机来了，它会果断出爪，十有八九不会走空。

黑熊在树洞或灌木丛里睡觉时，如果有人搅扰了它的美梦，它往往会吼叫着发起攻击。立起身子，舞动利爪，狂抓乱咬。——此种行为，与其说是因为受惊而自卫，不如说是因侵扰而愤怒。后果，不堪设想。

当然，黑熊也有被反制的时候。一只狍子从灌木丛里闪出来，一般情况下，黑熊是不予理睬的。可这天，它居然丢下石头下面翻出来的美味，撒腿就追赶那只狍子。前面是一个水塘，黑熊生生把那只胆战心惊的狍子赶进了水塘里。黑熊身壮体强，但却生来笨拙。哪知狍子在水面上奔跑时突然返身，用前蹄狠狠向黑熊两只眼睛刨去，黑熊惨叫一声，两只前爪乱扑腾，在水里打着旋，水花四溅。

顷刻间，狍子早已无影无踪，逃之夭夭了。

黑熊用力抖了抖脑袋上的水珠，也只好跟跟跄跄离开水塘，悻悻而去。

松鼠是森林里的精灵。

它那漂亮的尾巴飘飘然，轻巧灵活，光亮闪闪，妩媚动人。一会儿在身后，如同拖着一朵云，在林间蹿来蹿去，活力无限；一会儿在身上，尾巴紧紧贴着后背，直立而坐，用前足当手，把食物送到嘴里；一会儿纵立伸直，停在树梢上，警觉地观察四周的动静；一会儿又优雅地卷起，翘过头顶，脑袋在尾巴的遮蔽之下，闭目养神。

它脚爪尖细，行动迅疾，身影转瞬即逝。从一棵树到另一棵树，从一根倒木到另一根倒木，从一个树洞到另一个树洞。它生性胆小，机警敏捷，时刻小心翼翼。它是爬树的能手，脚爪欻欻欻，像带着电一样，上上下下，时而跳跃，时而采摘，时而抓挠，总之，它一刻也停不下来，挖着，啃着，咬着，嚼着，总是在折腾。它是快乐幸福的。秋天，它将橡子果、松果、榛子果收集起来，藏在洞穴里，藏在倒木底下，藏在崖壁罅隙间，藏着藏着，自己也忘记藏在哪里了。无奈，冬天饥肠辘辘时，只得用前爪挖开积雪寻找食物。将积雪下挖出的坚果，一颗一颗带到树桩上，然后咬开，一点一点抠出里面的果仁。很快，树桩下，满是它扔掉的果壳苞片。几只喜鹊飞来，欢天喜地。喳喳喳！喳喳喳！喜鹊看见了果壳苞片里有东西在蠕动。

林学家说："松鼠是播种能手。森林里，假如没有松鼠，树木的再生情况就会少之又少。"

松鼠本性惧水，但哈拉哈河两岸的松鼠泅水本领超强。从此岸到彼岸，抑或从彼岸到此岸，松鼠就抱着一块桦树皮跳进河里，用尾巴当桨，左右！——左右！——左右！顷刻间就划到对岸。有风的日子，它就御风而渡。尾巴直立水面上，分明就是风帆呀，挺着挺着挺着，一摆一摆一摆，甚是有趣。

哪里河段宽，哪里河段窄，哪里河段水流急，哪里河段水流缓，松鼠清清楚楚。在哈拉哈河的狭窄河段，松鼠过河就更不是问题了。它只需在此岸的高大落叶松上抓住一根长长的松枝，荡来荡去，荡来荡去，然后将自己用力一抛，嗖的一声，一个弧线就抛到了对岸的树上。

松鼠虽然多疑，但领地意识极强，对于擅自闯入自己领地的同类冒失鬼，必驱之。如果对方飞扬跋扈不愿离开，打斗一番也在所难免。那是一场你死我活的打斗，枯叶乱飞，断枝横跌，叫声悚然。

入夜，山的翅膀合拢成寂静。森林，在黑暗中生长。

后半夜，月亮的牙齿咬碎了石头，哗哗哗！碎石落下来，惊醒了时间。

时间可以向前，时间也可以倒转。难以想象，哈拉哈河当初的一切都是液态，还有燃烧物，以及一片火海。火山岩和砾石表面呈现出大大小小的石臼和蜂窝。在石臼里，在蜂窝里，分明闪烁着躁动、发酵、渗透、磨蚀、膨胀、喷发等充满力量的词汇，这些词汇也许超越了矿物的范畴，无所不为，甚至不可为也为之。——可以想象火山喷发时的场面是何等壮观啊！俯身捡回几块扁扁的布满蜂窝的砾石，拿回家做搓澡石吧，一定很耐用。火山石仿佛还在散发着硫磺的气味，空气像葡萄酒一样醉人。

站在高处望去，一切都骤然变了。

在粗壮的蒙古栎和挺立的落叶松中间，闪着亮光的白桦，沿着山坡缓缓的斜面，一直延伸到河边。

在一处水流平缓的河段，只见几个渔人正在用拉网打鱼。网到的鱼多半是鳙鱼、嘎鱼、黑鱼，也有狗鱼、双嘴鱼、尖嘴鱼、鲶鱼、江鳕、鸭鱼、白鱼。岸上开阔地带，立着一排一排的用木杆做成的晒鱼的架子，上面摆放着大大小小的鱼坯子。当然，如果运气好的话，网到了鲤鱼，是舍不得做鱼坯子的。

搬来几块火山岩，就架起了一口铁锅。找来一些枯树枝，用茅草点燃，木柴就噼噼啪啪地燃起来，一缕青烟，就袅袅升腾了。慢慢地，青烟也飘进了林子里，林梢上就像罩住了一张网。不经意间，那张网却被树枝划破了——变成了一团棉絮，既不像雾，也不像云。

瞧，铁锅里的内容可不是虚头巴脑，仅仅流于形式的，而是务实的大块儿的鱼肉，野性、豪横、蛮霸、磅礴。咕嘟咕嘟咕嘟！暗红的酱汤翻滚酣畅，热气腾腾，一如阿尔山人的性格。这就是哈拉哈河岸边最著名的一道美食——酱炖鲤鱼。

哈呀——！

空气里弥漫着鱼肉的香味，闻到的人馋涎横流。

然而，哈拉哈河的标志性鱼类并非鲤鱼，而是哲罗鱼。哲罗鱼生在哈拉哈河上游河汊子里，长在下游的贝尔湖和达赉湖。哲罗是食肉的鱼，最喜欢吃的就是水面上的飞蛾飞虫。傍晚，正是飞蛾飞虫聚群的时间，哲罗便生猛地跳出水面，捕捉飞蛾飞虫。水面泛起层层涟漪，泛起朵朵水花。

个头大的哲罗比渔民的木船还长。哲罗的力气也大得很，啪地甩一下尾巴能把船掀翻。从前，渔人要想捕到大个头哲罗是需要下"懒钩"的。先找好"鱼窝子"，头一天夜里布钩，次日清晨起钩。"懒钩"钩到哲罗鱼后不能急于把它拖上岸，而是要使其疲惫，消耗它的体力，等它精疲力竭了再拖上岸来。否则，暴躁的哲罗鱼会拼命折腾，人有可能不是它的对手，它会把"懒钩"咬断，也是说不准的事。

每年四月末至五月初，阿尔山林区冰雪开始消融的时候，哈拉哈河的河水开始迅速上涨了。哲罗鱼就成群结队，顶着水流，越过一道道障碍，越过一道道险滩，日夜兼程，遍体鳞伤，甚至不惜付出生命的代价，洄游到它的出生地——哈拉哈河上游的河汊子里。把鱼卵产在河底的石缝里、乱石中，然后疲惫不堪地守护着鱼卵，直到长出小鱼后，才开始返回贝尔湖和达赉湖越冬。

早年间，哈拉哈河上有一个人，靠在河上捕鱼为生，也为过河人摆渡。有人过河，他就摆渡，没人过河，他就捕鱼。他捕鱼从来不用网，只用"懒钩"，钩大如镯，一串三五个。"懒钩"钩到的都是大鱼，他有意给小鱼留生路。此人，一年四季穿件老羊皮坎肩，出没于哈拉哈河上。他水性甚好，有时捕鱼，甚至连"懒钩"也不用。他知晓哲罗鱼的脾气，也知晓它藏在什么地方。他直接把老羊皮坎肩脱下来扔在船头，悄悄潜入水底，给哲罗鱼挠痒痒，挠着挠着，手就抠住了鱼鳃，一点一点就把哲罗鱼牵出了水面。他熟悉哈拉哈河上的风,他熟悉哈拉哈河的水声,他熟悉哈拉哈河的气味,他熟悉哈拉哈河上的星星和月亮。

他脸膛黝黑,鹰钩鼻子,面相凶狠,人送绰号"黑爹"。"黑爹"真名叫什么呢?没有人知道。河边崖壁下的撮罗子,就是"黑爹"的家。他没有女人,也无儿无女,就是赤条条一个人,无牵无挂。

有人说,他是牡丹江那边流窜过来的土匪。有人说,他是抗联三支队王明贵打游击时走丢了的部下。有人说,他是蒙古那边越境潜逃于此的杀人犯。总之,说法很多。不过,说来说去,渐渐地,时间一久,就没有那么多说法了,就只剩下一种说法了——他是"黑爹"。有道是:不在意你从哪里来,重要的是你能把人送到哪里去。

"黑爹"的船是一条桦木船,没有桨,用一个桦木杆子撑船。那时,整条哈拉哈河只有这么一个渡口。从此岸到彼岸,从彼岸到此岸,过河的人就坐"黑爹"的船。"黑爹"有的是力气,三下两下,五下六下七八下,用力一撑,就把船撑到了对岸。哗——!一根绳子甩出去,绕在渡口的木桩上,又悠回来,就拴了船。湿漉漉的桦木杆子戳在船头,见了阳光,一会儿就晒干了。

坐船的人起身时问船钱,他不言语,摆摆手。后来,人们也就不问了,下船就走了。因为,"黑爹"从不收费。

有几次,不慎落水的人,都是"黑爹"一猛子扎进水里救出来的。人们发现,虽然"黑爹"面相凶狠,其实内心很善良。

坐"黑爹"船的人,有伐木人,有淘金者,有猎人,有皮货商,有走亲戚的妇女。"黑爹"话很少,三五天说一句,七八天说两句,眼睛看着河面,只管撑船。"黑爹"唯一的嗜好就是喝酒。喝了酒,两眼就放出满足的亮光。常坐船的人,就时不时在他的船上留下一瓶酒。

有一年夏天，下暴雨，哈拉哈河涨水，波浪滔天，船不能渡。"黑爹"在撮罗子里，听到河中传来咚咚的鼓声，心疑为怪。出撮罗子，向河中探望，只见水面有一蛤蚌露出，大如笸箩。"黑爹"急持撑船的桦木杆子击之，蛤蚌一动不动，死死咬住桦木杆子不放。"黑爹"使出蛮力，将杆子连同蛤蚌一同抛到岸上。用石头砸蛤蚌，双壳微开，桦木杆子才脱落下来。随后，从蛤蚌中意外取出一珍珠，亮闪闪，圆滚滚，径长盈寸，大如鸡蛋。

"黑爹"并无喜色。日子如常，"黑爹"照旧在哈拉哈河上捕鱼，照旧在哈拉哈河上摆渡。

可是，有一天，渡口的桦木船不见了，"黑爹"也不见了踪影。撮罗子里，除了篝火的灰烬，空空荡荡。哈拉哈河上，除了两只哀鸣的水鸟飞过，空空荡荡。

"黑爹——！""黑爹——！""黑爹——！"

一声声唤，无人应。

三九严寒，滴水成冰，北方的河流皆封冻了。

而哈拉哈河的阿尔山河段，在零下三十六度的寒冷天气里，居然不结冰。不但不结冰，河面上还浮生着腾腾的热气。那情景就像谁家刚宰杀了一头肥大的年猪。大人们忙活着，正在一口烧开了水的大锅里给猪煺毛。小孩子进进出出，调皮捣蛋。灶里的柴火烧得旺旺的，满屋高声大嗓，洋溢着欢乐的气息。

冬天跟它没有关系吗？还是它拒绝冬天？很多野猪、狍子跑来取暖。哈拉哈河静静地流淌——这一段不冻河长四十里。因之这条河，阿尔山的冬天则是另一番景象了。

这里有足够厚的积雪，然而，让人吃惊的是，积雪下不是寂静，而是涌动的热流。热气形成长龙，在河面上滚动，升腾。热流充满神秘、朦胧和幻象。

突然，一声炮响炸碎了哈拉哈河的幻境。接着，是万炮的吼声和炮弹的嘶鸣。枪口放射出花朵，硝烟吞噬着硝烟。大地在颤抖，天空在燃烧。

哈拉哈河河水一度变成了红色。鲜血染成的红色。

1939年5月至9月间，在哈拉哈河畔诺门罕曾经发生了一场惨烈的战争，也称"诺门罕战役"。"那是一场陌生的、秘而不宣的战争。"1939年7月20日《纽约时报》发表社论说，"苏联军队与日本军队在哈拉哈河岸边，在人们注意不到的角落里发泄着愤怒。"哈拉哈河战役，是亚洲历史上第一次坦克战。在7平方公里的战场上，近千辆坦克和装甲车相互厮杀，炮声隆隆，火光冲天，烟尘弥漫。在最后的决战中，日军坦克和装甲车很快成了一堆堆冒着黑烟的钢铁垃圾。日军有五万名官兵命丧哈拉哈河两岸，尸体堵塞河道。血红血红的河水，滋生了大量苍蝇、牛虻、蚊子，幕布般遮天蔽日，恐怖至极。

苏军死伤多少呢？不详。

其实，死伤多少已经并不重要，重要的是哈拉哈河战役苏军取得了决定性胜利，改变了当时的世界局势。

苏军总指挥朱可夫一战成名。个子敦实，头戴大盖帽，腰间挎勃朗宁手枪的朱可夫，因此役获得苏联英雄称号，颇得斯大林赏识，后荣升苏联陆军司令。

哈拉哈河战役的惨烈程度超出我们的想象。凶猛的炮声一停，河面上漂浮的，除了人的尸体，尽是鱼，有哲罗鱼、鲤鱼、鲢鱼、华子鱼等。一些鱼被炮声震蒙了，昏厥过去；一些鱼的腹部被炮声震破裂了，露出白花花的肠子；一些鱼的眼珠子被炮声震得鼓出眼眶，鲜血淋漓。

事实上，早在1932年，日寇就把魔爪伸向了阿尔山林区，大肆砍伐哈拉哈河两岸的森林。日本关东军一〇七师团司令部设在五岔沟。日寇修建铁路和军事工事，一方面掠夺中国木材、煤炭等资源，一方面蓄谋进攻苏联。

战争摧毁了人性，也摧毁了河流里的生命。治愈创伤的唯有时间。治愈了自然，也就恢复了自然。

1949年冬天，阿尔山林务分局成立。

办公地点就在哈拉哈河岸边阿尔山的伊尔施。白狼、五岔沟、西口、苏呼河作业所统归阿尔山林务分局管理。首任分局局长叫义热格奇，蒙古族。

当时，全国刚刚解放，国家急需木材进行经济建设。建工厂需要木材，修铁路需要木材，开矿山需要木材，盖楼房需要木材，架桥梁需要木材，总之，举凡开工建设的工地，没有不需要木材的。

一声令下：开发林区。

此前，哈拉哈河支流苏呼河两岸尚未开发，森林还是原始林，林相相当齐整完美。以落叶松、桦树及蒙古栎居多。

采伐队开进苏呼河施业区，以沟为作业点建立了采伐铺。据当时伐木人邓林生回忆，每个采伐铺有一名队长，一名记账员，一名检尺员，数十名采伐工。住宿是就地取材修建的木刻楞房子，房顶用桦树皮盖住，夏季防雨，冬季防雪。木刻楞里用大铁炉子烧柴取暖，铁炉子是用日本关东军丢弃的汽油桶改造成的，上面立一个烟囱，就开始生火。烧的是木样子，火很旺，时不时往炉膛里加几块样子，火焰升腾着，嚯嚯嚯！嚯嚯嚯！火蔫了，火犯困了，就用炉钩子捅一捅，提提神，火就睁开眼睛，又欢快地燃起来了。铁炉子上也烤白天伐木出汗湿透了的衣服、裤子、绑带、手闷子，热气乱舞，散发着一股异味，不怎么好闻。进入腊月，炉火一刻也不能停，若是停了，木刻楞就成了冰窖了。

冬季，生活物资用马爬犁运送，菜多数是土豆、盐豆、卜留克咸菜、酸菜和冻白菜，粮食大部分是高粱米，很少吃到大米和白面。可是，还是有白酒喝的，是那种土法烧锅酿制的小烧酒。度数很高，有六十多度，是纯正的"高粱烧"烈酒。白酒在当时是林区劳动保护用品。不喝酒不行啊！当时，木材运输主要靠流送——就是河水里放排，伐木人大部分时间在水里作业，喝酒才能祛湿，才能舒筋活血。

苏呼河蜿蜒曲折，全长18公里，向南注入哈拉哈河。每年春天冰雪融化，桃花水"闹汛"之时，就开始木材流送了。流送是按工铺分段投放木材，每次要控制投放的数量，不然投放过多会堵塞河道。沿岸各铺的工人在水里用小扳钩调整木材走向，使其不"打横"，避免造成"插堆"。然而，各工铺投放木材量很难统一把握，每年总是有几次"插堆"淤堵河道的事故发生。怎么办呢？也是有备用方案的——事先在上游修了一道木障拦河坝，里面蓄满水，在那里静静候着呢。打开闸口，坝里憋着的水汹涌而出。猛烈的冲击力，一下就把"插堆"淤堵的木材冲开了，河道重新恢复了通畅。

苏呼河的头道沟、二道沟、三道沟都设立了采伐铺。采伐铺得有个名字呀，是叫一铺、二铺、三铺吗？——不是。是按照队长的名字起的。邓林生回忆说，头道沟的采伐铺有郭长明铺、李木春铺、孙石头铺；二道沟的采伐铺有宋木林铺、杨云桥铺、董永刚铺；三道沟的采伐铺有万学山铺、刘长江铺、包金荣铺。铺下设组，有伐木组、造材组、打枝组、归楞组、流送组。伐木工具是快马子锯，也叫大肚子锯，也叫二人夺。伐木作业时两人对坐拉，嚓——！嚓——！嚓——！

嚓——！锯末子从锯口吐出来，弥漫着木脂的香味。随着一声："顺山倒啦——！"轰的一声巨响，大树就躺在了地上。砸断的灌木、枯枝、枯草、枯叶四处喷溅。

接着，就开始打枝，造材了。锯掉梢头，锯掉枝杈，锯掉疤癞疖子，就是通直可用的木材了。河岸上选平坦的场地，作为楞场，把造好的木材，集中到这里归楞，准备流送。从各采伐铺把木材运到河边楞场，主要是靠马爬犁。——这一工序也叫"倒套子"。

爬犁论张，不论辆。

每张爬犁由两匹马拉。林区冬季气温在零下四十几度，赶爬犁的人身穿羊皮袄，头戴狗皮帽子，脚穿棉靰鞡，也叫毡疙瘩，浑身上下包裹得还算严实。长鞭一甩，嘎——！

"嘚驾！——！"马爬犁载着滚圆的木材，在雪地里在冰面上就欢欢地跑起来了。

一张马爬犁一般运三五根木材，来来回回地跑，马跑得汗气腾腾。马鬃上眉梢上挂满了霜，鼻孔喷出一团一团的热气。爬犁是用柞木做成的。柞木结实，性子稳定，不易劈裂。爬犁脚的底部镶上铁条，在雪里或者冰上跑起来就轻快无比了。

那时候，伐木人的生产作业还是有一些行话的。比如："磨骨头"就是用肩杠抬木头装车，"小套房"就是集材的意思，"大套房"就是运材的意思。"上楂子"是从伐木、打枝、造材，到归楞的多道工序的统称。而"下楂子"则是指顺着河道水运流送的过程。

楞场又分山楞、中楞、大楞。

山上伐倒的木头，简单集中到一起，叫山楞；把山楞的木材再集中运到路边，归成楞堆，叫中楞；把中楞的木材，用马爬犁运到苏呼河两岸归成楞垛，以备流送，称为大楞。据说，苏呼河大楞场，一个冬天要贮存木材达到三万立方米。

在阿尔山林区，像苏呼河那样的饱满丰盈的大楞场有若干个。楞场里木材堆积如山，一楞连着一楞，楞垛铺到天边。大楞场的木头，最后又通过苏呼河进入哈拉哈河流送到阿尔山林务分局伊尔施贮木场。再经过检尺、打码、编号、造册，这些木材就成了国家计划供应的物资了。在伊尔施经统一调配，装上汽车和火车运往全国各地。

在那个年代，贮木场相当于林区的"金库"。

林区人吃的喝的用的，全都来自于贮木场里的木头。故此，林区的经济又被称为"大木头"经济。

哈拉哈河的上游除了苏呼河，还有大黑沟、小南沟、金江沟水系，在伊尔施都汇集到一起。河面宽阔，河水澎湃，流送的木排首尾相连，蜿蜒数里，盖满河面，甚是壮观。

至今，哈拉哈河流经伊尔施的南北两岸，还有用水泥制作的大墩子遗迹立在那里，这就是木材流送的终点站了。上下两根钢丝绳横穿河面，河中间用若干木头三脚架固定，钢丝绳的两端分别系在水泥墩子上，用锁头锁牢。再沿着两根钢丝绳排列木板，用铆钉固定住，防止被河水冲掉。如此这般，就形成了一道拦截木材的屏障。

木材截住后，就出河，用绞盘机往上拉，每次拉一捆，一捆三五根。拉上岸后还要归楞，抬木工就大显身手了。一一、二二、三三、四四、六六，要根据木头大小及其长短，确定几个人上手来抬。所用的工具有掐钩、抬杠、扳钩、肩杠、把门子、压角子、小刨钩、油丝绳等。

一一就是两人一组，用一副掐钩，一副肩杠；二二就是四人一组，用两副掐钩，两副肩杠；三三就是六人一组，两副掐钩，一副把门子，

130

三副肩杠；四四呢，就是太长太粗太重的木材要八个人一组，前面一副把门子，后面一副把门子，中间两副掐钩，四副肩杠。六六呢，就不说了吧。——反正那是更大更粗更长的木头，要12个人上肩了。

　　如果是直接装火车的话，就在地面与火车厢之间搭跳板，有两节跳，有三节跳。抬木头时，动作要协调统一，步调一致，否则就会出差错，甚至发生危险。于是，喊号文化就在贮木场，就在抬木头的行进中产生了。领头人（杠子头）喊号，其他人接号。以号为令，便于抬木头行走时迈步整齐，使所抬的木头悠起来，从而平分压力，运走木头。在号子的节奏中，同时弯腰、挂钩、起肩、运行、上跳、置木。

　　每首号子的领号声调特别重要。号声的大小、高低、粗细、强弱都决定着其他抬木人的劲头，步伐步态，甚至运送距离和时间的掌握，都是靠号子控制。抬木是一种齐心协力的劳动形式，号子的作用就是用韵律来调节人的步伐，使大家"走在号子上"。

　　抬木号子是一种调律，多种内容的艺术。也就是说韵律是固定不变的，至于内容的变化，要看领号人触景生情，临场即时作词的能力和水平。

　　领号：弯腰挂呀 ——！

　　接号：嘿吆 ——！嘿吆 ——！

　　领号：撑腰起呀 ——！

　　接号：嘿吆 ——！嘿吆 ——！

　　领号：齐步走啊 ——！

　　接号：嘿吆 ——！嘿吆 ——！

　　领号：脚下留神呀 ——！

　　接号：嘿吆 ——！嘿吆 ——！

　　领号：上大岭呀 ——！

接号：嘿吆——！嘿吆——！

领号：加油上啊——！

接号：嘿吆——！嘿吆——！

人在重压下发声，这是一种生理需要，也是一种重体力劳动过程中寻求快乐的精神需要。

有数据记载，阿尔山林务分局建国初期流送木材产量是——1950年，28130立方米；1951年，2900立方米；1952年，30810立方米；1953年，3100立方米。

1954年，林区头一条森铁修通了，森林小火车取代了水运流送。之后，哈拉哈河上的木材流送场面，便渐渐淡出林区人的视野。不过，那些老一辈伐木人，总要在傍晚黄昏时分，来河边走走。他们望着空荡荡的哈拉哈河河口，总有一种说不出来的怅然的感觉。

喧嚣远去，哈拉哈河静静地流着，仿佛什么都没有发生过。然而，晚霞中，两岸的水泥墩子遗迹，以及几节锈迹斑斑的钢丝绳，还是那么真实地倒映在水里，若隐若现。

倒影是图景的回声，回声则是声音的图景。

"在森林里，最可靠的东西只有斧子和锯。"——这是早年间，阿尔山林区流传的一句话。然而，经过半个世纪的砍伐之后，斧子和锯也靠不住了。光荣消歇。哈拉哈河沉默不语。也许，沉默也是一种忧伤。

若干年前，阿尔山林区就告别了伐木时代，进入了全面禁伐时期。作为一个时代的标志物，斧子入库了，锯子入库了。伐木人变成了种树人和护林人。

哈拉哈河似乎有话要说，然而，它没有说。

黎明睁开了眼睛，在无奈和困惑中，林区人开始认真而理智地审视自己既熟悉又陌生的森林了。

森林是什么？—— 一个声音说："森林是一个生态系统概念，绝不仅仅是我们所看到的那些树。"是的，在森林群落中包含着许多生物群体，它们各自占有一定的空间和时间格局，通过生存竞争，吸收阳光和水分，相生相克，捕食与被捕食，寄生与被寄生，既相互依赖，又相互制约，构成了一个稳定平衡的生态系统。

最早把森林视为生态系统的，是德国林学家穆勒。穆勒说："森林是个有机体，其稳定性与严格的连续性是森林的自然本质。"不应把森林看成是木材制造厂，而应视为是土地、植物和动物的融合，是持久的生命共同体。它是河流的源泉，也是生命的源泉。

人类在反思自身与森林的关系中，不断调整着自身对森林的认识和行为。

穆勒还说："如果说我们不再需要用干燥木材供人取暖，那么我们就更需要这些绿意盎然、青枝滴翠的森林来温暖人的内心。"

森林具有三个层次：遗传多样性，物种多样性和生态系统多样性。森林包含了区域中生物种类的组合、生物与环境间相互作用过程，以及经受干扰后的演变过程最为完整的记录。正如气候顶极类型提供的当地植被完整的演变历史那样。这些生态过程，是从人为干预下生长时间较短的人工植被中无法获得的。或许，天然林和人工林是完全不同的两回事。

森林就是森林。森林里没有多余的东西，更没有废物。即使森林中那些枯朽的老树也不是废物。只有父母儿孙的生存，而没有爷爷奶奶的存在，并不能算得上是一个完整的人类社会，而森林，同样是一个老中青幼联结着的群体，正因为有枯朽老树的存在，才意味着一座森林的生长有着不同寻常的历史，才构成了完整的自然生态系统。

何况，在哈拉哈河两岸的森林里，枯朽的空筒老树，还是紫貂、青鼬、艾虎、花鼠、灰鼠、鼯鼠等兽类和原生蜜蜂栖居的巢穴。大空筒树是黑熊蹲仓冬眠的极好场所。猞猁也常常借助大树窟窿而栖身。

森林的奥秘，也许就藏在那些枯朽老树的树洞里。森林有自己的秩序和逻辑。当一种现象超过某种确定的界限，森林就会调整内部的结构关系，重新确定秩序。—— 这就是森林法则。

阿尔山林区朋友张晓超说："天然林的自我恢复能力超出我们的想象。"他说，"保护天然林最好的办法就是封山育林。在天然林采伐迹地上，只要原生树木的根系没有被毁垦，只要封山育林的措施科学、得当，给它们充分的喘息时间，天然林就可以恢复创伤，郁闭成林，达到森林群落的完好状态。"

春去春又来。

正是凭借美的力量，灵魂得以存活，并且生生不息。

林区大禁伐后，寂静取代了喧嚣。而那些能量积蓄已久的根，在哈拉哈河的滋润下睁开新绿的眼睛，并用力拱出地面，占据着一方属于自己的空间。

哈拉哈河上起雾了，渐渐地，雾吞噬了森林。

然而，终究还是森林吞噬了雾。

哈拉哈河向西奔流。向西向西向西。

据说，1219年，成吉思汗率领40万蒙古铁骑西征欧亚出发之前，就是在哈拉哈河下游一带厉兵秣马，蓄势待发。至今，当年成吉思汗拴马的柱石，在哈拉哈河畔还可以找到。高盈丈，合抱粗，风骨凛然。它孤傲的影子，每日与遥远的苍穹对望。虽然历经岁月的剥蚀，可是，它仍神一般矗立在那里。其实，即便它倒下了，即便它风化成了一堆土，那也无关紧要，因为它早已经矗立在人的心里。

"旌旗蔽空尘涨天，壮士如虹气千丈"——成吉思汗的蒙古铁骑所向披靡，摧其坚、夺其魁、解其体，向西向西向西，直至欧洲多瑙河。成吉思汗建立起一个庞大的帝国，打通了东西方交流之路，缩短了地球的距离，对世界产生深远影响。也许，正是哈拉哈河的火与水，哈拉哈河的坚韧、寡言与无畏，唤醒了成吉思汗的雄心和胆略。

可是，起初，成吉思汗西征的本意，并非为了占领和征服，而是简单的两个字——复仇。

此前，成吉思汗派往西域的一支480人的商队，全部被西域人处死，货物被洗劫一空。"汗闻报，惊怒而泣。登一山巅，免冠，解带置项后，跪地求天，助其复仇，断食祈祷，三日夜始下山，亲征之。"

呼麦呜呜，长调响起。蹄声和鼓声激荡着草原，疾风掠过的地方，总有山丹丹花狂野地开放。然而，一切都化作了远古的烟尘，随风飘逝。

哈拉哈河依然在流，哈拉哈河依然是哈拉哈河。说长不长，说短不短。比起自然来，人类的风风雨雨，功过是非，不过是哈拉哈河里的几朵浪花而已。也许，文明是可以取代的，然而，自然是永远不可征服的。

哈拉哈河，向西向西向西，在阿尔山林区三角山北部流出国境，进入蒙古国，拐拐拐，向北向北向北，偏西偏西偏西，流入贝尔湖，歇口气，稳稳神，流出，继续向北，最后经乌尔逊河，汇入达赉湖。至此，才算画上了句号。这是一条多么有归属意识的河呀——流出去，是为了流回来。是的，它居然义无反顾地流回来了。

有多少河，滚滚滔滔，一去不返啊！

哈拉哈河——这条从地球母腹中流出来的河，可能已经奔涌了一百万年。它，不同于别处的河流。别处的河流，无论怎样蜿蜒曲折，无论怎样澎湃汹涌，最终，都要流向大海。而哈拉哈河的终点——达赉湖并不通着大海。这一现象，不是一天两天，不是数月数年，不是几个世纪，也不是数千年数万年。哈拉哈河，从来处来，到去处去。方向从来没有改变，目标从来没有改变。

它，节制而深沉，稳健而自省，从不张扬，从不炫耀，从不喋喋不休地讲述。长期以来，它的意义，它的功用，它在生态系统中扮演的角色被我们忽略了，以至于我们很少有人知晓它的名字。它，在动态中平衡着其流域的生态系统，在平衡中控制着生物与生物之间的关系。

它是无可替代的。

从地球来看，哈拉哈河是一个单独运行的生态系统吗？

不，地球是个整体，地球是个球。正如喜马拉雅山上一颗雨滴，同印度洋上的一场风暴也有联系一样，其实，哈拉哈河与地球的整个生态系统也存在着微妙的关系。终点，并不意味着停滞和完结，而是孕育着新生和开始。也许，空间是可以留置万物的，而时间则是在舍弃万物的同时又创造了万物。哈拉哈河并置了空间和时间。周而复始，循环往复，永不停歇。

万物即自然。

哈拉哈河的自我净化，自我修复能力是惊人的。它的创造力更无须证明——它涵养着其流域的森林、草原、湿地、滩涂和荒野；它滋润着其流域的时令、生命、情感、灵魂和精神。

哈拉哈河，承载着时间和传奇，奔流不息。

（原载于《人民文学》2020年第5期）

为什么是深圳（节选）

陈启文

从一个春天到另一个春天

许多过来人回想起那个春天，一切历历如在眼前，海在天上，天在海里，一轮刚刚从大海上升起的太阳，如梦初醒。

站在1978年的时空中看深圳，许多人对深圳的名字还在误读，将深圳读成"深川"。那时候的深圳跟沿海和内地的县城差不多，大家都站在同一条起跑线上。但若同对岸的香港比，两地在一百多年的分治后已经拉开了千百倍的差距。这差距是一眼就能看见的。当你站在这边灰暗的老街上眺望那边，香港那傲岸而炫耀的倒影几乎倾倒了整个南海。那倒影从对岸清晰地伸过来，连阳光照在玻璃上的光斑都历历可见。而城市的差距还体现在那早已发黄又难以磨灭的历史数据上。1978年宝安全县工业总产值仅有六千万元。深圳建市时，其生产总值（GDP）还不到两个亿（1.96亿元），而香港当年的生产总值已超千亿

(1117亿元人民币)。从面积上看,宝安县为香港的两倍,但其生产总值还不足香港同期的千分之二。

这就不能不让人下意识地追问,香港为什么是香港? 深圳为什么是深圳?

深圳河其实很小,并非难以逾越的天堑。20世纪80年代,罗大佑唱响了一首风靡海内外的歌曲:"小河弯弯向南流,流到香江去看一看……"这条小河就是深圳河,而两岸最狭窄之处相隔只有三十多米。只要提到深圳河两岸的差距,谁都会提起深圳河畔的罗芳村。罗芳村早先叫罗方村,这原本是一个多以罗姓和方姓村民聚居的自然村落,两岸还有一座小桥相连。自从两岸以深圳河划界而治后,一个自然村就变成了两个世界。不过,一直到解放初,两岸都未在边境线拉起铁丝网,小河流到哪里,哪里便是边界,河这边的村民还到对岸去租地耕种,这边的孩子还可以在河那边上学。后来,随着边境线管控越来越严,两岸的差距也越来越大。到1978年时,这边的村民人均年收入只有一百三十来块钱,而那边的村民人均年收入高达一万三千多港币,相差一百多倍,那时港币比人民币还值钱。如今很多罗芳村的老村民还记得当时一句话:"内地劳动一个月,不如香港干一天。"这极为悬殊的差距必然会产生强烈的心理落差,也让老百姓用脚来选择自己的人生。河这边的村民纷纷逃向了河那边,一个罗芳村就跑掉了六七百人,在河那边又建起了一个罗芳村。河两岸的村民还约定日子,在河两岸见面,相互喊话,这也是当时的一大奇景 —— 界河会。

当时流传一句民谣:"宝安只有三件宝,苍蝇、蚊子、沙井蚝,十屋九空逃香港,家里只剩老和小。"

深圳,一座在大海的怀抱里孕育的城市,一个在大海的怀抱里诞生的经济特区,在分娩的过程中必然会有撕裂和淌血的疼痛,而这如血流不止的逃港潮，其实也是其症状之一。而深圳记者和作家陈秉安在其《大逃港》一书中，则把逃港潮称为"中国改革开放的催生针"，这一针直接扎准了穴位。

1978年被称为中国改革开放的元年，在这年12月召开的十一届三中全会上，中国改革开放的总设计师邓小平力排重重阻力，启动了中国的一次伟大转型。在这一历史转折关头，必须有关键人物来发挥关键作用。据《习仲勋主政广东忆述录》记载，1978年春天，习仲勋同志肩负中央的重托，主政广东。在他抵粤赴任的当年7月，就深入逃港潮的漩涡中心宝安县调研。他从深圳湾一直走到了中英街。这条小街位于今深圳市盐田区沙头角镇，由梧桐山流向大鹏湾的小河河床淤积而成，原名鹭鹚径。这一带曾是长脚鹭鹚栖息觅食的浅水湾，它们的长颈和长喙可以深入水底去捕食人们看不见的鱼虫，又以一种凌波微步的姿态款款而行，一旦有人走近，它们便振翅而起。这些大海的精灵，眼里从来没有人间的边界，那从天空飞过的翅膀投下的阴影，依然在贴着地面飞翔。一位迷惘的诗人曾经发问："鹭鹚！鹭鹚！你从哪儿飞来？你要向哪儿飞去？你在空中画了一个椭圆，突然飞下海里，你又飞向空中去……"

对于人类，这条长不足一华里、宽不够七米的鹭鹚径，却如同两个世界之间的一条鸿沟。街心以界碑石为界，左手是深圳，右手是香港。小街的这边站着中方的边防战士，那边则站着英国大兵，他们近在咫尺，四目相对，尽管中方边防战士比对方要矮半个头，但气势一点也不低于对方。然而你又不得不承认，中国人从来没有输在气势上，但在经济上却比那边差得太多。当习仲勋站在中英街上，看到那边商铺林立，人流如潮，而这边却是冷落寂寥，四顾萧索，破败的老房子墙皮脱落，就像一块块刺眼的伤疤。这让香港同胞看了也扎心啊，就像祖国身上的一块块伤疤。

习仲勋透过一条小街，眼睁睁地看到了双方的差距，这让他心中非常难受也非常难堪，"解放快三十年了，那边很繁荣，我们这边却破破烂烂，这个差距太大了啊！"时不我待，为了尽快缩小两地差距，习仲勋率先向中央请求，"让广东在四个现代化中先走一步！"

这正是广东人的一句口头禅，我走先！

对于深圳，那一年的春天仿佛在歌曲《春天的故事》中发生，"1979年，那是一个春天，有一位老人在中国的南海边画了一个圈……"

在南中国海汹涌澎湃的春潮中，一个老人以划时代的激情，将一个处于南中国边缘的边陲县推向改革开放的最前沿。这年春天（1979年2月），国务院批准在深圳蛇口建立中国大陆第一个出口加工工业区，这也是中国第一个外向型经济开发区。这又是一个破天荒。

只要追溯深圳改革开放的历史，就不能不提到三个推动历史进程的人物，一个是中国改革开放的总设计师邓小平，一个是主政广东的习仲勋，还有第一个敢于吃螃蟹的深圳人，袁庚。

袁庚，原名欧阳汝山，1917年出生在大鹏镇。他是一位海员的儿子，父亲一辈子在大海上揾食，他是被大海一口一口喂大的。1939年，袁庚加入中国共产党，同年加入东江纵队。1949年9月，袁庚任两广纵队炮兵团团长，参加了解放广东沿海岛屿的战斗，如今深圳市南头半岛的前海、蛇口和大铲岛一带就是他率部解放的。这位年轻的炮兵团团长看着那被炮火撕裂的焦土和弥漫在海天之间的硝烟，他眼中没有太多胜利的豪情，却有满目疮痍的伤痛。他下意识地摸了一下那还在发烫的炮筒，冒出这样一句话："这里，从此再也不会有炮声响起！"

一位浴血奋战的军人，说出了他对和平的憧憬。随着新中国的诞生,袁庚也随即从一位前线指挥员转入了和平年代的特殊使命,迈入了他人生的第二阶段。1949年11月,他被调至中央军情部武官班受训,先赴越南任胡志明主席的情报和炮兵顾问,后又担任印度尼西亚雅加达总领事馆领事,在周恩来总理出席在雅加达召开的亚非会议期间负责情报组织工作。1961年袁庚被任命为中央调查部第一局副局长,派往柬埔寨破获国民党暗杀刘少奇的"湘江案"。1966年,他被指派为光华轮党委书记,将在印尼排华事件中受难的华侨接回祖国。在十年动乱中经康生批准,袁庚以莫须有的罪名被拘捕囚禁于秦城监狱,在高墙铁蒺下熬过了五年炼狱生活,直到1975年10月才恢复工作,任交通部外事局副局长。此时他已年近花甲,一个人活到这把年纪,人生已接近尾声,即便就此退休,他也没有虚度人生。然而,1978年10月的一纸任命,在中国改革开放元年把一位年过花甲的老人推向了中国改革开放的最前沿。他被任命为交通部所属的香港招商局常务副董事长,主持招商局全面工作。他的人生由此迈进了第三阶段,不是告老还乡颐养天年,而是充当一头"老牛亦解韶光贵,不待扬鞭自奋蹄"的拓荒牛。

香港招商局是中国创办最早、规模最大的驻港航运企业。早在清同治十一年(1872年),洋务派大臣李鸿章就奏请设立了香港招商局,这也是洋务派把手伸进香港的一个大手笔。袁庚为香港招商局第二十九任掌门人。此时,这家以航运为主的驻港中资企业由于长时间经营不善,已沦落为一副空壳,没有一条船,只有一家老旧的修船厂和一个又小又破的码头,总资产加起来仅四千多万港元。袁庚被安排到这个位置,还真是一个非常适合他的角色,也可以说是历史的选择。他从投身东江纵队后就开始从事对外联络和情报工作,而这种经验丰富的外向型干部在当时是少有的。由于长时间担当的特殊使命,他练就了敏锐而独特的眼光,透过这锈迹斑斑的一副空壳,他看到了这个驻港中资企业的独特价值。随后,他便向中央提出了重振香港招商局的二十四字方针:"立足港澳,背靠国内,面向海外,多种经营,买卖结合,工商结合。"—— 这其实也是他立足的一种姿态。当他站在大陆的海岸线上,总是下意识地看着香港。而当他站在了香港的海岸线上,又总是下意识地看着大陆。在香港招商局对岸就是他当年率部解放的蛇口。此时,他早已不是用战争的眼光来看待了,而是换了一种眼光。他也是当年最早改变眼光和思维的第一批人。在隔海相望间,一个念头就像那伸向大海的半岛一样在弥漫的海雾中浮现出来,越来越清晰。

一位历经战火淬炼的军人,早已形成了自己的战略思维,干什么先就要考虑"天时地利人和"三要素。那么香港招商局的地利在哪里呢?香港地域狭小,又是寸土寸金之地,凭招商局那点儿资本在香港不可能伸展拳脚。他将目光放到了对岸的蛇口,那是他当年亲手解放的地方。若能直接杀回自己原先的战场,既可以充分利用广东省的土地和劳力,又可以利用香港及外国的资金、技术、设备,这是双赢的最佳选择。他还未改那"远略英谋,临机果断"的军人性格,没有给自己犹豫的时间,随即就开始把脑子里的念头开始付诸实施。

蛇口,地处深圳南山区南头半岛东南部,东临深圳湾,西依珠江口,与香港新界的元朗和流浮山隔海相望。而蛇口本身就是一个神话,相传后羿射日,一连射下八个太阳,当他把第九支箭嗖地一下射向天空,一条巨蛇从天而降,蛇身化作了狭长而蜿蜒的海岸线,而蛇头正好落在南海边,那蛇口还真像一个朝着大海张开的蛇口。但这个神话一直只是传说,而蛇口的命运,接下来将成为一个创世纪的神话。而最初划给蛇口工业区的开发用地,哪怕精确到了小数点也只有2.14平方公里。这一小片土地第一次在地图上被醒目地标示出来，只是那时候还极少有人知道，它将成为贴在深圳特区身上的一个举世瞩目的标签。袁庚以他那惯有的军人步伐转了一圈，对身边的人笑道："你们看，这一小片狭长的土地就像试管一样。"这个风趣而形象的比喻，还真是逼真地说出了蛇口扮演的角色，如果说深圳是邓小平为中国改革开放划出的第一片试验田——深圳经济特区，蛇口就是中国改革开放的第一根试管。

那时蛇口还是一个以农业生产为主的人民公社，良田沃土是不能占用的，中央划给蛇口工业区的是一片被历史和偏见遮蔽得太久的海边荒滩和荒山坡，这海滩上没有红树林，只有疯长的咸水草，烂泥荒滩散发出一阵一阵的腥臭味。一条黄泥小径一路向大海蜿蜒而去，又从大海蜿蜒而来。那些去捕捞沙井蚝的渔人，随它而去，又随它而来，那一双双赤脚，深一脚浅一脚地走过拖泥带水的日子，把一条路走得坑坑洼洼、弯弯曲曲，却从来没有谁正眼瞧过这片土地。中国改革开放之路，从一开始就是"筚路蓝缕，以启山林"。

1979年8月8日，这是一个必将载入史册的日子。一位当年头戴钢盔的炮兵团长，曾经发誓，这里再也不会响起炮声。而在时隔三十年后，他又戴着安全帽站在自己亲手解放的这片土地上，摆在他面前的不是军用地图，而是蛇口开发的一幅蓝图。如果说一位老人在中国的南海边画了一个圈，还有一位老人也在这两平方公里的土地上画出了中国大陆出口加工工业区的第一幅蓝图。为了这幅蓝图，袁庚违背了自己当年的誓言，一如当年指挥作战一样，那手臂猛地一挥，一声令下，那轰然震响的炮声顷刻间震撼了荒山坡，掀起纷纷扬扬的尘土，连被深埋的石头也从蛇口吐出了倔强的牙齿。海风在炮声中被呼啸，海浪在震荡中翻滚。这振聋发聩的炮声，被称为"中国改革开放的第一声开山炮"。在这炮声中被撼动的又岂止是这一片荒山坡,还有那板结的体制和僵化的思想。此时,还不能说是一个时代的结束,却已是另一个时代的开始。当挖掘机掘开海滨淤积的滩涂,一次就发现了四百多具偷渡者的骨骸。那数十年间,不知有多少前赴后继的偷渡者被海浪吞没了。袁庚满眼悲怆地看着这些遗骸,又下意识地冒出一句话:"从此,这里再也不会有人偷渡了!"

就在蛇口打响第一声开山炮的这一年,从中央到广东省、深圳市都在为中国第一个经济特区而紧锣密鼓地筹划着。此前,广东省委第一书记习仲勋已代表广东向中央提出要划出一块地方来作为改革开放的试验田,但这试验田叫什么名字呢?这就像为一个即将分娩的新生儿正式命名,必须郑重其事,一直定不下来。邓小平豪爽地说:"就叫特区嘛!原来陕甘宁就是特区。"他这一句话,就把深圳经济特区的名字正式定下来了。这不是一次单纯的命名,这是以特区的名义重新定义了一个时代。邓公还以一种革命家的豪迈激励广东说:"中央没有钱,可以给些政策,你们自己去搞,杀出一条血路来!"

中央没有钱,这是实事求是,当时中国正处于拨乱反正、百废待兴的时期,又加之政策失误的历史原因导致国民经济遭受严重损失,到处都要用钱而国家财力捉襟见肘。而邓小平、习仲勋都是从枪林弹雨中闯过来的革命家,"杀出一条血路来",这既是他们在战争年代的生命体验,更是他们对改革之路的洞察和预见,这一路上将遇到重重障碍和阻力,你只能像冲锋陷阵一样"杀出一条血路来"。

那一代在枪林弹雨中闯过来的老一辈革命家,都是一股子冲锋陷阵的性格,说话都挺冲。

十月怀胎,一朝分娩。1980年8月26日,这是一个早已从日历上撕掉的日子,但也有不少有心人保存了这张日历。这一天,经第五届全国人民代表大会常务委员会第十五次会议通过，正式批准设立深圳经济特区。这一天被世人称为"深圳生日"。

在某种意义上说，蛇口提前打响第一声开山炮，也是深圳特区打响的第一声开山炮。而随着深圳特区的诞生，大规模的开发随即全面铺开，中央军委调遣了两万多基建工程兵支援特区建设，来自五湖四海的数十万建设者也如潮水般奔向深圳，这是特区建设的"开荒牛"。

1982年夏天，我穿着那个年代流行的海魂衫，几乎是义无反顾地奔向了深圳。我来了，赶海来了！那时我才二十出头，在内地已有了一份安稳的职业，我来这里不是为生存所迫，而是想要换一种活法。人到了特区心也跳得快些。这是真的。这是一个热烈的世界，那是一种实实在在的热，海风滚烫而凶狠，而海浪的拍击也是可以产生大量热能的。我还不太适应这被大海反射过来的灿烂阳光，一直眯缝着两眼，这让我突然觉得自己走错了地方。那时的深圳还是一座被农村包围的城市，整个特区就像一个巨大的建筑工地，到处都是工棚、脚手架和搅拌机。一条条刚从泥土里挖出来的路马上就挤满了人，扑上来的灰土落在身上，让我脚步沉重。和我走在同一条路上的，还有成群结队纷涌而来的农民工，他们都忙着把自己往这离大海最近的地方搬运。蛇皮袋，搪瓷缸，塑料皮捆着的被窝卷儿，这是天底下所有农民工的共同特征。他们身上的每一样东西都特别经得起摔打，经得起折腾。和这些人拥挤到了同一条路上，我感到非常偶然，又十分茫然，甚至有种被挟裹进来的感觉。在这里，他们不愁找不到事做，一个乡下汉子，刚刚放下身上的蛇皮袋子，立马就能在这里找到一个什么活路干干。他们在路边搭个简易窝棚，立马就能开铺睡觉，生火做饭。在大锅里炒菜的不是锅铲，而是挖土的铁锨。他们是那样按捺不住，他们浑身充满了力量，随时都可以爆发出来。

追踪深圳特区之路，首先就要从"深圳第一路"——深南大道开始。在建市之初，深圳还没有一条像样的马路，那碎石路面在烈日下尘土飞扬，深圳派人去香港招商，好不容易招来了几个港商，可刚一跨过罗湖桥，这些西装革履的港商就被灰尘呛得咳嗽不止，连眼泪都呛出来了。为了不让这些港商"呛回去"，深圳市政府痛下决心，决定修通一条横贯市区东西的主干道。1979年7月，第一支踏上深圳土地的陆丰建筑第六施工队承接了开路工程，这支由农民工组成的县级建筑工程队，在深圳城市街道拓荒史上写上了艰辛惨淡的第一笔。这筑路工地没有路，施工设备非常简陋，成千上万的土石方只能靠人力用板车推的推、拉的拉。我来这里时，很多路段还没来得及浇上柏油。而说到浇油，如果不是亲眼所见，像我这样一个文人还真是难以想象，这工程队连洒油机也没有，他们用铁皮焊了个二十多斤的土漏斗，让两位身板好的汉子用手臂举得直直地操作。那刚刚浇上的沥青被烈日烤得黏黏糊糊的，修路的民工一个个看上去也是黏黏糊糊的，就像刚从柏油桶里钻出来似的，脑门子上、脸上、臂膀上、背脊上，一片焦糊，流淌着污黑的汗水，散发出污黑的气味。一位洒油工换班时想把胶鞋脱下来，却怎么也脱不下来，那沥青把胶鞋给烫熔了，把裤子也粘住了。

在这条路上，我认识了一个叫锁链的农民工。这无疑是个土得掉渣的名字。他说这个名字好，娘说，锁链啊，能锁住命，链住金。这小伙子来深圳已经两年了，每天负责看守一口熬沥青的大锅，一天十多个小时，他所有的动作，所干的一切，就是围绕着大锅煎熬自己的生命。我尽量站得离那口大铁锅远点，但弥散在周围的还是那股浓烈刺鼻的沥青味。他可能早已闻不到了。他长大嘴巴喘气时，我看见他的舌头和喉咙都是黑的。他渴了，端起一只老大的搪瓷缸，把一大缸水直接灌进了火辣辣的嗓子眼里。一个生命可以在两年的时间里每天面对这样一口灼烫的、呛鼻的大锅，这口锅对于他与其说是一种工具，不如说早已从工具变成了一种坚守。然而，这只是我一个文人的感觉。这小伙子的想法其实很简单，非常简单，在这里多赚点钱，回家，盖房子，娶媳妇，生娃。他那种乡下的方言很难懂，但我听懂了。这个小伙子我后来一直没忘，他成了我记忆中与一座城市连接在一起的一个形象。一个老人画的那个圈太伟大了，却必须有一个个渺小而卑微的生命不断地填进去。而在深圳特区拓荒时最需要的就是这种一下就能把自己豁出来、舍命地在这里大干一场的人。这是他们的活路，几乎所有的农民工都把干活叫活路。

　　1980年，在深圳经济特区成立前夕，深南大道从蔡屋围到当时上步工业区的第一段路终于修通了，全长只有两公里余，七米宽，仅够两台车来回并行。这样一条路实在称不上是大道，但在当时已是深圳市最长最好的路了，这条路也算是献给深圳特区的奠基礼。随后，这条路又开始扩展和延伸，直到1987年春节前，深圳市把广深铁路用高架桥托起，才将这条路修通了近七公里长，将路幅拓宽到五十米。这条深南大道才是名副其实的大道了，被深圳人自豪地称作"十里长街"。然而在拓展的过程中，这条路几乎是在一路的争议中不断推进。有人质问，修条马路为什么要搞这么宽？有人痛骂，简直是败家子，老百姓的血汗钱都给败光了！诚实地说，那时这路上跑来跑去的也确实没有几辆车。然而，你不能只看眼前，没过多久，那些质问的、痛骂的又换了一种方式，这马路怎么修得这么窄、这么短？怎么就那么鼠目寸光！

　　遭受质问和痛骂的还有"深圳第一高楼"——深圳国际贸易中心大厦。国贸大厦借鉴香港的招投标制度，在国内第一个采取公开招标设计方案；第一个大范围采用世界一流建安设施装备。大厦开始招标设计为三十八层，很多人就开始质问，盖这么高的楼有必要吗？后来，国贸大厦的设计又调整到五十三层，高达一百六十米，质疑的声音就更多了，这楼到底要盖多高？难道想要捅破天？这人可不能心比天高啊！

站在当时，你又不能不说这样的质问有它的道理。那时中国大陆最高的大楼也只有三十多层，而国贸大厦附近的最高的建筑为深圳宾馆，只有四层。就在这质问和争议声中，国贸大厦1982年春天在罗湖中心城区破土动工了。这座大厦的总设计师朱振辉毕业于哈工大土木建筑系，曾任中南建筑设计院院长、深圳市城市规划设计研究院院长，堪称是当时深圳最领先的建筑设计师之一。主体工程由中建三局一公司承建。无论对于设计者还是承建者，他们都在创造当时的中国第一，这是中国建筑史上第一栋超高层建筑，在很多方面都无章可循。无论在设计上还是建设中，无论在管理上还是技术上，很多都是开国内先例的头一次。在建设过程中，中建三局竟然创造了三天盖一层楼的惊人速度，这一速度创造了中国建筑史上的新纪录，居当时世界领先地位。这也是被传为神话般的"深圳速度"。许多人都把"深圳速度"理解为速度快、效率高，甚至想当然地认为是铆足了干劲、加班加点、夜以继日地干出来的，其实"深圳速度"第一得益于管理创新，中建三局作为国有企业，率先大胆打破了铁饭碗（固定工资制），当时工地的负责人工资是"上不封顶，下不保底"；第二得益于技术创新，中建三局在标准层的施工中研制出了国内第一套大面积内外筒整体同步滑模新工艺，这一独特技术创新可以用三个特别来形容，速度特别快，效率特别高，质量特别好。

1985年12月29日，中国第一经济特区建造的中国大陆第一高楼，以高耸入云的姿态在罗湖崛起。一眼望上去,感觉一座趴在海湾里的城市突然站了起来,一座城市从此才开始像一座城市。这座大厦被誉为"中华第一高楼"。这不仅仅是一座高楼,这是深圳特区成立五年来所达到的高度,也代表了那个年代中国现代化崛起的海拔高度。1987年,该工程荣获首届鲁班金像奖,颁奖词中称:"她是诞生神话的地方,她的矗立本身就是神话。"

我还没有等到国贸大厦竣工就逃离了深圳。在1982年深圳特区那个火热的夏天,我看到的国贸大厦还是一个巨大的土坑,而沿途见到的都是低矮的瓦房、丛生的灌木、茂密的荒草和板结的土地、被撕裂的黄土山坡,脚下是一条条泥浆路,一边走一边要把深陷在泥泞里的鞋子使劲地拔出来,还要使劲地甩动,好让烂泥掉下来。多少年过去了,那泥浆路还在我的记忆中延伸着,一直延伸到一片荒凉的内心。我心里的荒凉是真实的,沮丧也是真实的。我也不止一次地想过,自己从大老远跑到这地方来,难道就是要在这样一个个烂泥坑里浪费自己的生命、消耗自己的青春吗?这条路我没有走下去,我感觉自己的气力已经渐渐用尽,就要一头栽倒在这泥浆中了。最终我选择了逃离,从此与深圳擦肩而过。

当我与深圳背道而驰时,无数人正以最快的速度奔向深圳,那是我无论如何奔跑也追赶不上的节奏。尽管我与深圳背道而驰,但我只是埋怨自己没有当一头"开荒牛"的勇气、追赶不上深圳的节奏。然而,还有许多与深圳背道而驰的人,却把矛头对准了深圳,对经济特区掀起了一轮围剿、批判的风潮。纵观深圳特区的发展之路,在每一个历史转型时期,几乎都要遭受一次强大的冲击波。这一轮风潮,也是深圳遭受的第一次冲击波。从蛇口建立中国大陆第一个出口加工工业区开始,就掀起了一场不小的"租界风波"。风是北京刮起来的,旋即就风靡全国。袁庚后来不止一次地提到了一篇让他"很恼火"的文章，题为《租界的由来》，借讨论旧中国的租界问题来议论特区，影射特区把土地有偿出租给外商，这经济特区都成了国外的租界了。这对特区的冲击特别大，即便像袁庚这种从枪林弹雨中杀出来的老革命，每往前走一步也是战战兢兢如履薄冰，他们拿不准中央的想法，甚至"感觉是拿自己身家性命在玩"。

追溯历史，必须直面历史。当深圳特区还处于鸿蒙初开之际，既没有开发的资本，又没有技术设备，只能抓住改革开放的先机和毗邻香港、面朝大海的地缘优势，利用荒芜闲置的土地招商引资。20世纪80年代到90年代初，正值世界产业转移高峰期，那些发达经济体纷纷把产业链低端、劳动力密集型的产业向发展中国家转移，而深圳最早就是承接这样的产业，以"三来一补"来料加工或代加工为主要模式，即来料加工、来样加工、来件装配和补偿贸易，依靠外商提供的原料、技术、设备等，并根据对方提出的产品质量、规格、款式等要求完成加工、组装、整合等基础制造环节，最后把产品提供给外商，从中获取相应的回报。这些工厂都是从代加工（OEM）起步，主要是"三资企业"，即中外合资经营企业、中外合作经营企业和外商独资经营企业。——这是深圳特区创业史上的第一阶段，如今被一些学者简称"深圳加工"阶段。而此时也正值深圳的拓荒期，那些"开荒牛"推平荒草丛生的山坡，填平咸水草疯长的海边滩涂，这片土地不断生长出一道接一道围墙、密密麻麻的工厂、宿舍和烟囱，在工厂宿舍外的海风与阳光中晾晒着打工族的工衣，哪怕洗过多少遍，依然散发出咸涩的味道。尽管深圳那时还处于产业链的最低端，然而这却是深圳的一次关键转型，从以农耕立命转向以工业立市，从长时间的内部封闭转型为外向型经济，奠定了深圳外向型、出口加工型经济的基础。这一次转型也让逃港潮转为了打工潮，对于数亿中国农民来说，这是最伟大的一次转型，让他们在一亩三分地之外找到了另一条活路，换了一种活法。

诚然，随着国门打开也难免鱼龙混杂，走私和水货趁机而入，如同生孩子必有脏水。然而，有人在泼脏水时恨不得把孩子一起泼掉，纷纷向特区泼脏水，有人斥责深圳特区是"香港市场上的水货之源"和"走私的主要通道"，有人攻击"特区是国际资产阶级的飞地"，更有人别有用心地指向特区的制度："深圳除了五星红旗还在飘扬之外，都是资本主义的东西！"在南海那蔚蓝的天空下，一时间甚嚣尘上，阴霾重重，那沉重的压力让一个还在咿呀学语、蹒跚学步的特区难以承受。深圳特区何去何从，有的人在观望，有的人在发问，这特区该不该办，怎么办？这在如今看来简直不是问题，然而在当时却是咄咄逼人也必须清楚回答的问题。

1984年1月，又一个春天降临，此时南海风高浪急，原本也是自然常态，但一个年轻的特区还涉世未深，一个饱经沧桑的老人来得正是时候。邓小平先后视察了深圳、珠海和厦门三个经济特区。这也是邓小平首次视察深圳。此时，深圳国贸大厦正以"三天一层楼"的深圳速度在春雨雾气中朝天空生长，一位老人若要登上这座高楼，还要等待另一个春天。而这次，他把视察的重点放在了蛇口。

这年邓公已八十高龄，那一双眼睛依然很亮，还特别犀利。

这年袁庚也已六十七岁，那步履依然有一种军人的矫健。

这两位老人，一位是中国改革开放的总设计师，一位是蛇口改革开放的总设计师，正所谓"风云际会千年少"，在中国数千年未有之大变局的时代潮头，一个顶层设计者，一个基层设计者，在这里有了一次高度默契、心心相印的历史交集。这也是高层与民意的一次面对面交流。

　　自从蛇口率先打响第一声开山炮，袁庚率领第一批拓荒者在四年多的时间里，把最初的一幅蓝图已变成了生机勃勃的现实，那一片毛荒草乱的海滩和山坡上，一座现代化的工业新城已在南海前沿率先崛起。作为香港招商局投资的开发区，袁庚不止盯着脚下的一小片土地，而是辽阔的大海，他看准的就是蛇口港踞南中国海进入华南地区之咽喉要道，他在蛇口工业区打造的第一个项目就是蛇口港。1983年9月25日，经国务院批准，蛇口港成为国家正式对外开放口岸，也是中国第一个由企业投资自办、自负盈亏的港口。在这两平方公里的土地上，袁庚还率先探索出了中国改革开放的第一个可推广模式——"蛇口模式"，即不要国家拨款，自行引进外资，自担风险，产品以外销为主，高速发展工业。哪怕到了今天，当你重新审视袁庚对蛇口工业区的设计理念，也不能不佩服他超前的眼光。在那个以"三来一补"为主的初创时期，他却对蛇口工业区开发提出了"三个为主"，即"产业结构以工业为主，企业投资以外资为主，产品市场以出口为主"，从而确立了蛇口工业区生产型和外向型的大方向。特别值得一提的是，他还提出了"五不引进"，对来料加工、补偿贸易、技术落后、污染环境和挤占出口配额的项目一个也不准引进。这让蛇口引进项目的门槛也比"三来一补"更高，更优质，把那些技术落后的企业挡在了门外。这也让蛇口工业区在高速度中得到了高效率、高质量的发展，打造出了一小片最灿烂的土地。后来国家紧缩银根，很多"三来一补"企业举步维艰，而蛇口工业区的日子在特区中最为好过。而当很多地方以牺牲环境为代价而求发展时，蛇口工业区从一开始就把污染环境的企业挡在了门外。后来，很多企业在"先污染，后治理"中付出了惨重的代价，而蛇口却率先打造出了人与自然、工业生态和自然生态和谐共生的美丽中国典范，而优化生态环境其实也是优化营商环境，谁愿意到一个污水横流、臭气熏天的地方来搞开发啊。

在改革开放的拓荒年代，袁庚是当之无愧的急先锋，但他最愿意享受的其实是慢生活。袁庚不止一次跟人说过，世界上美丽的地方他见得多了，还是觉得蛇口最美。当蛇口还是一片荒滩时，袁庚便在香港举行的招商酒会上描述："那里有绵绵细沙的海滩，海滩上有风吹瑟瑟的树林，那是中国版的夏威夷。"这位老人不但有一身军人气质，那风骨里还有一种诗人气质，但很多人听了他这如诗如画的描述，都觉得他简直是疯了，只要到过蛇口的人都会被吓回来，那时蛇口流传着一句俗话，也是大实话："蛇口的苍蝇南头的蚊，又大又狠吓死人。"但袁庚绝不是遭人冷嘲热讽的理想主义者，更是一个实干家，历经几年打造，蛇口就变成了南海边最美丽的地方，而今，谁都觉得蛇口就是"中国的夏威夷"。

1979年蛇口港开工后，袁庚这个六十多岁的总指挥很着急，走到哪里都是风风火火的，恨不得把失去的时间追回来，但很多年轻力壮的员工们还是习惯于磨洋工。港口建设的第一项重任就是清理淤泥，按袁庚的测算，人均每天八小时能运送五十五车泥土，但运泥工一个个就像老牛拉慢车，人均每天只有二三十车。这也是计划经济时代的普遍现象。香港招商局为直属国家交通部的全民所有制企业，每个人手里都端着铁饭碗，拿着死工资，你爱干不干、干得好与干得差都是一个样。袁庚从当年10月在全国率先推出实行定额超产奖励制度，按每天五十五车定额，完成定额者每车奖两分钱，超额每车奖四分钱，"上不封顶、下不保底"。别看这几分钱的奖金，那时候四分钱差不多就是一个鸡蛋的价钱了。这一制度拉开了新时期分配制度改革的序幕，那效果立竿见影，哗——运泥工的干劲一下就被奖金鼓动起来了，每人一天少则能运送八九十车，干劲大的甚至高达一百三十多车，一天就能领到四块多钱的奖金。这就是生产力的解放啊！但这奖励制度很快就被上级叫停了，那施工效率也在一夜之间回到了解放前。袁庚拍案而起，他跟那僵化的计划经济体制叫板。后来，经两位党和国家领导人批示，这小小的蛇口工业区才恢复了定额超产奖。这之后，从深圳到中国内地都逐渐推行了这种"上不封顶、下不保底"的工资奖金制。这也是袁庚在蛇口开创的又一个第一。

这几年里，袁庚这位拓荒者，开创了一个个破天荒的全国第一，有人总结他先后开创二十四项全国第一：创办国内第一家为全球市场服务的跨国经营集团——中国国际海运集装箱（集团）股份有限公司（中集集团）；在全国首开工程招标先河；在全民所有制和集体所有制并存的计划经济体制下，创办了中国第一家股份制中外合资企业——中国南山开发区股份有限公司；1983年，袁庚针对计划经济体制下僵化的人事制度和分配制度又进行了一次突围，在全国率先进行干部人事制度改革，实行人才公开招聘和竞聘上岗，此举开了人事制度改革史上的先河。与此同时，试行"干部冻结原有级别，实行聘任制"，第一个对领导干部实行公开的民主选举和信任投票制度；率先进行分配制度改革，实行基本工资加岗位职务工资加浮动工资的工资改革方案，基本奠定了与市场经济相适应的分配制度。这一系列动作，以敢闯敢试的大无畏精神，冲破了中国几十年的人事禁区，打破了干部终身制。

这每一个第一，无一不是当时体制上的突破之举。袁庚是那个时代的知识型干部，但从来没有宏旨高论，一出口就是心里话，大实话，这也让他率先发出了"时间就是金钱，效率就是生命"的时代先声。那时中国还处于改革开放初期，国人还没有从闻利色变、谈钱脸红、"越穷越革命"的年代走出来，而利润和效率长期被国人视为资本主义的专用名词。难道社会主义建设就不需要利润和效率？袁庚这句话如"冲破思想禁锢的第一声春雷"，为利润正名，为效率呐喊，更是在价值观上的率先突破。对于新时期的改革开放，最根本上的突破就是价值观的突破。也只有这样的价值观，才能承载中国市场经济体制创新的开始。有人说，这句话是袁庚在蛇口为他敢闯敢试的精神写下的第一条最生动、最形象的脚注；有人说，中国走向市场经济就是从这句话开始的。这句口号作为深圳精神的逻辑起点，如今还是深圳特区最有影响力的观念之一，并成为影响当代中国人思维的最重要的理念之一。

然而，这一声石破天惊的呐喊在当时成了争论的焦点，只有在特定语境下你才能理解这句话在当时要承担多大的政治风险，袁庚甚至被冠上了"要钱要命的资本家"的恶名。对此，袁庚是有心理准备的，他坦言："写这标语时，我是准备戴帽子的。"他甚至做好了最坏的准备，"大不了再回秦城去！"

袁庚经历过战火淬炼，也经历过炼狱的煎熬，这样一位从身心到灵魂都经过反复淬炼的老人，对一己之命运早已有一种曾经沧海、世事洞明的洒脱，但他对蛇口的命运却充满了功败垂成的忧患。1984年早春，袁庚在蛇口客运码头迎接邓小平，又陪同邓公登上蛇口微波山俯瞰蛇口全景。而在深圳进入蛇口的分界线上，竖立着一块醒目的标语牌，"时间就是金钱，效率就是生命！"看上去触目惊心。这是袁庚特别想让邓小平看见的，又是他特别担心让邓小平看见的。在那样一个非常时期，他的心情也非常矛盾，非常复杂，但是他们认准了，豁出来了。他试探着问邓公："我也不知道这个口号犯不犯忌？我们冒的风险也不知道是否正确？我们不要求小平同志当场表态，只要求允许我们继续实践试验。"

邓小平很干脆，给了他一个肯定的回答，这也是对一种价值观的高度肯定，而深圳特区和蛇口工业区也得到了他老人家的高度赞赏："这次到深圳一看，给我的印象是一片兴旺发达景象。深圳的建设速度是相当快的，蛇口更快。"他给袁庚等敢闯敢试的特区人进一步指明了方向，"我们建立特区，实行开放政策，有个指导思想要明确，不是收，而是放。特区是个窗口，是技术的窗口，管理的窗口，知识的窗口，也是对外开放政策的窗口，特区可以引进技术，获得知识，学到管理。特区搞好了，经济发展了，收入可以高一点。让一部分地区先富起来，平均主义不行。"不能不说，蛇口的这些突破都是在高层默许下的突破，而袁庚作为一个冲在第一线的改革家和实干家，在这两平方公里的土地上，无疑为中国改革开放的实验拓展了现实空间和想象空间。

邓小平还特意为深圳特区题词："深圳的发展和经验，证明中国建立经济特区的政策是正确的。"他还说过这样一句话，"深圳的重要经验就是敢闯！"

如果说逃港潮是特区的催生针，邓小平则在1984年这个有些迷茫的春天给特区打了一针强心剂，让特区的血量增加，血液循环更加舒畅。

这一年，深圳市率先闯过一道计划经济体制的严关，在全国第一个取消各类票证制度，放开一切生活必需品价格，打响了市场经济第一枪。

这一年，在新中国成立35周年庆典上，上百辆彩车驶过长安街，其中唯一的一辆企业彩车就是深圳蛇口工业区的彩车，车上挂着一幅醒目的标语："时间就是金钱，效率就是生命。"这是深圳蛇口率先叫响全国的一种新的价值观，而"蛇口模式"带来了前所未有的发展速度，其成功经验很快在深圳特区乃至全国推广。蛇口也因其敢闯敢试，先声夺人，每每在特区中率先走出第一步，被誉为"特区中的特区"和"窗口中的窗口"。

当深圳特区创造一个又一个历史纪录时，中国改革开放之路又一次走到了十字路口。20世纪90年代前后，针对改革开放再次出现了比80年代初更激烈的争议，这是深圳特区遭受的第二次冲击波，比第一次冲击波还要来势凶猛。有人质问改革开放是姓"社"还是姓"资"？更有人公然指责企业承包是"瓦解公有制经济"，引进外资是"甘愿作为外国资产阶级的附庸"，股份制改革是"私有化"，市场经济是"资本主义"，经济特区是"和平演变的温床"，尤其是一直走在改革开放最前沿的蛇口，有人认为其社会性质已经变质了，"脱离了社会主义，资本主义化了"。在这种沸反盈天的舆论干扰下，深圳一度出现了外商投资减少甚至抽逃资金的现象，从深圳特区到全国经济发展速度也明显下降，外贸出口下降，经济形势越来越严峻……

在沸沸扬扬的争议和质疑声中，袁庚为堵饶舌者之利口，壮实干家之声色，在蛇口工业区又竖起了一块"空谈误国，实干兴邦"的标语牌。然而，山雨欲来风满楼，风暴眼中心的深圳，风暴眼中心的蛇口，仅凭一块招牌又怎能抵挡住强大的冲击力？

1992年春天（1月19日），春潮带雨，雾气漫天，邓小平以年近九旬（八十八岁）的高龄南巡，再次视察深圳等地。1月20日上午，邓小平参观了国贸大厦，在四十九层的旋转餐厅，他老人家俯瞰着深圳特区全景式的繁荣景象，然后发表了将改革进行到底的"南方谈话"："要坚持党的十一届三中全会以来的路线、方针、政策，关键是坚持'一个中心、两个基本点'。不坚持社会主义，不改革开放，不发展经济，不改善人民生活，只能是死路一条。基本路线要管一百年，动摇不得。只有坚持这条路线，人民才会相信你，拥护你。谁要改变三中全会以来的路线、方针、政策，老百姓不答应，谁就会被打倒。"这言简意赅又意味深长的一番话，从理论上深刻回答了困扰和束缚人们思想的许多重大问题，把改革开放和现代化建设推向新阶段。

从一个春天到另一个春天，一如歌曲《春天的故事》中的描述："1992年，又是一个春天，有一位老人在中国的南海边写下诗篇……"

一艘你不得不乘坐的船

深圳作为中国改革开放的桥头堡，也是中国走向全球化的先行者。

1997年7月1日，中国对香港恢复行使主权。随着香港回归，一个特别行政区和一个经济特区的经济关系进入一个新的阶段，这对进一步推进深港衔接、保证香港的平稳过渡、加速推动深圳走向全球化，既是机遇也是挑战。

就在香港回归的第二年秋天，南海边的雨季如期而至。马化腾约了深圳大学的老同学兼好友张志东在润迅公司旁边的一家小咖啡馆喝咖啡。在那个雨水温润的季节，马化腾一边慢慢地啜饮着咖啡，一边默默地看着窗外烟雨迷蒙、人来人往的街道发呆，这一块透明的玻璃隔着的仿佛是两个平行世界。张志东也是一头雾水，他不知眼前这个呆子找自己来干吗，难道马化腾叫他来就是陪着一起发呆？突然，马化腾转过头来，盯着张志东。张志东被他那突如其来又似乎蓄谋已久的眼神吓了一跳，两人相识这么多年，他从未见过马化腾这种奇怪的眼神。马化腾用自己的杯子轻轻碰了一下张志东手里的杯子，就像在举行一个神秘的仪式，然后把最后一口咖啡慢慢饮尽，慢慢放下杯子说："老张，我们一起创业吧！"

张志东一开始还有些回不过神来，当马化腾把他的"中文网络寻呼机"方案说出来时，张志东感觉自己的心一下就被这个方案拴住了。张志东是紧挨着深圳的东莞人，和马化腾是深圳大学的同班同学，两人都是以超过重点大学一百分的高分考入深圳大学，张志东的高考分数在班上排第一，马化腾还只是排第三。大学四年，马化腾和张志东一直在互相比拼，其实两人各有所长。马化腾的强项是产品设计构思，而张志东从小就是奥数班的尖子生，计算机算法是他的强项。大学毕业后，张志东又考上了华南理工大学计算机应用及系统架构硕士研究生，1996年毕业。这两位天生就具有互补优势的人物，几乎就是一对天作之合的创业伙伴。

1998年11月，深圳市腾讯计算机系统有限公司正式成立。马化腾后来说："在这座开放创新、充满机遇的城市里，我赶上了互联网快速发展的时代，萌发了通过互联网改变人们生活的梦想，从而踏上了创业的道路。"

由于腾讯创立的初衷就是开发"中文网络寻呼机"系统，第一次发布的OICQ（后改称QQ）头像就是一只寻呼机。马化腾在润迅打拼了多年，有很深的寻呼机情结，他觉得寻呼机这个头像很直观，用户一看就知道OICQ是做什么的。但这个形象实在太呆板了，张志东怎么看都不顺眼。是否应该设计一个更有趣的形象，让人过目不忘呢？他虽说是个典型的理工男，却有对艺术极致追求与完美的情结，他觉得OICQ作为聊天软件应该有一个可爱的形象，"人们彼此默默关注对方的发言，但是却不交谈，就像独自在风雪里前进，看到边上有另外一个人留下的足迹，因此而感到温暖和默契。"那么又采用怎样一个形象呢？有人提出用鸿雁，鸿雁传书，多好啊。而美工提出采用鸽子的形象更好，鸿雁传书只是传说，飞鸽传书却是真的，而且是经过训练的信鸽，培养出了对人类的服从性和强烈的归巢性，无论它飞得多远，它都熟悉信号而且能够飞回来,一切都遵从指令。当鸽子的形象设计出来后,几个人一看都笑了起来,"哈,这哪像是一只鸽子,看起来就像一只企鹅。"这倒不是他们看走了眼,而是设计上出现了偏差。而偏差也能激发灵感,有人建议,那就干脆用企鹅吧,企鹅的形象黑白分明,又有鹅黄的嘴巴和脚蹼相点缀,看上去气度不凡,还显得有点高傲,而那种憨厚并带有几分傻劲的神态既惹人发笑也特别可爱,而它能在极限的环境下顽强地生存,对一切都充满了好奇的心理,那鸣叫声也好听。

有人笑道:"这企鹅形象好是好啊,但企鹅飞不起来啊!"

几个人一听都愣住了,这企鹅还真是飞不起来啊。

马化腾看见几个人还在争论,忽然冒出了一个主意,"要不这样,我们把图标挂到网上去,让用户们投票,哪个投票最高,我们就用哪个。"

马化腾一句话,在不经意间开创了一个先例,这是中国互联网企业第一次把品牌的 LOGO 决定权交给了用户。后来有人问马化腾为什么要把决定权交给用户,马化腾笑道:"当时也没想那么多,不过我们一开始就从用户体验出发,这比什么事情都大!"

后来,大部分用户将票投给了企鹅,腾讯将企鹅作为了 OICQ 头像。马化腾也觉得这企鹅越看越顺眼,越看越喜欢,"企鹅是一种可爱的动物,在它身上集结了爱,勇气和冒险的精神,以后我们公司就拿它当 LOGO 啦!"

就这样,一只企鹅在南海边诞生了。

当一只企鹅还在蹒跚学步时,中国历经十五年漫长而又艰辛曲折的谈判,终于在 2001 年 11 月 10 日,加入了世界贸易组织(WTO)。中国入世是大势所趋,国人大多乐观以待甚至是翘首期盼,但也有人发出不可名状的惊呼："狼来了！"

全球化的确是一把双刃剑。2000年，时任古巴国务委员会主席卡斯特罗在南方首脑会议开幕式上指出，由于不公正的国际经济秩序，经济全球化并没有使广大的发展中国家从中受益，反而造成南北差距加大，富国愈富、穷国愈穷，数亿人口处于饥饿和贫病之中。这使得全球化犹如一艘装载着不平等乘客的航船，很难安全到达彼岸。然而，全球化又是"一艘你不得不乘坐的船"，他呼吁发展中国家争取在这艘航船上占据应有的位置，以便使所有的乘客能够在团结、平等和公正的条件下航行，这样才能安全到达彼岸。

对于深圳，在中国入世后确实又进入了一个关键的转折点。而对于腾讯，在中国入世后抓在了第一波发展机遇，其全球 OICQ 用户一直呈几何级增长。而在此时，一个叫 David Wallerstein 的美国人出现了。此人毕业于华盛顿大学，并在柏克莱加州大学拿到了硕士学位。但他攻读的既不是计算机专业，也不是 MBA，而是研究社会科学的，这样的专业与研究如何赚钱简直是八竿子也打不到边。毕业后，他先进入南非 MIH（米拉德国际控股集团）工作，后被 MIH 公司派往北京担任 MIH 中国业务部的副总裁，专门负责中国的业务投资。中国之大，人口之多，让他一下子觉得自己成了一个茫茫人海中的探索者。一个外国人想要成为中国通，先要能说一口中国话，这特别难学的汉语他只用了两年时间就说得很溜了，而且是一口京片子。他还给自己取了一个中国名字——网大为。很多人一听这名字就觉得古怪而好笑，这个"歪果仁"却一本正经地说："我姓网，互联网的网，大为，大有作为！"此前，MIH 已于1996年投资了北京世纪互联宽带数据中心有限公司，其总部设在北京，在上海、广州、成都等地设有分支机构。为了寻找中国互联网的新商机，网大为每到一座城市，就跑到当地的网吧闲逛，看看那里的年轻人在玩什么古怪游戏。网大为惊奇地发现，几乎所有的网吧电脑桌面上，都挂着 OICQ，他在上面玩了一把后，就被一只小企鹅深深迷住了。这是一个直觉很强烈的人，而他的第一个直觉就是一只企鹅如此令人着迷，拥有如此多的粉丝，一定可以从小企鹅变成帝企鹅。

他决定要投资这家公司，为了让这次访问更加有诚意，网大为让世纪互联的总裁陈升和他一起去拜访腾讯公司。2001年元月，网大为和陈升从大雪纷飞的北京飞往阳光灿烂的深圳，两人脱下外套，穿着西服，在赛格科技创业园的一个角落里找到了腾讯公司。一见面，他就开玩笑说："这次来，咱们可是脱下了马甲啊！"马化腾笑了笑，他不善言辞，但善于演示，随即将 QQ 软件打开，调出后台技术，给网大为看用户的增长曲线。网大为当时就惊呆了，这小小的公司简直就是一个网络帝国啊，其网民数量已超过了世界上大多数国家的人口。接下来，马化腾又拿出和移动、联通签约的"移动梦网"项目，给他们描绘移动 OICQ 的发展前景。当时，大多数人使用的还是2G手机，2000年3G开始成熟并投入商用，但尚未在中国普及，但已经为时不远了。网大为是一个具有世界眼光的投资商，他何尝不知道，互联网经济相对于实体经济会形成大量泡沫，但他更知道，互联网正在催生一个技术大爆炸、经济大爆发的时代。当人类进入3G时代，实现了移动通信网络和传统电信网络的融合，将云计算等互联网技术用于移动通信，如手机、平板电脑等移动通信设备将具有电脑一样的多媒体功能。而未来人类还将跨入4G和5G时代。这是一个巨大的前景无限的商机，而马化腾和腾讯团队已经走在前沿了。

网大为说："我不懂技术，作为一个投资商，我最关注的是目标而非技术本身。我最看好你们的就是CE——用户参与，这种模式棒极了！你们从用户体验出发，又尽可能了解客户需求，才让你们拥有这么多用户，这不是钱能买来的，这是你们最重要的战略优势，这也是我们最看重的。"

这位"歪果仁"还真是说到点子上了，马化腾又腼腆地笑了笑。同内向而不苟言笑的马化腾相比，这位美国人却是爽快而喜形于色，他兴奋地对陈升说："腾讯团队是我见过最聪明的一群人！"

既然双方都有合作一把的意愿，接下来就直奔主题，进入了实质性的谈判。网大为直截了当地开出了两个条件，一是对腾讯估价为六千万美元，MIH愿意用投资世纪互联的股份来交换；二是MIH希望成为腾讯公司最大的股东。

腾讯的估价，让马化腾团队喜出望外，他们还真没有想到一只小企鹅如此值钱。但这"最聪明的一群人"并没有被这个估价冲昏头脑，他们接受了这个估价，但有一个底线，在股份的比例上，腾讯不能放弃控制权，必须是第一大股东。随后，MIH公司和腾讯公司正式签约，投资三千多万美元，占有三分之一左右的股份，成为腾讯的第二大股东。这不是风险投资，却有极高的风险。有人说，若要把腾讯做成"地球级"产业，就像一只企鹅登上月球，那是极其渺茫的。《华尔街日报》就将网大为定义为"押注了腾讯登月资金的人"。但网大为觉得这并非嘲讽，他还挺喜欢"登月"这个概念，"这可能听起来有点不切实际，就好像脑子里跳出的一个疯狂的点子，但只要围绕登上月球一样宏大的目标而做各种努力，比如说研发生命维持系统、制造太空服和火箭等等，人类不是早已成功地登月了嘛，一只企鹅也可以跟着人类一起登月啊。"

网大为作为股东代表加入腾讯，成为腾讯最高管理层"总办"的一员——高级执行副总裁。他还担任一个特意为他而设置的职务——

首席探索官（CXO），这个职位就像他的名字一样奇怪，在中国互联网公司的架构中也实属罕见。这也确实是现代公司制度下产生的一个新名词。那么这个职务到底是干什么的呢？用网大为自己的话说："我总是那个挑战假设、呼唤大家变化思路的角色。"这份工作就是不断给腾讯管理层输入新的想法，不断向外推动腾讯的边界，在世界范围内搜罗最前沿的科技、产品，并以投资的形式，让这些创新因子融入腾讯血液。

随着 MIH 公司的注资，腾讯的血脉还真是给打通了，一只小企鹅渐渐羽翼丰满，腾讯将用了多年的 OICQ 改名为 QQ，这也是一次非常成功的改名，以前的名字还有模仿的痕迹，而且拖泥带水不太好记，而 QQ 干脆响亮还特别好记。这年，腾讯 QQ 注册用户数量超过了九千万，正在发力冲刺一亿大关。据中国互联网络发展状况统计报告，2001 年中国网民达四千万，而腾讯 QQ 注册用户超过了中国网民总数的两倍多，这就不止是中国网民而是世界网民了。截止 2001 年底，腾讯"移动 QQ"借着巨大的用户群营业额首次突破五千万元，净利润超过一千万。

但凭网大为那"地球级"的眼光，他看上的还不是腾讯这区区一千万盈利，他看到的是腾讯 QQ 用户的疯长，仅仅从当时的数据上就可以看出，这是一个多么大的群体，又是一个多么大的奇迹！网大为更觉得他没有看走眼，这笔资金投入得太值得了，甚至是他这辈子最成功的一笔投资。他不想让 MIH 只做一个参股投资的配角，还想要进一步追加投资，又开出高价要收购腾讯其他几位创始人手中的股份。对此，马化腾一直坚守底线，你买股、增股可以，但不能控股。这也是一种典型的极客性格了，他也是一个科学技术的信徒，他当然也想赚钱，但赚钱从来不是他的第一目标。他和腾讯一直秉承"一切以用户价值为依归"或"以用户价值和需求为核心"的经营理念,为亿级海量用户提供稳定优质的各类服务,不断倾听和满足用户需求,引导并超越用户需求,从而赢得用户尊敬,这才是他追求的第一目标。

随着全球移动通讯系统不断飞跃,从2G、3G到4G,一只企鹅也在一次次展翅腾飞。

谁说企鹅飞不起来?这要看你给它插上什么样的翅膀。

在腾讯公司成立的第六年,一家创业之初的小微企业已经成长为一家香港上市公司,2004年6月16日在香港联交所主板上市。这是第二家在香港上市的中国互联网公司。上市后,腾讯有了大量的资金周转,而作为上市公司,为公司股民增值也是其义不容辞的使命。腾讯团队进一步明确了"通过互联网服务提升人类生活品质的公司使命,为用户提供'一站式在线生活服务'的战略目标",还基本上确立了"面向未来,坚持自主创新,树立民族品牌的长远发展规划"。具体说,就是提供互联网增值服务、移动及电信增值服务和网络广告服务,通过即时通讯QQ、腾讯网、腾讯游戏、QQ空间、无线门户、搜搜、拍拍、财付通等中国领先的网络平台,打造中国最大的网络社区,满足互联网用户沟通、资讯、娱乐和电子商务等方面的需求。

马化腾还以超前的眼光提出了"在线生活"的新战略和新的互联网模式,将公司划分成五大业务模块:无线增值业务、互联网增值业务、互动娱乐业务、企业发展业务和网络媒体业务。腾讯产品的发展不光只是做即时通讯,还分别在门户、搜索、邮箱服务、电子商务、网络游戏等方面大力投入。这就意味着,腾讯的产品将渗透到互联网行业的每个角落。

为了招揽更多的人才,腾讯到处高薪挖人、请人、招人,一系列的互联网领域的拔尖人才或技术高手加入到腾讯。马化腾还提出了"赛马机制",谁提出来的产品方案,谁就去执行,一旦做大了,可以成为独立部门。马化腾要求每个中层干部都要培养一个很强的副手,这是硬性的"备份机制",如果内部找不到合适的人选,就不惜高价去外面挖。马化腾开会时,语气强硬地说:"你一定要培养副手,否则我认为你有问题。忍你半年可以,但一年你还这样,那我就帮你配了,你不答应也得答应。"就连马化腾自己也配备了副手,他说:"没办法,因为有些专业知识,无论怎么补课,就是到不了那个级别。指望你能提高去迎合公司发展的风险太大,所以一定要请人来替换你的功能。"

在互联网领域也时常会出现这种"替换"功能。腾讯曾经是互联网世界的模仿者、追赶者,而现在则变成了引领者,成为很多公司的模仿对象。当他们利用 QQ 秀、QQ 宠物、QQ 空间等虚拟产品在互联网异军崛起,别的网络公司也想从中分一杯羹,利用自己研发的即时通讯软件与腾讯拼杀。一只企鹅面对着狼群的围剿,但最终没有被狼群吃掉,反而将这些对手一个个击败。而 QQ 和 MSN 的激烈争战,堪称是互联网世界的一个经典案例。这也确实是互联网的一场世界大战。2005年,全球最大的电脑软件提供商微软公司也推出了即时聊天软件 MSN,有人称,"QQ 出现了历史上最大的敌人"。一开始谁都不看好腾讯,要知道,微软 Windows 系统统治了全球百分之九十的电脑,MSN 推出的时候,直接绑定在 Windows 操作系统上,只要安装该系统,即默认下载了 MSN 即时通讯的软件,这就是说,他们可以轻易控制全球百分之九十的用户,MSN 也因此而成为全球最大的即时通讯软件。然而,MSN 最终确实输了,很多人都在追问,MSN 为什么会输?

没有追问,就没有追溯。这里就从 MSN 刚刚进入中国市场时开始追溯,他们一开始非常低调,没有做任何宣传和热身,这其实不是低调而是十足的自信,微软 Windows 在中国电脑市场一直占据垄断地位，直到2020年仍占六成以上的份额。这让MSN一进来就轻松占据中国即时通讯市场的第二位，第一位是腾讯。而MSN对用户的定位主要集中在高大上的商务人士，而QQ的定位一直以来都是年轻人。这个定位形成了小众和大众之分，这可能是MSN最终失利的原因之一。不过，MSN也有其优势，他们试图塑造这样一个理念，"QQ只是娱乐工具，MSN才是真正的社交工具。"这个理念也不是没有市场，许多公司就明确规定员工在上班时禁止登录QQ。如果这个规定被广泛推广，QQ还真是会沦为夜晚的娱乐工具。又假如，微软能够凭借其优势取代QQ现有的功能，QQ势必被MSN所取代。这也正是微软的计划，他们随后便在中国组建MSN研发中心时，为争取更多的中国网民而研发出本土化运营的技术方案，而技术也是他们的优势。

尽管微软MSN看似低调，但马化腾和腾讯团队还真是如临大敌。他们知道，越是沉默的狼越是阴森可怕，而微软MSN不是狼，而是狼群里的狮子。既然这兽中之王来了，那就只能严阵以待。商界一如丛林法则，一个企业如果没有对手，要么就是强大到了天下无敌，要么就是弱小到令人不屑一顾。从微软看，当时已是全球IT第一大公司，比尔·盖茨以466亿美元雄踞世界首富。而同微软相比，腾讯此时还真不是什么强手，但他们已把QQ做得很强大了，在即时社交工具上已处于占比超过百分之七十的垄断地位，而这正是微软MSN想要争夺的一块肥肉，而且是志在必得。

MSN一出手就是接二连三的招数，第一招就是推出了MSN中文网，将各个频道以承包经营的方式向社会招标；第二招是快速切入电信增值业务，MSN中国出资收购了电信增值服务的深圳清华深迅公司，推出短信收费业务，向MSN用户提供十元包月的短信服务，这个模式和腾讯创业时的盈利模式一样；第三招就是采用合纵连横战略，微软九家大型网站组建了行业内传言的"抗QQ联盟",MSN联合雅虎推出即时通讯互联互通,这个互联互通可以把全球的即时通讯用户都连接起来,打破腾讯QQ的市场垄断地位,雅虎和MSN几乎就将全球近一半的即时通讯用户掌握在手里了;第四招,借助本土化力量扩张微软MSN在中国的版图。2005年4月11日,微软与联和投资公司成立了合资企业——上海微创软件有限公司、上海美斯恩(MSN中文读音)网络通讯技术有限公司。这四招出手,每一招都是绝招,腾讯还真是招架不住,很快就陷入了四面楚歌之中,到处都在风传,腾讯挺不住了,很快就要被微软MSN收购。这些谣言还编得有鼻子有眼,网上还流传一封比尔·盖茨写给马化腾的信:"QQ不是社交网络,感谢QQ给中国小朋友普及了即时通讯的概念,等他们长大工作了,有钱了,就慢慢转移到了MSN,这是无缝切换。"

　　马化腾当然没有收到这封子虚乌有的信,但他也在网上看见了。这让他哭笑不得,你看看一只企鹅招谁惹谁了?它除了招人喜爱,没有任何攻击性,可谁都想从它身上拔毛,甚至直接把它掐死。这仿佛是它的宿命,从嗷嗷待哺到羽翼丰满,又一次遭到了狮子和狼群的围猎,而MSN确实是这只企鹅遭遇的最厉害的狮子。难道只能坐以待毙吗?这不是马化腾的性格,也不是腾讯团队的性格。马化腾一直反对和避免恶性竞争,但这是不可回避的竞争,也是商界的丛林法则,微软MSN一直是遵从商业法则在行事,那些与微软MSN结盟的国内网站也无可厚非,你只能勇往直前地与高手竞争。但若要与高手过招,而你与高手又不是一个重量级,仅靠匹夫之勇那就必败无疑,而腾讯在这次与微软MSN的频频过招中,还真是验证了网大为的那句话:"腾讯团队是我见过最聪明的一群人!"

　　腾讯反制对手的第一招就是发挥自己拥有众多用户的优势。多年来，QQ一直坚持的"中国风味",比微软MSN在中国更本土化、草根化,又加之风格活泼、个性化和娱乐功能丰富,这是微软MSN不能比的,除非你公然"抄作业",微软可丢不起这个人。腾讯不能跟人家比资源,微软MSN的资源优势你是没法比的。但在马化腾看来,"资源只是加法,产品力才是王道。十个都弱不如一个很强,否则一堆做不起来的产品,只能减分、分散精力。"腾讯也不跟人家比技术,微软MSN的技术优势你也是无法比的,但在马化腾看来,"对于互联网产业来说,所谓技术高端、低端在市场中没有太大意义。一个好产品并不需要特别厉害的设计,有些自我感觉特别好的人往往会故意搞一些东西来体现自己厉害,但那是用户完全不需要的东西,这就是舍本逐末了。"腾讯就利用自己贴近用户、快速反应的优势,一切都是从用户体验出发,在2004年QQ正式版中就强化了网络传输功能,还支持断点续传,这让用户在传输文件时获得了极大的舒适感。

腾讯反制的第二招是针对微软的Hotmail邮箱,推出新的产品。其次,为了更强地黏住用户,腾讯针对微软的Hotmail邮箱,进一步提升腾讯邮箱的综合功能。当时,即时通讯工具与邮箱有着最密切的关联性,但腾讯的QQ邮箱那时候还不好用,一亿多QQ用户中使用QQ邮箱的还不到百分之一。腾讯找到了Hotmail在中国的最强竞争对手Foxmail,经过一个多月的谈判,终于在2005年3月收购了Foxmail邮件客户端软件。这是由张小龙开发的一款电子邮件客户端软件,被评为中国"十大国产软件"之一。张小龙是湖南邵阳洞口县人,华中科技大学电信系硕士研究生毕业。在腾讯收购Foxmail的同时,也将这位顶尖人才收入囊中。张小龙担任腾讯公司副总裁,主管腾讯公司广州研发部,同时参与腾讯公司重大创新项目的管理和评审工作。腾讯有了这样一位高手加盟,没过多久,QQ邮箱的使用率就超过了微软的 Hotmail。有人说，QQ 邮箱最不像腾讯的产品，这恰恰是他们有意而为之，腾讯一直让 QQ 邮箱保持最简洁、最佳商用而且有效率的形象，简洁得没有任何广告插入，从而为腾讯吸引了海量的注册用户。而张小龙最卓著的贡献还不在此，他后来还开发出了腾讯微信，这是即时通讯的第二次革命。张小龙被誉为"微信之父"。

腾讯反制的第三招是与谷歌的合作，以此对抗微软 MSN 的"抗 QQ 联盟"。这又归功于加盟腾讯任首席探索官的网大为。网大为作为腾讯首席探索官，长期驻扎美国，一直在为腾讯寻找创新领域的投资标的。在他的撮合下，腾讯找到了雅虎的美国竞争对手谷歌，双方签署了覆盖多项产品和技术的专利交叉授权许可协议，腾讯将谷歌的搜索框镶入到各个模块中，为用户提供谷歌的网页搜索服务和广告服务，嵌入到 QQ、网站、浏览器等产品中。这也为后来腾讯推出自己的搜索网站搜搜网、广点通广告系统打下了基础。

腾讯反制的第四招是利用自己占据即时通讯的优势，率先制定行业标准，重新定义即时通讯，给行业未来指引方向，这也是一个行业领军者必须承担起的责任。

2005 年 10 月 27 日，马化腾发布了一篇题为《看见了未来》的演讲，他宣布："中国的即时通讯应用目前已经领先世界，即时通讯的下一个发展阶段也将进入由中国领导的即时通讯全面社会化的阶段。"这是一份宣言书。而马化腾还定义即时通讯的六大应用趋势和三个发展阶段：第一阶段是技术驱动模式，第二阶段是应用驱动模式，第三阶段是服务和用户驱动模式。而经业界专家解读后，又提出了更通俗易懂的三个阶段：第一阶段是网络营销扫盲阶段；第二阶段为网络营销工具、应用服务阶段；第三阶段是给企业赋能阶段。

腾讯这四招对于微软 MSN 可谓是见招拆招，结果是，一只企鹅没有被干掉，还击退了张牙舞爪的群狼。2005年6月，腾讯QQ的注册账户数突破了四亿，相当于美国和日本人口的总和。但他并未掉以轻心。马化腾喜欢网上冲浪，这与在大海里冲浪是一个道理，一个冲浪者，不止是在风口浪尖上勇立潮头，更重要的是如何避开商海暗礁和险滩。而对手眼看明火执仗战胜不了一只企鹅，又在暗地里使了不少阴招，都被马化腾一一化解了。而微软MSN和雅虎在抢占了全球一半的用户后便开始不可逆转地下降。

经历了几年的相互厮杀，许多人都看到了一个事实，腾讯是一只杀不死的企鹅。然而到了2008年10月8日，这一天被欧美投资者称为世界上最黑暗的一天，美国灾难性的次贷危机引发了全球性金融风暴的总爆发。在华尔街股市连续狂跌之后，这场危机像龙卷风一样席卷全球，这是一场比十年前的亚洲金融风暴更让人类恐怖的灾难，美国第十三任联邦储备委员会主席艾伦·格林斯潘把这次危机称之为"百年不遇的金融危机"。在这次比风暴更猛烈的金融海啸中，腾讯也难以幸免，一直在股市上牛气冲天的"股王"腾讯，一家市值三万亿港元的公司，在短时间内市值蒸发一万亿港元，缩水三分之一。在海啸之中又掀起了一股声浪，谁将杀死腾讯？言下之意，就算微软MSN无法扼杀一只企鹅，这只企鹅也会被海啸的滔天巨浪吞没。然而，腾讯却在这一年交出一份"王者荣耀"的答卷，"2008年腾讯总收入为人民币71.545亿元（约合10.468亿美元），比去年同期增长87.2%。期内盈利为人民币28.157亿元（约合4.120亿美元），比去年同期增长79.6%"。无论是从增值还是增速看，腾讯都创造了逆风上扬的神话，而在这一年，MSN的市场份额已经降至百分之四左右。到了2010年，微软主动关闭MSN Spaces博客服务，2012年MSN的用户数仅剩四千多万，微软于同年宣布放弃MSN。

这场长达八年的互联网世界大战，最终以微软MSN完败而结束。这就是商界冷酷的丛林法则，要么被对手干掉，要么干掉对手。而一只企鹅竟然打败了狮子，这让无数人大跌眼镜，一片惊呼。

有人说微软MSN原本拿着一手好牌，但没有打好。也有人说腾讯是出奇制胜，有很大的偶然性。其实，说到底，这胜负的最终决定权并不取决于双方的拼杀，而是网民的选择。腾讯QQ一直坚守从用户体验出发的初心，而MSN却以所谓"社交工具"自诩，在设计上又缺少了一个看似微不足道却很关键的功能，没有与陌生人聊天的功能。有业界人士指出："这也折射出两家公司的产品思维与互联网思维的不同。产品思维是指不断提供新功能并引导用户使用，而互联网思维是不断满足用户需求。也许是因为微软曾经创造了太多的神话，当互联网时代到来后依旧不愿意做出改变且缺乏创新。而且MSN在用户体验上严重失分，在使用MSN时总会出现许多问题，比如频繁掉线、信息丢失、无法传送大容量文件、盗号多、病毒链接多、广告信息多、垃圾邮件多，以上提及的种种功能缺失还不是用户使用MSN最糟糕的体验，让用户最不能容忍的是：在使用中碰到问题，竟然会申诉无门，老问题还未得到改善，新问题又不断冒出来，无视中国用户的反馈，不重视中国市场，久而久之用户自然不会选择MSN。而QQ的成功除了凭借先进的技术以及顺应时代的潮流外，更重要的是把握了用户的需求。当一家企业想要在时代长期生存下去，最重要的就是需要把握好用户需求变化，谁能把擅长做到极致，谁就更有机会胜出。"

诚然，对于一个失败者还可以总结出太多的失败教训，但MSN只是微软的一次失败的尝试而已，它还有强大的高科技产业支撑，在许多领域依然无人匹敌。但对于腾讯而言这确实是生死存亡之战。腾讯公司在击败MSN之际还立即施展人才战术，将负责中国MSN的三位核心高管和技术人才熊明华、郑志昊、殷宇请入了腾讯，这些昔日的竞争对手给腾讯带来了国际风范的水准。

一只在南海边诞生的小企鹅，在十多年的时间里成长为世界上最大的帝企鹅，一个企鹅帝国正在南海边崛起。一向谦卑而低调的马化腾，将企业成功最关键因素归于"集体的战略智慧、执行力以及自发的危机感"。低调的人往往都能保持冷静而清醒的头脑，每当外面掌声最响的时候，马化腾便觉得往往是最危险的。而在冷静的思考之后，他总是显得干脆而决绝，转型要快，要坚决，如此才能及时、准确地把握用户需求并融入技术创新，这是马化腾和腾讯团队一如既往的追求，也是挑战。

相反，那位首席探索官网大为则一直很高调，一直想把腾讯打造成"地球级"企业，他在腾讯高管中一再强调："未来是很难想象的，因为我们想象未来时，往往会过于关注当下。因此，我们必须跳出当下的现实，去思考科技的未来，我们的目的是尽一切可能优化方法、达成目标。我认为这是人类社会中一种非常重要的态度。作为人类，我们需要明确登月的目标到底是什么？"

马化腾作为腾讯公司董事会主席兼首席执行官，绝非那种霸道总裁，他深知一个人无法预知和操控时代，必须依靠集体智慧来谋划公司的未来。网大为尽管很高调，但他那些跳跃性的思维方式给了他诸多启示。不过，他既能面向未来，却总是"瞻前顾后"，他觉得这是必要的，你必须看清自己的来路，才能辨别自己的去向。

在互联网行业有这样的说法："1990年代看黑客（Hacker），2000年代看极客（Geek），2010年代看白客（Baiker）。"在黑客时代，由于网络还很不发达，能够上网的人太少，还难以大众化、市场化。那时网上的主角都是热衷探讨电脑网络技术的IT人士。到了极客时代，互联网的主角是大学生、白领们，随着BBS、门户网站、搜索引擎等陆续出现，网络带宽越来越大，PC越来越普及，商业模式也随之出现。这个时候极客多是借此建功立业的。而白客，俗称小白，指那些对网络技术知之甚少的互联网使用者。随着QQ、微博、网页游戏、手机游戏等"极简应用"的普及，互联网日益去中心化，人人都是互联网的参与者，没有人再会围绕着黑客和极客转，尽管他们可能依然是后台的主宰，在前台，普通的小白用户日益成为产业链的主宰者。在这个时代，无论你把网络做得多大，你都只是引领者，主宰时代的是网民，如果不能抓住小白用户，就很难取得市场的快速成功。对此，有人称之为"小白定律"。

每到一个时代，你都必须重新审视用户，你的用户在哪里，他们到底需要你提供什么？如此方能重新审视自己，调整自己前行的姿态。马化腾不善言辞，但也说出了很多名言，他在业界有一句如圣经般的名言："要像小白用户那样思考。"这其实也是一种从用户体验出发的换位思考。他一登录就把自己变成了一个小白，每天高频使用产品，不断发现不足，一天发现一个，解决一个，这样就会引发口碑效应。

也正因这种"像小白用户那样思考"，马化腾决定打造一款纯移动的社交工具。为了引入竞争压力，腾讯内部有三个团队在研发类似产品，最后微信脱颖而出。2011年新年伊始，腾讯又推出了一个改变了我们生活的，甚至改变了世界的即时社交工具——微信，这是由张小龙所带领的腾讯广州研发中心研发出来的一个为智能终端提供即时通讯服务的免费应用程序，他也因此被誉为"微信之父"。微信堪称是中国即时通讯的第二次革命，推动了腾讯的第二次飞跃。如果说QQ是腾讯从3G时代到4G时代的一次飞跃，微信则是腾讯从4G时代到5G时代的一次飞跃。又如果说腾讯有两只翅膀，一只翅膀是QQ，一只翅膀就是微信，从此比翼齐飞，而微信还后来者居上，一经推出就大受欢迎，如今微信几乎覆盖了中国所有的智能手机，用户遍布全球二十多个国家和地区，以超过二十种语言运营。

微信作为新一代的即时社交工具，支持跨通信运营商、跨操作系统平台通过网络快速发送免费（需消耗少量网络流量）语音短信、视频、图片和文字，提供公众平台、朋友圈、消息推送等功能。如微信语音就像接听普通电话一样可一键接听，而且还是视频电话；微信朋友圈可以发表文字和图片，同时可通过其他软件将文章或者音乐分享到朋友圈，用户可以对好友新发的照片进行评论或点赞、转发；漂流瓶则是通过扔瓶子和捞瓶子来匿名交友；微信摇一摇是一个随机交友的功能，通过摇手机或点击按钮模拟摇一摇，可以匹配到同一时段触发该功能的微信用户，从而增加用户间的互动和微信粘度；微信还可以"查看附近的人"，根据用户的地理位置找到在用户附近同样开启这个功能的人；微信语音记事本可以进行语音速记，还支持视频、图片、文字等记事功能；微信群发助手可以把消息群发给多个人。此外，微信还有微博阅读、流量查询、游戏中心、微信公众平台等多功能。用一句话说，只要你想得到的功能，一切应有尽有，还有许多你想不到的功能。

除了社交功能和娱乐功能，微信还有广泛的实用价值。如直接改变我们生活的微信支付，向用户提供安全、快捷、高效的支付服务，以绑定银行卡的快捷支付为基础，用户在支付时只需在自己的智能手机上输入密码，无需任何刷卡步骤即可完成扫码即时支付和转账，整个操作便捷而流畅。微信发布了货币型基金理财产品——理财通，被称为微信版的余额宝。

微信还为用户提供电商（微商）平台，这个功能一开始推出时还要收取两万元的保证金，从2014年9月开始，为了给更多的用户提供微信支付电商平台，微信服务号申请微信支付功能不再收取两万元保证金，开店降低到几乎没有门槛，人人皆可成为微信上的微商。据2014年中国信息经济学会的研究数据显示，微信创造了一千万人的就业，创业公司总估值超过两千亿元。而三年前，腾讯市值就是两千亿元，这相当于开放平台再造了一个腾讯。这是多么大的产业啊，而网络平台比实体平台更有无限的拓展空间，腾讯随后又推出了"双百计划"，即拿一百亿元的流量和其他扶持资源，打造一百家市值过亿美元的公司，增强草创中小互联网企业的产业辐射力。

微信还在打造城市服务平台，并致力于在此基础上建立智慧城市。2015年7月，微信"城市服务"正式接入北京市。用户只要定位在北京，即可通过"城市服务"入口，轻松完成社保查询、个税查询、水电燃气费缴纳、公共自行车查询、路况查询、12369环保举报等多项政务民生服务。随后，微信"城市服务"便在全国推广。

从微信现有的效果看，正是通过技术创新不断解放每个人的能动性，而个人能动性的焕发造就了新权利，以分享、资助、共创和共有为特征。

马化腾和腾讯团队在QQ和微信这两款即时社交工具的基础上，开始勾画一幅更宏伟的蓝图，他的思路越来越清晰了。

2015年3月，在全国两会上，全国人大代表马化腾提交了《关于以"互联网＋"为驱动，推进我国经济社会创新发展的建议》的议案。这一议案被大会采纳，一个企业家的设想由此上升为国家战略，在李克强总理所做的《政府工作报告》中指出："制定'互联网＋'行动计划，推动移动互联网、云计算、大数据、物联网等与现代制造业结合，促进电子商务、工业互联网和互联网金融健康发展，引导互联网企业拓展国际市场。"

从国家战略上看,"互联网+"是两化(信息化和工业化)融合的升级版,将互联网作为当前信息化发展的核心特征,提取出来,并与工业、商业、金融业等服务业全面融合。这其中关键就是创新,只有创新才能让这个"+"真正有价值、有意义。正因为此,"互联网+"被认为是创新2.0下的互联网发展新形态、新业态,是知识社会创新2.0推动下的经济社会发展新形态演进。

从腾讯的战略布局看,马化腾在提出了"互联网+"这一概念之前就已经开始谋篇布局。2015年,在腾讯"云+未来"的峰会上,马化腾才将公司新的战略对外公布。腾讯的短中期目标是深化和内容产业的合作,包括电影和游戏等;中长期目标则是将内容和服务也通过腾讯的平台连接起来,并透过移动支付形成闭环。长远来说,则是连接人与人、人与服务和人与智能硬件的生态圈。如"腾讯云"就是大数据时代的一次革新,已为超过百万开发者提供服务,数据中心节点覆盖中国大陆华南、华东、华北、西南四个地域,海外节点覆盖东南亚、亚太、北美、美西及欧洲五个地域。

马化腾把中国互联网称为"指尖上的中国",他认为是"时代力量、移动互联催生中国范式",正是因为中国改革开放的时代力量给他带来了源源不断的激情和畅想,又在深圳特区这个中国改革开放的最前沿一步一步把畅想变成了现实。腾讯从1998年成立,到2020年深圳特区成立四十周年,已走过了二十余年的历程,从最初的模仿到不断创新,改变中国SNS(社交网络服务)现状,打造了一个庞大的企鹅帝国。如今的腾讯已是中国最大的互联网综合服务提供商之一,也是中国服务用户最多的互联网企业之一。有人说,他不只是建立了一个成功的企业,还为中国人创造了全新的沟通方式,也为中国人带来了一种更快乐,更智慧的生活方式。

如果说马化腾和腾讯登上了"一艘你不得不乘坐的船",而今他们把腾讯变成了一条让"所有的乘客能够在团结、平等和公正的条件下航行"的船。

为了回报社会,腾讯一直秉持"注重企业责任,用心服务、关爱社会、回馈社会,才能赢得社会尊敬"的理念,积极参与公益事业、努力承担企业社会责任、推动网络文明。2006年,腾讯成立了中国互联网首家慈善公益基金会——腾讯慈善公益基金会,并建立了腾讯公益网,专注于辅助青少年教育、贫困地区发展、关爱弱势群体和救灾扶贫工作。目前,腾讯已经在全国各地陆续开展了多项公益项目,积极践行企业公民责任。截至2018年,腾讯慈善公益基金会拥有超过五千万的爱心会员,通过腾讯公益捐赠的慈善款超过十亿元。这一切,其实都是从腾讯的企业价值观出发,"正直、尽责、合作、创新"。有人问腾讯为什么将"正直"排在公司价值观第一位? 马化腾说:"腾讯的用人观里,最重要的就是人品。做人德为先,正直是根本,如果说人品有任何的问题,哪怕能力再强我们都不会要这个人。"在马化腾眼中,人的品质决定了一切,一款软件,所承载的不仅只是技术,更多的是情怀与信仰。一个公司,所承载的不仅只是商业竞争,更多的是社会价值观的体现;正如一个城市,所承载的不仅只是人类的生存空间,更多的是人类精神文明的延伸。

马化腾作为深圳第二代企业家和改革家的代表人物,对深圳第一代改革家的代表袁庚老人特别崇敬,他发自肺腑地说:"让深圳涌现出更多的袁庚,是我们最好的怀念,只要蛇口精神在,深圳就会生生不息,企业精神就会绵延持久。"他对深圳这艘数千万人同舟共济的航船也充满了感激:"我本来是一个只会写软件的书呆子,但深圳是改革开放的创业的热土,到处都贴着'时间就是金钱,效率就是生命'的标语,深深地影响了我，让我有一种时不我待的紧迫感。在这种情形下，我被感召到创业与创新，与整个深圳的环境是完全分不开的。我有幸赶上了一个时代，赶上和特区一起成长，并在成长的历程中感悟一步一脚印地走向成功的喜悦。如果再给我一次机会，我还会选择在深圳创业，因为我和伙伴的成长在这里，我们的梦想在这里。"——这是他对自己为什么选择深圳的一次毫无保留的总结与告白。

俯瞰世界的高度

如今，在深圳这艘船上，已有全球八十多个国家的两万多家企业于此落户，其中有近百家世界500强企业在深圳设立总部或研发生产基地，还有很多跨国公司都在深圳开设了"观察哨"，密切关注和接近"未来中国"发展的最新趋势。一大批海内外的电子元器件、零部件厂商在深圳和珠三角设厂，形成了以深圳为龙头的电子信息配套产业体系，而大批农民工也在流水线上历练为熟练的产业工人。无论是从中国制造上看，还是从世界工厂看，深圳完善的制造体系和制造能力之强在国内几乎无人匹敌，放之于世界也名列前茅。如1988年在深圳投资建厂的富士康科技集团就是中国制造和世界工厂的典型代表，拥有一百多万员工及全球顶尖客户群，在全球计算机和消费电子设备组装领域占据统治地位。

一旦触及世界工厂，就会条件反射般地提到一条路，那是我最不想走的一条路，却又是一条必经之路——广深高速。这条双向六车道高速公路于1996年7月1日开通运营，连接着广州、东莞、深圳三座经济高度发达的城市，被誉为粤港澳大湾区内的黄金走廊。据说，这是地球上最宽的高速公路，却也是世界上最拥挤的公路，一路走过来，沿途都是有着银灰色外壳的大型工厂，还有无数条道路连接着它，就像支流汇入主流。这条路上行驶的大都是巨大的货柜车，那些被挤在其间的小车管你是奔驰还是宝马，一个个都在惊恐而又小心翼翼地躲避着。那密闭的货柜里装载最多的就是电子产品。这条路时不时就被堵住了，而全世界最担心的就是这条路被堵，连老外都会操着生硬的中文惊呼："广深高速堵车，世界电脑缺货！"

若从深圳放眼中国，当中国成为世界工厂，中国制造的电子、机电、家具、玩具、服装、食品，包罗万象，应有尽有，在世界的每一个角落你都能看到MADE IN CHINA 的标识，但你却骄傲不起来。在深圳街头你随时可以看到这样的情景，当夜幕上打出了沃尔沃的霓虹灯字幕，很多打工妹在下班后也来这里购物。这里的衣服和鞋子有的就是她们自己生产的，上面贴的却是世界名牌商标。放心，她们可以自己的血汗作证，这每一件名牌服装绝对不是冒牌的，而是货真价实的名牌。在这个世界上，早已形成了一种通行的游戏规则，一些人在设计室里设计品牌或商标或品牌，一些人在流水线上制造衣服和鞋子，一双在流水线上经过上百道工序制造的耐克鞋，可以卖到三百美金，制造者可以拿到三十美金，而丰厚的利润属于商标或品牌。这就是NIKE，希腊胜利女神！但这些中国的打工妹还很少懂得它的英文原意，她们更懂得怎样拼命加班，拼命延长自己的劳动时间，一天工作十几个小时以上，在流水线上做一个月的耐克鞋，才能挣到一双耐克鞋的工资，然后又到这里来买一双耐克鞋。

这也是一条生物链。不仅只有耐克，还有皮尔卡丹、阿迪达斯、苹果、梦特娇、圣罗兰、香奈儿，美国的、法国的、世界的，中国已是世界工厂，世界上最廉价的劳动力正在源源不断地生产出世界上最昂贵的产品，而在这个生物链的两端合作得最默契的还是中国和美国，美国人身上穿着中国人制造的衣服，中国人身上贴满了美国的品牌。这也就是世界上最大的发达国家和世界上最大的发展中国家各自扮演的角色，就像命运的奇异安排。

在这强大无比的世界工厂和中国制造背后，中国似乎什么也不缺，但至少缺乏三样东西，一是具有原创性的核心技术和知识产权；二是对标全球的名牌商标；三是世界一流的经营理念。

科技实力和产业结构，是评估一个国家或一座城市现代化程度的标准或要素之一，"科学技术是第一生产力，创新是引领发展的第一动力"。党的十八大以来，把实施创新驱动发展战略作为基本国策，习近平总书记做出了形象的科学论断："科技创新，就像撬动地球的杠杆，总能创造令人意想不到的奇迹。"

汪滔就是这样一个奇迹的创造者。他是当下中国最年轻的"技术创业家"之一，也是深圳80后创业、创新的杰出代表。2006年他在香港科技大学攻读硕士研究生之际，便创办了深圳市大疆创新科技有限公司，这是深圳特区2000年后企业的典范之作。说来，他进入香港科技大学，首先就得益于深圳市与北京大学、香港科技大学三方携手、共同创建了"深港产学研基地"。2003年，香港科技大学在深圳招收了九名选派生，汪滔便是其中之一。汪滔在创业之初就经历了2008年全球金融危机那只黑天鹅，在公司"只有一口气"的时候，大疆公司获得了深圳市首笔三十万政府资助资金。而大疆能逆势崛起的秘密就是以科技创新制胜。大疆无人机是深圳的代表产品之一。此前，成本高昂的无人机几乎没有价廉物美的消费级产品，而大疆利用深圳及周边地区强大的碳纤维材料、航空铝加工、特种塑料、锂电池、磁性材料等配套产业，把无人机推向大众化，打破了国际无人机厂商对中国市场的垄断，开创了一个百亿级的大市场。

而今许多人都知道,汪滔在香港科技大学攻读硕士研究生时就萌发创业的冲动,这倒并非一时心血来潮。他原本就是通过"深港产学研基地"这一平台作为选派生进入港科大的,而他的导师李泽湘就是一边从事教学和研发、一边创业的楷模,汪滔在导师的直接影响下早早就有了自己的创业梦。他的创业梦的大方向也基本确立为研发遥控飞机。他白天上课,向李泽湘请教一些技术难题。李泽湘是机器和自动化领域的专家,最高明的机器就是人工智能化机器——机器人。这是电子与计算机工程领域的高科技。而汪滔研发的遥控飞机也远远超越了一般航模的意义,也可以说是会飞的机器人,如今已有了正式命名——无人机或无人飞行器。

在创业之前,汪滔为了考察市场,就拿着自己研发出来的一架遥控飞机样品和关于飞行系统与飞控技术的设计方案,先后参加了2006年的珠海航展和第八届中国国际高新技术成果交易会(高交会),尽管他没有像腾讯的马化腾一样在高交会上拿到风险投资资金,但很多人对他的遥控飞机很关注。但在当时,像这种门槛高还没有什么市场的蓝海领域(未知市场),做好了就是个巨大的机会,做不好就是个巨大的坟墓。而汪滔当时的技术和对未来的设想还不太成熟,但很多专家都觉得这个大方向是对的,值得去做。对于一个还懵懵懂懂的愣头青来说,这是比资金更重要的收获。后来,汪滔也多次说过:"2006年那次高交会的经历,让我们坚定了创业和创新的决心。"

不过,此时他还没有独立创业的本钱,那台遥控飞机虽说卖出去了,但几百美元只是杯水车薪。当他把创业梦想告诉父母后,他家的家底还算殷实,父母亲商量之后就给了他第一笔启动资金,成也好败也罢,就当给儿子的一笔学费吧。汪滔又拉着那两位在毕业课题设计时一直给自己当助手的同学一起创业,他们的家底也很殷实,三个合伙人很快就凑足了注册资本。2006年，又一家小微企业在深圳特区默默无闻地诞生了，不过那名字倒是挺大——深圳市大疆创新科技有限公司（DJI）。汪滔给公司取名为大疆，没有深意却有大志——大志无疆。

在大疆公司的员工眼里，"汪滔简直是一个乔布斯式的工作狂，无时无刻不在追求完美。"

汪滔对苹果创始人乔布斯确实打心眼里敬佩，他后来多次说过："乔布斯鼓舞过我，他很较真，抠细节。放在十年前，如果你和乔布斯一样较真，很多人会觉得你不会做人，不招人待见，没前途，一套歪理会把你拉回所谓的现实世界，最后你过着和父母一样的日子。"他从乔布斯的较真与抠细节中学到了许多，如果没有这样的较真，如果没有这样近乎于偏执的抠细节，乔布斯不可能成为后来的乔布斯，汪滔也不可能成为后来的汪滔。

对于中国80后的一代年轻人，都习惯于用星座来分析一个人的性格与命运。而汪滔是处女座，许多人一听到处女座就很害怕，处女座是优雅迷人、追求完美的星座，他们外表低调谦和，内在充满激情，特别关注细节，最典型的性格特征就是"认真麻烦"。而研发遥控飞机就是特别认真而麻烦的事情。当时，他们的遥控飞机还存在很多问题，一个最突出的问题还是老毛病，遥控飞机会在飞行或悬停时不停地抖动。为解决这个问题，汪滔和几位员工前后找了四五十种方法，这是一个很麻烦的过程，先要找到症结，然后修改设计，组装后进行飞行测试，一旦失败就证明这一切都是错的，然后从头开始，又进入一个轮回。这四五十种方法，说明他们经历了四五十次失败，四五十次从头再来的轮回。那些员工尽管对这样一个"认真麻烦"的小老板感到害怕，却也打心眼里肃然起敬，他们说："汪韬他是那种为了搞清楚一个东西，从来不放弃的人，不管有多麻烦。"而汪滔在细节上的追求更是严谨到了苛刻的程度，比如细到一颗螺丝拧的松紧程度，他都有严格的要求，他会告诉他们要用几个手指头拧到什么样的感觉为止。因为当时很多东西是没办法量化的，工具也比较粗糙没那么先进，不能精确到具体力度，只能靠手来感受。螺丝有时候会松，所以需要加螺丝胶防止松动，但是会有一个问题，如果要拆，这个螺丝会卡在里面拧不出来。结果汪滔从香港买了一堆的螺丝胶，弱中强几种不同强度，螺丝按照拆的频率，使用不同强度的螺丝胶。比如拆的频率不高的螺丝就用中强度的螺丝胶，从来不拆的螺丝就用高强度的螺丝胶，而经常需要拆的就用最弱的螺丝胶。无人机上几百颗的螺丝，就是这样一颗一颗地按照不同要求拧上去的。

在大疆创业的第一年里没有做任何销售，与其说它是一家商业化的公司，不如说是一家只有投入没有产出的研究所或实验室。汪滔不得不四处筹资维持公司的运转。就在公司举步维艰之际，深圳市政府如雪中送炭，对创新型企业出台了资金扶持政策，大疆公司获得了首笔三十万政府资助资金，汪滔将公司从车公庙那间狭窄的小仓库里搬到了深圳市福田区莲花北村的一幢居民楼内，租了一套三房一厅，分别用于研发室、装配室、实验室和办公室。在狭小的客厅里还摆放了一个很大的风控箱，像洗衣机的滚筒一样哗哗作响。而汪滔习惯于熬夜工作，在自己的办公桌边还放了一张简易的单人床。汪滔还在办公室门上写了一句话："只带脑子，不带情绪。"无论大疆以后搬到哪里，这句话都是跟着他走的。

汪滔瞄准的是国内消费级无人机的市场空白。而世界之大，又何止他一人具有这样的眼光。当他埋头研发无人机时，还有多少高手也正在瞄准这个市场空白在加紧研发。当大疆推出第一款消费级无人机时，国内外的无人机市场已经热火朝天了。汪滔显得很低调，他也没有什么资本来造势，唯一的竞争力就是自己的产品。他研发的第一代XP3.1型无人机实现了全自动导航的智能飞行和悬停功能，为用户提供了高稳定性和可靠性的飞行控制核心模块，这是当时飞控自动化设备的一大突破。大疆公司虽说没有任何造势，但卖出一台就赢得一个口碑，每月能卖出二十多台，每台定价都在两万元以上。大疆靠着这款产品在2009年的营收超过了一百万。这不算什么，但大疆毕竟有了收入了。这也让汪滔更加意识到，一个产品的科技含量就是含金量。不过，对于追求完美的汪滔而言，他觉得这一款产品还有不少毛病，需要进一步改进。如汪滔后来所说："无人机产业是一个从无到有的过程，就像汽车刚刚发明时，发动机经常会坏，车也不够安全，全车上下都不能和现在比，整个行业最需要的是关键技术的突破，包括关键的避障和续航问题。"眼下，大疆这款无人机的缺点是明显的，如机型较大，而无人机追求的是小型化，这也是汪滔研发大疆第二代无人机的追求，小巧，精致，轻盈。

2010年，大疆公司又推出第二代自动悬停的无人机Ace one，这一机型不仅大大缩小了体积，减轻了重量，更简化了安装流程，而所有零部件都隐藏在机身内部，不像XP3.1型那样裸露出来，外观特别精致漂亮，看上去不仅美观，还显得特别有现代感，创新的内置减震设计，无需再额外安装外框架或减震垫，可以简单粘贴在机身上。除了外观，在飞行控制系统上还增加了许多新功能，科技含量更高了。如智能失控保护和自动返航功能，在GPS信号不佳的楼宇之间、山谷里、桥底、隧道或洞穴等特殊环境中，其系统也会判断飞行环境的变化，做出智能的飞行模式切换，确保飞行的稳定和安全。它还结合了GPS、精密六自由度惯性测量、磁场计、气压高度计等传感器单元，优化了高鲁棒性 H 无穷算法以及专家系统等机器人控制的理论模型，可以被安装在所有的直升机平台上，无论是两桨还是三桨，无论是有小翼还是无小翼，无论是怎样的十字盘和旋翼头，无论是电机还是汽油机，都能被简单安装、便捷设置和稳定使用。更让人惊艳的是，Ace one 的科技含量更高了，而价格反而比 XP3.1 型更低了，一经推出就以出色的性价比而赢得了更多的客户，第一个月就销售了一百多台。

随着无人机越来越火爆，竞争也越来越激烈，在短短几年里就成了航空科技最活跃的领域之一。而最被人看好的就是无人机的拍照功能。在无人机问世之前，国内外的航拍都要用载人直升机拍摄，每一次航拍动辄就要投入数万乃至几十万的成本，根本不可能飞入寻常百姓家。有了无人机航拍，这成本就大大降低了，几乎可以在民用方面普及了。但汪滔的眼界很高，一直要把大疆的产品定位为高端实用的影视航拍。这是一种世界性眼光。美国有一家顶级的无人机航拍团队叫作 Flyingcam，《007》等好莱坞商业大片的部分镜头都出自这个团队之手。汪滔深受这个团队的影响，他多么希望大疆无人机也能拍出 Flyingcam 一样的效果。若要达到这个效果，必须要突破三个关口：飞控、云台、图传。大疆公司已经研发出成熟可靠的飞行器，WooKong-M 产品达到了完美的 GPS 自主平衡悬停和智能飞行，在这基础上，只要将拍照功能整合其中就可以完成一台"会飞的照相机"。但是，如何将拍照系统和飞机控制系统融为一体，这是要攻克的一大难关。而能不能拍出好的照片，支撑相机的云台至关重要，一是要有防抖功能，二是要可以随心所欲地调整角度，想拍哪个角度的照片都可以。这就必须将无人机、云台、照相机和图传功能完美地结合在一起，从图像采集、传输到终端设备里实时察看，才能达到理想的效果。

当汪滔带着大疆公司的研发团队着手研发云台设备时，第一个难题是如何解决云台的抖动问题。他们尝试了很多方案，最终创造性地提出用无刷电机直驱来控制云台。这在当时还是一门新技术，甚至是一种新的概念。打个比方说，第一代自动洗衣机的转筒在旋转中抖动得很厉害，噪音特别大，后来研发出了直驱电机技术的洗衣机，动力更强劲而抖动降低了，达到了静音、节能、平稳的效果。汪滔的新思维与此颇有异曲同工之妙，无刷直流电机由电动机主体和驱动器组成，由于无刷直流电机是以自控式运行的，所以不会像变频调速下重载启动的同步电机那样在转子上另加启动绕组，也不会在负载突变时产生振荡和失步。但洗衣机归洗衣机，云台归云台，这洗衣机是放在平稳的地面上，若要将这种电机直驱技术植入飞控云台，电机本身控制的力度要求瞬间就提升几十倍，这在当时的技术条件下几乎是不可能达到的。一位参与研发的工程师拿着一本技术理论书，像个老学究那样摇头晃脑地说："老板啊，你的想法很理想，但根本不可能实现！"

汪滔一下冒火了，"你连试都没有试一下，怎么就说根本不可能？科技上的无数创新就是从不可能开始的，从不可能突破的！"

其实那位工程师说的没错，汪滔的设想还真是理论上的设想——理想，若要实现就要突破现有理论值的限定，甚至是大限，一般人都会望而却步。但汪滔是那种为了搞清楚一个东西，宁愿钻牛角尖也不愿放弃的人。他相信理论但从不迷信理论，换句话说，他相信自己的科学实践。汪滔带着研发人员没日没夜地钻研和测试，那段时间就窝在公司里面，像个闭关的道士一样几乎足不出户，时常陷入长久的沉思，如面壁禅思一般。在这种沉思或禅思中，他那理论上的设想也渐渐变得清晰，又吸收了研发人员的集体智慧，形成了一个可行性的方案：运用云台底部姿态传感器将姿态读出，再与飞控或云台主控传感器的姿态角进行对比，得出各个轴需要修正的角度，再通过输出

PWM 信号，使无刷电机迅速做出修正的动作，从而使相机时刻保持水平（默认水平轴，初始无主观倾斜）。接下来就可以根据方案来进行研发了。到了2011年岁末，他们的研发终于取得了突破性的进展，在电机直驱的应用上，三轴稳定器有了创造性的成果。他们将无人机的电机连接到平衡环，平衡环包裹着电机，电机安插着旋翼，成了无人机的一轴，这样它就不再需要自配电机了，从而减少了零部件数量和产品的负荷，实现了无人机控制云台的可能。

随着2012年来临，汪滔用无刷电机直驱来控制云台的理想终于变成了现实，这是大疆公司研发出的第一款云台，也是世界上第一代电机直驱云台，也是当之无愧的世界第一！

一向低调的汪滔，此时竟有了一种笑傲江湖的姿态，他看了看那位老学究似的工程师，这位工程师累得连腰都伸不直了，他疲惫地拿着那本技术理论书晃了晃，笑着说："老板啊，我看这本书要改写了！"

这也的确是一个在无人机领域具有里程碑意义的云台，汪滔将这款云台命名为禅思Z15，但大疆的员工们都笑称这云台为"脖子"，那模样也确实像鸭子的脖子。

汪滔大声说："谁说这是鸭脖子，这是天鹅的脖子！"

这个脖子比鸭脖子和天鹅的脖子还要灵活得多。禅思Z15云台可以搭载各种专业相机，能够实现高清的拍照和录像功能，云台采用三轴设计，集成了三轴陀螺仪和加速度计，能够在空间中进行转动，哪怕在高速飞行中也能全方位保障摄影的稳定性。而每一台云台在出厂前就已根据相机型号、镜头型号完成调试，只需要安装上相机，不用自行调整云台或者改变其机械结构，也不用为相机加装其他外设，如滤镜、遮光罩等。它高超的控制精度、反应灵敏度和极高的稳定性，成为云台市场头号杀手。

当大疆的研发人员都想着如何不断推出云台升级版时，汪滔又给他们泼了一瓢冷水："升级，升级，你们想过没有，是否还有更好的思路？"大伙儿都用奇怪的眼光看着老板，不知他哪根神经又出了问题。汪滔却说："我想要研发出一台不需要加装云台的无人机，只需要买一台大疆无人机，就能实现完美拍照，OK？！"

汪滔总是突发奇想，若从公司的效益考虑，一边不断推出无人机升级版，一边不断推出云台升级版，齐头并进，比翼齐飞，大疆两只手都可以大把大把捞钱。但汪滔在大疆无人机和云台都销售火爆之际，又提出将云台和无人机实行完美的一体化。这样一个完美主义者，让团队成员总觉得他没有市场意识。其实汪滔不是没有市场意识，而是充满危机意识。这种危机意识其实是最大的市场意识。那时无人机市场如火如荼，群雄逐鹿，那些竞争对手在无人机上还赶不上大疆，在云台上也赶不上大疆，但若他们将无人机和云台一体化，一下就弯道超车了。

只要认准了的事，汪滔是说一不二的，而且是说干就干。说来有趣，而今，凡是到过大疆公司的人都会有一个奇怪的发现，在大疆公司的研发部门口放着一辆红色的杜卡迪摩托车。这摩托车曾是汪滔的坐骑，深圳市禁摩之后，这辆摩托车就成了一个摆设，原本是放在楼下的，怎么又抬到了楼上呢？说来有趣，有一天，那些研发人员在设计上陷入僵局，一个个争议不休又相持不下，于是乎，一会儿这个拿来一幅设计图给老板看，一会儿那个又拿来一幅设计图给老板看，还一个个说这一体化的攻关太难了，实在太难了！汪滔看来看去，每个人都有每个人的想法，一个似乎比一个有难度，一个似乎比一个高明，却没有一幅让他满意。他的情绪一下上来了，"你们拿来的都是什么垃圾！"

这也怪不得汪滔发火，在他的办公室门口贴着一张"进门议事须知"："一、有脑人 ONLY（只带脑子）；二、不要强调困难，强调解决方案；三、转述别人的态度和观点作为理由时，代表你自己认同对方的观点；四、此处只谈逻辑问题，不要带入感情；五、交流的是思维、观点，要赤裸裸，不要用技巧和口才包装无脑观点推销。"—— 这白纸黑字挂在墙上，难道那些来找他的人都没看见？一怒之下，汪滔突然下了一道疯狂的命令，让研发部的人员下楼将这台摩托车搬到了研发楼层。这让研发人员莫名其妙又哭笑不得，但他们只能遵命行事。这摩托车太大了，进不了电梯，只能通过楼梯转弯抹角地搬运，还不能有任何闪失，若是碰坏了那可又要遭到一顿臭骂。这些研发工程师不管力气大小，也只能齐心协力，一个个努力保持着平衡，将几百斤重的摩托车吭哧吭哧地抬到了楼上。

汪滔忽然对他们笑了，"好啊，我还是第一次看见你们这样齐心协力，在互相配合中达成一种默契。"

这还没完呢，他还让所有研发人员把手洗干净，虔诚地站到摩托车前，如敬神一般地看着这辆摩托车。杜卡迪摩托车以拥有卓越的性能以及意大利艺术设计而世界闻名，该公司不是为了市场需要而制造摩托车，而是为了热爱而制造，热情与执着让杜卡迪成为世界独一无二的高性能摩托车代名词。每一辆杜卡迪都包含着历史、风格、艺术、性能和科技，这绝不是其他品牌可以比拟的。汪滔就是要把大疆无人机做到像杜卡迪一样的理念，不只是做一台会飞的照相机，而是融入艺术风格和科技性能等元素，让它绽放出不一样的光彩。汪滔让这些研发人员从烤漆到用料，从结构到外形，一个一个琢磨。并且，他让那些设计师们用手一寸一寸地抚摸摩托车，用心感受和体会从烤漆到结构的极致之美。这些设计师在那辆摩托车身上，触摸到了生命的温度。

这辆摩托车既给研发人员带来了警示，也带来了启示。汪滔的宗旨不仅只是推出一款功能新颖而强大的产品，更是将美学与艺术的结合带给消费者，让大众有对美的理解。若要让消费者有对美的理解，作为研发者先就要有对美的理解。你做的不是一款工业品，而是像做艺术品一样，把每一款产品甚至每一个零件、每一颗螺丝都做到极致。汪滔曾在公司的微信群分享乔布斯的访谈录，"真正的魔法，是用五千个点子磨出一个产品，好想法要变成好产品，需要大量的加工。"这也印证了中国的古老智慧：慢工出细活。大疆公司的每一款产品都是经过无数次打磨才推出来的，这是一种工匠精神，也是一种追求完美的气质。

2013年1月，大疆推出了一体化的无人机Phantom 1（"大疆精灵"系列之一）。这台被誉为全球民用领域第一台一体化无人机的产品，是大疆创造的又一个第一。这款无人机在2012年6月投入研发，汪滔把所有的心思都集中在它身上了。从外观设计到内部结构，还有系统的控制，都融入了汪滔追求极致之美的理念，不仅具有精美外观，而且集成了高寿命、超稳定的飞行动力系统，在出厂前已经设置并调试所有的飞行参数及功能，免安装免调试，从操作到维护都简易而方便。最优秀的研发人员就是要把深邃而复杂的科技设计简单化，对于消费者越简单，对于研发者越复杂。这个灌注了完美主义理念与情结的"大疆精灵"一经推出，一下子惊艳了全球市场。按说，这一种将无人机和云台加在一起的高科技产品价格至少是原有机型的双倍价格。然而，最让人吃惊的又是价格。很多无人机发烧友都知道，禅思Z15云台当初推出来时，起步价是二千美金，合人民币一万四千多，再加上一架上万元的无人机就是两三万了。而这款一体化的无人机开出的价格竟然只有一千美金，这么先进的科技，这样完美的产品，这样不可思议的定价，在无人机市场掀起了惊涛骇浪，一下子把所有的竞争对手都给打蒙了，汪滔疯了吗？就是你疯了也要给别人一条活路啊！

汪滔没有疯，疯的是消费者，大疆一下子接到了过万的订单。大疆也不是不给别人一条活路，而是要让消费者活得更开心。汪滔做的就是消费级的产品，一心想着要飞入寻常百姓家。而大疆之所以能把价格开得这么低，不是降低了技术含量和质量，反而是因为提升了技术含量而降低了成本，提升了质量。只有价廉物美的产品才能赢得市场，大市场。

商业市场一如波涌连天的海洋，即商海，又有红海与蓝海之分。红海代表现今存在的所有产业，也就是我们已知的市场空间。在红海中，每个产业的界限和竞争规则为人们所知，随着市场空间越来越拥挤，利润和增长的前途也就越来越黯淡，却又是竞争白热化的血腥、残酷的市场，各竞争者几乎招招见红，打得头破血流，这残酷的竞争也让这片海变得鲜血淋漓，因而称为红海；与之相对的蓝海则代表当今还不存在的产业，又是有可能开发的市场空间。这是未知的市场空间，你只能从可能性或不确定性出发，而那是无人进入的海域，如同走向深蓝的大海深处，又如船长处于绝对空白的海图，每一条航线、每一个数据都要冒着极大的风险去探索、勘测，也正因为此前无人问津，你才能打到大鱼，在高风险中获得高利润。

大凡科技创新企业，都是瞄准蓝海，大疆创新就是一个典型。尽管有些蓝海完全是在已有产业边界以外创建的，但大多数蓝海则是通过在红海内部扩展已有产业边界而开拓出来的。作为掌舵者，汪滔既是一个想得很远的理想主义者，也是一个想"走一步，算一步"的现实主义者，但大疆每一步走向的都是凶险莫测的蓝海。

对于无人机领域蜂拥而来的竞争对手，汪滔拥有像天空和大海一样宽广的心胸。世界是平的，而无垠的天空更大，只要是公平竞争，谁都可以分享天空。但他不想让大疆陷入这种低端的红海战术，他也不想同这样的对手竞争。因为大家的产品都差不多，很容易拼杀成鼠标键盘这样的利润模式，甚至市场还没有鼠标键盘的市场大。这样的红海厮杀，对于一家公司尤其是打着高科技旗号的企业，没有必要也没有什么大出息。不过，他也提前发出了自己的危言，若以那种唯利是图式的、追求暴利式的方式抢占无人机市场，绝对是做不长久的。

他这危言没过几年就一语成谶。很多同大疆争抢订单的无人机厂商一开始并没有明确的定位，大都是跟着大疆公司的风头，或是推出多旋翼产品，或是研发电驱云台，或是研发一体机，而玩家们用这家的飞机，挂那家的云台，再安装各种不同品牌的相机，设置不同系统的图传接收信号。这种组装式的航拍，如同拼装车一般，在汪滔眼中就是一群"乌合之众"。风头很重要，但跟风有危险。这种一窝蜂似的混战，把市场搅得一片纷乱，也让很多企业迷失了方向。这其中还有一些公司试图非法窃取大疆无人机设计的商业秘密，大疆内部还出现了员工泄密事件，一位因为没有得到足够股份而离职的员工还卖过山寨大疆的飞行控制器，另一位离职员工则把大疆的设计图纸卖给了竞争对手。汪滔一边对公司内部严加管理，一边也奉劝某些公司走正道，别想歪点子，邪门歪道或可侥幸得成于一时，但终归是走不通的。不管人家听不听得进去，但他的预言都变成了现实。那些混战厮杀的企业一个个杀得眼睛通红，但眼看着就做不下去了，改行的改行，欠债的欠债，裁员的裁员，倒闭的倒闭。最典型的一个例子是广东某家无人机厂商，他们在2015年9月份抢到了美国一家销售公司的一个大单，而美方要求他们在10月份必须发货。这一个月的时间能做得出来吗？何况中间还有一个国庆长假。那老板只能逼迫员工加班加点赶工，越急就越容易出质量问题，有的连螺旋桨左右都装反了，有一半需要返厂维修。这不但赚不到钱，还要赔偿美国客户的损失。那急于赚钱的老板在赔偿损失后连工资也发不出来了，最终只能破产倒闭，呜呼哀哉。真个是"眼见他起高楼，眼见他宴宾客，眼见他楼塌了"。

谁能笑傲蓝天？大疆在群雄逐鹿中一开始并没有成为王者的实力，最终却凭极致的完美主义追求成了笑傲蓝天的真正的王者，但汪滔追求极致目标，还要把大疆无人机推向俯瞰世界的高度。

这一切，还要从大疆公司开拓国际市场开始说起。2011年8月，汪滔带着刚研发出来不久的大疆悟空系列WooKong-M多旋翼无人机，参加了美国印第安纳州曼西市举办的无线电遥控直升机大会。在来之前，他心里还没有底，原本只想来试试看。一看，他心里有数了。这次会上展示的还是以单轴旋翼直升机或双旋翼纵列式直升机为主，还有老式的固定机翼和共轴双旋翼无人机，而他带来的多旋翼无人机一出场，四面八方就投来惊异的目光。汪滔原本站在边边上，一下从边缘变成了中心。很快，就有一位很牛的美国商人来跟他洽谈合作。此人名叫科林·奎恩，当时经营一家从事航拍业务的公司，正在寻找一种通过无人机拍摄稳定视频的办法。而他参加这次大会的目的就是寻找合作厂商。在曼西市，奎恩与汪滔聊了许多自己的想法，他一直想做开拓民用无人机航拍的领头羊。汪滔正想找人一起合作，在美国成立大疆分公司，从而开拓国外市场。两人意向与志向都达成了一致，相谈甚欢。经过双方协商，大疆公司授权奎恩在得克萨斯州奥斯汀市成立大疆北美分公司，担任负责运营的总经理，将大疆的无人机及云台产品，引入大众市场。这个得克萨斯人在营销上还真有一套。大疆北美分公司刚一成立，他就为大疆设计了一句广告词："未来无所不能！"

汪滔称奎恩是一位了不起的销售员，然而，这个美国人在过度的狂热中也变得狂妄自大了，他妄称自己是大疆公司的CEO，汪滔也没有过多计较，你爱这个虚名你就用吧。而真正激怒汪滔的是，奎恩还真没有把自封的CEO作为虚名，而是以这个身份与相机公司GoPro进行合作谈判，并自作主张允许GoPro拿走三分之二的利润，而大疆却只拿三分之一的利润，这就不能不计较了。大疆无人机是中国人自主研发的无人机，大疆公司不是美国人的代工厂，汪滔和大疆所有的员工更不是美国人的打工仔。

汪滔和奎恩从握手到分手，也有人归咎于汪滔过于强势的性格。但也有人说："汪滔这种强硬属于正常反应。对于原则和底线，在他的世界里没有妥协，只有非黑即白。一旦有谁触犯了原则或底线，他是绝对不能忍受的，甚至是不顾后果的。"

奎恩在离开大疆后，美国的3D Robotics公司向奎恩伸出了橄榄枝。当时，业界的人称大疆是无人机界的苹果，而3D Robotics则是无人机界的安卓。在和解前的两个月，奎恩就加入了3D Robotics公司，担任主管营销的高级副总裁（SVP）。他还在新主子面前放出狠话："我要弄死大疆，大疆死定了，3D Robotics将成为无人机霸主！"

汪滔从来没有小看任何竞争对手，而3D Robotics就是他遭遇的最强大的对手。回国后，他立马带领团队加快进度研发Phantom 3，只有研发出超过对手的产品才能占领市场的主动权。这一款产品是Phantom 2的升级版，也是直接采用飞机、云台与相机一体化的设计，省去了烦琐的接线过程，减少外出携带设备附件数量的同时也减小了出差错的概率。而大疆此时已研发出了自己标配的航拍相机4K或HD相机，内置的高清图传系统可实现两公里的图像传输距离，定制遥控器的控制距离高达两公里，通过智能手机App可实现相机设置、快速编辑视频、实时地图等功能。即使在室内无GPS环境下低空飞行,内置的视觉和超声波传感器也可通过感知地面纹理和相对高度,实现精确定位悬停和平稳飞行。

随着Phantom 3的推出,大疆又在2016年重新抢占了北美无人机市场的制高点,有人说,Solo无人机是被大疆Phantom 3无人机一招致命,然而这只是说出了表象。若要从根子上追究原因,第一个应该反省的就是科林·奎恩先生。他不愧是天下第一流的营销高手,如果他一直遵守大疆的运营规则,作为大疆北美公司的主管和第二大股东,如今他早已是身家过百亿的大富豪了,对大疆和他自己都是最佳选择和双赢的效果。然而转眼间一切皆成云烟。他是否终于明白了,无论自己多重要,但平台更重要。而一个结果已经注定,他没有把大疆干掉,自己却被3D Robotics公司给干掉了。

第二个应该反思的是3D Robotics公司的决策者。他们在北美市场上占有地域优势,以其雄厚的资本、人才优势和研发能力,原本足以与大疆公司分庭抗礼,甚至可以超过大疆。他们也的确研发出了"有史以来最聪明的无人机",而他们的错误是大疆此前的竞争对手犯过的错误,太急功近利,太想抢占市场,最终却栽在市场上。3D Robotics公司不得不将无人机生产线关闭并转型,从此之后,公司也不打算再制造无人机了。面对公司的失败,那位曾在汪滔面前耸着肩膀大笑的首席执行官克里斯·安德森此时只能耸着肩膀苦笑了,他能坦然地面对失败、承认失败,还能对击败了自己的对手竖起大拇指:"大疆做得太棒了!我们是一家硅谷公司,应该做软件,硬件应该交给中国人来做!"

汪滔也一直在反省,在反省中一次次重新审视自己,重新调整自己前行的姿态。无论是他,还是大疆公司,从来不想置谁于死地,竟争是合理的也是必要的，但必须是在市场法则上的公平竞争。随着3D Robotics公司退出无人机市场，国际市场上还有一家实力雄厚的法国公司Parrot，这是一家位于法国巴黎的无人机及无线产品制造商。2010年，Parrot发布首款四旋翼无人机产品AR.Drone，这是行业内公认的第一款消费级多旋翼无人机。该公司在科技创新上一度走在世界前列，但一直定位走低端产品路线，主打消费级产品。而大疆则占据了全球无人机的中高端市场，并不断向专业级的高端产品拓展。科林·奎恩先生虽说与大疆分手了，但那句话却永远不会过时："未来无所不能！"

汪滔早已意识到，"天空的故事，并不只有航拍一个版本"。他又将目光投向了专业级的无人机版本和细分市场，随着无人机开始向农业、建筑业和地图等商业应用领域的扩展，这对于大疆又是一个创业和创新的机遇。为了保持大疆的市场主导地位，他已提前布局。大疆无人机和影像产品分为消费级、专业级、行业级和系统模块四个部分，还先后推出了"大疆无人机＋消防""大疆无人机＋搜救""大疆无人机＋太阳能""大疆无人机＋植保"系列产品，使无人机系统成为全自动的空中作业平台，适用于商业航拍、工业及军事作业等许多领域，广泛应用于农业、地产、新闻、消防、侦察、救援、能源开采、感应测绘和野生动物保护等领域。用网友的话说："哪里有天空，哪里就有大疆无人机。"

2014年，美国康涅狄格州的消防员就将大疆无人机应用在火灾勘察和测算上，多次在消防中立功。2015年，大疆公司和美国红外成像仪制造商FLR Systems合作，推出一款附带热成功能的热成像无人机大疆Zenmuse XT，无论是白天还是夜晚，只要有热源就能探测到。Zenmuse XT可以实现高空热成像扫描，一些驴友迷路于山野，无人机可以大幅扩展搜救人员的视野,不受地理限制,几分钟就能扫描数平方公里区域。使用热成像相机还能穿透烟雾或在夜间搜寻,迅速定位山林火灾中的被困人员。此外,该无人机还可以挂载照明灯、喊话器等设备协助搜索工作。

2015年4月25日,尼泊尔遭遇8.1级大地震,救援人员通过大疆无人机进行定点拍照,并配合专业测绘软件,为评估受灾情况,制定救援计划,部署救灾物资等提供了实时地形资料。同月,美国德克萨斯州遭遇洪水袭击,大量家庭受困。由于洪水汹涌,无法使用橡皮艇救援,当地救援人员在大疆无人机上安装简易投放装置,投放救援绳和救生圈等物资,解救多名被困人员。2017年8月8日,四川九寨沟发生7.0级地震,大疆公司立即和有关部门联系,无人机应急团队于10日凌晨抵达震区,与中国地震应急搜救中心、蓝天救援队协同工作,支援地震重灾区灾害烈度评定及震区消毒工作。

大疆无人机还是"巴黎圣母院火灾"的幕后英雄。2019年4月15日晚,在时空中延续了八个多世纪的巴黎圣母院遭到了一场神秘的火灾。根据法国《费加罗报》报道,现场消防指挥官部署,一支队伍进入教堂内部负责抢救文物,另一支队伍进入塔楼狭窄楼梯,艰难地开展消防作业,其他消防员则部署在教堂外部,通过数十米高的机械臂和高压水枪控制火势蔓延。巴黎圣母院的救援是立体的,考虑到瞬间空中投水可能造成建筑及文物损毁,消防队没有采取飞机灭火,而是紧急出动了两架无人机进行辅助观测,捕获实时图像,为消防员准确、及时了解火情提供了重要支持。这些装有高清摄像装备的无人机定位了教堂顶部的主要着火点并立即传送到指挥所,消防员从而能够实时看到火灾的强度和运动,并帮助高压水枪实现了精确的定点扑救。这两架发挥重要作用的无人机是从法国内政部和文化部紧急调配的,型号分别是大疆"御"Mavic Pro和经纬M210，两架四轴无人机都经受了高温和浓烟的考验，协助消防员灭火并及时抢救文物，出色地完成了任务。大疆公共安全整合总监罗密欧·杜舍尔也参与到本次救援行动中，他对媒体表示，消防队员依靠Mavic Pro的可见光摄像头、光学和电子变焦镜头实现了对火灾动态的追踪。巴黎消防局普律中校也对它们予以肯定，"这些无人机帮助官员做出决定，帮助我们更好地使用灭火工具，从而在关键时刻拯救了大教堂的两座钟楼"。

2020年，是大疆公司创立的第十四个年头，大疆公司从最初的入门级无人机开始试飞，如今已雄踞俯瞰世界的高度。在业界，大疆是神一般的存在，也是独一无二的存在。而汪滔走出一条属于自己独一无二的路。当有人问他大疆是一家怎样的企业时，他若有所思地说："我们可能有点像无人机里面的英特尔、微软，如果非要类比，我们可能更像做整合产品的苹果。"其实这些比喻都贴切，大疆更像大疆，大疆就是大疆，如今它是全球估值最高的无人机企业，也是世界无人机的领导者。公司依托深圳总部，在北京和香港等城市设有分公司，在美国、德国、荷兰、日本等国设有分公司，并设有十七个驻外办事处，全球员工数超过一万五千人，产品远销一百多个国家和地区。还有一个令人骄傲的数据，大疆累计申请的无人机相关专利已达到了四千多项。目前，全球每卖出十架无人机就有八架是大疆的。在无人机领域流传着一句话："世界看中国，中国看深圳，深圳看大疆。"

汪滔从二十六岁开始创业，今年刚刚进入不惑之年。他很少在公开场合抛头露脸。有人如此描述："即便是遇到不得不出席的场合，汪滔也是现场唯一一位少言寡语的男士，他站在盛装的人群中间，就像一道暗影。"很多人第一次看见他都暗暗有些惊异，四十岁的汪滔看上去依然很潮，很另类，但不像工程师，也不像CEO，他的穿着像个艺术家，戴一顶鸭舌帽，下颌留一抹山羊胡髭，但他的神情却像一个时常陷入沉思的哲学家。他坦言："以我个人经历而言，真知灼见的能力需要大量的思考、练习和探究。"汪滔的思考更多不是为自己，而是为客户，诚如美国战略思想家特德·罗维特所说："如果你没有在为客户着想，你就是没有在思考。"

很多人都觉得汪滔不太像个商人，他更像是一个追求完美的艺术家，或一个实干的理想主义者。这完美和理想，在他看来就是品位。他自认是一个"不聪明的偏执者"，无人机是他从小到大的一个梦想，这是对一个技术、一个特定东西的梦想。他只是"去试着把喜欢做的事情做成，同时让世界因此变得更美好"，这是他的梦想、坚持和纯粹的追求。

在别人看来，大疆是一家科技创新企业的典范，汪滔是深圳特区创业和创新的杰出代表，而归根结底，科技创新就是其核心竞争力。但汪滔却摇头，他不赞成"为创业而创业"，"为创新而创新"，这样的追求没有品位，也谈不上有梦想。"品位，最终才是大疆的核心竞争力。"他把一切都归结为品位，商业上的决策也好，产品设计也好，技术上的取舍也好，最终都会落在品位上。品位，也是他设下的标准和底线。他说："我们不是为了有品位而有品位，只是我们非常崇尚一个比较酷、比较美好的东西；在追求美的过程中会转化成一种战斗力，这种战斗力最终会做出好产品。"汪滔想把大疆打造为一家有品位的中国公司，借大疆的企业形象改善世界对中国公司的印象，让世人第一眼看见的不是中国制造的产品，而是中国人的品位。"我们是中国人，也是中国公司，我们的努力和奋斗目标，跟国家、跟中国人的命运其实是分不开的。"

汪滔在创业之初就经历了2008年全球金融危机那只黑天鹅，今年又遭逢了新冠病毒这只灰鸽子。在疫情疯狂蔓延之际,一个传闻在春寒料峭中飘荡,让人更添寒意,大疆因受新冠疫情影响计划裁掉全球一半的员工,这让很多人寒心。幸好大疆高层立马出来辟谣,大疆不但没有裁员计划,还正在为中国疫区和五大洲多个国家和地区提供无人机支援抗疫。在很多疫区封城封路之际,这些穿梭于空中的小精灵一个个大显身手,它们在疫情重灾区巡逻、监控、传播信息,还可以空投急需的小型物资。而消防无人机和植保无人机还可以在空中对室外公共空间进行喷洒消毒,不仅消毒无死角,效果和效率也比人工喷洒好。有些无人机甚至可以进行远程红外线测温,它在小区低空盘旋,先喊话让居家隔离的居民打开窗户,站在窗前,就能准确地测出你的体温,还可以采集某一区域居民体温的大数据。这可以避免人与人之间的接触,防止疫情传播和二次污染。城里人对无人机早已见惯不怪了,而在偏远的郊野和乡村,很多老乡们还是头一回见到这小精灵。很多乡村在疫情期间都用无人机来预警、喊话、搜救,对不戴口罩、四处串门、扎堆打扑克打麻将的村民进行劝告。在内蒙古土默特左旗白庙子镇草房子村出现有趣的一幕,有一位老奶奶像往常一样正要出去串门,忽然听见头顶上有人冲她喊叫:"老奶奶,你不戴口罩就不要出去,不要乱跑!"老奶奶听着有些耳熟,像村支书的声音,一看四周又不见人影,她惊讶地抬头一看,竟然是一架小飞机在冲她喊话。这喊话的其实不是小飞机,而是正通过无人机视频传输进行实时监控的村支书在对她喊话,老奶奶看不见他,他却把老奶奶看得一清二楚,并通过无人机上安装的喇叭对她喊话。这老奶奶不明就里,一边抬头看一边赶紧往家里走,嘴里还在喋喋不休地嘀咕,"神啦,连飞机都会说人话啦!"

这一幕被无人机用视频拍摄下来了,成为在网上热传的一个视频。

灾难，终归是要过去的。大疆正是在2008年那个危机年代走出了困境，才有了今天。而在这一次灾难中，习惯于沉思的汪滔又在居家隔离时，酝酿着一个大思路，未来大疆将不只是一家无人机公司，更是一家机器人公司。其实，无人机本身就是广义机器人的一部分，高科技的无人机也是人工智能的延伸产品，在空中的大疆无人机的自主规划、避障等等，已经在机器人范畴之中，机器人需要完成感知、计算、传输、执行这四件事，大疆已经做到了。二者技术相通，人才也相通。如果大疆在人工智能技术方面取得更大的突破，其应用范围将非常广阔。在他的导师李泽湘看来，"汪滔打算跨界机器人并不是因为机器人风口，而是因为机器人可能会如他一直期待的那样，能俯瞰世界"。

未来从现在开始

海风一直在吹，浩浩荡荡地灌满了整座城市，走到哪里都是大海扑面而来的气味。这味道很提神，很来劲。我一直在海风中追问，深圳，为什么是深圳？

深圳，在大海的怀抱里诞生，又在大海的怀抱里一天天长大。一座城市倒映在大海里，那水中的倒影仿佛是大海的回忆。大海一直在起伏，而这座城市从未动摇过。

2020年8月，深圳特区迎来四十岁的生日。《论语·为政》云"四十而不惑"，其最大的特征就是遇到事情能明辨不疑。而今，对深圳的名字再也不会有人误读，谁都会准确的发音。

四十年来，中国经历了一场跨越千年的、史诗般的伟大变革。在这场千年未有之变局中，深圳特区在制度创新、科技创新和对外开放等方面一直肩负着试验和示范的国家使命。

若站在四十年前的那个时空中试看这一方水土,谁能想到会有今日之深圳?

这里先用数据说话,数字是枯燥的,而当人类进入大数据时代,就是一个数据为王的时代。在深圳特区诞生之前的1979年,深圳的生产总值(GDP)只有1.96亿元,还不足香港同时期的千分之二(约1117亿元人民币),到2019年,深圳GDP超过了2.69万亿元,超过了四十年前的一万三千倍。而在这四十年里,香港经济也一直高速增长,2019年GDP达到了2.52万亿港元,超过了1979年的两百多倍,这个增速放之世界也是名列前茅的。而深圳之所以后来者居上,只因其增速一直处于中国和世界同期的最高水平,深圳每平方公里GDP产出和财政收入一直雄踞全国城市之首。四十年前,这座在经济版图上几乎可以忽略不计的年轻城市,近年来已经接连超越广州和香港,跃居为粤港澳大湾区城市经济总量第一的城市,其生产总值在国内城市中仅次于上海和北京,位列全国第三,并已跻身于亚洲五强(东京、上海、北京、新加坡、深圳)。如果把深圳当作一个经济体放在国际上去比较,深圳的GDP已经超越"与神角力者"以色列,人均GDP水平与西班牙和韩国相近。如今的深圳,在中国和世界经济版图上已是一个越来越闪亮的星座。如果说,中国改革开放经四十年的高速发展是世界史上一大奇迹的话,那么深圳的突飞猛进就是这一奇迹的金字塔尖。

深圳的命运一直与国运紧密相连。这四十年来,中国一边对内改革,一边对外开放,这两个车轮协同运转,才推动了四十年的经济腾飞。1979年,美国GDP为26321美元,雄踞全球第一,而中国GDP为2621美元,还不到美国的十分之一,排在全球第八位。2010年,中国经济总量首次超过日本，跃居为世界第二大经济体。美国《华尔街日报》将这一历史时刻形容为"一个时代的结束"。在接下来的十年里，中国依然是世界经济增速动力最强劲的火车头，2019年中国GDP总量为14.3万亿美元左右，接近一百万亿元人民币，人均GDP首次突破一万美元大关。若同自己相比，中国在1979年的起点上增长了两百多倍，远远超过了世界其他发达国家的经济增速，而美国达到了21.4万亿美元，中国同美国的差距进一步缩小。然而，这个差距依然很大，比一个德国和英国加起来还多。中国一直在冷静地审视自己的差距，而全世界都在拭目以待，《华尔街日报》将在何时宣告"又一个时代的结束"？

中华之崛起，深圳之巨变，不止是发生在物理空间，更是一种精神场域的崛起，中华民族从生存状态到精神状态都发生了巨大的变化。

一座城市的蝶变必先有精神的蝶变。那源自大海的澎湃激情，给深圳的骨子里注入了一种先锋精神。你从袁庚、马化腾、汪滔等一代代深圳人的身上都能感受到，有一种在意识深处流淌的东西，成就了今天深圳高贵的价值传统。袁庚率先发出了"时间就是金钱，效率就是生命"的呐喊，让一个在计划经济体制下僵化乃至板结的国度迈开了奔向市场经济的第一步；马化腾说："我最深刻的体会是，腾讯从来没有哪一天可以高枕无忧，我们每天都如履薄冰，始终担心某个疏漏随时会给我们致命一击……"这是源自他内心深处也是源自一座特区城市的危机感和忧患意识；而汪滔则说出了心中多年的憋屈："到医院看病开药，医生还盯着你问：要进口的还是国产的？'国产的'几乎成了劣等品的代名词，病人来到医院这个性命攸关的地方，还要自己做一次残酷选择。我觉得这种日子很憋屈。既然处在科技行业，做的也是自己擅长的事情，我希望做出全世界消费者真正热爱的产品！"从憋着一口气到憋着一股劲，汪滔才能把大疆无人机放飞到傲视蓝天、俯瞰世界的高度。深圳的科技创新，其实也是从憋着一口气到憋着一股劲干起来的。有人说，深圳人就像中国的犹太人，犹太人经历了无数的磨难、动荡和迁徙，那种血脉里基因里的危机感，让他们视以色列为自己的民族和精神生活的核心，而这种危机意识也是深圳人身上最突出的性格特征。你还在坐而论道，他们已经奋而起行。你还在"空谈误国"，他们正在"实干兴邦"。而云天励飞的创始人陈宁则以他的切身体会对深圳精神做了一番归纳："深圳不只是科技创造者和企业创新者的创业基地，关键是深圳创新和创业的基因融入到了每一个普通市民的骨髓里，无论是市领导，还是普通办公室人员，他的基因里面都有创新的理念，都有自己对科技的想法，都有开放和创新的精神。所以，深圳才会诞生这么多的优秀科技企业。"

这些人都是深圳杰出的代表，每个人都以自己的身体力行为深圳精神做出了最实在的注解。在探索之路上既有成功的典范，也有失败的英雄。一个城市对待成功者的追捧是人同此心，而一个城市对待失败的态度，则更能体会到这个城市的内在精神。而深圳就是一座"鼓励创新，宽容失败"的城市，深圳也拥有一种以勇于探索创新为依归、不以成败论英雄的宽容精神，在深圳没有谁嘲笑勇于探索的失败者，只有对因循守旧、故步自封者的嘲讽。

对于深圳特区如何评估，深圳人一向低调，还是看看旁观者如何评说吧。据英国《经济学人》评估："全球四千多个经济特区，唯有深圳经济特区最成功。"在该刊发布的"全球最具经济竞争力城市"榜单上，深圳名列前茅。这是一份拥有全球影响力和公信力的媒体，其办刊宗旨是"参与一场推动前进的智慧与阻碍我们进步的胆怯无知之间的较量"，这与第一经济特区的追求不谋而合。

凡所过往，皆为序章。四十年前，深圳从低谷起飞，在国运与命运的双重选择甚至是双重逼迫下，深圳被第一个推向大海，你不知道那河有多深，你只能摸着石头过河，一方面充满了风险与挑战，一方面也让深圳占得了先机。而历史已经告诉了我们现在的结局，深圳在改革开放中深刻地改变了自己，一个边陲小镇被打造成中国改革开放的标本，堪称是中国特色社会主义的杰作。

凡所将至，皆为可期。四十年后，而今迈步从头越，今日之时空已与四十年前不可同日而语。深圳已从低位超越进入了"高位过坎"的一道大坎。这座面积只有两千平方公里的特区城市，承载着两千多万人口，这是中国人口密度最大的城市，而深圳在前四十年的改革开放中已占得先机，如今在负重而行中是否还有可持续发展的后劲？这也是深圳特区必须直面的问题：如何在极其有限的城市空间中进一步提升承载能力？如何有效提升城市综合治理能力？又如何在超过两亿多GDP的高位上继续超越？

每每迈出关键一步，深圳都会审时度势，重新调整前行的姿态。从国内形势看，随着中国经济转型和供给侧结构性改革的不断深入，深圳的一大批高科技企业尤其是中小型民营高科技企业，为了跳出深圳特区狭小的空间，寻找更大的发展空间，已经把部分制造基地甚至整个企业迁离深圳，这让深圳面临着产业空心化的风险和危机；从国际环境来看，随着中美贸易摩擦日益加剧，美国对中兴、华为等中国企业的封杀，深圳首当其冲，有人说这对深圳的冲击超过2008年的金融危机。而随着美国与日本、欧盟、加拿大、澳大利亚、韩国等发达国家的零关税、零壁垒自由贸易谈判的成功，世界经济格局、世界经济体系和世界经济程序将面临重大调整，对未来深圳高新技术产业发展带来极大的不确定性因素。这也让很多人拭目以待，深圳能否成为改革开放再出发的一个标本?

中国明白,深圳明白,改革开放已经走到了深水区、攻坚期,中国没有退路,深圳更没有退路,唯一的出路就是全面深化改革,将改革开放进行到底。2018年10月24日,习近平总书记在深圳视察时,走进深圳改革开放展览馆参观"大潮起珠江 —— 广东改革开放40周年展览",在这里向世界宣示:"中国改革不停顿、开放不止步,中国一定会有让世界刮目相看的新的更大奇迹!"

当改革开放进入深水区,深圳又被中央批准为全国第一个中国特色社会主义先行示范区,还是广东人的那句口头禅 —— 我走先!

当改革开放进入攻坚期,你必须敢于硬碰硬,广东人还有一句口头禅 —— 顶硬上!

这话杠杠的,但没有一句空话,深圳人在说出来之前就已经开始干了。

蛇口,在深圳特区的拓荒史上被誉为"特区中的特区",如今紧邻着蛇口的前海湾则是新时代的"特区中的特区"。前海有一条双向六车道的主干道,被誉为前海的"深南大道"。走在这条大道上,你才感觉真正走到了改革开放的最前沿,蔚蓝色的天空一往情深地拥抱着蔚蓝色的海水,这是典型的深圳蓝,连阴影也是蔚蓝色的。它们与一座城市默默地交融在一起,仿佛在默契地交换彼此的命运。

这一带是中国(广东)自由贸易试验区前海蛇口片区,堪称二十一世纪的"新经济特区",而国家还给予其"比特区还要特"的先行先试政策,拥有"前海合作区+保税港区+自贸区"三区叠加的优势。深圳人说,"前海一起步,就与世界同步。"前海是与世界互联互通、加速建设海上丝绸之路的桥头堡。深圳还将紧紧抓住粤港澳大湾区建设的重大机遇,举全市之力推进粤港澳大湾区建设,将前海打造为粤港澳大湾区的曼哈顿。如今站在前海湾里打量深圳和香港，这两座曾有天壤之别的城市已变得不分上下，难分彼此。这是必然的，她们原本就是同胞姊妹。这两座与大海融为一体的城市，终于在这里得到了水乳交融的理解。前海是深港合作的先行示范区和深港科技创新特别合作区，这"双城记"般的故事在新时代里进一步升级，把前海打造成衔接深港两地的创新创业新高地，这是中央赋予前海的使命。

前海只是深圳改革开放再出发迈出的第一步，深圳，从中国第一经济特区到第一个中国特色社会主义先行示范区，已提出2035年和本世纪中叶的目标任务。凡所将至，皆为可期。新故相推，日生不滞。放眼下一个四十年，深圳人只有一句话，改革没有完成时，只有进行时。

此时，已是2020年春夏之交，阳光直射北回归线。我又一次登上了莲花山顶，站在一个老人在海风中阔步向前的青铜雕塑下，打量着这座我既熟悉又陌生的城市。从莲花山到一个个海湾，那城市丛林仿佛正静悄悄地生长，生长得仪态万方，如生命一样鲜亮多姿，横看成岭侧成峰，远近高低各不同。在当今城市高度复制的时代，你从每一个角度都能看见这座特区城市的与众不同。这绝不是一座钢筋水泥的城市，你会为一座城市展现出来的灵性和智性而震撼。这一切源自海纳百川、轮回循环的情怀，也源自生生不息的万物生灵。你能感觉到，一座特区城市正在静悄悄地积聚力量，等待新一轮的爆发。

（节选自《为什么是深圳》，海天出版社2020年8月出版）

无声之辩

李燕燕

人物小传：唐帅，男，1985年出生于重庆。2012年，唐帅获得法律执业资格证书，成为一名专职律师，开始为聋哑人提供法律服务，被媒体称为"中国唯一的手语律师"。2018年12月4日，荣获CCTV"2018年度法治人物"。

序

2018年初春，重庆市大渡口区。天安数码城B座10层，偌大的律师事务所大厅早已空无一人，白日里的紧张忙碌以及各色抬眼可见的锦旗标牌，都被深夜的暗淡遮蔽，唯有往里走，在拐角的地方，透出明显的一线光亮，光亮来自主任办公室。

时针指向两点，城市在沉睡，律所主任唐帅正忙碌。白天他奔走了好几个地方，入夜才能坐下处理这些非常要紧的事。这一段时间，他深入到了一场战斗之中。他的手机、电脑、办公桌上、保险柜里，都是那起"庞氏骗局"的举证材料——它们来自成千上万的受害聋哑人。施害者同样也是聋哑人。一个个视频，一张张图片，一组组数据，令人瞠目结舌。在这场战斗中，唐帅只可进不可退。一如往常，他聚精会神处理这些材料。案头的座机电话骤然响起，他稳了稳神，在三四声铃响之后，才猛地拿起话筒。就在半个多月前的某个晚上，电话也如这般骤然响起，接起来，一个熟人声音低沉地劝告他："不要再管那件事，你管不起，也与你无关。"他没有听劝。对于各种夜间来电，他做好了充分的准备，但没有想到的是，这通电话却是大楼保安打来的。

原来，这位尽职尽责的保安行走于各个楼层巡夜，在10楼的电梯口附近，他看见了几个奇怪的人，穿着一身警服，乍一看是警察，却互相打着手语交流，瞧见保安，这几个人神神秘秘地回避到一旁的安全出口。保安一琢磨，这几个鬼鬼祟祟的人很可能跟"手语律师"唐帅有关，肯定不是好事。因为他知道，唐帅正在办一个"大案子"，最近有太多报案的聋哑人进出律所。于是，保安小心翼翼地下了楼，确定周围没人以后，掏出手机。"唐律师，一定小心哪！"保安压低声音嘱咐。唐帅那头故作镇定："谢谢你，我知道了，我一定会保护好自己，请放心。"

该来的终究会来，怕归怕，但这是个法治社会，暗夜中蠢蠢欲动的东西终归不敢太嚣张。放下电话，唐帅立即拨打了"110"。接着，马上锁紧办公室的门，又把靠墙的两个大沙发吃力地挪过去，死死抵住。唐帅知道，即使那些歹徒拿榔头棍棒等凶器砸碎了律所大厅的玻璃门，闯进大厅，接下来要攻破办公室的这道门，也需花费一些时间，这中间"110"就会赶到。

好在，那个令人恐惧的凌晨，有惊无险。几分钟过后，"110"来了，那几个可疑的陌生人消失无踪。

这段故事是唐帅亲口向我讲述的，那是他做律师以来，遭遇的惊险场景之一。

2019年初，在对唐帅的采访开始了一段时间后，某个茶会，我与几个年轻律师围绕这位司法界"网红"进行过一次深入讨论，他们都是我熟识的朋友。此前，34岁的唐帅——重庆义渡（化名）律师事务所主任，刚评上CCTV"2018年度法治人物"，也是十位杰出人士当中唯一的"体制外"。"百度"唐帅，所有介绍都直指央视那个意义非凡的颁奖礼，唐帅手捧奖杯的图片很显眼，一身律师行头，自然卷的短发修得服服帖帖。我分明记得，第一次见到他时，他的卷发长到用一根皮筋扎着，似乎与"庄重"这一律师自带的属性不搭。

话说，唐帅获奖的新闻，在网上点击率甚高，邀请他做节目的广电栏目组也一个接一个。但热闹的是外面，重庆的圈子里似乎比较平静。

对这种现象，我很好奇。于是，我在许多场合问一些资深的重庆司法界人士，其中包括法院院长、律师事务所合伙人。

"您知道唐帅吗？"

"知道。那个擅长手语帮聋哑人打官司的小伙子。"

"您能说说对他的印象或者感觉吗？"

"哦，我对他不熟悉。"

"我对他不熟悉"，这是我听到的最多的回复。接着，对面那位五十岁上下的"老板凳"会扶扶眼镜，同我把话题拉到知识产权保护上面，建议我和作家们可以去律所登记，一年缴费一次。

在"聋哑人维权普法"这块，许多律师并不熟悉，或者说不以为然。

聋哑人毕竟是个少数群体。就像我每天都乘坐轻轨3号线，一条从机场到繁华渝中的线路，聚集了最多的外地游客，可一年下来，最多有两三回碰上聋哑人，他们彼此打着手势交流，似乎为了统一下车站点，一副忙乱的姿态，几个人咿咿呀呀一阵，急得脸都涨红了，引得周围人好奇观望。

但唐帅告诉我的是，抛开聋哑人刑事案件的官司不说，他的律所一年能够接到聋哑人报案5万人次。这样的"报案率"，甚至比重庆主城一个派出所还高。

不过，话说回来，报案不是应该找警察吗？

"去公安局不顶事，那里没人懂手语，我又没读过什么书，字句写不顺畅没法沟通，基本每回去，都被打发走了。"找唐帅报案的聋哑人打着手语，一脸无助的神情。他们的回答让唐帅不忍拒绝。

常人看来不明其意的自然手语被细致整理出来，显示出案件本身的逻辑，逻辑落于纸上形成报案材料，再交到公安局。

后来，唐帅的两部手机全都内存爆满，微信里挤满求助视频，视频里聋哑人用手语比画陈述。

对于普通人来讲，表达是多么容易的事，但是对于无声者来说，却迫切又艰难。

"人们所不知道的是，聋哑人几乎算得上是另一个世界的人。因为重要感官功能的缺失，他们对于事物的认识和我们大相径庭。不仅不能说，对于我们通用的词汇——写在纸上，他们如果识字的话，也只知其字不明其义。他们通常文化程度较低，三观不大成熟，看问题容易陷入'非黑即白'的境地，社会歧视造成的情感淡漠和就业难，再加上对法律知识的无知，很容易走上犯罪道路。"唐帅说。

唐帅朋友圈里的那些图片：他与聋哑朋友聚会，许多人是他曾经帮助过的对象，或做过错事受过惩罚，或蒙冤又被洗冤，也有保存微弱听力、一心要成为"手语律师"的年轻人。唐帅用手臂热情拥抱他们，用心倾听他们、信任他们、支持他们。早在唐帅正式跨入律师行业之前，在全国"聋人圈"就很有名，因为他准确的、贴切客观的"手语翻译"，使得扑朔迷离的案情快速抵近真相。因此，公安系统也有猜测说，这个卷发帅气说话甜的男孩子精通催眠术，善于驯服极难沟通的聋哑犯罪嫌疑人。

言归正传，还是说说那天与年轻律师们的讨论结果，这些与唐帅年纪相仿的同龄人认为：

——唐帅算得上律师行当中成功的"策划家"，善于"经营"自己的特色。比如，专接聋哑人的刑事案子，但这不是最终目的，最终他是以此为契机发展自己的律所，打响知名度。

——当下少有年轻律师敢轻易接刑事案子，刑事案子很烫手，遇到复杂案情和各种背景，处理不慎可能出现许多状况。除非他有极其广泛的社会资源。

……

还有一个看法是替我着想的：

李老师，你是写报告文学的，报告文学不是应该写好的善的东西吗？唐帅经常给那些作了恶的聋哑人辩护，作了恶就应该受到法律的制裁啊。难道你要写一个律师利用手语特长为恶人说好话？

我并没有把这些讨论情况，反馈给唐帅。毕竟，我想通过我的视角、我的访谈去还原一个人。生活有60个面，我要抓取尽可能多的面。

抓取尽可能多的面是不容易的，甚至连抓一个面都很难。2019年2月13日，正月初九，我专门从成都赶回重庆采访唐帅。之前他说要给我一整天的采访时间，但其实只给了半天。

213

"很多人会问我，全国到底有多少手语律师？目前在我们国家30多万的律师当中，除了我'不要脸'地站出来，其他的我不清楚。我一个人如何能应对全国2700万的聋哑人群体？那是杯水车薪，不可能的。"唐帅在采访中对我说。

可惜，上午还精神抖擞的他，在半个小时的午睡后反而变得困倦不堪，几乎是在"梦呓"状态中回答我的问题，采访进行得很不顺利。中途，一个20岁出头的小助理数次推门进来，站在一旁担心地看着"半昏迷"的唐帅。在前一天晚上，或者说许多个晚上，唐帅通宵翻阅卷宗、撰写法律文书。白天太嘈杂，前来求助求救的聋哑人仅仅是交流、笔录，便要耗去相比于健全人数倍的时间。晚上才可以安静做事，刑事案件辩护需要从各种图片、视频、文字记录中找寻可以取证、突破的蛛丝马迹，然后推理、分析。

梦呓般的讲述中，唐帅会突然坐直发问，我看上去是不是很显老？他自述最近咳嗽能咳出血来；低头太久的话，一抬头眼前一片漆黑——以前只有一瞬间，现在能持续几秒钟，他说他计算过。右腹发硬，疼。

浑身不舒服。如若深夜放下卷宗，躺下，又难以进入深度睡眠。眼睛上翻，思考焦虑的人和事便历历在目，本应放松的大脑闹腾不已。迷迷糊糊中，几个卷宗上难以想通的疑点竟逐渐拨云见日，案件的突破口乍现，辩护词的逻辑也成形。工作堂而皇之侵略睡眠。

我奇怪于身体有了这么多状况的唐帅，为何不去做全面检查？

"不敢去，害怕真查出什么，一切就搁下来了。"唐帅回答。

那天采访结束时，他突然跟我说，你给我写完传记我是不是要准备over了？我告诉他，这算不得传记，只是你34岁人生的一个片段而已，就像川航那位英雄机长，以他为原型拍摄的电影《中国机长》，也只是他人生的一个片段。你们都是中国的骄傲，未来一定更好。

一、无声世界

"很多人都会问，聋哑人多吗？为什么在我的生活当中，或者自己身边的亲朋好友里没有聋哑人？感觉聋哑人离自己很遥远，是吗？其实据不完全统计，我国聋哑人有2700万左右，比上海市的常住人口还要多。"唐帅在一次即兴演讲中说。

这样的演讲辞让我猛然想起，除了在轻轨公交上偶尔见到聋哑人，有时也会在繁华广场里看见举着求援牌子、穿着时尚短裙的聋哑女子向路人乞讨。甚至有朋友告诉我，曾经看见一大群聋哑人穿着名牌到某个人均消费200元以上的饭店聚餐，比画着嚷嚷着要酒水。不是说聋哑人生活困难吗？朋友发出这样的疑问。

事有碰巧，在我与唐帅密切接触的那段时间，刚好结识了一位聋哑学校的老师，彼时他正为一个17岁的问题少女头疼不已。女孩逃课，跟人到街头去做销售，销售的什么不得而知，但几天前女孩被派出所拘留，却因为从事色情行当。待到见面，这位老师一再问她，她却什么都不肯说，很倔强的模样。女孩在微信里给老师发了几句话：好人，他是好人，王哥，买东西我，爸妈不愿意。字句颠三倒四，即使读到高中，聋哑人的文字表达也常常如此，但基本能从这几句话中看出端倪。

"这就是'聋性思维'的表现之一，看问题单一化、表面化。一点小恩小惠，就能让一个女孩子付出巨大代价。"这位老师感叹道。

这里，他提到了一个词语——"聋性思维"，觉得正是这种"聋性思维"，才把聋哑人变成"社会边缘人"，变成唐帅所说的"另一个世界的人"。

"聋性思维表现之二,是把想象当成现实。如果一个聋哑人有三次以上看见一对男女站在一起,经过一番'头脑演绎',就会认定那对男女是夫妻。事实上,男人是超市老板,女人是供货商。

"聋性思维表现之三,赖于断字或字面理解,时常答非所问。有个聋人毕业后参加工作,晚上与一帮哥们儿玩,彻夜没有回家,家人打电话给单位,单位领导不会手语,笔叙问他:'你昨天晚上为什么不回家?'他笔答:'昨天晚上有事。'领导笔训:'以后不能随便不回家!'他笔叙:'我工作没有随便,今天可以不回家,加班工作,打电话告诉我妈妈放心。'那位领导目瞪口呆,觉得和他无法交流而辞退了他。

"聋性思维表现之四,爱慕虚荣,重于表面,哪怕'打掉牙齿和血吞'。瞧,这也就解释了为什么你朋友会看见穿着名牌的聋哑人出入高级消费场所。"

一位心理咨询师曾告诉我她所感知的聋哑人的性格特点。这位心理咨询师曾经失聪10年,通过安装人工"耳蜗"最终回归健听人行列,可是却始终关注着这个群体。

在这位曾与聋哑人有过"通感"的心理咨询师看来,这是一个有着某些特殊性格特征或者说缺陷的群体。

只要是残疾人,必定会因为身上的残疾而特殊,同时相伴而来的是特殊的生活环境、缩小的交往圈子以及旁人看来"怪异"的个性特征。

她设定了一些场景,让我去感受聋哑人和健听人的差异:

——她睡临街的卧室,我睡不临街的。

——她的手机都是笔画输入法,电脑是拼音/五笔混合法。

——当我关上门的刹那,发现手机和钥匙都落家了,心情自然

down 到极点。当我惊喜地想起,家里还有人时,真想反身给自己一个大大的拥抱。可惜,当我那只敲门的手和门只有 0.0001 厘米时,脑中瞬间跳过万只小蚂蚱,因为我猛然想起,今天就算把门敲出花来,她也听不到啊……

—— 停水是最可怕的。想想,只有她在家,水龙头忘关,又突然来水时的场景……可以想象,家里静静流淌的一片汪洋,楼下邻居的满腔怒火,当然,还有她无辜的眼神。

—— 家里电视经常是静音状态。有时,当我躺在床上刚要睡着,电视突然就很大声,莫慌张,压抑住心中那一万只即将跳出的小蚂蚱,平静地走到客厅,找到遥控器,按下静音键,转身,关门,睡觉。

—— 她叫我时,发出一声就行;我叫她时,无论多近,都得走到她旁边,拍她,然后交流。当然拍的力度,决定了谈话的友好程度。

—— 她学生时代的作文基本都是我帮她写的。而现在,每当她要发朋友圈,都会把文字部分先发给我,来回改几遍再发。因为正常人看他们的语句,得把脑洞开大,再开大。

—— 和她出去购物,总会有些优惠。偶尔也会遇到一些蛮横的商家,他们的眼里对我们写满了嫌弃。

—— 和他们用手语交流时,他们的嗓子会发出吱吱啊啊的声音,路人总会投来疑惑的目光。

—— 每次遇到想了解他们的好心人,这些人总会说可惜啦、白瞎了啊之类的。这种话到现在我都没给她翻译过。每当她问我们在说什么,我都很肯定地告诉她,大家说你长得漂亮,然后她就恍然大悟的样子。

……

心理咨询师还特别提到了聋哑人的孤独感、自卑感和敏感。

比如，孤独感是聋哑人最易产生的负面情绪。独自一人的孤独并不可怕，可怕的是人群中的孤独。"在公众场合下，人越多，聋人就越难插进去，无论你多么想插进去凑凑热闹，但始终是不现实的。"而聋人却必须天天感受这种孤独。这种感觉就好像是：自己正处在一望无垠的沙漠里，无人能救。一天两天，还可以忍受，但是天天如此，难免心理上承受不住。久而久之，深刻强烈的孤独感不知不觉地深埋心中。聋人群体特有的孤独感，使聋人觉得"天下聋人皆朋友"——自己只有进入聋人社会群体，才能真正体会到被理解、被接纳的快乐。

生活对聋哑人来说，的确艰难。虽然，聋人拥有与正常人一样的健康身体，参与工作的选择性也比肢残、智残多得多。如果在各类残疾群体中评选一类相对幸运的，那得票最高的无疑是听力障碍者了。可是，现实并非如此。由沟通障碍和心理因素共同构筑的堡垒，将聋哑人隔绝在另一个世界里，这个无声的世界遍布失望、伤痕、穷困和自弃。

二、结缘手语

1985年3月17日，这一年的春天来得格外早，街上时髦点的年轻人已经换上了"灯芯绒"春装。微雨中的重钢医院，矗立在一座山坡上。年轻的父亲已经在医院的产房外，等待了十几个小时。从怀孕开始，这对聋哑人夫妻便把所有的注意力都引向这个小生命，因为他们孤寂了二十多年的生命即将迎来新的转机。所以，即使物资匮乏，他们也努力给这个尚在母腹中的小生命增加营养。孩子长得很大，折腾了数个小时毫无动静，最终只好改为剖腹产。身为健全人的外婆用不熟练的手势比画着，叫只能吱吱呀呀唤疼的女儿再坚持一下就好，丈夫则用惯常使用的手语示意妻子相信医生，一定会母子平安。

在唐帅出生之前，这对后天失聪的年轻夫妻就曾经为孩子今后的成长问题有过争论。丈夫一直觉得自己生活得特别压抑，尽管他有许多朋友——当然都是聋哑人，他们抱团，但却被无情地挤压到某个人们废弃的角落里；他们大笑，但笑过以后，却有无尽的苍凉涌上心头。他希望自己的孩子健健康康，然后进入到健全人的世界，跟"无声世界"划清界限。丈夫的认知，也是一般聋哑人家庭的选择。健全父母与聋哑子女沟通不良，聋哑父母会主动疏离健全子女，因为种种不得已，聋哑人的亲情总是淡漠。但是，妻子舍不得孩子，毕竟怀胎十月，血肉相系，自己的孩子总想自己带着一点点长大，她不同意丈夫的想法。

手术室外，漫长而揪心的等待。终于，医生出来了，斜靠在墙边的父亲瞥见从生死门中闪出的白色人影，立即迎上去。父亲拉着医生的手，激动地用咽喉呜呜发着声，几乎忘记自己不能说话的事实。片刻，他才清醒过来，激动地在墙上画着"男""女"。这下，医生总算看明白了，她用手指在墙上比画了一个"男"字，接着，又体贴地伸出右手大拇指——健康。那一刻，年轻的父亲激动得几乎要哭了出来。

这个重达八斤六两的男婴给这个聋哑人家庭带来了巨大的惊喜。母亲抱着历经磨难才生下的孩子看了又看；只读到小学四年级的父亲，兴奋地向邻居借来一本《新华字典》，熬了两个通宵，最终找出一百多个备选字，虽然对一个聋哑人来说，绝大部分他都"识其字不明其义"。一番艰难抉择之后，他拿起铅笔在"帅"字上画了一个圈，重重地。

帅，帅才。父亲从小就明白"元帅"的含义。在4岁因病失聪之前，他常常和小伙伴一起玩打仗的游戏，男孩子都希望自己是被羡慕、崇拜、景仰的那个。于是，那个小名叫"莽子"的胖男孩在出生一个多月

219

时,有了自己正式的大名——唐帅。

"我从小就出生在一个无声的家庭,父母都是聋哑人。我出生以后他们都特别高兴,但与此同时,他们也坚决地给我贴了一个标签——健全人。他们觉得我应该属于健全人的社会,而不应该和聋哑人有任何交流。因为他们觉得聋哑人是生活在这个社会最底层的人。"唐帅说。

母亲想要亲自照管孩子的坚持,最终被现实一点点残酷打碎。

孩子的小床被搁在医院的窗边,毫无育儿经验的父母没有防备那洞开的窗户,以及直入的料峭春风。孩子病了,高烧不退,是要命的新生儿肺炎。医生下了病危通知书,父母不知所措,却又无法与医生沟通,只能大哭。医生把唯一能拿主意的外婆叫到一边,劝她说服孩子的父母放弃。外婆断然拒绝了。老人知道,这个小生命对于一个残疾人的家庭是多么可贵!此后几天,外婆每天都去求主治医生想办法救救孩子。父亲上班,母亲还没出月子,那时的重钢医院没有重症监护室,外婆把因为病痛而哭闹不休的小婴儿揣在怀中,吊针扎在小婴儿的脑门上,直接疼在老辈人的心里。半个月以后,孩子活了下来。医生说:"大难不死,必有后福。"这是外婆第一次救了孩子。

出院以后,孩子跟着聋哑的父母回到了他们所在的金属厂宿舍,一个十平方米左右的房间。晚上,孩子和父母睡在一张大床上,孩子夹在两个大人中间。有一天,因为一个急事,外婆天不见亮就来了。她用备用钥匙打开门,拉开灯,床上的夫妻俩都还在沉睡中。外婆猛然发现,向着枕头的方向没有见着孩子,两个大人之间,是堆砌的棉被。她心下一惊,冲过去一把拉开被子,孩子的头露了出来。才3个月大的孩子泪痕满面,脸憋得通红,此时已经哭得发不出声音了。原来,熟睡中,厚厚的棉被盖住了孩子的脸,无论怎么哭叫,父母都是听不见的。外婆果断地用一块毯子裹住孩子，抱起来，一阵用力拍打，直到孩子哇哇哭出声来。孩子果真命大呀，外婆叹了口气，孩子的父母目瞪口呆地看着整个抢救过程。这是外婆第二次救孩子。

曾经一度认为自己有能力养育孩子的母亲，这回彻底认输了，明白自己必须，也只能和其他的聋哑人父母一样，疏离骨肉。

"没有外婆我绝对活不到今天。"唐帅如此感叹，"经过这件事，父母当下就决定把我送到外婆家抚养。之后的几年，父母既不同意我跟聋哑人来往，更不同意我学习手语。"

说是疏离自己的聋哑父母，回归健全人的世界，但实际上，60％的职工都是聋哑人、被外人称作"哑巴厂"的金属厂，与外婆住的重钢家属区相隔并不远，从外婆家走路到父母的宿舍，也就20分钟路程。骨肉至亲，外婆还是常常带着唐帅去看父母。父母那些不能说话的工友，看见"莽子"回来了，都会上前摸摸他的脑袋，捏捏他的小脸，或者在他的手板心里搁一粒水果糖。然而，外婆记得孩子父母的嘱咐，她会在那些工友与小孩打过招呼以后，快速地拖着小孩朝金属厂宿舍奔去，走得很快，直到看见巷口拐角那棵高大的黄果树，方才放慢脚步，叹口气。聋哑工友心地纯正，孩子也确实逗人爱，可是孩子父亲千叮咛万嘱咐，孩子要走的是另一条路。他今后，可能是那群喜欢在晚会舞台上着力跳迪斯科的年轻男孩中的一个，也可能是那个从小轿车里出来，臂膀里夹着公文包的沉稳男人。他和他们的世界不一样。

幼小的唐帅，是多么渴望和这些满脸带笑，比比画画的叔叔阿姨玩玩游戏呀。他们虽然和爸爸妈妈一样听不见也说不出，但却是有趣的、和蔼的。外婆跟他们比，成天都很严厉。干了一辈子粗活的她，只能勉强写自己的名字，但却深谙"黄金条子出好人"的原理。在几次

221

淘气吵闹之后，外婆还特意找了一根竹竿，精心制作了一根"黄金条子"，令小唐帅胆战心惊。

"其实这也有好处，长大后为了生存我曾流落社会，如果没有外婆操着那根黄金条子立下的土气但正确的规矩，或许我已经走上了另外一条路。"

因为一个偶然的事件，聋哑人的世界再次向唐帅开放。

唐帅4岁那年，有一天，父亲突发急性阑尾炎。身强力壮的父亲之前从未发生过如此剧烈的疼痛，全家人都吓坏了。大家一起把他送到医院。按照惯例，医生会对腹痛的病人首先进行触诊。

按按左腹，往下移一点。疼吗？这里。医生问。没有回答，有的只是咿咿呀呀的叫唤。

按按右腹，下到靠近腹股沟。这里，怎么样？你倒是说说呀！医生有些急了。病人却依旧只是叫唤和挣扎。

时值炎夏，检查台上铺着白布单。剧痛与热，令翻来覆去打滚的父亲，浑身大汗，衣服和身下那张白布单全部湿透。

直到外婆办好手续，从外面进来，才赶着跟医生说："他是个聋哑人，听不见你的问题，也说不出来。"

说罢，外婆开始艰难地与父亲用手势交流那些医生关注的问题：你哪里疼？疼了多久了？

其实，外婆只会一些粗略的手语，也仅限于一些日常所需的简单交流，比如端碗、吃饭、睡觉等。唐帅的母亲11岁才上学，读的聋哑学校，寄宿在亲戚家。

"绝大多数健全人父母是无法与聋哑子女进行深度交流的。"唐帅告诉我。

等病情最终确定，父亲已经痛得几近休克。

几天后的晚上，外婆主动跟唐帅讲，孩子，你还是要学会手语，为了你的父母，毕竟将来他们还得靠你。

"从那个时候开始，我就知道沟通有多重要。所以当时我就下定决心，一定要好好学习手语。"唐帅说。

父母依旧抗拒唐帅与聋哑世界接触，"每每跟父亲表示要学手语，他一脸反感的样子。虽然我知道，作为残疾人，他内心深处还是希望老来有所倚靠。"

但孩子天性活泼，喜欢蹦蹦跳跳，喜欢东跑西跑，父母也有看不住的时候。于是，读学前班的"莽子"唐帅，每天放学，都会沿着再熟悉不过的路径，跑到父母工作的金属厂里，揣着自己的小秘密。

"莽子"可是个白白胖胖、对谁都一脸甜笑的小乖乖，厂里的聋哑人都很喜欢他。叔叔阿姨们逗他，打着手势，最初他都看不懂。但是，一旦跟日常故事挂钩，一切就明了了。比如，开始没有弄懂一个叔叔想要表达的意思，后来这个叔叔打开柜子拿出一个苹果，然后再打手势，"莽子"就明白了，这是在问他吃不吃苹果。那时，金属厂没有食堂，工人们都自己带午饭，肉是稀罕物。看见"莽子"来了，也会有人拿出自己的饭盒，比画，然后打开，夹起一块肉片，"哦，他是在说，莽子，我今天带了好东西。你看，炒肉片，给你吃。"

金属厂里，和那些叔叔阿姨相处的各种细节，使得4岁的孩子一点点掌握了手语的各种词汇和表达。从简单的"你好""谢谢"，到不发一言仅用双手就能表达出完整的句子。

小唐帅悄悄地"偷学"，引起了金属厂厂长的关注。和唐帅一样，这位女厂长是一对聋哑人生育的健全孩子，她支持唐帅想要学手语的想法。厂长习得很好的手语，当仁不让地成了唐帅的老师。小唐帅学东西很快，几乎过目不忘。不久，在厂里开职工大会的时候，女厂长就让小唐帅站在身旁，她比画手语，给聋哑职工看，唐帅则负责翻译这些手语给健全职工听。

"跟那些叔叔阿姨学习手语，是背着我父母的，他们完全不知道。等到厂长出面支持，我父母就没再说什么了。"

到上小学，嘴灵心活的唐帅俨然成了金属厂里健全人和聋哑人联系沟通的纽带。这个小小翻译，会陪着聋哑人去医院，给医生翻译他们的病痛，会陪着聋哑人到银行存钱取钱，还会替受委屈的聋哑人理论，更多的时候，是帮助厂里的聋哑人与家人沟通，毕竟，家里的那本经最难念。

"那时，我还不知道，就像全国各地都有不同的方言，手语也有方言手语，很复杂。自然手语是方言手语的集合体。"唐帅告诉我。

10岁的时候，父母的一个聋哑人同学从上海来家里做客。那天唐帅刚好在父母这边，见到小男孩好奇地立在大人身边瞪大眼睛瞧着，老同学先是问唐帅父母，孩子会不会手语？唐帅在一旁很得意地点点头。然而，在大人们交流的过程中，他发现"客人的手语跟我们有点不一样"。客人似乎为了考考唐帅，做了一个陌生的手势，然后再用手语问：这是什么意思呢？唐帅答不出来。原来，那个陌生的手势，是用上海方言手语表达的"上海"，与重庆方言手语的表达截然不同。从这位客人那里，唐帅了解到，在中国，每个地方的手语都存在地域差异，"幸亏及早了解到这一点，否则只懂点重庆方言手语的我，就是只'井底之蛙'。当时我就想，要尽可能多地学习各个地方的方言手语。"

学习不同的方言手语，需要遇见外地来的聋哑人。重庆是个码头城市，那个年代来重庆旅游，一般都是到解放碑或者朝天门，"周末，我就去那些地方守株待兔。只要看见背着背包，用手语进行交流的游客，我就上前跟他们搭讪，跟他们学习当地的手语。"唐帅说。

初来乍到的聋哑人，见到这样一个愿意学习手语的孩子，都会特别热情。很多人甚至拿钱给他，几块钱，让唐帅给他们做个小导游，到不远处的储奇门、十八梯之类去游览。用这样的方式，唐帅短短几年间接触并学习了全国七八个省份的方言手语，"方言手语太复杂了，直到很多年过去，我到公安局做'手语翻译'，都还在学。"

到了2010年左右，自然手语的形式差不多在全国都固定下来。

看到这里，有人会问，固定下来的自然手语是不是咱们在电视新闻上看到的，常常在左下角出现的同步手语播报？答案是否定的，电视播报的是普通话手语，属于手指语类，核心是用拼音来表达词汇。同时，手语也不可能与口头语言完全同步，它只能表达一个粗略情况。实际上，聋哑人因为教育水平制约，他们基本上不会用到普通话手语。普通话手语作为官方手语，一般用于聋哑学校教学、大会、新闻播报等场合。

由方言手语集合而成的自然手语是手势语，是象形的，因此被聋哑人普遍使用。自然手语与普通话手语语法完全不同，表达顺序也不一样。

随着手语的不断学习探索，唐帅终于融入了那个父亲厌弃至极的"无声世界"，"这个世界充斥的是孤独、压抑、贫穷、自卑、愚昧、委屈和无数憋在胸中的呐喊。我有理由相信，即使是由这个世界生出的罪恶，也有情有缘。"若干年后，唐帅站在刑庭的辩护律师席上，总会这样说，"他们是社会的边缘人，生存于他们太难，他们甚至根本不明白法为何物。我们要做的，首先是教育、挽救、引导。何况，我国刑法的本意宗旨，惩罚在其次，最主要的还是教诲，让绝大部分人有改过自新的机会。"

1993年，小小的金属厂年年亏损，濒临破产。就在这一年，唐帅的父母双双下岗。也是在这段时间前后，全国多地残疾人就业的"福利厂"都形势严峻、资不抵债，大批聋哑人下岗。开始有不怀好意的健全人盯上了这个人群，利用聋哑人进行盗窃、抢夺等违法犯罪行为，他们反正说不出话来，公安机关一时半会儿查不出的。而聋哑人喜欢"抱团取暖"，一旦尝到违法得来的甜头，发觉钱那么好"挣"，本就单薄的"三观"很快剧变。唐帅十几岁的时候，就有派出所找到他，让他帮助被抓获的聋哑人陈述案情，"手语翻译"的起点由此开始。

唐帅的父母虽有一身焊工钳工的手艺，却因为聋哑，下岗以后没有了再就业的机会。唐帅外公外婆的生活也陷入困顿，因为几个子女都面临下岗，老人微薄的退休金成了主要的生活来源。14岁的唐帅回到了父母身边。

"父亲母亲会轮流出去一段时间，到外地找朋友讨口饭吃。出去的火车票需要东拼西凑，回来的火车票常常是人家帮着买好了。"

在父母轮流出去"会朋友"的同时，少年唐帅正式开启吃"百家饭"的历程。

"他那时碰面就爱问我，李姨，你今晚吃什么？我到你家去吃好不好？"唐帅父母的邻居李一荣回忆说。李一荣是金属厂副厂长的爱人，一个健全人。唐帅曾在李一荣家里吃过几顿肉。

饶是如此，读中学的唐帅依然成绩优异，虽然学费总是欠着。

2004年，普通的二本院校学费已经涨到一年一万多。唐帅明白，自己因为学费的关系，终究难以迈进大学的门槛。然而，对于一个天资聪慧、学习成绩一贯优异的男孩来说，要一下子放弃也是需要勇气的。何况，对穷人家的孩子来说，读大学是出人头地的最有效可靠的途径，如果弃学，未来的路也就更加艰险不可测。"读"和"不读"像一枚硬币的两面，在唐帅心中反复抛出无数次。

最后一次"抛币"，是在高三的第一次模拟考试之后，他的成绩依然让同学刮目相看，同时他拿到了一份各大学去年招生及收费情况表。看着那些学费化成的直截了当的数字，他确定，这个大学读不起。最后一次的硬币落下，朝上的面是"放弃"。

唐帅主动退学了，"我要念大学，只不过不是一次到位。别人是先念书后工作，我必须把这个顺序颠倒一下。"

2005年，漂泊在上海、北京等地，做过驻唱歌手、卖过盒饭、倒过服装的唐帅回到重庆，用攒下的8万块钱盘下一个卡厅。在他开设的卡厅里，专门招聘了聋哑服务员。卡厅的收入，承担了唐帅下岗多年的父母的生活费，也承担了唐帅的学费——通过自考，唐帅就读西南政法大学的法学专业。

那一年，他20岁。

三、手语翻译

2006年，某区公安局抓获了一个聋哑人盗窃犯罪团伙。为了查清案情，局里专门请了几名聋哑学校的老师来做手语翻译，半个多月下来，审讯工作没有大的进展。唐帅抱着试一试的想法接下了这个"大活"。面对一群聋哑惯犯，唐帅熟练地以手语交流，表情自然放松。同理心使然，对方也慢慢放下了戒备与顽抗。40多分钟后，案情的审理有了重大突破。

"我跟那些聋哑人沟通良好，手语交流毫无障碍。而且他们信任我，因为我深谙他们的心理状态和价值观。"

"一战成名"后，打扮时髦的唐帅常常被重庆各区县乃至市公安局请去，帮忙审理与聋哑人相关的案子，结果也一定是"有案必穿"。很快，唐帅的名字便被警察们熟知。

2006年底，唐帅正式担任重庆公安系统专业的手语翻译，参与到聋哑人刑事案件的翻译工作中去。在那里，他干了将近7年。7年间，他密集接触了上千个与聋哑人有关的案件。

"在担任手语翻译的7年间我发现，因为聋哑人的沟通不便、沟通不畅，导致他们在诉讼当中，在法律生活当中存在很多不公平，甚至是冤假错案。"

我国法律规定，聋哑人参与诉讼，司法机关应当聘请"手语翻译"。"手语翻译"很冷门。所以，司法机关往往都是到聋哑学校去聘请手语老师来担任手语翻译。这些手语老师对法律术语的翻译不精准，多数只会规范的普通话手语，但很多涉案人员用的都是方言手语，这样就很容易造成翻译偏差。

前面介绍过，我国手语目前分为两种，第一种是普通话手语，就是大家平常在《新闻联播》上看到的那种手语。还有一种是自然手语，就是全国各地的方言手语的集成，社会上95%以上的聋哑人使用的都是自然手语（含方言手语）。两者有着巨大的差别。

最大的区别是在语法上。比如叙述一句话，"今天我要到妈妈家去吃饭"。用普通话手语表达，语序是一样的，就是正常人说话的语序，但如果用自然手语叙述刚才那句话，它的语序则是"今天吃饭我妈妈家去"。所以当这两种手语进行交流的时候，常常是一个"文不对题"的状况。

有人会说，既然手语翻译不得力，那么让聋哑人直接写呗。

"偷的，他说没抢，5天，女的头发长。"听说一个聋哑犯罪嫌疑人是初中毕业生,警察拿纸笔让他写案发情况,写出的却是"词不达意"。

一切还得靠手语翻译!一个人的命运在你手上,你给我靠猜?唐帅曾激愤地说过。

有时候,翻译人员翻译错误,会直接影响检察官或者法官的判断。

有时候,手语翻译不懂"方言手语",会导致庄严的庭审被迫"中断"。

还有的时候,"这些请来的手语翻译的背景,以及他们跟被告、原告的关系都没办法完全调查清楚。"

手语翻译在聋哑犯罪嫌疑人跟前"地位显赫",毕竟所有的口供、是非曲直都依靠手语翻译的"一张嘴",少数无德的手语翻译趁机向聋哑犯罪嫌疑人索要钱财。

"这是真的,刚开始有多次'进宫'的聋哑人给我讲'花钱消灾'的事,我很震惊,完全不敢相信。后来我出来做律师,看审案视频时,竟然发现有手语翻译打着手势和犯罪嫌疑人讨价还价,五千,我待会儿跟警察往好的方面说。啊,三千?三千不行,太少了。"唐帅告诉我,"当普通人遭遇莫名的指控时,会用尽所有语言为自己辩护、为自己证明,但聋哑人不行。因为自身生理缺陷,连捍卫自己的清白都变得特别困难,他们的发声需要跨越太多障碍,很多时候遭遇恶势力不得不低头。"

年轻的唐帅严格要求自己,做一个好的手语翻译,做一个奉公守法的公务员。然而,他却一次次被各种案例震动,最终开始思考自己站的位置,是不是离这群最熟悉的人太远?

"我不仅为那些犯了错的聋哑人难过,更为那些备受欺凌却有苦难言的聋哑人心痛。"

比如,聋哑人被拐卖进黑砖窑当奴工,除了任人宰割他们别无办法。如果没有被救出来，等待他们的只有死亡。

即使在正规的企业工作，老板拖欠工资、克扣工资，聋哑人也无处申冤，明明心里急得像热锅上的蚂蚁，却连说一句求助的话都无人能懂……

7年间，唐帅在公安局见证了无数聋哑人的悲情故事，同时他发现，"我接触了上千个与聋哑人有关的案件，但是会手语的律师却一个没见过。"

即使配备手语翻译，律师们也很难与聋哑嫌疑人交流。因为，手语对地名和法律专业术语的翻译更是难上加难。一个简单的例子，如看守所、监狱，在法律案件当中的意义是截然不同的，但在手语翻译中却可以用同一个词代替。

—— 我精通手语，学的是法学，那么，我可不可以离那群求告无门的聋哑人再近一点？

四、手语律师

"唯一的解决办法是精通手语的律师出现，能够准确地翻译手语和法律专业术语，这样公平和正义才不会打折扣。"

萌生这样的念头之后，唐帅一刻也没有耽搁，2012年他顺利通过司法考试，获得律师执业资格证书。

也就是在2012年，他从公安局辞职，放下别人梦寐以求的铁饭碗，当了一个体制外的专职律师，站在了离聋哑群体最近的地方。

为无声者充当传声筒，他是中国第一位"手语律师"。

唐帅做手语翻译期间积累的人气，吸引来了许多深陷案情与冤屈的聋哑人或他们的家属。

"唐律师，我的孩子不是他们说的那样，这里头的情况很复杂，能帮帮我们吗？"一位老伯向他苦苦求助，老伯的聋哑儿子因为伤害罪收押在看守所，"可是，我家只凑得出一万元钱。"

也有聋哑人用手语艰涩地告诉唐帅，他至多只能拿出五千块打官司。他和爱人一个月还挣不到三千块，如果不是被欺负得这么惨，他们不会请律师来帮忙讨公道。

如此种种，唐帅怎可能硬得下心肠去按照刑辩"最低3万"的所谓市场价收费？于是，许多聋哑人的官司他自己垫钱打。动不动就"垫钱"的习惯一直延续到今天。

可是，律师事务所需要运转，资金必不可少，唐帅和他的团队必须接下更多的正常人的官司。这样一来，工作满负荷。常常是这样，白天出庭、去看守所、谈案子、调查取证，晚上仔细阅读卷宗、寻找疑点、书写法律文书。

为了避免一些不必要的麻烦，未婚的唐帅买了一枚戒指戴在食指上，好让别人看出他"已婚"，因为他"没有那些私人时间"。

大渡口区司法局公律科的汤科长对唐帅颇为熟悉。2016年9月，唐帅在大渡口设立了义渡律师事务所，刚开始只有3个人，不到两年，就发展为一个60余人的大团队，里面有很多与唐帅抱着同样想法的"90后"，他们积极投身公益，担任"村居法律顾问"等，参与各种法律援助活动。汤科长被这群年轻人的鲜活生动所感染。

"唐帅善良正直又聪明，我很喜欢他。"汤科长说。

汤科长的这个认知，我有同感。唐帅的聪明，很大程度表现在善于追根溯源。

"当律师以来，我反复思考过这样两个问题：第一，聋哑人在法律生活当中到底遇到一些什么样的问题？第二，他们为什么需要帮助？"

唐帅告诉我。

聋哑人在法律生活当中到底遇到一些什么样的问题?

这里首先需要大家知晓的是聋哑人的犯罪率。或许,我们走在路上,看见那些打着手势喉咙发出含混不清声音的人,我们因为对他们的未知,产生的第一感觉是"远离",不会进一步去想他们会不会是"坏人"。

"聋哑人参与的犯罪,早期以偷窃、抢劫等侵财案件为主,现在他们还会参与诈骗、拐卖、组织卖淫、非法集资、制毒贩毒,以及一些专门针对聋哑人的诈骗案。"唐帅说。

"聋哑人的犯罪率到底有多高? 事实上,它远远超过了现在大家重点关注的未成年人犯罪。"唐帅接触的上千个案子都表明,一个聋哑人如果参与刑事犯罪,往往他的前科都不止一次。

唐帅对聋哑人犯罪率高的问题,有自己的理解。"聋哑人的犯罪率为什么那么高? 首先,聋哑人因为沟通困难,导致了求职和就业的障碍,虽然他可能是几类残疾人当中最具劳动能力的,但聋哑人也有生活需求和生理需求,他也要结婚生子,也是上有老下有小。聋哑人的配偶一般都是聋哑人,如果两个人都是聋哑人,都没工作,兔子急了都要咬人,何况人呢? 这是客观的一个原因。

"第二,聋哑人文化水平比较低。这个低是指'两个低',第一个低,聋哑人作为弱势者,完整接受九年制义务教育的比例低,很多人小学没毕业,或者是小学一毕业就不读书了。第二个低,水平低,许多来自全国各省市特殊教育学校的老师都跟我说,现在学校里的聋哑人初中毕业以后,他的文化水平仅仅相当于健全人小学三年级水平。

"第三,聋哑人本身的法律意识很淡薄,淡薄的程度远超想象。全国各地的聋哑人在线上和线下向我咨询一些法律问题。有人会问我,唐律师,法官、检察官和律师到底是干什么的?他们有什么区别?还有一个婚龄11年的聋哑人问我,唐律师,我想离婚,我该到哪儿离?我就问他,你离婚不知道到哪儿离,你结婚上哪儿结的呀?他说,是双方父母带我们去的。我又多问了一句,你结婚的时候多大?他说,我29岁。

"瞧,上述两个法律问题对于一般人来讲,只是一种生活常识,但这个常识在聋哑人那里,却变成一个'极专业'的法律问题。"

通过调查研究,唐帅还发现,聋哑人具有聚集性和流窜性两个主要犯罪特点。

聋哑人因为残疾而自卑,导致难以融入这个社会而自闭,最终形成一个聚集性很强的群体。他们缺乏就业机会,再受到社会上一些人的蛊惑引诱,最终走上了"聚集犯罪"的道路。

聚集犯罪的聋哑人又笃信"兔子不吃窝边草"的规矩,比如,重庆的聋哑人团伙会跑到北京、上海、广州去,而外地的又会往重庆跑,并且由此划定了各团伙的"地盘范围"。这些犯罪团伙流窜到一个地方,要做的第一件事是"拜码头",最重要的是拜当地最权威的手语翻译,花钱送礼。这样一来,他们万一被抓,能救他们的,也正是这些投靠过的"手语翻译"。

"所以,公安局审理案件请来的手语翻译,你很难调查清楚他们同犯罪嫌疑人的关系。既妨碍司法公正,也会在某种情况下带来新的冤案。"唐帅说。

对呀,就这些人——可恶的犯罪分子,他们为什么需要帮助?或者,可以外化为唐帅那些大多接"民事经济案子"的年轻同行们藏在心里、不好问出的问题:既然他们已经愚昧可耻地犯罪了,你为什么还要倾其所有地替他们辩护，难道法律不该惩罚他们吗？

"他们的确有罪，但其罪又让情与法一次次何其为难。"

从小到大，唐帅在生活的苦里浸泡，任何委屈不曾让他落泪，可偏就是看到他们，随着案情走进他们的故事，唐帅每每情不自禁，泪流满面。

留在唐帅印象中的她，是一个正处花季的聋哑女孩，家在农村，只念到小学三年级便被迫退学，她还有三个健全的弟弟妹妹。在这样的家庭里，她既不可能被重视，更不能成为父母的负担。父母只希望她能嫁出去，只要嫁出去，不管是聋哑人还是老头，都没关系。穿着旧衣的年轻女孩，羡慕地看着光鲜亮丽归来的时髦女子。她躲在某个角落，仔细打量那个涂着鲜血颜色唇膏的女人油光可鉴的长皮靴。她小心地藏着自己瘦小的身体，不想还是被人发觉了。发现女孩小心思的是个三十多岁的男人，同样是个聋哑人。他是邻村出去的，女孩原本认识他。聋哑人的世界很小，认识的就容易被信任，何况男人告诉她，他在外面有事做，他做的事还需要人帮忙。当然，做事的回报很高，赚到的钱可以买好看的衣服、化妆品，她那么漂亮，打扮出来比那些女人更有味。女孩信了男人的话，女孩父母也没有思考计较太多，本来家里这个人就多余，她能出去自然再好不过。可怕的是，女孩掉进了陷阱。那个她以为熟悉的男人是一个专门对聋哑人下手的"人贩子"，她被"老乡"拐卖到一个聋哑人盗窃团伙。

饥饿、殴打、各种惩罚，女孩被迫接受"盗窃训练"。从此，每天的日常就是到大街上偷东西。有时她悄悄尾随在某个老太太或年轻姑娘身后，趁她们聚精会神看某个东西的时候，用专业的扒窃工具迅速弄出她们的钱包或者手机；有时她混在几个聋哑同伙中间，趁着人多挤公交车的时机，打掩护或者牵绊被盯住的对象，让同伴顺利得手。

就像那只被渔翁专业驯养的鱼鹰，冒着风浪捕鱼而归却必须全数吐出。女孩把一天的战利品带给"老大"，自己什么也不能留。

盗窃团伙的恶棍又岂能放过一个生得眉清目秀的小女孩？在某次团伙的"庆功会"上，酒精怂恿下，有人把手不规矩地伸向蜷缩在角落的女孩。此后，调戏，猥亵，直到几个人一起合力强奸。

直到有一回，因为盗窃女孩被抓了。在与女孩手语交流的过程中，细心的唐帅感觉女孩有些不对劲，脸上时不时闪现痛苦的表情，肢体也不时抽搐几下。他请女警为女孩检查身体。结果，女警为她清洗身体时，发现她身上竟有100个被烟烫过的痕迹，其中几十个都集中在胸口上。这些印记都是在团伙里留下的。年轻的女警也有女儿，此情此景，她见之泣不成声。

愤慨不已的唐帅问女孩，女孩却歇斯底里地大哭，很多东西她都不愿回忆不肯交代，"这可能也是心理上的一种自我保护吧，她就算什么也不说，她身上累累的伤，也已经告诉我究竟发生了什么。"

最终，女孩因为未满16岁，年龄太小定不了罪，检察机关做出不予逮捕的决定。唐帅一行人开车送她回老家，专门买了米、油，还准备了1000元慰问金。本以为女孩的家人会满怀欣喜甚至感动，但结果出乎所有人的意料。

唐帅清晰地记得，在村口，那一家人满脸阴沉，一言不发地立在车旁。半晌，女孩的外婆劈头盖脸地质问："你们把她送回来干什么？你们不是要养她，给她找工作吗？"唐帅震惊地问道："婆婆，她出去偷这件事，你知道吗？"女孩外婆反问道："不偷她吃什么啊？告诉你，我们家没钱养她！"僵持了一会儿，那家人才拎起东西，推搡着女孩离开，女孩则不时回头，用可怜兮兮的眼神回望唐帅一行人。

其实，对于女儿在外面从事的"行当"，家里人一直有所耳闻，不过毕竟不需要他们养了，他们不愿再过问。否则，一个包袱又要被扔回来了。结果，还真回来了。

根据公安部门的消息，不到3天，被嫌弃的女孩又离开了家，命运未卜。

唐帅记得，有个19岁的聋哑小伙子，因为蒙昧无知和冲动，遗憾地断送了自己的青春与生命。

那天，这个流浪多日的聋哑小伙子已经断炊好几天，他决定找点吃的。在镇上一家小店附近，他眼瞅着一个头发花白的老太太从那里出来，吃力地拖着一袋米。于是，他跟着老太太到了一个拐口，等到她放下那袋米，在一个游摊上挑选杂货时，靠上前，扛起那袋米就走。可是偷窃才得手，老太太就发现了，两人发生了抓扯。没有想到的是，老太太怎么也不肯撒手。

纠缠中，小伙摸出了随身携带的刀，动了杀机。疯狂，鲜血，尖叫。为了偷窃一袋米，聋哑小伙将一个无辜的老太太杀死了，并被当场抓住。

聋哑小伙听不见，不会说话，没上过学，也不会手语，审理他的案情艰难万分。于是，长期与各色聋哑人打交道的唐帅被请去帮忙。

虽然无法与男孩交流，但唐帅依然努力走进男孩的内心世界，想要在那片肆意生长的莽荒与荆棘当中寻找一条通道。高墙电网笼罩下的看守所，唐帅和男孩同吃同住。刚开始，男孩攻击性很强，面对陌生人，眼神里更是透露出丝丝寒气。看守所将男孩视作"洪水猛兽"，为了防止意外发生，做了各种措施——矿泉水瓶的盖子全被卸了，吃饭没筷子。唐帅也和男孩一样，抓饭吃，用没有盖的瓶子喝水。

直到公安机关辗转联系上男孩的父母，唐帅才知道，这个孩子因为身体缺陷，父母早已对他绝望。在他年幼的时候，其父母便远赴新疆采棉花。他们一直在外打工不管孩子，几年都未曾见面。于是，男孩便像一株长在野地的草随性发展，缺爱和放纵是罪恶的土壤。从童年时代开始，成天在街头混吃等死，饿了就偷。

僵持了几天后，小伙似乎想要说什么，却无法表达，癫狂得像是着了魔。最后，他用身体和手艰难地比画着，花了整整一天，重演了当天行窃杀人的过程，然后长叹一口气，筋疲力尽伸出双手，做了一个等着被铐走的动作，认罪。

就在那一刻，僵持数天的犯罪嫌疑人认罪伏法的那一刻，唐帅突然眼泪下来了。有人会觉得那一刻唐帅属于"喜极而泣"，毕竟这样一个大案要案的突破，再次证明了他"有案必穿"。唐帅却低头感叹，流泪不是给自己庆功，只是感怀于一个生活在那样封闭环境中的聋哑人，从来没人教导，也没人抚慰，却自然而然地懂得认罪受罚。

唐帅也曾给一个"罪大恶极"的聋哑盗窃犯辩护过。

那一回，刚开庭，唐帅就听见有人破口大骂："那哑巴就是个人渣，你为什么要替他辩护？"一抬眼看见，庭下的旁听者个个皆是一脸怒容，以无声的表情支持那个情绪激烈的骂人者。

对方嘴里的"哑巴"是一个三十出头的聋哑男人，惯偷。

几个月前，"哑巴"像往常一样，挤上了一辆开往市中心的极其拥挤的公交车。他小心地在人与人的狭小缝隙间寻找目标。人群中，他发现了一个老太太，她背着一只大包，因为疲惫和拥挤，正斜靠在一个座椅旁。他注意到那个包，里面隐隐约约有一块方形的凸起。干了几年不光明的活计，他自然能够知道那方凸起是什么。

当然，关于老太太包里那方凸起更深层的意义，他无从得知。老太太包里装着东拼西凑的两万元钱，是邻居的心意，是亲戚的救助，是卖掉家当的所得，是一笔救命钱。这笔钱要救的，是她的孙子，一个8岁的男孩，此刻，他正躺在儿童医院的病床上，等待一场至关重要的手术。这两万元，性命攸关。

他把手伸向了老太太的包，拥挤的公交车是最好的掩护。他划了一条口子，偷走了那笔钱。

因为"哑巴"的偷窃行为，老太太的孙子耽误了救命手术，最终因为肾衰竭死去了。

在强大的舆论压力下，"哑巴"很快被捉拿归案。他对罪行供认不讳，最终被送上法庭。这件事在社会上酿成了很多风评，"两万元的盗窃害死人""小偷盗窃，盗的不止是钱，还有一条人命""请法律为冤死的孩子做主""一定严判，不能纵容"……

所以，那天除了神情哀恸的家属，还有许多自愿前来旁听审判的市民——因为事件已广为人知，甚至可说群情激愤。

这个"哑巴"的罪行，是够让人咬牙切齿的，法庭上公诉人控诉他：犯罪性质恶劣，造成极坏的社会影响！

身为这个为人所不齿的被告人的辩护律师，唐帅站在辩护席上，能够明显地感觉到周遭浓烈的敌意，人们犀利的眼神和窃窃私语。他甚至感觉，如果法庭没有禁止人们携带杂物进入，那么鸡蛋、烂白菜随时可能飞到他的脸上。

饶是如此，在被害人陈述、证据展示和严厉的公诉之后，唐帅依然面色凝重地请求法官："可不可以允许我的当事人讲一下这样做的理由？"

片刻犹豫。"哑巴"用手语比画了一个无奈的故事，唐帅一字一句翻译给大家听。

原来，"哑巴"之所以下手偷这笔款子，并非为了自己，而是为了给好友的遗孤交学费。背后的故事是，同为聋哑人的朋友，在一次自然灾害中意外过世，这个聋哑男人义无反顾地收养了朋友留下的孩子。他三十出头未婚无业，为了养活自己和孩子，只能以偷盗为生。不想，却因此做出那样大的祸事。

"哑巴"邻居及朋友的证词，也证明一切为实。"哑巴"节衣缩食，常常有上顿没下顿，而他的养子和同龄的孩子一样，欢笑着进出校园，而且吃得饱穿得暖。

待唐帅代"哑巴"陈述完犯罪理由，原本群情激愤的法庭一片默然。情与理，罪与罚，人们在动容，人们在反思。

"我们正常人的世界、正常人的社会，对这群聋哑人，有不可推卸的责任。"

是呀，社会边缘的聋哑人，他需要一笔钱来抚养遗孤，他本身并不知道自己偷走的原是一笔救命钱。一切追悔莫及。

"犯罪了理应受到惩罚，但是定罪之前，这些听不见声音、说不出话的被告人也有权利发出自己的声音。这是作为一个人的基本权利。"唐帅说。

最终，这个"情有可原"的罪犯按照"盗窃罪"，依法被判处有期徒刑一年半。

更有身处冤屈之中难于解脱的聋哑人。

唐帅曾说过，他由"手语翻译"转为"手语律师"的一个重要理由是："手语翻译代替的是聋哑人的'嘴'，我做律师，就是希望能成为防止冤假错案的一道重要防线。"

2016年的初秋，一个老人跌跌撞撞地找到了唐帅的律师事务所，哭求"手语律师"救救她那被冤枉"偷手机"的聋哑女儿刘颖。

在看守所，唐帅见到了蔫巴巴的刘颖，第一时间用重庆本地的方言手语向她打招呼：你好，我是你的援助律师。一瞬间，刘颖便激动起来，一边急促地呜呜发声，一边迅疾向唐帅跑来。她冲到唐帅跟前，使劲打着手势，"我不认罪，我没有偷！"直到法警赶来控制住她。

待她情绪平稳，唐帅用手语示意：不要激动，有什么情况，请老老实实告诉我，我会尽力帮助你。

"唐律师，我是冤枉的，我真的没偷。"

"那天我只是途经手机店，顺便看了看。店里的手机很贵，我买不起，更不敢偷。我真的冤枉。"

"我没有做错任何事，我不会认罪的。"

刘颖在唐帅面前坚持不认罪的想法，并一再表示，自己非常冤枉。末了，唐帅会心地点点头。

其实，在与刘颖的谈话问询结束后，重重疑问已经在他的心里深埋，他决定找出真相。

"你当时就那么笃定认为其中必有冤情？"采访中，我问过唐帅。

"是的。我跟聋哑人相处了30多年，我很了解他们，这个群体里，绝大部分人虽然有很多性格缺陷，却还算得上单纯耿直。我从刘颖的眼神、动作、情绪等等来判断，看不出她有半点欺骗我的意思。"唐帅回答。

"但刘颖家经济困难，也难保一时闪念做错事啊。"我补充了一句。

"所以，这就是调查取证必须缜密的原因。"唐帅说。

离开看守所，唐帅用了一整晚的时间，细致梳理了"刘颖盗窃案"存在的疑点和审理过程中可能的疏漏。之后，怀揣着疑问来到检察院，依法调取了整个案件的证据材料，包括笔录和视频。

在公安局的笔录材料上，赫然写着刘颖的认罪词"我承认我在某年某月某日在某个地方盗窃了一部金色的某某手机"，再打开与审理同步的录像视频，刘颖分明用方言手语比画的是"我没偷，我绝对不会承认我偷了"。笔录与视频所表达的意思，天差地别。

为什么有如此的天差地别？中间的问题究竟出在哪里？到底哪一个才是真相？

"我首先想到的是，会不会手语翻译与刘颖的沟通出问题了？因为我深知，翻译人员对于案情的审理、对于公平正义有多重要。在公安机关和其他司法机关对犯罪嫌疑人进行发问、调查案情的时候，中间整个来回的问答、证据的材料笔录都是通过翻译人员的嘴说出来的，好坏都是他在说。"唐帅说。

唐帅调出了所有的视频资料，一个个仔细看，重点看手语翻译和刘颖之间的交流。之前，协助审理"刘颖盗窃案"的有两名手语翻译。看着看着，唐帅瞪大了双眼。

第一个手语翻译是一个瘦小却面容精明的女子，她的方言手语使用得很是熟练。她与刘颖沟通着，起先似乎很同情刘颖被人冤枉的际遇，可是说着说着，她突然打手势说要一万元——是的，让犯罪嫌疑人刘颖给她一万元，这样，她可以跟公安局的人美言一番，确保刘颖没事。她盯着刘颖，似乎准备留给这个可怜的聋哑人多一些思考时间。岂知，只沉默了几秒，刘颖便用手语断然拒绝"我没偷，我拿不出这个钱"。手语翻译立时面容有些尴尬，在表示"你要这样装硬，我也没有办法"之后，悻悻地离开讯问室，虽然没有所获，依然拿到了公安局给的一千块钱劳务费。"这个手语翻译并没有马上给刘颖落下罪名。她还去找了刘颖的母亲，向老人家索要一万元钱。老人倒是一心想救女儿，可是怎么也凑不出那笔钱。"唐帅说。为了求证，唐帅专门找老人核对过具体情况。在刘颖母亲那里碰了"钉子"，这个女人就对办案人员一口咬定"刘颖认罪了，她的确偷了手机"。

"这不是明目张胆地敲诈勒索吗？一个中年聋哑人，上有老下有小，要是因为拿不出那笔钱进了监狱，老人、孩子怎么办？这些人也太狠了。"我震惊于人心之不善。

"有一些翻译人员在金钱和利益的立场上是站不住脚的，很容易利用自己独特的地位跟聋哑人进行权钱交易，甚至有一些更过分的，就会像这样，强行对聋哑人实施敲诈勒索。"唐帅说。

但刘颖的坚持和倔强，以及笔录明显存在的漏洞，使得公安局后来又找了一个手语翻译，一个特殊教育学校的手语老师，只懂普通话手语。于是，发生了普通话手语与方言手语的博弈。几乎不知道刘颖在讲什么的手语翻译，一切只能靠"猜"，她"猜"刘颖是"有罪"的。

看过这些视频录像，唐帅惊出一手心的冷汗：如果自己刚好没接这个案子，那刘颖的命运将会是怎样？

唐帅将自己的所见周详地写在了辩护意见中，并恳请司法机关请三位通晓方言手语的翻译同时对相关视频录像做出鉴定。鉴定结果，真如唐帅所言。最终，他通过正规程序否掉了刘颖的"认罪"。于是，"手机盗窃案"的审理重新启动，警方调集案发当时手机店及周边街区的视频，发现刘颖仅仅是路过手机店，在展示柜旁边停留了几分钟，并没有任何证据指向偷盗行为。而手机店的女老板，正是通过自家店里安装的监控视频，锁定了在展示柜旁看手机模型的刘颖——因为刚好丢失的是展示的那款手机。而刘颖衣着简朴，不太像能消费得起这款手机。

最终，检察院对此进行了核查并采纳了唐帅的意见，对该犯罪嫌疑人做出不予起诉的决定。

"在湖南有一位我很尊敬的刑庭法官，他审理的聋哑人案件比较多。他曾说过，现如今在涉及聋哑人的刑事案件中，真正的审判者不是法官，不是律师，也不是检察官，而是手语翻译人员。这席话足以让我们深思。"唐帅说，"我并不是要给所有'聋哑恶人'辩护，相反，有一些人，正是我要伸张正义的对象。但是，更多的聋哑人自始至终都不知道自己依法享有的诉讼权利和义务到底是什么，这就会导致整个诉讼的程序出现不公，甚至是错误。"

"由于聋哑人对法律和自身权益保护的无知，在某些审理过程中，虚构证据甚至销毁审问录像的也有，着实让人气愤。"有一起聋哑人盗窃案，唐帅感触颇多，后来写下了30页的东西，记录自己的所见所闻所思。

在这起案子中，唐帅被司法系统请去进行法律援助，对象是一个张姓聋哑"盗窃惯犯"。在看守所，唐帅见到这个聋哑人的时候问他，公安机关指控你涉嫌盗窃五次，是那么回事吗？那个聋哑人支支吾吾，一副不甚明了的样子。于是，唐帅根据卷宗记录的情况，分别把每一次的时间地点都跟他对了一遍。核对完毕，这个聋哑人垂下眼帘，一副委屈的表情，一个劲摇头。他比画着告诉唐帅：唐律师，事情不是这样的，做了的我承认，没做的我绝对不承认，前面两次是我做的，后面三次不是。

唐帅心头一惊，接着问他："那就奇怪了，既然后面三次不是你做的，那你为什么要在笔录上签字还盖手印呢？"聋哑人回答说："唐律师，我小学五年级都没毕业，我没有阅读能力，所以笔录上写的什么我根本就看不懂。"

那人接着告诉唐帅，小学的时候，因为自己和一个老师发生了肢体上的冲突，被开除了。最令人震惊的是，此案审理过程中请来的手语翻译，正是当年和他发生冲突的老师。

"这完全赶上电视剧的情节了！按照法律规定，跟本案有关系的，可能影响本案公正审理的人员是不能参与进来的。尤其对于被告人和犯罪嫌疑人而言，你有权利申请相关人员回避，但聋哑人并不知道自己有这个权利。"唐帅很愤怒。

2016年1月12日出版的《检察日报》曾明确指出，近年来，刑事诉讼活动中聋哑的犯罪嫌疑人、被告人、被害人及证人逐渐增多，为查明案情，司法机关需要聘请手语翻译。手语翻译对司法机关查明案件事实、正确使用法律、维护诉讼当事人合法权益具有重要作用。刑事诉讼法第九十四条规定："讯问聋、哑的犯罪嫌疑人，应当有通晓聋、哑手势的人参加，并且将这种情况记明笔录。"由于刑事诉讼法对手语翻译制度规定得过于原则、笼统，缺乏可操作性，致使司法实践中手语翻译人员参与刑事诉讼活动存在许多问题。相关司法解释也未做出具体规定，需要进一步规范和完善相应程序。

问题现实存在，改进尚需时日，制度的完善和措施的加强势在必行。

据说，在某一次庭审上，唐帅直接打断公诉方手语翻译的演示，指出对方偷工减料，完全跳过了"庭审规则和被告人所享有的诉讼权利"那一大段。那个资深的翻译唰地红了脸，因为从没有人这样质疑过他。

五、"刑辩资源"

很少与同行"混圈"的唐帅，是"神秘"的。重庆的律师圈子里，对"神秘"的唐帅拥有一身"刑辩资源"的传说由来已久。

在大渡口破败的金属厂家属区，遇见那些聋哑的亲热的熟人，唐帅曾对我说，那是他生下来就拥有的资源。可天地广阔，金属厂只是太小的一角，缘何唐帅能够吸引全国聋哑人的注意？亟须法律援助的聋哑人哪怕远在西安、北京、深圳，都会朝大渡口——这个重庆最小的主城区赶来，找唐帅帮忙。

如果说，是唐帅7年的手语翻译生涯事先"预热"，再汇聚成这样的态势，似乎也不完全对。想一想，一个律所一年接到的聋哑人报案数就有5万人次，这样惊人的数字，是什么样的概念？

据说，唐帅到全国各地，闻讯最先迎接他的，并不是那些颇为熟识的司法界人士，而是聋哑人——曾被他帮助过的人领着好奇的人，真诚欢迎他。

"很简单，聋哑人们本身亟须法律，这是他们的'刚需'。至于为什么我被他们需要，是因为我不仅仅是一个律师，更是他们的知心人，我对他们实心实意，不曾辜负过他们。"唐帅说。

最初让唐帅出名的，是一条不长的宣传视频，两年前由一直支持唐帅事业的重庆市大渡口区政法委发布。在几分钟的片子里，这个比画着一手漂亮手语的"85后"年轻人，在片中被介绍为"手语律师"。

视频里有唐帅的联系方式。很快，人群向唐帅拥来，微信响个不停。唐帅一一通话。

那些急切向唐帅拥来的陌生人，头像花花绿绿形形色色，来自不同地区，北至新疆，南至海南。几乎没有文字输入，只有一个接一个的视频。在随时响起的视频通话中，他们没有言语，只有动作和表情。无论男女老少，一色的神情焦急，几乎都是蹙着眉、噘着嘴，快速打着手势，向唐帅抛出一个个看似简单的问题：怎样办结婚手续？律师和法官有啥区别？在家被打了怎么离婚？

唐帅用手语一条条作答，发出。与此同时，一条条好友请求还在飞快弹出，很快淹没了手机屏幕。

聋哑人乐于分享各种信息,"手语律师"的视频才会如此剧烈地传播发酵。很快,他的好友数量达到5000人的上限。

红点不断闪烁,振动声此起彼伏,这早已是随时随地的常态。夜里,唐帅不会关掉手机。他的睡眠早已被根深蒂固的责任感和随时到来的信息破坏殆尽,"怕他们最难的时候不能找到我。"聋哑人这个特殊群体,总是喜欢在晚上倾诉或者求助,因为白天他们多数需要从事烦琐的劳动。所以,唐帅从当律师开始,便睡得很浅,对手机微信提醒声格外警觉和敏感。

"我最怕,手机停了一夜之后,第二天早上开机,潮涌般的信息令人措手不及。这样的话,重要的信息在手忙脚乱当中可能被遗漏。"唐帅说。

比如下面这条信息,如果被遗漏了,可能错失的是一条年轻的生命。

2018年的一天,大约半夜两点,刚刚放下手中卷宗,眯了才一小会儿的唐帅被身旁的手机振醒。

他揉了揉惺忪的眼睛,打开手机一看:不好!

就在刚刚,有人转给了唐帅一个视频,大约有7分钟,画面里一个满脸青春痘的年轻男孩,正对着镜头用手语比画着什么,神情亢奋,语无伦次。一般人会对这样的视频一闪而过,而唐帅则看见了这样一串令人心惊的手势,打了一个激灵,脑海里像过电一样浮现出一行字——

"对不起,聋人朋友们,我要自杀了。"

唐帅吓了一大跳,当务之急是要立刻找到这个想要轻生的聋人,别人把这个视频转给他,也就是相信"人脉广泛"的他能够救人。在唐帅的微信里,有上百个聋人群。唐帅立即以最快的速度,把视频转到自己微信上所有的聋人群,"谁认识这个小伙子？快救救他！"

不到15分钟,这个坐标内蒙古的聋哑人便被人认出,并成功被营救。当时,这个小伙子正独自一人在酒店的房间里,新近接连发生的事情让他心灰意冷。唐帅与这个刚被救下的小伙子取得联系,在微信视频里用手语开导了他将近两个小时。

你想想,你才19岁,好年轻。有什么能比活着更美好呢？活着就意味着一切皆有可能,活着就有希望,你说呢？

视频上,看着对方渐渐释然的神情,唐帅才松了一口气。"要在全国找一个聋哑人,通过我的手机,基本上都能找到。"唐帅微笑着对我说,"我可以算得上是全国聋哑人的一个联络站。"

手机上,无数的好友,上百个群聊,每天点不完的小红点让他操碎了心。

每个小红点的背后都可能藏着一个纠结无助的眼神,来自全国2700多万聋哑人中的一人。那个人,可能刚遭受了一顿毒打却求告无门,那个人可能刚被骗去了身上最后一分钱,那个人可能是含冤蒙屈的聋哑母亲,那个人可能是被老板拖欠了一年工钱的聋哑工人,那个人也可能是被骗进淫窟好不容易才托人发出求救信号的聋哑姑娘。

像星星般闪烁不休的小红点,成百上千——成百上千个求助的聋哑人的对面,只是一个身材远远谈不上高大,甚至在寻常人看来有不少"瑕疵"存在的年轻男人。他很普通,和一个普通的重庆人一样,嗜辣,喜欢去街头巷尾吃那些深藏不露的"老火锅"。有人请他吃清淡的日式料理,他随身携带一个小塑料袋,里面装着可以令一个外地人食之而晕的干辣椒粉——没错,他会剥开大虾然后蘸辣椒粉吃。然而,他又绝对有别于芸芸众生。只因为他是中国唯一的手语律师,唯一站出来替这个群体发声的手语律师。

247

惺惺相惜，为他赢得了聋哑人发自内心的信任。世界上没有什么比信任更可贵的资源。试想，如果仅仅是作为"唯一"的手语律师存在，态度倨傲不凡，坚持"物以稀为贵"，要价居高不下，或者把这个"唯一"作为索取名利的工具，我深信，生活在社会底层的聋哑人绝不会这般追逐。

2018年1月的一个夜晚，相隔半小时不到，唐帅被拉进了数十个聋人微信聊天群，每个群都在400人以上，自此唐帅发觉并深入一桩"庞氏骗局"大案。那一年，唐帅与诈骗团伙斗智斗勇数度涉险，协助警方破获一起全国最大的专门针对聋人群体的诈骗案——龙盈诈骗案，受害人数40万，涉案金额高达5.8亿人民币。

"庞氏骗局"是对金融领域投资诈骗的称呼，这种骗术是一个名叫查尔斯·庞兹的投机商人"发明"的。"庞氏骗局"在中国又称"拆东墙补西墙""空手套白狼"。而这起"庞氏骗局"的始作俑者是知名聋人"企业家""创业偶像"包坚信，受害者是数以万计的轻信的底层聋人。

"这起全国数十万聋哑人被集资诈骗的案子，充分体现了'巨骗'对于聋哑人人性人心的把握，维权举证过程非常曲折艰难且危险，我几乎是抱定'同归于尽'的决心去做这件事的。"

从2018年1月底开始，唐帅几乎搁下手中所有的事情，全力投入到这起大案之中。一方面，他飞赴全国各地广泛取证；另一方面，数百受骗聋人陆陆续续来到重庆，找他报案，向他举证包坚信及"龙盈"公司的诈骗罪行。时值"两会"，唐帅小心谨慎，他将这些聋人一一安顿好，妥善保管实物证据，并向这群急火攻心的可怜人做出自己的承诺，一切平稳有序地进行。这件案子很特殊，牵扯方方面面，所以，唐帅做事的时候还有一个原则：此案不收报案者一分钱。

有人给唐帅带话了：包总说，只要你不再乱咬，你要多少钱尽管开口，包总和公司的声誉很重要。当然，你也可以参股分红。

唐帅回话：谢谢你们包总的盛情，但是对不起，我领受不起。

后来，聋人圈盛传一个消息，说包坚信放话"出五千万买唐帅人头"。那一段时间，唐帅的车常常莫名其妙爆胎，日常会有小事故发生，许多惊险场景亦相继出现。

唐帅与包坚信团伙的斗争几乎达到"你死我活"。唐帅骨子里的倔性，却是包坚信一伙无法想象的。

在唐帅的谋划下，两个正直热心的聋人应聘到包坚信位于杭州的"总部"，做了"卧底"。两个"卧底"各有分工，做文员的利用电脑技术收集各方往来数据；做保镖的则时时观察包坚信动向，利用针孔摄像头拍下他在各种"洗脑大会""股东会"上的视频，以及单据发票等重要"书证"。

收集证据是艰难的，带出证据也需要考验智慧。唐帅采取"狡兔三窟"的办法，数套证据通过不同的快递公司寄出，今天是顺丰、圆通、申通，明天是百世、天天、韵达，而收件人也落的是其他人的名字，甚至收件地点也不在重庆市。

整个报案过程中，唐帅将自己的律所作为"总据点"，请"举报群"的聋人对其他受害者"广而告之"，并安排自己的5名聋哑助理分头负责不同区域的证据收集工作。

最终，密集而大规模的报案，且涉案人数之多金额之大，引起各地警方高度重视。立案、侦查、抓捕，逐步展开。2018年5月12日，包坚信等13名犯罪嫌疑人被长沙市公安局抓捕归案。

唐帅真正成名，正是在"庞氏骗局"案之后。

经此一役，唐帅彻底"出圈"，成了连普通人都知晓的"名人"，西南政法大学点名的"优秀校友"。

一向"我行我素"的唐帅，开始频繁接受媒体采访。这个在律师协会的聚会上都不愿与同行多聊的小伙，一下子成了名副其实的"网红"。300多家纸媒网媒，他挨个儿上了一遍，民间授予的各类"头衔"更是数不胜数。不少影视公司甚至想把他的故事拍成电影，还邀请他"自己演自己"。

"其实我心里面是痛苦的，不信你试试同样的话说300遍。而且很多案子，其过程必须有强大内心才能支撑，哪里经得起反复回忆追述？这些记者都喜欢问，唐律师，你成为网红以后生活上有什么不同？"唐帅说，"我回答他们：'首先，我要纠正一下，我不喜欢网红这个头衔和名称；其次，我更不喜欢出名'。"

有人听完唐帅的"吐槽"，就跟他说，既然你不愿意出名，出名带给你那么多麻烦，那你还老接受媒体采访，参加这个活动那个活动，这不是搬起石头砸自己的脚吗？

唐帅回答："我愿意痛苦地把同样的话说300遍，不是因为我想出名、我要图利，而是我想抓住每一个可以表达的机会，将聋哑人的现状告诉大家，让社会上所有的人关注这个被淡忘、被忽视的群体，亦借此吸引更多的志同道合之士。"

其实，还有一个重要理由，唐帅没有说出口，那就是——"出名"或许是对自己最好的保护。

原先，他并不喜欢在办案的过程中有媒体的参与。现在，他不会排斥媒体对这个过程的关注，就像他正在介入的30多位聋人状告深圳黑恶诈骗团伙的案子，有一家收视率极高的电视台一直在跟拍。

"这其实是件好事，一方面迫使对方不敢做太出格的事；另一方面备受媒体关注的案子，也是警示人们的活教材。"

六、布道者

"我是个布道者，法律在无声世界的布道者。"唐帅说，"我一直觉得，自己的声音不能仅仅停留在诉讼与辩护层面，我必须做的另一件事，是普法。"

有一件事是司法界公认的，那就是聋哑人群体的普法很困难。这些年，司法界在聋哑人普法方面做过很多努力，但因为多方面原因，结果不尽如人意。

传统针对聋哑人群体的普法宣传，是聘请律师和法官，开设普法宣传课，同时聘请手语翻译全程同步手语翻译，但这样的形式，收效甚微。

"一般的法官和律师，对聋哑人的情况并不是特别了解，不清楚他们法律知识和法律意识所处的层次和水平，不可能制作出'因人制宜'的普法课件；手语翻译并非法律专业出身，对法律专有名词的解释存在一些问题，且所用手语也有差异，影响了这种宣传形式的有效性。"唐帅解释道。

近年来，唐帅一直担任重庆大渡口区残联法律顾问，每个月会专门挤出时间，按时给区里的200多个聋哑人开公益讲座，告诉他们最基础的法律常识。

不仅仅在大渡口，唐帅奔走普法的身影，各处可见。不仅仅是媒体上忽略细节的侧写，更是一幕幕鲜活生动的现场。

我走访时，有人给我描述过自己在西安一个普法现场的所见，时间是2018年底。

在那场普法讲座开始之前，有一个小规模的欢迎会作为"头阵"。

欢迎会在一处会馆小厅举行，那里一早就到了十几位聋哑人代表。唐帅进门的一瞬间，无声的情绪悄悄席卷了现场，是激动、是期待、是兴奋、是欢喜，很复杂。没有掌声，聋哑人的世界里没有"鼓掌"这个概念，他们并不知晓响亮的掌声可能带来的激昂效应。聋哑人自有他们的表达方式，在复杂情绪的带动下，他们用手语、用眼神、用嗓子里发出的低沉的模糊的声音，对唐帅进行热烈的欢迎。唐帅一面往里走，一面用欢快的手语回应。在一个普通的健听人看来，如此场面，安静又震撼。

普法讲座上，数百人的座位满满当当。听众几乎都是聋哑人，还有立志服务聋哑人的志愿者。

现在看来，聋哑人们都愿意积极参加普法活动，但早前的情形并非如此。在大渡口第一次搞普法讲座的时候，大部分的座位都空着，偌大的会场，只稀稀松松地坐了几个人。唐帅私下去了解情况，得到的反馈是"有那个时间，我还可以多干点活"，"普法讲座有什么意思呢"。到第二次开展普法讲座的时候，唐帅用了点"小心机"，他委托几个熟悉的聋哑人朋友放出口风："明天下午，唐帅律师会在普法讲座现场派送礼物。"果然，第二次普法讲座的现场，位子几乎都坐满了，来的人送块肥皂或是瓶洗发液。到第三次普法讲座，全坐满了，依然一人一个小礼物。到了第四次、第五次，座无虚席，但聋哑人们已经不是冲着一个小礼物来了，他们越来越深地感受到，唐帅普及的那些法律知识，是有用的。比如，若是在纠纷中被人拳打脚踢，不会再独自带着伤口回屋里掉眼泪，他们会借助法律讨回公道；若是用工单位刻意拖欠工资或者降低待遇，他们不再一次次卑微地向刻毒老板求告，而是转身用《劳动法》保护自己；若是有人给他们讲"天上掉馅饼"的事，他们会冷静地判断思考，诱惑实在太大的话，就给"唐律师"发个微信，问问他的意见。

对于唐帅来说，现场普法是远远不够的。因为，现场普法的时间、空间和受众都非常有限。有没有什么办法，可以随时随地惠及聋人群体呢？

2017年，唐帅团队制作了"帮众法律服务"微信公众号，通过线上视频一对一的方式来进行法律咨询和解答。视频上的一问一答，聋人收获良多。这个服务上线以后很火爆，全国聋哑人"排着队"前来咨询，每天律师团队的手机都不停地响着"当当当"的提示音。

2018年8月，唐帅又试着创办了一个"手把手吃糖"的普法栏目。视频画面里，有一左一右两个唐帅，左边的用较慢的语速解说着什么是"庞氏骗局"，右边的打着手语，中间则是配合解说的动画。

漫画中，他用"一只狼用高额回报欺骗兔子"做比喻，向聋哑人群体科普此类"庞氏骗局"，告诫他们提防身边那些不怀好意的"饿狼"。在这些节目中，唐帅自比为"糖"，使用简单易懂的自然手语，"希望节目就像糖果一样，每个聋哑人都吃得下去。"

唐帅没有想到的是，小小的"手把手吃糖"一经播出，会引起国内，特别是国际上一些媒体的关注。这则简短的普法视频在网上引起了不小的风暴，外媒开始关注起这位"中国唯一的手语律师"，他的事迹甚至登上BBC的主页。

面对全国2700万聋哑人，"手语律师"唐帅一面用尽十八般武艺竭尽全力，一方面也期待着国内能早日出现一支像他这样，既懂法律又精通手语的律师队伍。

"既懂法律又精通手语"，涵盖了两个方面的要求。可是，精通手语，尤其像唐帅那样精通方言手语，就是不大容易达到的要求。且不说健听人学手语有无困难，最关键在于健听人能否完全融入"无声世界"，充分理解"无声世界"的思维模式和人格特质。就像一开始，唐帅把自己律所里的律师、实习律师全部拉去学手语，学习方法就跟学习一门外语一般，只不过是换成手势语。表面上看，大伙像练舞蹈一样，花枝招展，但是经过近半年的学习，唐帅一检验，才发现一点用都没有，这些健听律师与聋哑人完全不能交流。他这才明白，自己是特殊身世造就的能走进"无声世界"的健听人，这一点不可复制。

那么，这支后续的队伍到底应该怎么建呢？一次，唐帅观看邓小平会见撒切尔夫人的视频，其中提到"港人治港"。他一个激灵，"可以让聋哑人服务聋哑人呀，只有聋哑人最懂聋哑人！"也许，只有聋哑人本身才能真正了解聋哑人想要什么，才能了解聋哑人目前所处的状况、水平、环境以及心态等等是什么样。

"当然，这也不是普通的聋哑人可以做到的，能从事法律服务的聋哑人，还得有大学以上的文化程度。"唐帅强调。

2017年，唐帅向全国高校发布了聋哑大学生招聘启事，从近百人当中挑选出5个，组成了一个特殊的团队。从2017年8月开始，唐帅对这5名聋哑大学生进行了为期1年的法律知识培训，不仅仅是专业知识，还有反应力、临机处置能力、逻辑判断等等，终极目标是将他们培养成法律执业者。

听说唐帅要培养聋哑人做律师，我很好奇地问了他一个问题：唐律师，这些人即便做了律师，在法庭上他既听不到法官说什么，也没法开口替当事人辩护呀？

唐帅告诉我，其实出庭只是律师众多工作中的一项而已，与出庭相比，大量的法律服务和援助才是最重要的。所以，这点小缺憾算不得什么。

"我招的这5个聋哑人是有特色的,他们代表了两类群体。其中3个人戴上助听器是有听力的,而且也有一定语言表达能力,准确来说,他们就是处于健全人和聋哑人界线中间的人,他们成为律师就会是聋哑人最好的服务者。剩下2位精通普通话手语和自然手语。所以我这个团队是精了又精。"

2018年重庆"两会"期间,身为人大代表的唐帅在议案中建议:成立一个独立的手语翻译协会,对涉及聋哑人的司法审讯录像进行鉴定,不让手语翻译成为"事实上的裁决者"。同时,成立协会还能对手语翻译进行培训,让他们学习法律、医学等专业术语,制定翻译规范。

在提出这个议案之前,唐帅已经四处奔走呼吁,为筹备这个协会做了大量基础工作,但是遇到的困难阻碍很多,"这个协会至关重要,也是我未来几年最关注的事之一。"

唐帅在"两会"上提出的这个议案,相关部门也给予了积极的反馈,但这份凝结了他多年调研经验的议案,激起的反响并不那么大。

"结果正如预期,要取得突破性的进展,绝非朝夕可成。"他说。

2019年6月,在各类报道中,媒体依然称唐帅为"中国唯一的手语律师"。这个勇气可嘉的青年律师,依然倔强地做着自己认为"对"的事情,当然,所有的出发点,是为了不让自己成为"唯一"。

与唐帅不知疲惫的脚步一致,社会对于聋哑人这个特殊群体的关爱越来越多。让聋哑人沐浴法治光辉,幸福生活,除了积极普法,亦亟须给这个群体提供更多的就业创业机会,解决其生存发展的基本问题。2007年5月1日,我国《残疾人就业条例》正式施行。根据《残疾人就业条例》,用人单位应当按照本单位在职职工总数1.5%以上的比例安排残疾人就业,并为其提供适当的工种和岗位。安排残疾人就业达到、超过规定比例或者集中安排残疾人就业的用人单位,依法享受税收优惠，免收残疾人就业保障金。

当下，许多企业都主动承担起社会责任，成批招聘残疾人上岗。其中，聋哑人颇受青睐。

"虽然聋人在言语交流上有欠缺，但工作能力和智力并不比普通人差，手脚和双眼非常灵活，干起活来很麻利，也很敬业。"一位私营企业主赞许道。

近年来，全国各省市残联在促进聋哑人就业方面发挥了重要作用。一方面，他们广泛接收企业发出的用工信息，及时发布到各大聋人群里，一个企业的招聘启事常常可以吸引来自全国的聋人；另一方面，他们深入企业当中，调查了解聋人员工的薪酬待遇落实情况，并据此实施保障。此外，还出台了各类创业指导意见和激励措施。

"聋人多从事流水线普工、操作工等职业，比起经常变化的工作内容，他们更擅长内容单一的工作，工作时反应很快。为了解决聋哑员工沟通问题，一些较大的企业设立了'残疾员工关系管理'岗，招聘聋哑大学生统筹协调。聋人还活跃在服务行业，淘宝店里那个热情周到的'店小二'，也许就是一个聋哑姑娘呢！也有聋人开网店做微商，收入不菲的。当然，还有一些人因为各种原因，在求职路上反复徘徊。在我们区，处于就业年龄段聋哑人的就业率已接近50%。可别小看这个数字，与前些年相比，一直处在增长当中。"重庆市某区残联一位工作人员说。

"希望全社会共同努力，帮助聋哑人更好地参与到社会生活之中，让这个特殊群体不再被淡忘，不再被边缘化。"这是唐帅的心愿。

（原载《北京文学》2020年第9期）

虎 啸

—— 野生东北虎追踪与探秘

任林举

> 足迹掩埋了足迹
> 落叶掩埋了落叶
> 岁月掩埋了岁月
> 就在钢铸铁打的光阴表层
> 让我们俯下身来
> 倾听
> 那隔山隔水的灵魂
>
> —— 题记

小引：至高无上的声音

早春的最后一场雪，在通肯山和珲春河谷之间弥漫。

翻滚起伏的山脊、落光了叶子的树木、银灰色的天空和洁白的大地，交织、互融、浑然一体。放眼，这片苍莽的北方山林，已如它所经历的岁月一样幽深。

亿万年以来，这古老的山系以母亲养育儿女的方式，以土地滋生万物的方式，以江河承载舟船的方式，以大海涵养生命的方式，孕育、收纳、包容、埋葬着无数生灵；见证着物种的兴衰；维系着周行不殆的秩序；也默认了生与死、取与舍、去与留等残酷或温情的法则。

雪落无声。

冬天在以最后的寒冷与白色强调着自己的威严和领地，而春天则回以最深刻、最广阔无边的沉默。这是冬天和春天的最后一场对话。这是最后的击打与锤炼、最后的剥夺与给予、最后的肆虐与隐忍、最后的沉寂与躁动。在漫天白色的掩映之下，鲜红与翠绿正沿着树木们暗黑的枝干一点点升上来，像无数条看不见的河流，漫过枝，漫过杈，漫过纤细的丫儿，从最末端枝条的表层和芽苞里渗透出来。

高大的蒙古栎开始舒展它僵硬了一个冬天的筋骨，在风的推动下加大了摇摆幅度；倔强的"水冬瓜"并不在意人们对自己的命名是否贴切，已然越过了季节的起跑线，争分夺秒，进入了又一个生长周期的慢跑；金达莱呀金达莱，永远戒不掉女性的妖娆，在河边，在山腰，在峰顶，无处不在地依偎着它们心仪的高大乔木，情思暗寄，春心涌动，冒着早春的寒冷，悄然而坚定地膨胀着自己一天大似一天的花苞。小草们唯一的信仰就是活着，就是在任何残酷或祥和的环境下尽其所能保全自己。哪里温暖、安全，它们就把头摆向哪里，哪里有可供维系生命的养分，它们就把根伸向哪里。求存无罪。谁也没有理由要求它们无条件地以弱小无力的身躯支撑或扭转乾坤。好在时节已近，不知不觉间，它们已把翠绿的芽尖探出落叶的缝隙。你可以怪怨它们是精致的利己主义，也可以谴责它们是无骨的投机取巧者，但却不能否认，正是它们，充当了季节的风向标。

大地如磐，以厚达6400千米的信心与耐力，悄然释放着自己的热度和能量，从积雪之下、落叶之下开始，渐渐融化、瓦解和颠覆着冬的围剿；而谷底的江河与小溪们终于敢流露出对封杀的不满和对忍受的不甘，依托大地和即将炽热起来的阳光，以一颗不死之心和一副饱受摧残的身躯勇敢地对抗起无形的桎梏。微小、断续的碎裂与疼痛，不过是小小的序曲，终有一天，山系中所有冰封的水域都将在一个无声的号令下集结、奋起，爆发一次响彻山谷的崩裂与哗变。水，将还原出水的柔软与刚强。

雪，终于在傍晚时分停了下来，宇宙万物复又变得边界清晰、气象澄明。天归于天，地归于地，山峦归于山峦，树木归于树木。流云如沙，又如一面随风而逝的旌旗，迅即消隐于包容一切的蔚蓝之中。

两只狍子，距我们站立的不远处，匆匆跨过山梁，像是急着赴什么集会，在没有下坡之前，蓦然回首，一个有趣的表情，仿佛人类的嫣然一笑。而从我头顶飞过的三只花尾榛鸡，叫声中却明显地蕴涵着兴奋和喜悦的情绪……

种种迹象表明，一个具有象征意味的巨大存在，正在悄然苏醒，公开的推测或隐秘的传闻不胫而走，已传遍整个山林。

我站在高高的山脊上，在眩晕中感受着群山竞相奔腾带来的巨大颠簸；感受着某种秩序一边瓦解、一边重建所发出的隐约、坚决、沉闷的撞击之声；感受着时光如水，在奔流中留在耳畔的呼啸……遥望前方越来越暗的山谷，揣度着这茫茫无际的丛林、这深不见底的幽谷，究竟藏匿了多少关于生命的秘密和关于世界的隐喻？

突然，一声雄浑的虎啸响起——低沉、庄严，又无限旷远，久久在山谷里回荡，仿佛来自世界边缘，又仿佛来自时光深处。

久违啦，这山林中至高无上的声音！自200万年之前肇始，这声音就一直如法令、如号角、如一面生命的旗帜，代表着山林中的秩序、尊严和荣光。在那些逝去的时代里，这声音引导着山林里的生灵遵循自由、自主、独立、均衡和共生共荣的自然法则，也争斗，也和谐；也伤害，也成全。

后来，就有了更多贪婪、不义、残忍和邪恶的力量打破了山林的均衡，改变了山林原有的规则和秩序。随着时光的推移和各种力量的博弈，那古老的声音经历了由盛而衰，由衰而弱，由弱而绝，以及绝处逢生的戏剧性演化历程。

如今，这声音重返山林，长啸中包含了复杂的意蕴和无尽的沧桑。它让我想起脚下这片与它休戚与共、命运相关、苦难深重的山林和大地。想起了那漫长的黑暗时光，想起了侵犯、屈辱、流血、死亡、衰败和沉沦，也想起了不甘、觉醒、愤怒、抗争以及最终的宽宥、和谐与繁荣。

那么后来，它们又是如何，又是依凭着什么，向死而生，从危亡、贫弱中振作起来，再现生机并终于走上了复兴之路的呢？

寂静中，仿佛有一个声音传来——

地上要生出活物来，各从其类；牲畜、昆虫、野兽，各从其类……

紧接着，似乎又有一个声音传来——

要保护自然生态系统的原真性和完整性，给子孙后代留下一些自然遗产……

最后，仍然是那一声深远的虎啸，久久回荡在我的耳畔和心间。我终于明白，它是另一种形式的语言、回答或宣告。

这声音一起，便群山、万木肃然。残留在枝头的雪，因其震撼萧萧而落；林中觅食或归巢的鸟儿们停止了欢快的歌唱，静静地仰望着天空；所有奔跑或行走的生灵纷纷停下脚步和进行之中的咀嚼，竖起颈项，侧耳倾听——

此前，我还一直在内心怀疑自己，为什么要不辞辛苦地在这片荒凉的莽林中行走，我到底在追逐什么或寻找什么？我能否给自己的行动或行为找到一个合理的理由和解释？

现在，我似乎听到了一声不容拒绝的呼唤。

我要循着这声音，从锡霍特山脉西麓到珲春河谷，走遍这片莽原的每一个皱褶、每一条经过的道路与河流、每一个能够遇到的村庄，直至走入大山深处和岁月的深处，去探寻这森林中的王者，通过它们留在大地、山林、时光中的身影和梅花般点点足迹，竭尽全力，探寻出清晰可见或难以清晰的生命之道、自然之道、兴衰与共的和谐之道。

归 来

（一）

山称雪带山。清晨8点钟的山口，一半儿被太阳照亮，一半儿仍然埋在右侧那座大山的阴影之中。可供现代化交通工具行走的路，只能到此为止。

我们决定弃车，徒步前行。就在下车的一瞬，暗影中一棵高大的核桃树上，有两只我分不清类别的鹫，腾空而起，在空中稍微打了一个盘旋之后，降落在200米之外的另一棵树上。这山中难得一见的猛禽，一般情况下都是独往独来，很少结伴或成群。那些成双结对或拉帮结伙的行为，似乎只是鸳鸯或野鸭们的事情。在这片很讲究规矩的山林，这些从来都拒绝合作和驯服的鸟类为什么会一反常态？莫非它们有特殊的使命在身，正担负着守护山口的哨兵职责？我们追踪的目光，还没有来得及随着它们收拢的翅膀在枝头"立足"，它们又展翅飞上了天空，与另一个方向飞来的三只鵟并作一处，奋力飞远，隐没于大山深处。

这情景让我想起《西游记》里的某一个细节——一行人饥肠辘辘在路上行走，被正在巡山的小妖们看个仔细，飞身跑回洞府，禀报正在酣睡的大王——如果现实真像神话那样生动有趣，我推测，一段时间之后，那五只担负着飞行侦查任务的鵟，是不是也会气喘吁吁地大叫一声"禀报大王"？

可是，在这里谁可以当之无愧地被称作"大王"呢？谁才是这山林真正的主宰？

如果时间倒推至20世纪初或再向前，毫无疑问，这片大山的真正主宰就是惯常被人们称作"山林之王"的东北虎。在东北这片土地上，北起黑龙江北部的小兴安岭，南至长白山余脉辽宁省境内的千山山脉，广大区域之内，只要有山有林，都是东北虎的家园。特别是位于吉林省境内的长白山山脉，更是它们生活的核心区域。

那时，全世界共有多少只虎，眼前这片山林里又有多少只虎，由于还没有科学的调查手段，也没有谁刻意去做这样的调查和统计，并没有一个准确的数字。但有专家根据当时的猎杀记录和其他零星信息判断，全世界至少还有超过10万只老虎。这些虎大部分栖息在亚洲区域，而中国是当年老虎的主要栖息地之一。境内不仅有东北虎，还有华南虎、孟加拉虎和新疆虎。华南虎，当时不仅分布在华南，还包括华东、华中、西南的广阔地区以及陕南、陇东、豫西和晋南等个别地区；孟加拉虎则主要分布在西双版纳的勐腊、打洛、勐遮、西盟、普洱等地。

相对而言，东北虎还是幸运的。它们主要分布在中国的东北和俄罗斯的远东，这是一个跨越国境的广大区域。由于这一地区在历史上一向人烟稀少，属于"蛮荒"之地，少数以狩猎为生的边民又有崇虎和敬虎的习俗，所以，尽管老虎的"王者"尊严也会偶被冒犯，但总体上仍然能够保持相对良好的生存环境和雄厚的种群基础。

在中国境内，从顺治元年（1644年）到咸丰十年（1860年），大清政府封禁长白山长达216年。这期间，也只有自称为"天子"的人类之"王"，才敢在长白山区的野生动植物以及老虎的身上打主意，"闲杂人等"别说打猎，谁敢靠近山林一步都将被以触犯王法论处。

1682年初，29岁的清圣祖康熙平灭三藩之乱后，四海承平，国家安定，无后顾之忧，便开始了他著名的东巡。此行，他率领三千弓箭手、七万多人的车马队，逢山开路，遇河搭桥，浩浩荡荡，过河北、遵化、古北口、滦河，出山海关，到盛京（沈阳）祭拜祖陵，又到吉林遥拜祖山——长白山。一路上，皇帝一边行围打猎，一边吟诗作赋，以向文武百官显示其文韬武略。据南怀仁《鞑靼旅行记》记载，康熙此行共打虎六十只，最多时日射三虎。进入辽西之后，仅400余里行程、6天时间，竟射杀八只老虎。随康熙东巡的高士奇每天撰文作诗，记载康熙的打虎逸事，其中之一是进入长白山区所写：

层岗翳荟乱高低，骏马迎风不住嘶。
碛里草深行辽阔，迟回应惜锦障泥。

> 路转山环杂古柯，覆茅苦舍傍坡陀。
> 疆隅湮没辽金界，虎穴鹰巢处处多。

可见当时东北地区生态之好，野生动物资源之丰富。正是这良好的自然生态，成就了一代帝王赫赫的狩猎"战绩"——"一生共亲手猎虎135只、熊20只、豹25只、猞猁10只、麋鹿14只、狼96只、野猪132只、兔318只，哨获之鹿凡数百。"

尽管如此，他所猎获的野生动物总数，仍不足山林里总存量的百分之一。至19世纪末，全世界东北虎的总数约有2000—3000只，而中国境内就有约1200—2400只，并且多数都集中在长白山脉。因为整个长白山区只有皇家这一伙可以擅自杀生的合法"猎人"，况且，冷兵器时代的人与野生动物之间的较量，仍处于游戏级别，"杀"的速度明显落后于"生"的速度，所以老虎种群并没有因为人类的伤害而崩溃。

那个时期，是东北虎生存史上一个短暂的黄金期。在老虎的领地之内，可食的野生动物丰富，"子民"众多，根本没有饥饿之虞，它们完全可以在这片山林里安然地繁衍生息，堂堂正正称王。

在我们一行人中，珲春自然保护区管理局科研中心主任郎建民是一个专门从事东北虎保护的"动保"专家。18年的山林工作经验，不但让他对东北虎的历史、习性、生存状态有了全面了解和把握，而且还给自己"赚"下一个响亮的外号——郎老虎。

"郎老虎"不但长得浓眉大眼、虎头虎脑，就连他的行走姿态也异于常人，很像一只在寻找食物的老虎，走走，停停，嗅嗅，百分之九十的时间，要让目光在地面上搜寻。不同的是，虎把主要心思用于寻找其他猎物，他则把主要心思用于寻找虎的踪迹。多年的职业习惯，使他像一个死心眼儿的寻宝人一样，时刻低着头走路，时刻在搜寻着什么，唯恐遗漏一点点有价值的细节。有时，就是去省城开会走在大街上，他也会习惯性地低着头走路，目光紧盯路面。直到有人开他的玩笑，告诉他大街上没有任何动物走过，他才不好意思地抬起头说："刚刚有人和狗走过去呀！"

在一片落叶的塌陷处，郎建民俯下身，趴在地上嗅了又嗅，然后告诉我们："这里是老虎的趴卧处。"据郎建民判断，这只虎离开这里的时间不超过一天。意外的发现，让"郎老虎"情绪一下子高涨起来，又来了"虎劲"，一改进山后的专注和沉默，兴致勃勃地谈起了虎的历史和渊源。

我一边静静地倾听，一边在脑海中勾勒出一幅横跨岁月的老虎生存版图——

（二）

大约200万年前，在今天的中国中部和南部地区，特别是长江和黄河这两河流域之间，出现了地球上第一批老虎。从这里，它们开始繁衍、迁徙，远走土耳其、西伯利亚、印度半岛，甚至印度尼西亚群岛，最后形成了8个亚种：里海虎、孟加拉虎、印支虎、东北虎、华南虎、爪哇虎、苏门答腊虎以及巴厘虎。也就是说，地球上的虎，只有唯一的一个本源，那就是中国。时至100年前，世界上老虎的种群还十分兴旺，可仅仅是100多年之后，一个生存了200万年的物种竟被摧残得支离破碎、奄奄一息！

这世界，到底发生了什么事情？

是的，这世界发生了很多事情，但最大的事情就是人类的崛起。随着社会生产力水平和征服自然的能力大幅提升，倏忽之间，人类就跃到了众生的头顶，成为不折不扣的"霸凌者"，随心所欲，所向披靡。虽然没有利爪，却拥有比利爪尖锐百倍的刀枪和火器；虽然没有巨大的体能，却可以借助机器和武器的力量把一切动物"撕"成碎片；虽然身体仍不堪一击，却可以借助钢铁的盔甲或"外壳"把自己严严地包裹起来……于是，一个比任何动物都更加脆弱，却比任何一种动物都更加强大、凶险的"新物种"，借助外力和"武装""脱颖而出"。这就是高度现代化的人类。这个能力极大，却并没有相应的自制、情怀与之匹配的"新物种"，正是很多野生动物逐步走向衰亡的灾祸之源。

19世纪中期。

那是世界上所有老虎厄运和衰微的起点。

从那个时期开始，人类的工业化意识和商业意识开始大幅抬头。高效率、大杀伤力的火器进入快速研制和大量生产阶段。人们不仅将这些火器广泛应用于同类间的杀戮、争斗和战争之中；同时，也受利益的诱惑和驱使，广泛应用于猎杀各种野生动物。虽然早有人类的先知先觉者预言，人类最终必然要发展成羊角过分发达的盘羊，威力强大的现代化武器，将如畸形疯长的盘羊角，先是角尖朝外，刺入敌手的胸膛，最后弯过来，深深地刺进自己的头骨。但在最后的结局还没有显现之前，人类不会停下竞相向前飞奔的脚步，尽管前方正是预言家们预言的悬崖峭壁。

越来越多拥有枪支的人群，把越来越多的枪口对准了森林。其中直接对准老虎的枪口，自然对老虎造成直接的杀戮；还有一些枪口对准老虎之外的其他动物，夺去了老虎口中的食物，对老虎也构成间接的杀戮。

除此之外，威力和"杀伤力"更加巨大的是急速膨胀的人群、城镇和村庄以及以惊人的扩展速度吃掉森林的农田和各种"经济林"。这些因素不但以不容商量的态度挤占了老虎的栖息地，使老虎无处藏身，而且也无情地断绝了老虎的食源，逼迫老虎们不是来与人类夺食，自寻死路，就是忍饥挨饿，在消瘦、虚弱中结束生命。如此，多管齐下，渐渐把昔日的森林之王推上了不归之路。

世界上最先消失的虎，应该是新疆虎。据文献记载，新疆虎主要栖息于塔里木河流域，由库尔勒沿着孔雀河东至罗布泊一带。但由于新疆虎灭绝的时间较早，这一地区的虎究竟是原产于新疆本地还是从高加索地区迁徙而来的过路虎，至今学界尚无定论。其中，有一种推论比较可信，认为新疆虎就是里海虎的本族先祖。虎从中国向四处扩散时，其中向西的一支，一部分留在了新疆地区，一部分通过新疆抵达伊朗北部和高加索南部，至土耳其。这就是已经灭绝的里海虎，实际上它们本是一个族群，并不是另一个分支或亚种。只可惜，这是一个早夭的分支。

想当年，塔里木河流域水草丰茂，绿洲林立，下游的罗布荒原在2000多年前还是水乡泽国，境内曾有一个面积为数千平方千米的内陆湖，史称蒲昌海或罗布淖尔，近代称罗布泊。位于罗布泊西岸的楼兰王国曾是"水大波深"的泽国，世居罗布泊的罗布人则"皆水居打鱼自活"。当时的楼兰王国有1570户人家，共14100口人，生态环境极佳——"地沙卤少田，寄田仰谷分国。国出玉，多葭苇（芦苇）、枝柳（红柳）、胡桐（胡杨）、白草（芨芨）……"

直至1876年，俄国人普尔热瓦尔斯基来到渭干河与塔里木河交汇处以东考察时，马匹还被密林中的虎啸吓得脱了缰。他在《走向罗布泊》一书中写道："北疆的老虎较少，而南疆的老虎则比北疆多得多，大片的原始森林为老虎提供了安全、隐蔽的场所。温暖的气候，遍地的野猪以及牧民放养的牲畜为老虎提供了丰富食物……那里的老虎像伏尔加河的狼一样多……老虎最多的地方在塔里木盆地的塔里木河、罗布泊、和田河、叶尔羌河、喀什噶尔河流域……"

但由于塔里木河两岸人口激增，水的需求加剧，人们不断修建各种水渠用于农业灌溉，从塔里木河无节制地取水，造成土地大面积缺水，植被大面积死亡。于是，野生动物数量锐减，老虎因为猎物锐减，失去了基本的生存条件，加之人们的肆意捕杀，仅仅过了大约半个世纪，新疆虎就走向了末路。

1916年，另一位著名探险家瑞典人斯文·赫定来到新疆。在遍游了西北大漠之后，用十分惋惜的笔触记录了新疆虎不幸的归宿："最后一只年迈的新疆虎慢慢吞吞地沿着日渐干涸的塔里木河，向上游走去，从此不见踪影。"

接下来就是世界上种群最为巨大的华南虎，也就是我们在各种文学作品中见到的"大虫"或"吊睛白额大虫"。由于当时中国的"工业文明"不够发达，对野生动物的杀伤能力尚显不足，所以，活跃于中原大地上的华南虎厄运来得也稍晚一些。

华南虎多的时候，具体有多少，一直没有准确的数字，模糊描述，大约可以使用"无计其数"。历史上，很多地方虎多为患，官府则以驱虎打虎为政绩之一。直到1956年，中国皮毛市场的不完全统计数字还显示，全年全国共收购虎皮1750张。由此可以推测，当时还有数量相当巨大的华南虎生活在山林。但从此，全国开始对华南虎展开了大规模捕杀。这一时期，江西、四川、陕西、湖北、湖南、安徽、广东、贵州、河南等各个省份每年都有几十只甚至近200只的捕杀记录。仅仅十多年时间，中国境内华南虎的生存曲线便从一个数以万计的峰值衰减到几乎贴近零轴。

如今，再打开华南虎的生存细目，很多省份的名字之下几乎都有一条标注:"地区性灭绝。"1964年,陕西佛坪山一山民猎杀过一只野生华南虎之后,迄今就再也没有人看见过成年华南虎的身影。到1970年后,江西的华南虎年捕猎量已经少于10只,1975年后再没捕猎到过华南虎。70年代初期,河南省平均每年捕虎7只;浙江省平均每年捕虎3只;广东省年平均猎虎则不足10只。山西省最后捕获的虎在1974年1月;湖南省最后捕到野生虎是在1976年……1979年全国全年只收到一张虎皮,有专家估计,全国野生华南虎的数量只剩下40—80只。

1990—1992年间,原林业部与世界野生生物基金会开展的全国性野生华南虎及其栖息地调查中,并没有找到野生华南虎的活体。但根据零星的痕迹和粪便等证据推测,估计还有少量华南虎存在,在之后的岁月里,华南虎便彻底销声匿迹,至今未发现野生华南虎的任何活体和痕迹。

命运的乌云飘到东北虎头上的确切时间是1901年。

随着"中东铁路"的正式通车,大批俄国军官和猎手来到中国,纷纷把他们手中急于派上用场的贝尔登步枪对准了那些可以使他们名利双收的珍稀动物。

据说,当时一只虎的价值完全可以买下一座房子。在所有虎的亚种中,东北虎是体形最大,毛色最鲜艳也最威猛有力的一种,所以不论从猎获难度和实际价值上都远远高出其他亚种。据可查考的资料记录,最大的雄性东北虎体长可达3米,最大体重达400公斤,比其他亚种的虎差不多大出三分之一。由于稀少而珍贵,到1915年,一只成年雄性东北虎在德国汉堡的售价可高达1000英镑。狩猎者在大发横财的同时,又可以以一个勇士的身份到处炫耀自己不以为耻反以为荣的"战绩",这大约正是东北虎遭到大肆杀戮的强大推力。

在旧沙俄时代,曾有一个叫尼·阿·巴依科夫的人,著有《在满洲里的深山密森中》，书中透露，那个时期俄罗斯猎人每年都会在中国猎杀50—60只老虎，甚至还出现过所谓的打虎世家——米哈伊尔·伊万诺维奇·杨科夫斯基和他的两个儿子结束了西伯利亚流放生活后，移居朝鲜，专门以猎虎为业。由于猎技高超，杨科夫斯基一家被朝鲜人称为"四眼"。后来，杨科夫斯基的儿子尤里·杨科夫斯基写了一部回忆录《打虎半世纪》和一个中篇小说《四眼》，但不论他想记录或纪念点儿什么，这些文字都毫无疑问是令人发指的东北虎血泪史。

在同一时期的其他国家，一些争强好胜的"绅士们"为了炫耀自己的威猛和勇敢，也在四处出击，猎虎，猎豹，猎熊。这一时期，世界上出了很多关于狩猎的文学作品，最为著名的是美国作家海明威的系列小说和俄罗斯作家屠格涅夫的《猎人笔记》；当然，也出了很多风靡全球的打虎"英雄"和狩猎事件。人们竞相以对动物的残酷杀戮为时尚、为英武。据说，连英国国王乔治五世也不能免俗，他曾在一次为期11天的狩猎中射杀39只老虎，创造了罕见的世界纪录。

至此，世界上有关虎的噩耗便接踵而至——1887年一只老虎在伊拉克的摩苏尔附近被射杀，这是在伊拉克有记载的唯一一只老虎；1906年巴基斯坦最后一只老虎被射杀；1937年最后一只巴厘虎在巴厘岛西部的森林里被猎杀，宣告巴厘虎绝迹；20世纪50年代朝鲜最后一只老虎死亡；1970年土耳其最后一只老虎死于猎枪，里海虎从此绝种；1980年最后一只爪哇虎在雅加达的动物园去世……

据有关部门的统计，至2018年底，全球野生虎的数量仅剩3900只左右。其中印度约有2970只野生孟加拉虎，拥有世界上最大的老虎种群；中国东北和俄罗斯远东共有500只左右野生东北虎；其余的野生虎零星分布于印度尼西亚、马来西亚、泰国、越南等国家和地区；而我国境内各亚种的野生虎加在一起也不足50只。

应该说，在大的运势上，东北虎和全世界的老虎几乎同步经历了命运的波折，但在小周期上，还有着属于自己的遭遇和节奏，具体描述，就是三次重大劫难。

第一次，当然是"中东铁路"修建时期。那时，俄罗斯士兵不但猎杀中国境内的虎，而且也疯狂猎杀本国境内的虎，他们的军队甚至把射杀老虎作为军事训练内容的一部分，以提高士兵的作战勇气。直到苏联时期，由于境内老虎数量减少至不足40只，他们才幡然醒悟，一改往日的行为，开始对老虎实施严肃认真的保护，成为世界上第一个明令禁止猎杀老虎的国家。

第二次劫难是日本侵华战争时期。因为大规模砍伐森林将木材用于战争和向本土运输，以及猎虎牟利，造成东北虎种群数量进一步锐减，但这场荼毒随着日本战败而终止，东北虎的处境还没有糟糕到濒危状态。有资料显示，1949—1951年间，国内多家动物园在小兴安岭林区和吉林等地还收集了100多只野生虎活体。同期，还猎杀许多老虎制作成标本供出口、教学使用。事实证明，此时的东北虎还有余"命"可伤、可害。

第三次大劫难发生在上世纪50年代。为了解决农业的粮食问题和工业的钢铁问题，全国开展了大规模的伐木开荒、大炼钢铁运动。仅以吉林、黑龙江为例，一下子就成立了接近2000个国有和地方林场，几万台油锯发出巨大的轰鸣，日复一日向森林的纵深推进；与此同时，又把虎、熊、豹、狼、野猪同列为"害兽"，大举围歼。至此，自古以来一直享有尊崇和敬畏的森林之王，彻底被打成败北的"流寇"，大部分命丧黄泉，幸存下来的也由于无处藏身而远走他乡，沿中俄边境退缩至俄罗斯远东地区。

1975年，有关部门搞了一项调查，结果显示，吉林境内尚有东北虎48只。由于仍没有采取保护措施，至1984年，辉发河流域、鸭绿江上游集安县境内已不再有老虎的踪迹，长白山的主峰区也很难见到东北虎的踪影。然后是1998年，那次调查确定东北虎的数量为7—9只，主要分布在珲春、汪清和蛟河一带。

由此可见，当时中国境内的老虎种群正在以雪崩之势急剧坍塌……

（三）

冗长的讲述，很显然已经干扰了郎建民的正常工作。当我感觉兴趣正浓时，他却突然停止了对老虎历史的回顾。回过头，望着我们身后一棵倾斜的黑桦树，愣了一会儿神，感觉他的大脑正在飞速运转或正在做着某种判断。

是我们在聊天和行走的过程中，不自觉地错过了什么吗？少顷，郎建民一个人走了回去。他抱着那棵碗口粗的树，嗅了又嗅，并围绕大树进行了一番仔细查看。最后，从树干上摘取了一些微小的东西。那是些什么呢？我们一时无法判断，只能站在原地等他走过来。等他过来时，我仍然没有看清他手里拿着什么。

他看出我的疑惑，将紧紧捏在一起的手指冲着阳光举起来："你看，这是老虎留在树上的毛。"

果然，一小撮金黄色的绒毛，像阳光一样在郎建民的两指之间散发出暖色的光芒。随即，郎建民要去我的日记本，翻开，将虎毛夹在其间，笑着对我说："这几根虎毛送你做个纪念吧！你可要知道，能赶上我们这个时代还是很幸运的。我们这片山上还有野生虎存在，并时不时让我们发现一些珍贵的痕迹。在我之前的几茬动物保护人员，工作十几年，连个毛都没有看见过！"

我猜，他一定是在说虎毛的时候，特意省略了"虎"字，便忍不住内心的哑然失笑。没想到一个野外动保工作者，不但如此渊博，如此热爱自己的事业，而且，还没有把自己搞成一个老怪物，竟然会如此幽默！

转过黑熊岭，再向前，地形突然变得复杂起来。郎建民走在队伍最前端，特意回过身来叮嘱大家一定不要掉队。根据他以往的经验，这种复杂的地形十分有利于大型动物隐藏、捕猎或休息。如果时间在上个世纪中期，这样的地带连最有经验的猎人都不敢轻易进入。一般情况，人类只要保持三五成群，不擅自"拆帮"，动物们会主动避让的。特别是虎、豹这类猫科动物，生性十分谨慎，绝不会贸然袭击人群。为了保证安全，我们谁也不敢掉队。

从早晨到现在，我们一行人已经跋涉近三个小时。除了郎建民，其余的人都露出了疲倦之态，有的大汗淋漓，有的扶腰喘息。我也感觉腰部有些许的胀痛，稍稍下弯，便感觉到剧烈的疼痛。平时不经常运动的老李已经快支持不住了，只见他脸色发暗，手捂胸口，停在队伍的后边垂着头不停喘气。见此情景，大家决定扶着老李，快速转移到一个地势稍高一些的宽敞处，暂时停下来，歇一歇，恢复一下体力。

在一块平整的大石边，我们席地而坐。郎建民用手一指我们右前方的一丛山石，说了一声"你们看"，大家都以为发生了什么情况，立即把目光集中到那个方向。郎建民用诧异的眼光看了看我们，显然并没料到此时我们的内心会如此紧张。他笑了一下，调整了一下表情，接着说："你们看，前边那堆乱石就是著名的'老虎碴子'，它之所以叫这样的一个名字，就是因为从前这里经常有老虎出没……"

虽然老虎正常的活动范围都在200至800平方千米或更大，且各有领地，很少交叉，但在食物比较丰富的地域，老虎的领地会显著缩小，偶尔也会出现领地交叉的现象。

郎建民曾听山里的老人们讲，这一带从前总是"闹"老虎，并且绝对不止一两只。远处的村庄，时常能听到这边的山谷里传出虎啸。说到这里，郎建民深深地发出感慨："这老虎，不愧是百兽之王，真霸气呀！只要一声吼叫，其他动物全都不会出声啦！"

郎建民这样说，并不是虚张声势。关于老虎的威严和王者风范是从古至今都毋庸置疑的。以前我曾翻阅过明代博物学家谢肇淛的《五杂俎》，里边就有好几处写到老虎的威风。其中有一段是这样写的："虎据地一吼，屋瓦皆震。余在黄山雪峰，常闻虎声。黄山较近，时坐客数人，正引满，虩然之声，如在左右，酒无不倾几上者……"又记："马见虎，则便溺下，不能行，惟胡马不惧。猎犬亦然。"

虩就是啸，音同意近，专指老虎的怒吼。老虎一声怒吼，在屋子里闲谈的人们立即感觉到屋瓦被震得哗啦啦直响，正在喝酒的人，也壮不起那个传说中的"英雄胆"，满座的人无不大惊失色，手抖，酒倾；马和狗更是因为感觉敏锐又懂得兽类的语义，吓得便溺齐下，无法行走。说是胡人的马和狗还稍好一些，实际上也未必。

有一年，吉林省蛟河一个猎户家的院子进了老虎，把牛栏里一只牛拖走吃掉，家里养了五条训练有素的狗，包括一只德国牧羊犬和一只串种藏獒，一个晚上，别说狂吠和护卫，连一点儿声音都没敢发出，像什么都没有发生一样。由此可见，于人，于动物，老虎身上一直具有一种强大、原始、莫可名状的威慑力。

"可惜呀！"郎建民的表情突然转黯，"这么高贵、神圣的生灵，差一点被人类彻底消灭。到1998年，在东北这片唯一有虎的山林里，仅剩下东北虎4至6只、东北豹3至5只。要不是国家及时采取措施，于2017年成立了东北虎豹国家公园，恐怕这虎豹现在都已经成为一个传说了！虎豹公园建立后，动物保护力量进一步加强。干我们这一行的人比以前增加一倍以上。现在算算，我们这一大伙子人，差不多平均20个人为一只虎服务。年年防盗防猎，月月巡山清套，手把手撮，好歹让东北虎的种群在我们这片山林里扩大到了37只左右，东北豹扩大到48只。太难啦！就这样，还说不准将来会是个什么样子呢！"

"你们想想，一个没有了老虎的山，不就是一个寂寞的山、死气沉沉的山吗？还有啥意思啦？"郎建民意犹未尽。

我们都有同感，但望一望四周的空山，我们都没有说什么。是的，东北虎豹种群能从极度衰弱状态转而复原，达到今天官方公布的规模，已经差不多是个奇迹了。

（四）

"那么，狮子和老虎谁更厉害呢？"

这个突然在头脑里冒出的问题一出口，我就有一点儿后悔。固然，按照庸常人的庸常思维，一定要在两个强者之间进行一个明确的比较，似乎不决出一个胜负高低，心中就块垒难除。但我自知这是一种可怕的对立思维，也是人类难以克服的局限。对我这样还有一些自然常识的人来说，到了这样的年岁，再问这样低级、幼稚的问题，确实有一些可笑了。

出乎我的意料，这样一个问题，郎建民并没有在意。他可能认为很有必要向一些不懂的人，耐心地普及一下有关知识，所以他解释起来显得十分详尽、细致——

狮子和老虎，都属于猫科动物，都是猫科动物中的佼佼者，也是动物界站在巅峰的霸主。可是，谁更强大、更厉害呢？

在西方人眼里，狮子肯定要比老虎更厉害。因为狮子主要生活在非洲地区，而老虎主要生活在亚洲地区，西方人经常可以接触到狮子，却很难见到老虎，眼里心里自然就没有老虎的地位。在许多西方国家，狮子一直被视为战无不胜的王者。他们崇拜狮子，将狮子称为神兽，并赋予狮子神圣不可侵犯的威严和权力，自然不会允许别的动物凌驾于狮子之上。

而在东方人特别在中国人眼里，自然老虎更厉害。狮子虽然想灭什么动物，就去灭什么动物，但狮子依靠的是群体的力量，善于"打群架"，合起伙来"欺负人"，单打独斗的较量就没那么厉害了，并不能算作真正的英雄。而老虎是森林之王，它是独行侠，完全依靠自己的力量捕杀猎物。并且从来不打无把握之仗，一旦发现目标，便潜伏起来，等待一个合适时机，直到最后时刻才果断出手，一击致命。比较起来，老虎更像一个英雄或侠士。

实际上，自然有自然的运行秩序，生命有生命的生存规则。老虎和狮子各有各的领地，一个在草原，一个在森林，本来可以相安无事各做各的王，为什么要千山万水地凑到一起决个你死我活呢？在真实的、自然的动物世界，不是极特殊的情况，很少发生狮子、老虎、大象等大型动物之间的争斗和冲突。它们都有自知之明，懂得和平共处，各安天命，绝不会轻易动别人的蛋糕。

我现在担心的是，此行会不会一直奔走在关于老虎的传说之中，而无法捕捉到真实可感的信息。

我知道，眼见为实有时的确不是唯一的事物判断标准，但我还是在心里一直期待着能有幸一睹老虎这山林之王的真容。

队伍继续向前，为了获得更多的生态信息，我紧跟在郎建民的身后，以便随时向他请教。当我们行至两道山梁间的过渡带时，眼前出现了一条光滑平展的林间小路。在这无人的山野，是谁反复地走来走去踩出一条这样的小路呢？郎建民告诉我，这就是人们常说的"兽道"，是山中的那些动物，包括虎、豹、熊、狍子、鹿、獾、兔、豹猫等在每天的不同时段，从这个共用的通道上走过所留下的痕迹。这样的"兽道"，既是小动物们觅食和交往的必由之路，也是虎豹等大型动物捕猎的最佳路线。

郎建民在一棵倾斜的黄檗树对面停了下来，那里有一台远红外摄录仪绑在树上。按规制，这种摄录装置要在野生动物可能经过的路线两边成对设置，一个负责摄录，一个负责拍照。郎建民打开了照相机，一边倒片子查看，一边不由自主地变化着表情。我们禁不住诱惑，也凑过去一起观看。

真是很奇妙的感觉！平时怎么也想象不出来，就在这看似空无一物的山中，竟然有那么丰富的内容，发生过那么多的事情。记录仪的画面中，一会儿出现几只黄鼬，一会儿出现一只狍子，一会儿出现几只野猪，一会儿出现一头黑熊，一会儿又出现两只梅花鹿……记录仪的时间显示，这些画面，大多拍摄于清晨、黄昏和夜晚。有光的时候，动物们的毛色花纹鲜艳清晰；而在黑暗中，动物们大约只有一个比较清晰的轮廓和姿态，却都闪着两只像小电灯一样亮晶晶的眼睛。

终于，有一个我们一直期待的大动物出现。

"老虎！"郎建民马上把画面定格在那里，眼里闪动着兴奋的光芒。他拿着记录仪，绕着圈儿展示给大家看了一回之后，突然停下来，像想起了一件重要的事情似的，把手里这个记录仪交给了身边的同伴，跑到对面那棵树下，取下并迅速打开了另一个视频记录仪。我们几个人不约而同地屏住呼吸，目光聚集在一个小小的画面上——

那是一个明媚的清晨，或一个美丽的黄昏，一枚枚金色的落叶均匀铺展在林间，有风吹过，阳光随着落叶微微抖动，一晃一晃的，宛若一地闪亮的金币。天空透过树木的空隙，投射一片纯净的蔚蓝。仿佛有沙沙声从画面外很有节奏地传来，不知是画面里的大地还是郎建民的手，在微微震动。紧接着，有一条粗壮的虎腿插入画面，然后是那个威风凛凛的虎头，独有的"王"字斑纹从侧前方隐约可见。其实，不用通过那个权威的标记，也没有人不确认它的身份。仅从它无喜、无忧也无怒的神情，就能推测出它内心的无畏、无惧和高傲。

当它的身姿和斑纹完全呈现于画面的时候，我们看到了它"黄质而黑章"的全貌。特别是那条长尾，虽然随身体的曲线上翘为一段弯曲的弧线，却在相对静止中保留了足够的动感，看起来果然像一条钢鞭或一节哨棒，会随时挥动起来砸向敌手。眼前的一切不由得让我发出由衷的赞叹。不知道造物主把一个生灵造得如此漂亮和完美意在如何！

整个视频时长不过9秒，只是记录了这只老虎的7步行走和一次回首，但它从容的步伐、沉稳的姿态和俯瞰一切的威仪，却令人难以忘怀。它四脚优雅而稳健的起落，透出不容置疑的坚毅与自信，仿佛它不是从山林中走来，而是从众神的宫殿中走来。特别是那意味深长的回首一望，更是仪态万方，令人遐想，没有人能揣度得出，那是在回望遥远而不堪回首的历史，还是警惕暗藏在身后看不见的危机，抑或是，特意向这些年为了迎接它回归家园付出心血的人们致意？

不论如何，这历经磨难终于归来的王者，此时就在我们眼前！

家 域

（一）

一只斑斓大虎，从一簇浓密的灌木背后转出，跨过浅浅的沟坎，跃上平坦的林间小径。今天，它似乎并不急于赶路，也不想追逐刚刚过去的几只野猪,至于慌张中惊飞的那两只山鸡,它连看都没有兴致看上一眼。它就那么不紧不慢地摇动着一身火苗似的花纹,穿过斑驳的树影,将眩晕甩给背景上匀速退去的天空。

在一棵倾斜的黑桦树下,它停下了脚步,迟疑了大约一秒钟,突然直立起身体,两只前爪高高举过头顶,用力一抓,顺势以头蹭了一下树。像一种仪式,并没有过多停留。双腿落地的同时,调转身躯,将钢鞭一样的尾挥向空中。稍停,又有一注液体从身后疾速射出,如透明的子弹,准准地击中身后的树干。当这一连贯的动作完成之后,它低下头,在快要抵近地面时,似无意,又似刻意,一声低吼——

相传,南朝沈僧昭曾郊猎,中道而还,左右问何故,答曰:"国家有边事,须还处分。"问:"何以知?"曰:"向闻南山虎啸知耳。"俄而使至,征沈赴边御敌。

千年以前的那一声虎啸,是对戍边大将的提醒或呼召,但今天国无战事,这一声低吼又蕴涵着怎样的意义呢?是叮嘱,是警示,还是自言自语?从它渐去渐远却坚定有力的步伐里,我隐约体会出几分持重、庄严的意味。

我已经记不清这是进山的第几天了。在森林里行走,似乎时间也变得和森林一样,完全失去了惯常的边界,浑然成片。日子和日子之间,只是一整块时间的黑白相间,如明暗交错的树影,如高低起伏的山峦,衔接得天衣无缝。对此,要想找一个最合适的表述方式,那就只有"这段时间"几个字。

这段时间,我不是在山林里行走追寻着老虎的踪迹,就是昏天暗地抓紧一切时间看与老虎有关的影像和资料。有时甚至恍惚,分不清行走和静止、影像和实景、文字和影像间的界限。

由于东北虎数量稀少,且行踪隐秘,野外调查和研究非常困难。

有一些动保工作者在山林里辗转了二三十年，连老虎的影子都没看到过。为了更好地观察和体会这些神秘的大猫，我琢磨出一个自认为效果很好的方法——先翻看用现代科技手段捕捉到的影像，再到实际的拍摄地点去"复位"，靠想象进行"情景再现"，像公安干警侦破案件一样。不同的是，我不但捕捉到了"案主"留在现场的痕迹，而且还能知道它具体的身形和长相，在哪个位置上做了什么动作，发出什么声音，甚至神态，甚至情绪。

从大荒沟29号摄录仪中倒出的一段视频，深深地吸引着我。对我来说，简直是妙趣横生，但我当时还不能理解视频中那只老虎究竟在做什么。

当有着丰富经验的动保专家老薛对我说出"家域"这个词时，我立即就明白了那只老虎一系列动作的含义。对于一个动物保护人员，这当然是一个极其简单的常识，ABC级别。即便是一个普通人，如果想象力不差，"家域"这个词也应该不难理解，大约也就是可以叫作"家"的那个区域或领域。对于很多人来说，这确实是一个陌生的概念，即便懂得了字面含义，也未必知道它真正的分量。

为了让我深刻理解"家域"这个词对东北虎的重要性，老薛给我打了一个比方。

他问我："你知道几十公里外边境线上那些端着枪走来走去的军人在干什么吗？"

我说："知道，不就是在站岗巡逻嘛！严肃一点儿说，是在保家卫国！"

老薛笑一笑说，对，就是那个意思。老虎每天都要花费很大一部分精力维护它的疆界，巡查、挂爪、喷尿……通过各种方式在领地的边界上留下自己的气味和标识。那个直立抱树的动作，术语叫"挂爪"，正是老虎在郑重其事地标记、维护自己的"家域"。

超强的"家域"意识，或叫领地意识、领土意识，是老虎性格、行为中最重要的特征。不论实际的虎，还是神话中的"虎"，这一特征都可以作为一种显著标识，与其他物类区分开来。

传说中的西王母即为白虎之神。《广博物志》载，黄帝与蚩尤九战而不胜，正当此时，这位号称"金台圣母"的天神及时出手相助，按照自己的意愿，帮助华夏始祖黄帝战胜蚩尤并建立起自己永久的领土：九州之国——

> 乃命一妇人，人首鸟身，谓帝曰："我九天玄女也。"授帝以三官五意阴阳之略，太乙遁甲六壬步斗之术，阴符之机，灵宝五符五胜之文。遂克蚩尤于中冀。又数年，王母遣使白虎之神乘白鹿集于帝廷，授以地图……

从这个传说可以看出，人类最初的领土意识正是启蒙于这位天神。而虎神助人，并不仅仅助于征战，而是要通过征战助人建立起稳定的疆土和国家，以使征战之后不要再继续征战。上天有好生之德，悲悯才是神的意志和情怀。当黄帝统一各部之后，西王母又派人"授以地图"，就是要他择吉地建立起稳固的疆域，"以土德王"，安居乐业，只有这样才能免于生灵涂炭和民不聊生。

至于神话之外真实的老虎，更是这样，一生中似乎没有一刻会忘记或忽视自己的"家域"。毫不夸张地说，老虎的一生，除了捕猎和休息，基本只做一件事，那就是维护自己的"家域"。

"家域"是老虎的家，也是老虎的国，只有在自己的"家域"里捕猎和进食才是安全的，才不会被别的动物偷、抢，才不会被袭击，所以这确实是一件十分重要的事情。

一般情况，老虎捕到野猪、狍子、鹿等猎物后，会在自己的"家域"里连续吃上几天，直到把动物彻底吃完，只剩下少数几块骨头。吃饱之后，它会找一个安全舒适的地方好好睡上一大觉。再起身，便开始沿着一个相对固定的路线巡视或巡查自己的"家域"。

它们会边走边在领地内一些特殊的地点、特殊的树木上做做标记。在一些有特点的地方刨上几爪，刨出一个坑，外加一堆土，这相当于立下一个界碑。隔一定的距离，它会停下来，趴卧一会儿或在树木上"喷尿"，留下自己的体味，这就能提醒有意或无意越过边界的其他动物，这是某某虎的领地。在一些或粗大或倾斜或颜色特殊的树木上"挂爪"，狠狠地挠两下，留下明显的痕迹，这相当于刻下了"边境重地，请止步"的文字……

动物们是自然界的精灵，无论种类、大小，都有特殊的本领。它们不用去医院或专门机构做什么鉴定和实验，一闻地上或树上的气味，就知道这是谁留下的标记，以及留下气味的主体是否健康、是否强壮。这些气味，就是它们用以指导自己行动、行为的信息或情报。

如果遇到不识趣或别有用心的入侵者，不管来者是无赖型的还是强盗型的，老虎都不会有半点儿含糊，会坚决采取果断措施予以驱逐，轻则怒吼震慑，重则出手拼杀。要么你给我滚蛋，要么我认输走人。虎性柔韧而又刚烈，遇到这样的情况，一定要决出一个结果，胜留败走，甚至你死我活。

（二）

接近中午，我们来到一块高地歇息。

从这里向东，离大彼得湾仅有几十公里的直线距离，那里就是可以通向更加广阔世界的大海了。穿越透明而凝重的天空，我似乎能闻到风从海上带来的咸涩。

此地、此情、此景，让我不由得想起了那段"土字碑"的往事。

康熙五十三年（1714年），大清帝国在这一地区设立了珲春协领，其辖区范围大体在图们江以北，乌苏里江以南，西至哈尔巴岭，东到日本海的广大地区，本只与朝鲜交界，并不与俄国为邻。1860年，沙俄乘英法联军发动第二次鸦片战争之机，强迫清政府签订了不平等的《中俄北京条约》，承认了《瑷珲条约》的合法性，又割占了乌苏里江以南40万平方千米领土，仅珲春辖区内就丢了三分之二的领土。从此，珲春失去了沿海地区，多了一个新"邻居"，并成为名副其实的"望海之地"。

1861年，清朝廷又派户部侍郎成琦为钦差大臣会同吉林将军景淳，抵兴凯湖与俄国全权代表卡札凯维奇和副代表布多戈斯基等人举行进一步的勘界谈判。这一次，俄方一手炮制并抛出了《中俄乌苏里江至海交界记文》，规定自乌苏里江口至图们江口设立"伊""亦""喀""拉""那""倭""帕""土"八个字牌，标明国界。"土字碑"正是这八块碑中的一块，并且是一个重要的焦点。

实际上，这次俄方玩了一个"得寸进尺"的小把戏。这里有两个关键点，一是将当时距图们江口20里的这块土字碑，向内地延伸至40里；二是将原来的乌字碑化为乌有，领土全部划归俄方。比较来看，这与原来《中俄北京条约》时的И（伊）、I（亦）、K（喀）、Л（拉）、М（玛）、H（那）、O（倭）、П（帕）、P（啦）、C（萨）、T（土）、У（乌）12个字，又少4个字，算一算，无形之间，"失地二千七百余里"。

据说，签署协议的那天钦差成琦喝了点儿小酒，醉眼蒙眬。签字桌前，他提起笔扫了一眼虎视眈眈的俄方代表，顿觉心灰意冷，唉！

管他是20里还是40里，管他乌字去了哪里，反正割一寸也是割，割一尺也是割，随便吧，大笔一挥，就把自己钉到了历史的耻辱柱上。

1886年，在成琦草草应付了勘界使命的25年后，朝廷派吴大澄为钦差大臣到吉林督办边务，他发现界碑位置不对，沙俄不仅偷挪界碑，还公然在我方黑顶子设卡、屯营，侵占了沙草峰以北广大濒江地区。

当时正是民族危难、国家积贫积弱的时候。然而，再穷再弱，也不能丢了国格、人格、尊严和骨气呀！都察院左副都御史，区区一个"副部级干部"，吴大澄，这个瘦弱的书生，面对支离破碎的边境，当时就愤慨了。对待一件千秋万代的事情，怎么可以如此不负责任！义愤之下，他一天也不肯歇息，踏遍了边境的每一寸土地，把边境的实际情况摸了个一清二楚。

调查结束，吴大澄秉烛奋笔疾书，给光绪皇帝上了一道大义凛然的奏折。力陈谬误，并请缨重启边境谈判。虽然事实如此，朝廷又能怎样？无力，也无奈！战场上没有解决的事情，谈判桌上能扭转乾坤？你吴大澄逞能，就由你来弄吧！死马当成活马医，弄好了于朝廷无害，弄不好，哼，成琦他们可是在端枪等着呢！

在天时、地利、人和一个不占的困境中，吴大澄面对强势的对手，无所畏惧，仗义执言。首先，他据理力争，要求按《中俄北京条约》确定的位置重立土字碑。俄方强词夺理，说海潮涨到哪里哪里就是大海，现在这个位置就是土字碑最合适的位置。吴大澄驳斥道，全世界都知道江口就是海口！按照你们的道理，哪天遇到海啸，海水倒灌到长白山，那长白山也是俄国的啦？由于他依据的是正式条约，俄方又讲不出新鲜道理，僵持了一个阶段之后，俄方很不情愿地做出了让步。于是，土字碑大步向外推进，使中国距离日本海只有15公里，大海已清晰可见。

接着，吴大澄提议中俄两国共享图们江出海权。俄国人非常吃惊：这位清廷代表与他的北京同僚不同，竟然具备了现代海权意识，于是极为敏感地断然拒绝。但吴大澄却不屈不挠，不放手，最终达成了这样的妥协：出海权虽不能共享，但中国船只可以借道出海，俄国不得阻止。128年后的2014年5月，中俄两国在上海亚信会议期间，签署了共建共享扎鲁比诺港的协议。海港离中国珲春只有18公里，建成后将是东北亚最大的港口，也是中国与欧亚之间新的海上丝绸之路。这个协议最终得以签订，与当年吴大澄所奠定的基础不无关系。

　　最让俄国人瞠目的是，吴大澄竟然斗胆向俄方索要黑顶子山地区。把到嘴的肥肉再吐出来，这在整个沙俄历史上也没听说过呀！但吴大澄来了个以攻为守，故意先说要滨海土地，这等于要出海口，俄国人顿时火冒三丈。就在谈判拉锯战进行到最激烈、最艰难的时候，夜里俄国人把海参崴港军舰上的氙气大灯一起打开，炫耀武力，秀肌肉，警告中国人要见好就收。

　　然而，吴大澄并不是成琦。他早有安排，当天，整支北洋舰队及时赶来进行友好访问，吴大澄热情地把俄方请上定远舰参观。入夜，吴大澄突然命令舰队打开所有电灯，比俄舰的氙气灯不知耀眼多少倍，照得海参崴如同白昼。记得美国人安布罗斯·比尔斯所著的《魔鬼词典》里有这样一个词条："大炮 —— 校正边境线的仪器。"这应该属于强盗逻辑吧？但这样的逻辑似乎已经成为人类发展史上不得不遵从的"潜规则"。既然如此，俄国人只好叹口气，心不甘情不愿地在这一回合认输，将黑顶子山地区完璧归赵。这就是今天珲春的敬信镇。

　　看来，官不分文武。一个文弱书生之所以能表现出如此胆略和如此的浩然之气，定有猛虎在心矣！

　　我问正在仰头喝水的老薛，土字碑离我们所在的位置有多远。老薛说:"挺远!"

可是,我怎么总觉得近在咫尺呢?

(三)

老薛对东北虎性情和生存习惯十分熟悉;对珲春一带的山林、村庄、过去的猎人和动物分布情况也十分了解。之所以能够如此,完全得益于他早年的生活经历。从少年起,他就随父辈们行走山林,赶山,挖参,打猎……后来又长期从事动保工作。只要一进入山林,不管有几个人,老薛都是理所当然的向导和"主心骨",凡事都要听老薛的建议或指挥,不明白的或吃不准的事情也都要问他。

北方的十二月,正是白昼最短的时节,我们从山上往下走时,已经是下午三点多钟。老薛说,天黑之前,无论如何也赶不到镇里了,只能就近到英安镇荒山村去过夜。那个村里有一个过去的老猎人,叫王贵发,现在是一个民间"爱虎小分队"的主要成员,每年做一些"清套"、护林和监视偷猎的工作,与管理局的人关系熟络、相处融洽。正好,我们可以利用晚上的时间听老王讲一讲山林里的故事。我们赶到荒山村老王的家里时,天已经黑透。最先和我们"搭话"的,是老王家那条个头不大的土狗。狗小声高,激烈的声调里蕴藏着几分兴奋、几分紧张。我当时想,这是遇到了人,如果老虎来了,它一定会吓得哑口无言,一头钻进狗窝里。

可能老薛事先给老王打过手机,等老王把我们迎进屋子的时候,一桌简单的饭菜已经备好。老王近些年日子过得不错,自己养了100箱蜜蜂,每年会有几万元的固定收入。房屋庭院收拾得也还算体面,三间瓦房只有他和老伴儿两人居住,子女们都已经分家另过。闲下来的一间空房,就是我们一行四人的"客舍"啦!

山里人家，在一些领域里仍然还是靠山吃山，老王家用于烧饭、取暖的"柴禾"还是从山上拖回来的倒木。只要往灶里塞进一抱"劈柴样子"，点着，半个小时之后，火炕就会烧得滚烫。屋子是稍微凉了一些，我们吃过晚餐后，可以一边聊天，一边等着它慢慢热起来。

老王果然是一个"故事篓子"，知道很多天南地北的事情，尤其是山上那些和野生动物有关的事情，他更是如数家珍，似乎没有什么他不知道。老王说，最优秀的猎人一定熟悉各种动物的习性和生活规律，知己知彼才能百战百胜嘛！

他提到了通古斯人，但我不知道他的确切所指。这个称谓现在已经没有多少人使用了。最早，通古斯一词是雅库特人对鄂温克人的称呼，后来则泛指生活在中国东北及俄罗斯远东一带的山林民族，包括锡伯族、赫哲人、鄂伦春人、鄂温克人等。他说，通古斯人世代以山林为家，深晓兽道和狩猎之道。

老辈人常听通古斯人讲，在山林里，力量匹敌、能够相互竞争的就是人、虎和熊。如果一只虎占据了某一谷地，人和熊就不可以再来这里打扰它。如果有人误闯了它的领地，来到这个地方宿营，那虎就会咬死他的马，或到他的帐幕附近吓唬妇女、小孩，但很少伤人。如果这个人迁往附近另一谷地，虎就不再袭扰他的家庭和马匹。属于熊的领地，很容易从它窟穴周围的树木上的特殊记号识别出来。熊会在离窟穴一定距离的树木上轻轻咬出记号，人若来到它的领地，它也同样会像虎一样进行恐吓和驱逐。

虎性孤独，每一只老虎都有它自己独立的领地，领地一旦建立，就不允许任何竞争对手入侵。人类一向很聪明，懂得审时度势，懂得回避。以山林为家的人，如果没有特殊情况，不会与那些大型动物发生正面冲突。而虎和熊，却时常会狭路相逢，争夺同一地方。但熊和虎也不会蛮干，它们自有一套规矩和办法，用以规避不必要的冲突、消耗。熊会在树木尽可能高的地方咬出一个特殊记号。如果虎能够用爪子够得着熊在树上留下的记号，并在这记号上方留下自己的爪印，就算战胜了熊。熊看到这个位置更高的记号，认识到了对手的厉害，就会选择马上离开。

如果不想放弃自己的地盘，还想留下来，第二年春天，熊就会回来再留下一个印记。在同样的情况下，虎也照样行事。如果虎又在熊咬出印记的地方，留下一个位置更高的记号，那么这个问题的解决就要延期到来年。这种结果，就是双方互不服输，互不相让。

第三年，大约在同一天，两个对手会出现在同一地点，见了面双方就会展开一场恶战。搏杀时，如果虎在第一次进攻中取胜，扑倒对方，虎就能战胜敌手，把熊咬死。如果一击不成，熊就能慢慢地显出耐力和优势，战胜虎，甚至把虎杀死。经过这场决战，"领土"归属的问题，便获得了最终的解决。

这种争夺领土的方式，让通古斯人找到了一种特殊的狩猎方法。如果他们发现一棵树上有两种记号，就会在第二年、第三年，接连来这里等候，一直等到熊、虎搏斗。一般来说，搏斗的具体日子大约在四月的下半月，至于具体哪一天，只有通古斯人知道，但多少年来一直秘而不传。

"鹬蚌相争，渔翁得利"。通常，这两个动物最终都逃不掉被猎手猎杀的命运。

听了这样的故事后，我突然有些难过，深深感慨于生命的执着和某种悲剧性的宿命。为了一片终究虚妄的领地，付出如此惨重、如此悲壮的代价值吗？也许并没有谁能正确回答这个问题，因为宿命并不给任何身在其中的生命以思考和选择的余地。

自上古以来，很多部族的先民们都认为自己是虎的传人，所以常以虎作为部族或氏族图腾。于是，人的行为和虎的行为、人的命运和虎的命运，在很早以前就通过想象、类比、崇拜等精神渠道纠缠在一起，难解难分。因此，人与虎在一些时空交叉点上，都同样难逃某种诡异的宿命。

先秦时，四川盆地东部有古巴国，那里的先民们认定自己身上流着白虎的血。这是一个由五姓氏族部落联合形成的大型部落集团，五姓包括：巴氏、樊氏、曋氏、相氏、郑氏，皆出于伿山。其山有赤黑二穴，巴氏之子生于赤穴，四姓之子皆生于黑穴，没有君长，俱事鬼神。于是几姓人约在一起，以掷剑之技推选首领，结果只有巴氏子务相击中目标，众人叹服。接下来，又比试驾船本领，约以能浮者为君，结果又只有务相坚持到了最后。因此，众姓共立务相为廪君。为扩大领土，务相率众乘土船向上，从夷水至盐阳。盐水有神女钟情于廪君，对他说："此地广大，鱼盐所出，愿留共居。"堂堂一神女竟然放下架子，以身相许且陪送领地，多么难得！但廪君志不在美色，而在疆土，无论盐水神女如何挽留，廪君执意不从。

盐水神女为留住廪君，就使了一个女人的小伎俩，一边诱惑，一边阻挡。晚上陪廪君共度春宵，早晨化作小虫集结无数同伴飞上天空，以身体蔽掩日光，致使"天地晦冥"，让廪君找不到前行的道路。不料，这廪君却是天生一颗帝王之心，没什么能让他改变自己的志向，情急之下，想出一个绝情的狠招儿，趁夜晚与盐水神女幽会之机，悄悄把自己的头发系在盐水神女的身上。第二天，当盐水神女再次化作小虫，阻挡去路，廪君就弯弓搭箭，瞄准那只系了青丝的小虫，一箭将其射杀。立时，虫云消散，天开日朗。故事的结尾就是廪君"君于夷城，四姓皆臣之"。

从情感上，廪君真的忍心亲手杀死于己有恩且相爱的神女吗？肯定不是，但情感又怎么能拗得过宿命和使命呢？

接下来，老王又讲了一个老虎和黑熊为了争夺领地在林中大战的故事。其实，这个故事早有人讲过。清末刘建封所著的《长白山江岗志略》一书中曾经记述："熊虎沟，西距浅水汀十二里，源出龙岗北，下流十六里，入锦江。土人云，此沟系熊虎相斗之处。每见斗时，数日不分胜负。虎饿，他往索食，饱返复斗。熊则不知也。斗方酣，虎去。熊即就近拔树，恐树碍斗，终日不息。虎再至再斗，无暇时。数日后，熊疲败，被虎噬者十之九。沟内斗场数处，故名之。"

有所不同的是，老王讲的故事里，熊是三只，虎是两只，属于群殴。过程和情形差不多，结果也是二虎利用战略和战术打败了三熊，但两只老虎并没有把敌手当晚餐吃掉，而是把它们埋到了土里，让敌手的死有了尊严，这让我有一点儿感动。

很难说老王讲的故事是不是刘建封所叙故事的翻版。这种为了利益和领地而殊死搏斗的事情在森林里经常发生。就算是不同的两个故事吧，情节上如此雷同，也显得毫无新意。

然而，细想起来，自以为智商很高、很有创意的人类所做的事情和所犯的错误不也在不断地重复吗？经典早已断定："已有的事，后必再有；已行的事，后必再行；日光之下，并无新事。"有史以来，人与人、族与族、国与国之间以相似和相同的理由发动的争斗和战争，不知已经重复了多少个世代，也不知重复了多少回，哪一次会更有新意，更有创造性呢？

（四）

夜已经很深了，众人在哈欠声中很自觉又很不习惯地躺下，一个挨着一个"排"在又硬又烫的火炕上。

靠近电灯开关的那个人伸手把开关一摁,整个世界就一下子坠入了黑暗。寂静的山区,不但没有任何光源,仿佛一切声音也都随着灯光的消失而消失。有那么一瞬间,我甚至怀疑,一个黑暗的浪头涌来,这世界还是不是原来的世界。

这么想着,就渐渐地失去了睡意。我试图睁开眼看看这世界在黑暗中到底是什么样子,可是我最后发现,睁着眼和闭着眼竟然没有什么差别。什么也没看见,仿佛什么也不存在。

突然,寂静中传来一声隐约的虎啸,我以为自己在极度的寂静中产生了幻觉。可是,过了几分钟之后,又有两声虎啸传来,这次比前一次清晰了很多。我确认,那是毋庸置疑的虎啸。

在一年中的大部分时间,老虎是沉默的,它连走路都尽量不发出声音。只有遇到特殊的情况,比如,愤怒、恐惧、发情等情绪激烈时才会虓然而吼。算一算时间,这季节正是东北虎的发情期,很有可能是在呼唤它远方的伴侣。

每年11月至翌年2月,北方的山林仍然天寒地冻,但老虎们在体内沉睡了200万次,也醒来过200万次的基因,却隐隐地听到了春天的脚步。冻土融化、冰河开裂,响在大地深处的躁动之声已经将它们惊醒,在老虎的每一寸肌肉和神经中,奔跑着、撞击着、寻找着能量宣泄之门。火一样燃烧的渴望,催逼着老虎灼热的身体,让它以最大的激情和音量对着远方,对着空旷的山谷,发出绵长的呼唤。数天之后,或者数十天之后,来自两个山谷里的云,来自白昼和夜晚的风,交汇、交合在一处,独往独来、孤独冷峻的两只老虎终于沉浸于短暂而激烈的温情之中。

雌虎受孕,怀揣着生命的种子告别了短暂的缱绻和流星一样来去匆匆的伴侣，再一次走上亘古孤独的旅途。105天或110天之后，两只、三只或四只小虎带着和父母亲几乎一样的斑纹，来到了这个吉凶难测的世界。它们将形影不离地陪伴或拖累它们的母亲整整两至三年的时间。

在此期间，雌虎不再发情交配，不再接受异性的呼唤和亲昵，而是把全部的潜能和母爱都倾注在自己的孩子身上。这期间，母虎的母性会表现得更加极端，她将以加倍的小心谨慎和无情拼杀，对子女进行着悉心护卫和养育。她将教会它们玩耍；教会它们撕咬；教会它们隐匿；教会它们忍耐；教会它们捕猎；教会它们防范、应对各种可能的危险；最最重要的是，要教会它们选择和守护好自己赖以生存的"家域"。

告别的时刻，母亲会根据平时的观察和考核，对每一个子女的未来做出方向性的安排。对儿子，不管条件如何，一律扫地出门，必须离开母亲的"家域"开辟自己的领地，决不迁就"啃老"，是男儿或生或死都要活出个雄气；是女儿则要区别对待，如果身体健康强壮，也要和兄弟们一样出去独闯天下；如果身体羸弱，建不起新的"家域"，就只好将自己的"家域"让给女儿，自己出去另立新家。总之，还是要让自己的孩子独立支撑起门户。

从分家的那天起，母子之间便彻底前缘了断，各奔东西，相忘于江湖。他日相见，不再相认，谁都不用记得或念及曾经的亲缘和温情，一切都按"丛林法则"进行，该争时争，该抢时抢，该战时战，该伤时伤。一去不再返身、回头。

终于有一天，每一只老虎都会拥有自己独立的"家域"。这是它们生命所出之地，也是它们最终的葬身之地。拥有了独立的"家域"，就拥有了独立的生存空间，就是一个当之无愧的王。但从此，它必须为捍卫这块领土日夜奔走，为它拼搏、厮杀，哪怕有一天要为它付出伤痛和鲜血，哪怕终于有一天身后会传来可怕的枪声！

又一声虎啸传来。

这仁慈的夜，开始微微颤抖。此前，它已把所有的利器和猎枪并它们的主人都掩埋在自己的黑暗之中，掩埋在各种各样的梦里。在黎明到来之前，整个山林和世界都应许给这无眠的生灵，让它以王的身份尽情表达自己的快乐、孤独、渴望或内心的不平。

终于，夜渐渐地露出疲倦，快要撑不住它黑色的幔帐，发白的微光正从天边的某道缝隙中溢出，以包抄的方式，缓慢而不可阻挡地收复起自己的失地。

清 山

(一)

郎建民一个人走在前头，我和薛延刚、孟新跟在后边，其间至少拉开30米的距离，但我依然能够听见老郎脚踩落叶发出的沙沙声。山仿佛是空的，空得如一个空旷的走廊。

举目远望，除了山的起伏和随山体起伏的树木，别无他物。但我知道，这只是眼睛告诉我的。我的眼睛，在我的生活中，帮过我很多忙，但也无时无刻不在给我提供一些远离本质和真实的表象和假象。就像我所看见的天空，其实一点儿也不空；这片林莽，这片我眼中的荒山野岭也一样，除了草木之外，还有数不尽的生命和精灵，还有很多我们看不见的东西，密密麻麻地分布着、飘荡着。只是，人的身影一出现，一切都随之销声匿迹或退避三舍。

长久以来，人类给这片山林留下了太多有形的和无形的阴影——声音、足迹、身影、房屋、公路、铁路、机械、武器等等，还有贪欲、残忍、心机、蛮横的逻辑和观念……如永不腐烂、降解的枯叶，如永远净化不成泥土的灰尘，在山林中漫延，并对山林中的一切，实施着排挤、驱逐和蚕食。

当我们追上前边的老郎时，我突然想问他一个问题："刚刚成立的东北虎豹国家公园管理局主要职能是什么？"其实，这个问题，我在和管理局李局长交流时，已经探讨过了。我问老郎，只是想再从山林工作者口中得到另一个层面的理解和回答。我以为老郎也会把各种管理、调查、维护的职能一条一款地再对我说一遍，但老郎没有，这更加让我有所期待。他沉吟片刻，说了两个字：清山。

"是清山还是清山呢？"我特意和文学修养不错的老郎玩了一个绕口令，"我的意思是，你说的清山，是指清理山林还是让山林保持清净、清纯变成清山呢？"

"都一样啊！"老郎笑了笑，"把山林里不应该存在的一切都清理出去，那不就清净、清纯，变成清山了吗！"

说完，老郎向我会意一笑，可能觉得我确实理解了他们的工作性质。但我觉得，要将被误读、曲解和污染了千万年的山林变成"清山"，像有人描述的"野生动物的天堂"或"圣林"，恐怕还是一种理想。对于一个小小的管理局和几个管护员来说，这担子显然太过沉重了。有什么办法呢？即便愚公移山也得一锹一锹挖呀！

没多久，老郎又走到了我们前边。转过一道山梁之后，老郎从背包中掏出一把特制的钳子，弯下腰吃力地一下下剪了起来。边剪边狠狠地说："你们看看，你们看看，这山上到处都是这些东西！旧的剪走了，新的又偷偷铺设上。这让豹子和老虎怎么走路，怎么生活？"

这是山民们为了养牛铺设的铁丝网。铁丝网有里外两层，里边的那层因为铺设的时间久了，已经生出了褐色的铁锈，看上去松松垮垮的，很多都已经垂落到了地面上。在旧铁丝网的外层，又加了一道新的，看样子铺设的时间并不长，铁丝外的镀锌层还很完整，网子铺设的高度也比以前的那道更高，钢刺显得很锋利，作用自然也会发挥得更好。有了这道铁丝网，里边的牲畜就不会越过铁丝网到处乱跑，最主要的是，外边的虎、豹、熊等大型食肉动物便无法越过围栏去伤害网子里的家畜。

延边红牛，作为一个优质的饲养品种，以其耐粗饲、抗病害的先天优势，历来广受山民的青睐。从前，山民们把小牛买来，往山上一赶，一夏一秋就不用再理会了。冬天再从山上赶回来，已经自己长了一身肉，杀掉一卖，基本没付出什么饲养成本，利润就到了手。所以，很多山民手头有了一些本钱，都惦记着买几头"红牛"来养。也正因为这种牛的野外生存能力强，才成为生态的主要杀手。这个品种的牛食性很广，山林里除了一些年龄较长的树木，它们无可奈何，其余的植物基本是见什么吃什么，简直就是一部掠食的机器。在食物稀少的冬天，连拇指粗的幼树都会被它们吃个精光，被它们暴吃过的山林，给人的感觉总是光秃秃的。但山民们并不在乎，山大呀，这山吃光还有那山。

近些年，由于野生虎豹的回归，虎豹或熊吃牛的事件时有发生。山民们为了不受虎豹的袭扰，纷纷改变了养殖方式，由过去的零星放养改为集中放养。把牛统一交到一个山林承包人的手中，付一定的管理费用，把牛用铁丝网圈在一座山上，山就成了一个开放式的养牛场或巨大的牛圈。还是没有专人看管，牛也还是自由行走、进食。省时，省力，也省心。

这样一来，野兽吃牛的问题暂时得到了一定程度的缓解，野生动物的活动区却被很多养牛场分割得支离破碎，对野生虎豹的进食和交配都起到了严重的制约、阻碍作用。此类事情，保护区管理局虽然可以出面制止，但因为大部分山林的承包期还没有结束，在2025年之前，很多承包主也会依据那张承包合同，理直气壮地争取自己的权益。

老郎一边剪，一边口里念念有词："让你们乱拉乱扯！最好别让我看见，看见了就剪……我能走通的地方，就让虎豹能走通！"大概，一直剪到两手发软，我们已经看到他大汗淋漓，他才停下手来，站在那里擦汗，喘气。老郎的这一气忙碌，看得我们几个人不由得摇头叹息。谁都知道，这么大的问题，并不是靠个人的一己之力就能解决的。局里每年都联合几个行政执法部门有计划地集中组织"清网""清套"活动，到时一并解决好了。

曾有人告诉我，郎建民的老婆对他玩命工作很是担心，并时有劝阻："你咋那么幼稚呢？头发都白了，还操那么多的心，少管点闲事不行吗？"依我看，让他不干别的事情或许能行，但让他少管山林里的"闲事"肯定不行。老郎自从干上这行的那天起，就立志"要把职业当成事业干"。你让他不管，他会瞪圆了两只大眼睛问一个在一般人看来更加幼稚的问题："我就是干这个的，我不管谁管？"

目前，在管理局的干部里，既有"处"级职务，又坚持和普通护林员在山里跑的，就他这一个人。这样一个人，你不让他上山，不让他管山里的事情，行吗？只要他一进山，他就无法像正常人那样想问题，他就换成了山的思维。为什么叫"郎老虎"呢？只要是自己区域里的事情他都管。甚至比老虎还"虎"，老虎只管一两个或两三个山头，也就是自己"家域"里的事情，郎建民却要管这一带所有山头上的事情。

现实中有些事情也很奇怪，你要是不认真，大家都认为你不应该管；你若是真较劲，人们也就真害怕了，因为他们知道你代表国家意志。一身"虎"气的郎建民很快就被保护区内的山民所熟知，并被那些偷猎者和违规者畏惧或厌恶着。他曾不止一次赤手空拳抓获过全副武装的盗猎者；也不止一次与盗猎者背后的社会势力勇敢对峙。值得庆幸的是，他很多次与凶险和灾祸擦肩而过，不但没有丢掉性命，反而树立了行政执法者的威严。他之所以能够受到山民们的普遍敬畏，理由大约也就是他的无私和无畏。

有一年，郎建民听说春化一带偷猎现象特别严重，就把野外调查的"点儿"定在了春化，领着人在那里"驻扎"了一个冬天。住土平房，睡大炕，天亮出发，黑透回来。听说最爱管事儿的"郎老虎"在春化，几辆车摆在那里，几十号人天天"神出鬼没"在山里转，谁还敢轻举妄动啊？整整一个冬天，那些打猎的人，天天盼着他们离开，可他们就是不离开。最后，有的人可能看出了未来的趋势，有的人实在耗不起了，便干脆改从他业，把猎狗都卖掉了。

还是孟新年轻，眼尖，我们刚刚向前走了一小会儿，他就在我们右侧一丛灌木和一棵松树的空隙，发现了一个钢丝套子。套子由筷子粗的"油丝"做成，一端固定在小松树上，一端很隐蔽地悬挂在灌木的枝条上。看样子应该是一个陈年老套，钢丝表面的镀层已经腐蚀脱落，隔着一定距离看上去，很像一段环状的枯枝。还好，因为套子下的位置不对，始终也没有野生动物误入其中。

套子，是最常见也最有效的传统捕猎工具，也是这些动物保护工作者最头疼、最痛恨的东西。一个小小的套子，几乎凝聚了人类的全部心机、阴险、恶毒和贪婪。别说不谙人类心机的动物应对不了，防不胜防，就连人类自身也经常身受其害。

（二）

到后来，套子或者圈套，已经被人类玩得千姿百态、出神入化。有原始、简单的；有现代的、复杂的；有有形的，有无形的；有只应用于动物身上的,有应用于一切领域的。单说应用在动物身上的那些套子,就足以让人眼花缭乱、心惊肉跳。

我所知道的最小的套子是用一根比人类的头发丝粗不了多少的"马尾儿"(从马尾巴上取下的一根长毛)做成,一端是一个可以收缩、勒紧的"扣子";而另一端则是一个避免逃脱的"坠子"。有时,"坠子"是一个比鸽子蛋略大的泥球,因为泥球可以自由活动,这样的套子就叫活套;有时,"坠子"就是一节深深插在土里的树枝,因为无法活动,便称作死套。这样细的套子,多用于套那些体形很小的鸟类,比如矮脚百灵或田鸦之类。套子通常布设在鸟儿的必经之路或可能走过的地方,比如在鸟儿的窝巢边或经常喝水的水坑边。

套子下好后,就可以放心走开,隔一段时间去"遛"一趟,有愿意看到全过程的,就站在远处望着。鸟儿一旦进入套子,就开始跟自己搏斗,因为除了一条勒在脖子上的细索,身边并无任何敌手。它当然可以老老实实地停在那里,不做徒劳的挣扎,等着套子的主人迈着方步走来做出最后的发落。可哪一个误入圈套的鸟儿、动物或人,会心甘情愿地束手就擒呢?那就只有挣扎,只有拼命地和自己"较劲"了。越想摆脱套子的束缚,越用力挣扎,套子勒得越紧,越透不过气来,越感觉到疼痛。

远远看去,如果草地上有一双徒然挣扎、张合而无法飞翔的翅膀,就一定有一只不幸的鸟儿中了人的圈套。

套子的妙处和神奇就在这里。在短时间内,你不知道谁下了圈套,连愤怒都找不到对象;另外,在中了圈套之后,任你有多大的力气,都帮不上自己的忙,并且力量越大对自己的伤害越大。有一些性子刚烈的"中招"者,被套之后会豁出命来挣扎,结果会很快把自己勒死在套子里。为了稳妥或为了拖延些时间,下套的人有时并不希望猎物马上死去，所以就会采用让猎物勒不死又逃不掉的"活套"。

至于套子的设计，必须粗细适当，因对象而异，量身定做。用于套鸟的套线，必须采用纤细、柔软的"马尾儿"，粗了、硬了，鸟儿没那么大的力量拉动套子，套子发挥不了作用；如果对付野猪、黑熊和老虎，套线又绝对不能纤细、脆弱，否则与它们的力量不匹配，还没等它们有什么感觉，一个精心设计的圈套就已经被摧毁了。这是设计套子必须把握的原则和尺度。

如果对付兔子和原麝，套线的强度就要适中，一根细铁丝刚好合适。再粗，再钝，在套子还没来得及充分收缩发挥作用时，动物们就已经很警觉地把头从套子里缩回去了。而用于套狍子和梅花鹿的套子就要使用稍粗但柔性比较好的钢丝。如果针对野猪、马鹿、黑熊和虎豹等大型动物，套线则必须尽量结实，同时，也不能一律下死套，因为大型动物的力量大，下死套脱逃的概率非常大，这就要视具体情况考虑活套。

前一天晚上，我和动保专家朴老师聊天，他给我讲了一些猎人用套子捕猎大型动物的故事，让我更加具体地了解了套子的威力和可怕。

发源于长白山东北坡的十二道河子是朴老师搞野生动物研究经常光顾的现场之一。夏季水多时，马鹿就沿着河边小沟谷下到河边饮水。长期以来，形成了一条鲜明的"鹿道"。这条鹿道既是马鹿或其他动物下河饮水的通道，也是熊类获得食物的理想场所。

熊饥饿的时候，专门在鹿道口或鹿道附近隐蔽的地方等待马鹿、野猪或狍子，在这种环境下捕食，是件非常容易的事情。一旦动物们进入狭窄的下河小道，便很难折身返回，熊就躲在小道旁以强有力的前掌将它们拍打致死，享用其肉。发现了这条小道的猎人，当然不会放过这个"大好"的机会。他们在鹿道上布下许多钢丝套子，于是，这条"鹿道"就成为许多野生动物的不归路。

仅1998年6月25日一天，朴老师就在河西岸不足1千米的河段上，见到被套死的马鹿27头。这些套子都是下在陡崖边鹿道的中间部位。这样，即使马鹿发现了套子，也无法转回或后退，只好硬闯过去。它们以为那是一个普通的障碍，结果一闯，就闯进了死亡的渊薮。仔细查看，那些套子都是用粗大的钢丝盘成的死套子，这样的套子，即便老虎误入其中也必死无疑。套子的一端固定在粗大的乔木上，被套死的马鹿没有任何挣扎的机会，直接就吊死在石崖上。它们四腿伸直，头歪着，眼睛大睁，舌头靠一侧歪斜着伸出，眼腺处还可以看到流淌眼泪的湿痕，一副绝望的神态。

离鹿道不远处，还有一头熊的完整骨架。颈骨上还有钢丝套，套子连着一根2米长的木杠。置黑熊于死地的正是一个典型的活套。钢丝套的另一端并不是固定在树上，而是捆绑在一截木杠中间。一旦熊被套住脖子或腿部，为了摆脱这个羁绊，就会情绪烦躁，拖着木杠到处乱转，不断遇到更多的障碍，不断消耗体力。最后，因无力挣扎而死亡或缠到周边树干之间，越缠越紧，终被勒死。如果是死套，套子固定在树干上，凭着熊的力量很可能把钢丝绳通过反复扭动而折断，也可能咬断树木而逃脱。

廉价的钢丝套，因为成本低廉、布设方便、易于隐蔽，所以被盗猎者滥用，也因此堪称动保领域里难以清除的"病毒"，给山林里的动物，包括老虎，造成了不可估量的伤害。很多套子，本来是用来套狍子、野猪的，但只要老虎误入其中，也凶多吉少。

目前还没有数据表明有多少东北虎死于猎套，但从过去各地发布的新闻看，情况已经很糟糕。2004年辽宁新宾发生一例东北虎死于猎套的事件；2008年，黑龙江省一只野生成年雌虎死于钢丝套；2011年

10月，黑龙江省一只野生东北虎死亡，专家鉴定结果显示，钢丝套影响老虎捕猎和进食，是导致其死亡的主要原因；2016年珲春某林业局在道路清雪时，清出一具死虎的尸体，也是因为猎套所伤，造成巨大的环形伤口而导致死亡……

不但一线管护人员，很多国内的动保专家和外国专家，也都对猎套感到头疼，一致认为猎套是威胁野生东北虎生存的最重要因素。世界野生动物保护协会俄罗斯项目部主任戴尔·米奎尔博士，自从2012年珲春自然保护区问世以来，就一直坚持协助指导保护区的野外调查工作，对这里的情况很熟悉。当我在访谈中问到中国国家虎豹公园目前最需要解决的问题是什么时，他毫不犹豫地回答——猎套。

在山林禁猎、收枪之后，大量猎套的存在不仅会直接威胁东北虎的生命安全，更重要的是会大量消耗森林中的有蹄类动物，夺去老虎口中的食物。俄罗斯平均每平方公里有一只有蹄类动物，而在我们的虎豹公园，可能还达不到这个水平，食物本来短缺，再进一步消耗，客观上就相当于置老虎于死地。

每年的春节前，是偷猎最猖狂的季节。近年来，虽然保护区之内的情况大有好转，但保护区周边的情况仍不容乐观。

2018年1月5日至25日，中科院、中国野生动物保护协会、国际爱护动物基金会（IFAW）和珲春市林业局共同在保护区之外搞了一次大规模的清套活动，20天共清套2000多个。有些地方，大约野生动物经常活动，套子会边清边下。工作组刚从林子里撤出，新套子便又出现。连查三次，次次不空。第一次清理出170个，半个月后清理60个，再一次清查又清理200多个，"雨后春笋"般，层出不穷。

对野生动物的盗猎活动之所以屡禁不止，概因其背后有着一股巨大的驱动力。表面看是人们惯常认为的口舌之"快"和经济利益，实质上还潜藏着更多、更大的贪欲。据某一有经验、有经历的转行猎人透露，在黑市交易中，一只狍子能卖到2000元左右，而一只不到200斤的野猪可以卖到3000元。尽管如此昂贵，仍难以满足一些特殊人群的巨大需求。"为啥我和部队、派出所、海关的人都认识，关系那么好？因为他们要提干，办事，升官，都要来找我帮他们'整'点野物……"一句话透露了天机。但这已经不是我们在这里要讨论的话题了，相信凡事都有因果。

清过了那个陈年老套之后，我们又走了不到十分钟，郎建民在一棵有一点儿倾斜的大黑桦下停下来，对着树下的一片杂草比较少的空地给我介绍："就在这里，前几年我们发现过一只敞开口直径达到一米的大钢夹。那样的大夹子，需要两三个人配合用铁棒撬动才能布设上，夹口带着锯齿。"这样的超级大夹子，不管是谁，熊、老虎或人，只要踩"犯"了机关，当时就会把腿夹断，插翅难逃。

虽然说套子厉害，那也只是对动物而言，在人看来它就太简单了，因为套子是人针对动物设计的，所以人很轻易就能把它解开，只是动物解不开。不像人针对人设计的套子，无形、抽象、难以辨认，也难以提防，无法破解。举个例子，当你开着车以每小时60公里的限速前行，一转弯突然就遇到了一个限速40公里的摄像头，这就是一个针对人设计的套子，虽不要命，却不可解。针对动物所下的套子，那些负责山林管护的队员们也经常被套中，一般不会造成什么大的伤害，大不了绊个跟头，摔倒了，爬起来，解开套子可以继续前行。而这大钢夹，却非同寻常，它可是连人带野兽通杀的"神器"。一"夹"之上，不但具有动物们识不破的机关，也有人类最无可奈何的暴力。

就连郎建民这样的"老山林"都会谈钢夹而色变："要是让我们这些清山的管护人员踩上，一下子两条腿全没啦！所以，我带着弟兄们出来，首要强调的一点，就是让他注意人身安全，人在，还能继续工作，人不在了我们放下感情不谈，需要多少年的培养和积累，才能出一个过硬的山林工作者！"

看似平静的山林里，其实到处充满了机关和凶险。

直接可以杀伤动物的猎枪、猎狗就不说了，除了套子和夹子之外，还有陷阱、机弩和"炸子"等诸般凶器。由于挖陷阱太费力气，这些年陷阱已经绝迹了，但仍然有人使用"炸子"来杀伤野生动物。所谓的"炸子"，简单地说，就是一个自制的微型炸弹。炸弹外边包上一层肉，从外边看，就是一块肉，像虎、豹、熊等这类大型食肉动物一旦将这样的肉吃在嘴里，一嚼，里边的引信就会把炸药引爆，整个动物的头就会被炸碎。

2017年7月23日，吉林省延边森林公安破获的天桥岭团伙猎杀黑熊案，案犯王某、唐某才、唐某江等8人使用的就是"炸子"。熊吃了"炸子"之后，整个头被炸得只剩一个下巴。案犯被抓捕归案后，从其住处又起获了地枪4支、自制炸弹8枚、弩1把、弩镖3袋、套子和夹子若干以及熊掌12个、熊胆3个、麝香3个……从这些缴获物就可以看出，虎豹公园管理局以及郎建民等，未来的任务还很艰巨，要走的路还很长。问题的关键在于，很多任务他们都无法独立完成，还需要整合、动员整个社会方方面面的力量。

（三）

郎建民打开一处远红外照相机的锁，查看存储卡里的影像，突然眉开眼笑。我断定，他一定是看到了老虎。

"这就是那只最有意思、最淘气的T9。"T9是郎建民给一只老虎起的代号。T是英文Tiger的缩写，9是第9号的意思。郎建民反复地回放着相机里那段有虎经过的视频,似有无限的欢喜。当我靠近时,他指着画面里一只领着幼崽的母虎告诉我。

查看时间,摄像机是前三天黄昏时启动的。有一只毛茸茸的幼虎,一会儿跑出画面,一会儿又从画面外跑进来,而幼虎的母亲T9却一直站在摄像头前没有动,以单纯又复杂的眼神望着画面之外。有那么一瞬,我甚至把它想象成了一个人,它的样子,很像有什么话想对着摄像头说,可是。片刻之后,它还是慢慢转过头,若有所思地离开了。

自从2001年10月第一次在录像中见到它之后,郎建民就与它结下了特殊的缘分。它的淘气与怪癖、它的多疑与霸气,都碰巧被郎建民见证,也都成为郎建民津津乐道的"趣事"。作为一个重点关注和研究老虎的专家,郎建民当然对其他的老虎也都有浓厚的兴趣,但对T9显然有一些特殊的感情。

2001年冬末,T9立足未稳,就闯了个"祸"。大约是对环境比较陌生的原因,它冒冒失失地闯入三道沟村,在一条小河边捕杀了一头牛。因为牛的四蹄和尾巴并不在老虎的食谱之中,为了不碍事,它先把那些东西从牛身上咬下来,叼到了小河的对岸,齐刷刷摆成一排,然后再回到小河这边,用几天时间慢慢把牛肉吃光。

这件事发生之后,郎建民亲自到现场处理案件。虽然一切都按照程序有条不紊地进行,该勘查勘查,该评估评估,该赔偿赔偿,合情合理,不动声色,无任何漏洞。但郎建民自己心里非常清楚,在情感上,他一开始就暗暗地偏向了老虎一边。一头牛,被老虎吃得支离破碎,尸骨散落于小河两岸,他却没有觉得有什么可怜、可惜之处,而是觉得老虎吃一头牛本没什么大不了的。老虎饿了就要吃,吃了,给养牛户以合理的补偿也就算了。

"反正也要被吃掉,给人吃和给虎吃还不是一样?"

因为有牛的主人在场，郎建民并没有代表老虎直截了当地说出自己的想法，也没有流露出自己的情绪。进入细节勘查阶段，他不仅对整个过程进行了详尽记录和反复推测，还一边工作，一边不由得发出赞叹："这老虎太有创意，太有意思！"过后，他虽然也自觉这样想有一点儿过分，并从理性上对自己进行了反思，但到头来却发现自己的反思是假惺惺的、失败的，在情感上，还是无法不站到老虎的立场上去。

"真是没办法！"郎建民最后只能对自己摇摇头表示遗憾。在他心里，不论老虎做什么都是可爱的，越是离谱儿就越觉得有趣。

半年之后，又有一个村民报告，家里进了老虎，叼走了一条狗。郎建民接到当地电话之后，马上带人赶到了现场。从虎的"家域"判断，还是那个T9。现场虽然不大，但也很血腥。让人不敢相信的是，一整张狗皮，竟被T9"扒"了下来，虽然不是特别规则，但基本完整，规规矩矩地放在一边，狗的脑袋被咬碎了，肉被吃没了。

以前，听说老虎会扒狗皮，郎建民一直不太相信，这次亲眼所见，更加感叹老虎的神奇。同时，他也进一步认识到，人类对动物的了解太少了。古籍里，还有老虎吃了狗就大醉的记载。据说，老虎吃了狗之后，比人喝了酒反应还强烈，吃完即刻醉倒大睡或趔趄不能行走。可是，现在东北虎的实际情况并不像传说的那样，它们不但不会吃狗即醉，反而特别喜欢吃狗，如果老虎在捕食时有多种选择，比如狗和猎人在一起，首选即是先把狗干掉或叼走。老虎首选吃狗，一个原因可能是狗的味道比较适合老虎口味，另一个原因可能是狗的狂吠惹恼了虎。对此，郎建民也没有找到赞同或否定古籍的证据。他是一个幽默的人，更是一个偏袒的人，他有一个有趣的解释："可能狗就是虎的'酒'吧！但东北虎和东北人一样，酒量大，好喝而不醉。"

站在局外评断，郎建民对老虎的爱，已经有了一点偏执的意味，属于非理性。可是，世间的爱哪有理性的呢？也正是这有些偏执的爱，才支撑了他对事业的狂热，不计代价，不辞辛苦，无怨无悔，才让他认定"这一生只为老虎服务，只做老虎的仆人"。

当郎建民使用了"仆人"两个字的时候，我联想到了宗教。如果说，老虎是一种神秘、神圣的存在，如神，那么郎建民无疑就是老虎或老虎所代表的自然的使者，他在山民和"山神"之间，传达彼此领悟、沟通、理解的信息，调和相互之间的关系，以达成某种和解与和谐。而那些被吃掉的牛与狗，就是偶尔作为祭祀的牺牲吧！

莽莽山林，就是老虎的殿堂！

18年来，郎建民带着一帮人在这个崎岖、凶险的"殿堂"里，恪尽职守，尽心侍奉，早已把这份他认为神圣的事业摆在了个人利益、情感甚至安危之上。

早在2011年初，郎建民和他的团队已经在保护区东北虎豹活动频繁区域以网格化方式架设了260台红外线相机，两两相对，共130个监测点位。每隔两个月左右，他们就要为这些相机更换一次存储卡和电池，并采集上一时段拍摄到的影像资料。然后，还要花更多的时间整理资料，统计数据，通过照片上虎豹的大小、步距、花纹等细部特征进行分析，对虎豹个体差异、活动规律等进行研究，为更有针对性地保护提供科学依据。除了这些基础工作外，他们还要定期进行野外调查、跟踪野生动物、采集野生动物的信息标本、清山清套、临时救助、处理突发性事件等。

最近一些年，由于北京师范大学的一个高科技团队介入了保护区的监测工作，一个"天地空一体化"的自然资源监测和管理系统正在试点和推广应用。尽管此系统拥有着每平方公里一对监测设备的高密度监测能力，但仍然无法采集到野生动物的全部生存和健康信息，对实体信息的实地、实物采样收集和分析仍然十分重要。

因为老虎是保护区的旗舰物种和第一保护目标，每年冬天，老郎和他的团队都要花去很多的时间和脚力，在山林里跟踪老虎，沿着它们的足迹走下去，一路查看、判断它们一口气走了多久，在哪里停了下来；在哪里休息了多长时间，休息时是什么姿势；在哪里进行了领地维护；在哪里排便，距上次大约多长时间；在哪里离开了行走路线；在哪里捕食了猎物，每只虎的活动范围多大。哪怕找到一个脚印儿、一坨粪便，他们都视为珍宝……他们对各种痕迹十分敏感。有时，看到一个足迹或卧迹，就会有一幅老虎活动的画面在他们脑海显现，甚至老虎的步态、神情、打滚、伸懒腰等一些小动作都会在他们的头脑中演绎得活灵活现。

然而，这高山密林毕竟隐藏着太多意想不到的危险和困难。看似平淡无奇的小事，如果放在条件复杂、危险的山林里来完成，就被加了一个很高的"难度系数"，成为危险和难度都极大的事情，甚至是了不起的事情。举一个例子说，人们徒步，走一走，出出汗，是很平常的一件事情，但如果地点更换，"徒步"到了喜马拉雅山，那就变成了一次极有挑战性甚至有可能付出生命代价的探险。也就是说，险境无易事，连走一段路都可能对人的意志、境界和情感构成考验。

比如布设远红外摄录仪器，也就是在指定的坐标点上绑一台照相机，看似简单，要想走到那个指定的地点，很可能煞费周折。2011年刚刚施工时，三个作业组都因为有些地点难以到达而把相机绑出了规定的"网格"节点。对此，郎建民很生气："做事的态度怎么能这样？"他决定自己亲自上阵，给他们"打个样儿"做出示范。

时值冬末，天寒地冻，山体上覆盖着半尺厚的积雪。一道突兀的陡坡刚好挡在郎建民小组的正前方。上边是距地面大约70多米的崖顶，下边是一个斜度在60度以上的砂岩质地的陡坡，陡坡上由于基本没有土壤，生了一些细小、稀疏的树木。遇到这样的陡坡，原则上是应该放弃的。如果不借助特殊的攀爬工具，一般人很难攀登，即便是勉强攀登也蕴藏着巨大的危险。上，还是不上？依着郎建民的性格，毫无选择的余地，就是上："能让一个小小的山坡吓倒吗？我不冒这个险，下次还有什么资格要求别人？"

为了减少危险系数，郎建民还是留了一手，只带了身体素质极好的协理护林员李勇，其余的人一律绕道而行，去下一个约定地点等待。兵分两路，他们两个人开始一前一后向崖顶攀爬。爬至大半程的时候，前边的郎建民感觉到了体力不支，但在这个位置不继续向前，返回的危险同样很大，只能继续坚持。在距崖顶十多米的地方，郎建民出现了危险情况，他整个身体的重量都集中在一只右脚上，除了右脚下那一棵拇指粗的小树做支撑，身体全无依附。他试图抓住前方十多公分远的一棵小树，但几次都没有成功。这时，爬在他身后的李勇看到了他的身体在剧烈抖动，大声提醒他不要动，要把身体贴紧山体，这样多少可以增加一点摩擦力，减轻一点右脚的压力。

情况十分危急，如果在这个地方失足，摔到山下，就算不粉身碎骨也性命难保。李勇试图想办法营救他，可李勇自身也很危险。郎建民干脆把心一横，做好了掉下去的准备，命令李勇不要管他，马上向下寻求撤退的路线，不能眼看着两个人一同"完蛋"。他说完便伏在山体上，准备稍做喘息再一次向头顶的那棵小树"出击"。可就在这时，处于郎建民身体侧后方的李勇，仗着一米八五的身高和强健的体魄，飞身跨越到了郎建民的前方，稳稳踩住了那棵至关重要的小树，随后将手递给了郎建民。

郎建民的危险解除了，两个人坐在崖顶的平地上回头一望，不由得倒吸一口凉气。从此，郎建民与李勇建立了生死之交。直至今日，郎建民都在心里记挂和感激着这位有过救命之恩的兄弟，并始终以兄弟相称、相待。

即便如此，只要触及动物保护的红线，郎建民也不会有丝毫让步。

李勇除了兼职护林员外，还是一个地道的农民。前几年，他承包了一个山沟，养殖林蛙，在山里建有房舍。一天中午，郎建民在巡山时看到一辆越野车顺山道开到了李勇承包的山沟里，他隐约记得那是李勇所在的乡政府的车。凭着职业的敏感，他马上意识到很可能有情况。万一李勇坚持不住原则，给乡里领导搞一点"野味"招待一下呢？他毫不犹豫，马上调转车头，尾随乡里的车直奔李勇的山沟。进到屋子，简单打过招呼之后，郎建民直奔厨房而去，闻到锅里飘出的肉香，不由分说，立即掀开锅盖查看。

原来，锅里煮的并非野味，而是李勇自养的一只鸡。但这个举动一出，就已经把"兄弟"的心伤了。为此事，李勇好一阵子难过："还说是兄弟，竟然这样不信任我！"

（四）

我们又爬过了一道山梁，我已经累得吃不消了，只能暂时停下来。在这种无路可走的山上跋涉，可真是考验人的身体素质和毅力。

这些天和老郎、老薛他们一起在山上走，常常让我感到自己是他们的一个累赘。我要一刻不停地走才能勉强跟上他们，而且边追赶、边喘息，而他们要走走停停，不断地找一些事情做，等着我跟上来。见我有一些不好意思，老郎笑笑安慰我："你还是挺厉害的，如果换上一般人，早累趴下啦！这走的功夫，也是专业，你不能走是正常的，能走反而就不正常啦！能像我们这些'野人'一样，一整天在山上走，至少需要多年磨炼。刚开始我们也不行，这点功夫也是日积月累刻苦用功磨炼出来的……"

在野生动物的保护和研究领域，俄罗斯起步比较早，大概比我们早三十年到五十年。不仅在理论方面，实践方面我们也远远落后。最近一些年，中俄两国在东北虎考察、研究方面交流、合作频繁。工作过程中，在很多方面都能显露出彼此的差距。但曾经落后不等于永远落后，至少，在管护实践方面，只要用了心，下了功夫就能见到效果。

"凭什么要落后呢？"郎建民表面谦虚，但心里却一直在较着这个劲。

那年，保护区刚刚建立，里里外外加一起就三个人，哪有这个处室、那个中心呀？郎建民一个人就是现在这个科研监测中心的肇始和前身。即便他这个所谓的"主力"，也是刚从旅游公司那边调来不久，一个纯粹的外行。生物学的基础知识没有，山林工作经验为零，对野生动物保护的基本理念和基本工作方法一无所知。一切都要从头学起，从头来过。上级领导来了，国内的专家来了，有关科研机构的学者来了，境外动物保护组织的大腕们也来了，看看保护局的基础工作，看看这几个笨手笨脚、懵懵懂懂的工作人员，发表了一通看法之后，纷纷失望地离去。虽然没有人对他们明确下过"不行"的结论，但从那些失望的眼神和态度里，郎建民的自尊心受到了深深的刺激。

正在这时，美裔专家戴尔·米奎尔博士来保护区指导工作。这是一个性情火暴的人，从专家和学者的角度对保护区的工作表示了强烈的不满和指责。当然，戴尔的指责件件属实，均有依据，只是没有考虑保护局的实际情况。那时的保护局不论从哪方面说，都是"一穷二白"，要资金没有资金，要设施没有设施，要人员没有人员，要管理经验没有管理经验，郎建民等几个具体干事的人，都不是动保专业出身，而且每月最高的工资才2000元，很多事情就是想做，也是心有余而力不足。他们能在这片山上坚持这么多年，主要还是靠情感和情怀的支撑。

郎建民也是一个性子火暴的人，用他自己的表述是"很驴"，正好一肚子委屈和郁闷没处宣泄，接着戴尔的话头，郎建民就和戴尔大吵了一架，他告诉翻译要一字不落，如实翻译，不准偷工减料："你们是专家不假，但专家的职责是指导，并不是不考虑实际情况的横加指责……"这一吵，反而让不明真相的戴尔对保护区的实际情况以及这些工作人员的情况有了一个清楚的了解。沉思良久，戴尔先生终于收回成见，对他们表示了理解。从此，成了郎建民的好朋友，手把手把自己的工作方法和经验传授给了郎建民。

也正是从此，郎建民下决心要"争口气"——不管吃多少苦，遭多少罪，倾注多少心血，也要把自己和自己的队伍"摔打"成动物保护领域的行家里手。决心一下，他就对自己下了"狠手"。从跟着戴尔在山林学习辨识动物印迹开始，郎建民差不多每天都要在山里走上十几公里，观察各种痕迹，聆听、辨识各种声音，辨别各种气味，有时趴在树干上或地上闻老虎或豹子的气味，一趴就是十几分钟。不管什么条件和天气，只要山上有情况他都会及时赶到现场。

18年来，被郎建民嗅过的树木和泥土上各种各样的"卧痕"不计其数，被郎建民走过的山路也无法计数，只要进山的人大概描述一下方位和地貌，郎建民的头脑里便会立即呈现出一幅立体的图画或实景。

郎建民硬朗、凶悍的工作作风不仅体现在自己身上，也通过长期的带领与磨合，体现于整个团队。到后来，竟然让外国专家也不得不对他们竖起大拇指："这些年，中方的专家们进步很快，也很大！"

虽然国际间的合作、交流都是在友好、和谐的氛围中进行，但具体到个人，涉及业务的强弱、水平的高低，还是有个尊严问题。在一次开展有蹄类动物调查过程中，俄罗斯方面有一位帮助协助工作的女士，跟过两个小组之后，对郎建民说，中国人不行，走不了路，总是我在前面蹚雪。老郎一听，心里很不是滋味，一群中国大男人怎么能让一个俄罗斯小女生瞧不起呢？刚好第三天轮到了郎建民和薛延刚这组，当时老郎脚上有伤不能上山，但薛延刚在呀！也是个硬手啊！老郎笑了一下，没言语。

第二天跟老薛讲，你要给中国人争口气！老薛心领神会。人撒出去就是小一天，老郎虽然没有坐在那里静等结果，但心里还是时时记挂，对结果充满期盼。傍晚收工时，老郎早早驾车去山口接上山的人。结果不出所料，他第一个看见的就是老薛，老薛虽然也气喘吁吁但却精神抖擞，没有累垮。几分钟后，俄罗斯小女生也下来了，一脸的冰碴子和疲倦。随后，其他人才陆续出现。一见面，俄罗斯小姑娘就迫不及待地对郎建民说："薛，你们的英雄！"为什么这么说呢？整整一天，全是老薛在前面蹚雪，路过一片葵花地，还清了不少套子，同行的刘彤懂英语，说这个俄罗斯女生在途中不止一次称赞老薛是一个出色的野外工作者。

一个小小的比赛，不过是野外工作的一个小插曲、一个小骄傲、小得意，终究是职业生涯里一个微不足道的小花絮，不过一泓秋水表层的一朵小小浪花而已。大部分时间，他们是没有精力和心思关注这些小细节的。他们的心思全在山林之中，全都在那些野生动物身上。可以说，他们多年练就的本领从来都不是用来表演的，而是用以实战，甚至是不顾及姿势的实战。

有一次，央视的一个编导带着学生到珲春拍片子。郎建民知道这是一件难度很大的事情。毕竟，真正的山林，不同于专用于人们游览参观的野生动物公园，这里的野生动物，不论从密度上还是生活习性上，都很难让人拍摄到，很多来拍动物的人往往乘兴而来，扫兴而归。为了保证远道而来的央媒有所收获，保护局的领导特意交代郎建民，一定不要让摄制组高兴而来，扫兴而归，至少要让他们拍到一些野生动物的痕迹。这个要求对郎建民来说还不算太高。郎建民想了想，决定带着一行人去西北沟，因为西北沟当时有两只豹子在那里频繁活动。

果然，不出郎建民的预料，摄制组在西北沟拍到了清晰、新鲜的东北豹足迹，还有一处清晰的卧痕。这么多人一起进山来，这样的收获就已经值得庆祝啦！

正当众人兴高采烈地讨论着下一步如何行动时，一棵大树突然夹带着树枝摩擦的声音从高处向郎建民站立的位置砸去。年深日久，那棵大树的根部已经大面积枯死、朽烂，只是上部仍然活着，单等着某一天的某一刻最后一根稻草压来，而轰然倒下。巧的是，那最后的时刻，正"安排"在郎建民领人到来的时候。几个人谈兴正浓，哪里注意到那么多细节？只有郎建民，凭着眼睛的余光和敏锐的听觉，感觉到了那道巨大的黑影和高处的杂音带来的危险。他一个箭步蹿到了三米之外对面的人群里，就在人们还懵懵懂懂一无所知时，郎建民已经逃过一劫。瞬间，大树正好砸在郎建民刚才站立的地方。"后怕"之余，人们不由得感慨这些动物保护人员的机敏，也不由得感慨山林环境的危险。在这样的环境里工作，人类必须把自身的潜能开发到极致，像动物一样，敏锐地感知周边的一切信息，而教会他们这一切的，正是山林，这个严厉的老师。

（五）

午后一点，我们终于爬到了一座大岭的制高点，可以歇下脚，吃

313

点食物。

　　山下就是珲春市哈达门乡。这里是东部山区与珲春平原的过渡带，由于人类与野生动物都习惯于把这一带当作自己理所当然的领地，所以交叉或冲突的概率大增。于是，这里也就成为野生动物保护工作的重点和难点区域之一。不仅清山清套的工作量大，虎豹与人类冲突、受伤动物救助等突发的事件也比较常见。

　　2018年9月那个野生东北豹"造访"农舍的事件，就发生在哈达门乡东方红村。

　　当天中午12点左右，村民于彦启和朋友正在屋子里吃饭，忽然听到院子里的黄狗狂吠起来。他起身查看，却被眼前一幕惊呆了。一只野生东北豹"造访"了他的葡萄园。当时，人们既紧张又好奇，都躲在室内用手机拍照。从村民拍摄的画面中看，这只东北豹行动谨慎，但野性十足。

　　传到网上的视频，加在一起，也只有很短的一两分钟。视频中，那只豹子不断地用前爪扒挠着一扇落地的玻璃窗，表情野性、暴躁，并不友好。接下来有消息介绍，这只东北豹当天在农舍里盘桓不去，先后咬死、咬伤了近30只鸡，房前一只看门护院的黄狗在和豹子的争斗中颈部被咬伤，但东北豹并没有受伤迹象。珲春东北虎保护局马滴达保护站工作人员不久便赶到现场，并用烟雾将这只东北豹驱赶回山林。东北虎保护局专家认为，这是一只刚离开母体的亚成体东北豹，可能是由于捕食经验不足导致饥饿才进入该农舍。

　　消息到此为止，再无下文。

　　消息中提到的专家就是稍后赶到现场的郎建民和薛延刚。消息说豹子回归了山林，其实它只是离开了"作案现场"并没有走远。转身，它又去了附近的柳树河村，在那里又咬死了一些鸡，并蹲在路边不肯离去。一些过往的车辆都停在那里不敢继续前行。这种对峙不能太久，太久会影响人们的正常生活，对这只豹子的生存和安全也很不利。必须立即采取妥善措施加以解决。

经过研究，保护局决定将豹子麻醉，运送到山林里去。具体操作者，当然还是郎建民。因为以前没有先例，麻醉药的剂量成了一个难以确定的关键问题。如果药量过少，对豹子起不到麻醉作用，或处于浅麻醉状态，当人接近时，它会伤人；如果药量过大，会致使它直接死亡。以往，都是根据动物的体重，来确定药量，但这也只是一个平均的经验数据，对个体来说，并不适用。因为野生动物对麻药的敏感度非常高，药量的微小变化都会造成很大的生理反应。而每一个个体的体质又无法评估，比如身体的胖瘦、强弱、饥饱和是否健康，有无疾病等都是必须考虑的因素。郎建民根据这只豹子的表现和情况，决定按正常药量酌减，以防伤及它的生命。

郎建民找好一个角度，用专用吹管给豹子"吹"上了麻药。五分钟之后，豹子倒下了，人们开始对豹子进行捆绑。可是正在绑，豹子开始浑身抽搐，郎建民担心药量过大，造成心脏衰竭。救命要紧，立即用上了解药。马上，豹子就醒来了，用力一挣，两条前腿上的绑绳被挣开了，豹子的头上还蒙着衣服，只见它挥起前爪向空中一抓，郎建民的手就被它抓到了，还好，只是擦破了一点皮。为了保证车上人员的安全，马上把事先预备好的麻药又补上一针。这一次，一切进行得还算顺利，豹子安静地躺在车里，一动不动地睡着，也没有任何异常的反应。

傍晚时，他们把豹子送到了一片小型野生动物比较多的山林里，放在一棵树下，在远处等了一个多小时，豹子醒来后，摇摇晃晃地走进了山林深处。

豹子渐渐走远,但郎建民还没有离开,他还在继续向豹子隐去的方向张望。他是在担心这只幼小的豹子,不知道它能不能找到自己的领地,能不能学会独立捕食和生存,会不会继续被别的动物驱逐继续流浪。最后,他还是担心它能不能顺利地活下来。这深不可测的山林啊,任何深入其中的生物,前途和命运都将和山林本身一样,深不可测。

之后的一年多时间,郎建民不断地关注着这一带山林中的信息,留意着是否有这只幼豹的信息。至少,在一年来的信息反馈中,还没有它的坏消息。这就意味着,它仍然活着的可能性很大,这让郎建民的心多少感到了些许的安慰。

下午四点钟,我们在两道山梁的过渡带,发现了一行新鲜的有蹄类动物足迹。经辨认,是梅花鹿的足迹,估计应该有四五只的样子。这个季节的这个时间已接近傍晚,一些行动早的食草动物已经忍不住饥饿,开始四处觅食了。

郎建民习惯性地看了看手表说:"我们也该收工啦!"山林管护日常工作的节奏就是这样,总要在动物们开始活跃时离开山林。这既是人与动物尽量减少接触和干扰的需要,也是人们自身安全和补充能量的需要。至此,我们早晨上山时带的食物和水也差不多和我们身上的力气一样,消耗殆尽。还有一个多小时的路程,可以轻装前进,赶到山下的路口,乘坐前来接应我们的车辆返回到镇上去。

现代化的交通设施真是厉害,一下子就把人的行走速度提高了几十或几百倍。50公里的路程,50年前要赶着马车或步行走上一天的时间,现在,在严格限速的情况下,用不了一个小时也就到了。神奇的速度,提高了行走效率,缩短了任意两点之间的相对距离,也压缩了过去的空间概念。只要坐上大型空客,连地球都不算大了,昼夜之间差不多可以绕地球飞一圈儿。地球在人们的眼里，也不过是一个小小的"地球村"。

过去，从省城长春到边城珲春开车也要十来个小时才能到达，现在乘坐现代化的高铁，全程3个小时，便可轻松到达。偌大的山林，只要把高速公路、高铁、省道、县道、乡道一建，四通八达的路网就会像输水管道一样，载来四面八方的人流，很快把山林"注满"。人类迎来了前所未有的方便，但动物们呢？动物们会是一种什么感觉？到处是人啊，到处是神奇而可怕的人啊！到处是车呀，到处是妖怪一样巨大而轰鸣的车呀！夜晚一来，各种各样灯光刺目、飞速行驶的车辆，更是很清晰地把山林框在一个个光的格子里，让动物们站在黑暗里心惊胆战地看一会儿，马上返回到原来的林子里，退到被路网分割得七零八落的孤岛上。

这一天，当我们这个小组的工作结束时，整个保护区在山林里一天的工作也就全部结束了。在回来的车上，郎建民再一次表达了对保护区内路网的担忧。几条大的公路车流巨大，几乎昼夜都有车辆不停地奔跑，公路在建设时并没有考虑野生动物迁徙、扩散的需求，全程没有供野生动物行走的通道，像一道道长城一样，把很多野生动物，特别是行为谨慎的老虎的活动空间压缩在中俄边境的狭长地带，致使从俄罗斯境内转移疏散过来的老虎，始终无法向内地有效疏散。这个问题久不解决，很可能造成局部山林的老虎密度过大，从而导致局部食物短缺和疾病传播，甚至种群崩溃。

这确实是一个大问题。清山，清山，只有真正把这些血管一样，神经束一样，四通八达的庞然大物清除之后才叫真正的清山。可是，谁有胆量想这样的一些事情呢？更不要说推动和实施啦！目前，郎建民这一茬山林工作者大部分都已经接近了退休年龄，转眼，郎建民的退休时限已经进入倒计时。后来人是谁，怎么样，还很难确定，而眼前的问题却像大山一样明晃晃摆在那里，拷问着我们的勇气、智慧和信念。

未来的路究竟能走到哪里？这些问题是否能得到妥善解决？显然，这些摆在眼前的问题，我们几个人一时谁都无法"放下"，但在接下来的行程中，我们并没有就这些问题继续讨论。我们都知道，这些问题已经远远超出了我们的智力和能力范围。

当我们坐着车在路上"奔跑"，某一瞬间我突然有了一种奇怪的感觉，好像我们几个人就是几只小蚂蚁，正在一棵大树上匆忙地爬行。记得在来珲春之前，郎建民曾在朋友圈里发了这样一个分享："每一次在山林间穿行，都像是一种告别。尽管内心里有种种不舍，怎奈青春不在。唯愿那山、那树、那水，还有穿梭在林间的每一个生灵能够记得住我，毕竟我把人生中最美好的年华都献给了它们……"是啊，是啊！人生总是短暂的，事业却是漫长的，很多事情的解决都不能只依靠情感和美好的愿望，有时还需要时间、能量和机缘。或许，一切都要寄希望于未来。

命运共同体

（一）

雨过天晴，从对面建筑上反射到室内的微光照在尤瑞·达曼的脸上，让这个小个子的俄罗斯虎豹研究专家看上去乐观而又"明亮"。

大概是担心翻译不能充分表达他那些专业术语和想法，他对我大致介绍了东北虎保护的有关情况后，绕到了桌子的另一端，打开了电脑里的一个 PPT 文件。转过电脑，一边配合着各种数据、彩色图表和虎豹及野生动物的图片，一边和我交谈。

在我们的交谈接近尾声的时候，他长达40个页面的PPT文件也播放完毕。于是，一张醒目的照片覆盖了几乎半个页面。中国国家主席习近平和俄罗斯总统普京紧紧地握手，目光平和、坚定，站在那里，像达成了什么协议，也像在宣告什么。旁边是两个国家的国旗和一幅颜色不同却被一条粗重的红线圈在一起的地理版图。照片顶端设定了一行英文大字，翻译成中文：中俄跨境国家公园——"大猫之乡"。

这是2019年7月30日，第九个"世界老虎日"的第二天，尤瑞·达曼带着《关于加强虎豹跨境保护合作哈尔滨共识》给他的鼓舞和兴奋情绪，向我转达了来自19个国家、12个国际组织及机构的300多位代表和专家关于虎豹跨境保护的共识和呼吁。

早在2010年11月俄罗斯圣彼得堡召开的"保护老虎国际论坛"（即老虎峰会）上，来自孟加拉人民共和国、不丹王国、柬埔寨王国、印度尼西亚共和国、老挝人民民主共和国、马来西亚、缅甸联邦、尼泊尔王国、泰王国和越南社会主义共和国、印度共和国、俄罗斯联邦、中华人民共和国等13个全球野生虎分布国的政府首脑和代表会聚一堂，通过了一项重大的联合行动计划——"全球野生虎种群恢复计划"，并联合发表了《全球野生虎分布国首脑宣言》，倡议共同努力促进野生虎及栖息地的保护，并将每年的7月29日定为"全球老虎日"。从此，每年的这个日子老虎都成为一个世界性的共同话题；每年的这个日子，人们都在认真地思考着人与老虎、自然的关系，也都在谋划着为老虎做点什么事情。

在访谈结束的时候，尤瑞·达曼表情神秘地指着电脑屏幕上习近平和普京的照片，说了一句大大出乎我意料的结语：命运共同体。没想到一个俄罗斯的动物保护专家竟然会了解和运用这个"中国概念"。

2013年3月23日，习近平主席在俄罗斯莫斯科国际关系学院首次向世界提出"人类命运共同体"重大倡议，呼吁国际社会树立"你中有我、我中有你"的命运共同体意识，之后，广泛引起了世界各国人民对人类未来、命运的关注，警醒和思索。但今天，这句话从尤瑞·达曼的口中说出时，我却一时搞不懂他的具体所指。从他的表情里，我猜不出这个命运共同体是泛指人类、中俄两国、人和自然、人和野生动物、各国虎豹专家，还是为老虎的生存而奔走呼吁的各界人士，似乎哪种可能都有，哪个指向也都合情合理。但在这个特定的语境里，我只能沿着人与虎豹或野生动物的方向去解读。

关于命运这个概念，人们一般都不太愿意过多地纠缠。因为这是一个太过复杂的问题，就像一盘围棋，眼前的胜负、得失都可能与结局无关，而结局又总是埋藏得那么幽深。人类的懒惰、贪婪和自以为是，只能让人类不遗余力地抓住眼前利益，就像鱼不顾一切地奔向一粒饵或更多的饵，而不去考虑、面对那些更长远和更复杂的问题。只有很多的事情或事件堆积到一起，堆积成难以更改的运势时，才想起来后悔、反思，但多数都悔之晚矣。

埋头于追逐既得利益的人类，不论为了国家也好，为了群体也好，为了个人也好，都需要有人在适当的时候敲响一个悬在头上的警钟——别再一意孤行啦，再走下去，后果很严重，会面临很大的危险或灭顶之灾！

在人与自然的关系中，老虎就是那个警钟，它们是自然的使者。在人类不能自觉或无法做到自觉的前提下，它们时刻站在食物链的高端，警示着人类。一旦它们难以生存或无法生存时，就证明整个生态已经衰弱得无法支持野生动物生存了，也就是山、水、空气都出了我们能够看见或看不见的大问题。再不觉醒、停手，人类自身也将无法在自然中安身立命。虎是一个昭然的象征，是一个深刻的隐喻，是人与自然之间关系的风向标。

也许，人类并不需要爱老虎，但必须热爱和尊重我们赖以生存的自然，如果我们不想受到自然的惩罚，不想在一个崩溃的自然环境里走向覆没，就有理由对老虎存一份爱护和敬畏之心，把它们当作提醒我们，佑护我们，使我们不至于走向自我毁灭的神灵。

自职业生涯开启，尤瑞·达曼就一直致力于虎豹的研究和保护工作，几乎一生的荣辱、沉浮、快乐与烦恼件件与虎豹有关。近年来，俄罗斯境内虎豹数量能以25%的速度递增，而中国境内虎豹数量几乎以几何速度恢复，其中也凝聚了尤瑞的一份心血和汗水。自2001年起，尤瑞博士开始与中国合作，努力营建中俄跨境虎豹保护区。这些年，中国在虎豹保护方面的重大、重要活动，尤瑞作为国际专家几乎没有一次缺席。如今，他已经是62岁的人了，仍然受聘于俄罗斯豹之地国家公园，继续与虎豹为伍，以虎豹为念。2017年，他被推选为全球老虎论坛荣誉成员。

尤瑞有一个理想，那就是打通中俄边境虎豹活动的廊道，让那些适合虎豹生存的地域都成为虎豹的家园。他在接受我的采访时，曾在电子地图上画了一个大圈圈，从俄罗斯的锡藿特山脉到中国的张广才岭之间，北起小兴安岭，南到中朝边界的长白山北麓，其间的广大区域都在这个圈圈的框范之内。而100年之前，在一个几十倍于此的更加广大的区域里，曾有近3000只老虎在自由地繁衍、生息和活动。此情此景，不禁让我想起最后的印第安人和他们所剩无几的"保留地"，经受了大肆屠杀和驱逐之后，那一小块避难所一样可怜的领地是否还会以各种理由继续被侵占和压缩？事已至此，我们只能在心里默默祈祷，老虎的领地能大一点儿，再大一点儿，它们的生存和繁衍能够得到恒久的尊重而不是怜悯。

中国的东北地区是东北虎的原乡，东北虎作为一种被广泛接受的文化符号，也牵着国人的信念和情感。但在动物学界，对东北虎的命名却并不一定按我们所希望的方式命名——在虎之前都冠以"东北"二字，而是以其实际生存、活动的地域来命名，也就是说，老虎走到哪里就会被命名为哪里的虎，诸如西伯利亚虎、阿穆尔虎、朝鲜虎、东北虎等。究其根源，皆因它们在一定的历史时期纷纷离开了原乡，四散而去，在原乡缺位。现在，中俄边境频繁穿越的东北虎"身份"很独特，只要到了中国境内，它们就会被命名为东北虎，而到了俄罗斯境内，它们摇身一变就会有另一个名字，被称为阿穆尔虎。

尽管如此，尤瑞·达曼还是和我们的愿望一致，期盼并呼吁活动范围被压缩于俄罗斯远东狭窄地带的老虎们能有一个更大的生存空间。如何命名，其实从来都不重要，重要的是这些可爱的动物会如在人类的童年时期一样，于山林之中，远远地陪伴着人类。一个世纪或几个世纪之后，我们的子孙们不但能在书画中欣赏到东北虎的形象，而且能通过实体获得这些有趣、神秘的大猫给他们带来生物多样性的乐趣和益处以及美的享受和生命的启迪。

2000年10月，"东北虎野生种群恢复国际研讨会"在哈尔滨召开，开启了中国野生虎国际合作保护的先河。基于这次研讨会上提出的恢复野生东北虎计划，在吉林省林业厅和WCS的共同努力下，2001年12月一个新的保护东北虎豹的保护区——吉林珲春东北虎自然保护区成立，3年后又成功升级为国家级自然保护区。

转眼，尤瑞·达曼已经介入并指导中国东北虎保护工作十多年的时间。从2003年1月25日，首次在中国境内拍到野生东北虎的照片，确认还有东北虎活体的存在，到目前的状态，尤瑞·达曼的理想已经部分得到了实现。虽然打开北部锡霍特山脉与黑龙江完达山之间的通道还需要做进一步的努力和大量工作,但南部豹之地公园与中国虎豹公园之间,东北虎豹的扩散已经大面积展开。实际上,这两个国家公园已经在某种程度上被整合为一个野生动物可以自由往来的"跨国公园"。在这个小区域之内的近百只东北虎,除了有39只定居于俄罗斯境内,其余的都已经或正在向中国的内陆深处逐步扩散。

(二)

"虎为百兽王,谁敢触其怒,唯有回归路,一步一瞻顾。"

不知道是谁有感于东北虎豹的回归,写了这样一首打油诗。从这首诗里,我们感受到了民情民意对东北虎豹这山野精灵的感怀和期待。但这仅仅是民间和民众意愿,如果我们把视野展开,投向更加广阔的历史和现实背景,我们还会在一个宏大事物的推进过程中,感受到一种国家意识和国家意志。

在过去100多年里,全球野生虎豹种群的数量和栖息地急剧下滑,就像一个从山顶滚下来的大雪球,这个时候,谁肯果断出手,救生态系统顶端的虎豹于危亡的边缘,谁就主动接受了一个世界级的巨大挑战。中国政府能够建立如此规模的东北虎豹国家公园,不仅体现了主动履行国际义务的大国担当,同时也体现了全面保护和恢复生态系统的巨大决心和信念。

也许,只有如此这般地挥"重锤",布"大音",才能真正修复王者之道。

当我们展开一张为期8年的国家级虎豹公园建设和推进时间表,耳边即刻响起了令人振奋的巨大轰鸣——

2013年11月,党的十八届三中全会《中共中央关于全面深化改革若干重大问题的决定》明确提出:"划定生态保护红线,坚定不移实施主体功能区制度,建立国土空间开发保护制度严格按照主体功能区定位推动发展,建立国家公园体制。"

2015年4月,《中共中央国务院关于加快推进生态文明建设的意见》强调:"建立国家公园体制,实行分级、统一管理,保护自然生态和自然文化遗产原真性、完整性。"9月,中共中央办公厅、国务院办公厅印发《生态文明体制改革总体方案》进一步强调:"建立国家公园体制,加强对重要生态系统的保护和永续利用,改革各部门分头设置自然保护区、风景名胜区、文化自然遗产、地质公园、森林公园等体制,对上述保护地进行功能重组,合理界定国家公园范围。"

2016年1月26日,中央财经领导小组召开第十二次会议,习近平总书记在听取国家林业局关于森林生态安全工作汇报后特别指出"要着力建设国家公园,保护自然生态系统的原真性和完整性,给子孙后代留下一些自然遗产。要整合设立国家公园,更好保护珍稀濒危动物。

4月8日,中央经济体制和生态文明体制改革专项小组召开专题会议,研究部署在四川、陕西、甘肃三省大熊猫主要栖息地整合设立一个大熊猫国家公园,在吉林和黑龙江两省东北虎豹主要栖息地整合设立一个东北虎豹国家公园。

10月17日,《建立国家公园体制试点小组第4次会议纪要》明确,国家林业局要重点负责大熊猫、东北虎豹、云南普达措国家公园体制试点。

11月2日,国家发展改革委等13个部委联合下发《关于统筹协调进一步做好建立国家公园体制试点工作的通知》。

12月5日,习近平总书记主持召开中央全面深化改革领导小组第三十次会议时,审议通过了《东北虎豹国家公园体制试点方案》和《关于健全国家自然资源资产管理体制试点方案》。

2017年1月31日，中共中央办公厅、国务院办公厅印发《东北虎豹国家公园体制试点方案》《大熊猫国家公园试点方案》。

2月，中办、国办印发《东北虎豹国家公园国有自然资源资产管理体制试点方案》。

7月，中央编办、国家发展改革委批复《东北虎豹国家公园健全国家自然资源资产管理体制试点实施方案》。

8月19日，东北虎豹国家公园国有自然资源资产管理局和东北虎豹国家公园管理局，在长春挂牌成立。

9月19日，中共中央办公厅、国务院办公厅印发《建立国家公园体制总体方案》。

2018年6月底前，主要完成健全资源环境管护责任制、野生动物肇事补偿工作、制定产业准入负面清单、制定零散居住农户和林业职工搬迁安置方案、制定承包经营与工矿企业有序退出方案、加大财政转移支付力度、建立中央投入为主的资金保障长效机制。

12月底，完成80％以上国有自然资源资产确权登记。完成功能区标识设计、规范沟系承包经营、清理非法生产经营活动。

2019年有效保护和恢复东北虎豹栖息地生态环境，建立"生态友好型"生产生活社区，有效提升国家公园保护管理和运行能力。初步形成生态体验和自然宣教功能。研究建立东北虎豹国家公园自然资源资产调查、监测、评估制度，组织编制实施专项规划，探索建立国有自然资源资产有偿使用制度等。

2020年对试点进行总结评估，试点结束，正式设立国家公园。

一个令人向往的节点，正如某个大型猫科动物，迈着匀称而稳健的步伐，在时钟的嘀嗒声中一点点向我们靠近。我知道，时间不会给我们描绘出美好动人的图景，但美好动人的图景却一定会在时间中渐渐显现。

（三）

刚进八月，于贵臣的苹果园就呈现出一片丰收景象。枝头的苹果挂果均匀，密度适中，个大圆润，色泽青翠，向阳的一面已经微微透出红晕。栽种于两垧多地上的1500多棵苹果树，看上去似乎有了很大的规模，给人一种没有边际的感觉。

于贵臣半猫着腰从苹果树下"钻"出来，边走边用手拨开挂了苹果的树枝。每拨弄一下，都能让人感到那些树枝回弹得很吃力。真担心他拨弄的幅度大了，会让苹果的重量折断树枝。笑意就漾在他的脸上，仿佛苹果一样甜。

这是一个很热情、很有亲和力的人，一见面就老朋友一样和我们亲切握手，爽朗地交谈。未及谈到主题，他先是态度真诚地表示了遗憾，说我们来得有点儿不是时候，如果能再晚去一个多月，就可以自行到园中随便采摘些熟透的苹果。这是典型的东北礼节，说过了就当是请我们吃过了。没吃，也觉得心里挺甜的，亲切呀！

个头不高，但显得精明强干的于贵臣从来都是一个能人。他并不避讳对我们讲自己大半生的沉浮，包括长达30多年的行猎史。

早年，于贵臣家住蛟河前进乡，从16岁开始就在张广才岭的西侧打猎。那时，生态环境固然也受到了一定破坏，"棒打狍子瓢舀鱼"的时代已一去不返，但从小兴安岭到长白山系的广大山林中，野生动物还不至于到匮乏的程度。猎手中的一些佼佼者总会有所收获，有时碰到好运气可能收获还会很大。

于贵臣就是猎手中的佼佼者。年轻时，枪法准，体力好，脚步快，身体灵活。别人一天走五十里,他一天能走一百里;别人可能几天打不到一个猎物,他只要出去就不空手;别人动不动就被野兽伤到,他却从未受到"丁点儿"的损伤。

"靠山吃山"是世世代代山里人脑子里根深蒂固的观念,在他们眼中,打猎,从来都不是什么坏事和不光彩的事,反而还是"能耐"的体现。所以每到冬季农闲,山林中的农民就会摇身一变成为猎人。冬天一到,每一个村庄都会出一伙或几伙打猎的人。一些合得来、靠得住、关键时刻肯"玩命"上的亲朋好友,稍一撮合,七八个猎手就结成一个小小猎帮。说走,伙伴们带上干粮、猎枪、猎犬,就开始了大山深处的行猎之旅。

打猎曾给于贵臣带来不少"实惠",也带来不少荣耀。那些年,农民的生活很艰苦,常有猎获的于贵臣却在困苦的冬天里让自己的家人有口肉吃。尽管在外头打猎很苦、很累又很危险,但只要带着猎物回到村子,被村民、家人、亲戚簇拥着、赞美着、艳羡着,他内心就充满了自豪感和荣耀感,仿佛自己就是一个得胜归来的英雄。

回首30多年的打猎生涯,于贵臣大致盘点了一下自己的得失。这些年的猎获,小的野鸡、野兔不算,光是大一些的熊、野猪、狍子、鹿总共也有上千只,可谓丰厚,但日子却没有过出与之相对应的富足。相反,随着野生动物的锐减和消失,他的生活却每况愈下,眼看着一点点滑向贫困的深渊。后来,他见别人都离开山林进了城,过上了舒心日子,自己才如梦方醒,决定试试运气,改变一下生活方式和世代"遗传"的穷命。借机也"给孩子们挣个城里人的身份"。

1992年,趁边境城市珲春大搞开放、开发之机,于贵臣举家搬迁到了珲春市。

出发之前,于贵臣决定封枪。他一共有三杆猎枪,有一杆枪是他自己多年来须臾不离身边的宝贝，又是难得的小口径，枪杆已经磨得锃亮。另外两杆则是早早就为两个儿子备下的，他曾经希望儿子们能接过他手中的枪，驰骋山林。三杆枪在手，他左右掂量，放弃哪一杆枪都觉得于心不舍，毕竟那几杆枪代表了他过往的生活方式和大半个人生。

于贵臣是一个干脆的人，他并没有过多犹豫。短暂的情感波动之后，当机立断，迅速将三杆枪全部"出手"，该卖的卖，该送人的送人。不丢掉旧牵绊，哪来的新生活？现在，他很庆幸，当初自己做了一个正确的选择，否则，不知今天的日子会过成什么样子。作为一个禁猎时代的猎人，也许，最大的可能就是成为一个无用的闲人，还敢奢谈生活吗？

日前，我在采访印度动物保护学家乌勒斯·卡伦斯时，特意向他请教、探讨了捕猎者的生存状态和命运的问题。乌勒斯·卡伦斯先生明确地告诉我，在他所认识的印度猎人中，没有一个人借助亲手猎杀的野生动物使生活和命运得到过正向改善。他认为，任何一个国家的猎人，印度的也好，俄罗斯的也好，中国的也好，情况大致应该都是一样的，他们在猎物身上所获的利益，从来都只是微不足道的"附加"。虽然他们都曾经荣耀一时，但最终的结局，却都逃不出贫、病、伤、亡。

想来，这种结果确实令人深思。尽管我们并不知道"天意"使用了怎样的一条绳索，但我们却明明白白地看到，猎杀者和猎物之间的命运竟被紧紧地捆绑在了一起。在我采访过的猎人中，于贵臣的生活算是最好的，这大概与他及时觉醒和收手有关吧！

到了珲春之后，于贵臣才发现，自己根本就不是经商的材料，但这时再想回到蛟河去种地，原来承包的土地却已到期，承包权被收回。

他只好把户口迁到珲春，辗转承包了林业局的果树场，承包几年后，干脆购买了经营权，大干起来。

这些年，随着生态环境的改善，果园里的蜜蜂也多了起来，不但不用担心苹果授粉不均的问题，而且因为授粉太均匀、充分，坐果率太高，每年还要适当进行疏果，以保证苹果的个体生长充分；加之雨水丰沛、及时，没有旱情，年年不愁产量、收入。一年忙下来，虽然收入不算多，却十分稳定，平均可净赚四万块钱左右。这样平安、顺当、没有波折的日子，对于贵臣来说，是30年前想都不敢想的，所以就没有理由不感到心满意足。

岁月在流逝，生活在改变。随着境遇的改变，于贵臣的性格也在悄然地发生着变化。原来脾气火暴、争强好胜的于贵臣，在一点点变得温和、随顺。不但不再对家人或外人乱发脾气，而且还愿意助人为乐，主动做一些善事和好事。除了经营自己的果园，周边谁家的果树有了毛病，他就过去帮助义务诊断、救治；谁家的苹果卖不出去，他也会利用自己的资源，帮帮忙、牵牵线，救人于危机之中。

在搞苹果合作社时，于贵臣认识了一个推销本地特产的人，叫张春林，因为他总帮助于贵臣销售苹果，便往来相熟，并且聊得很投机。一天，俩人聊完苹果之后，张春林开始动员于贵臣参加他的爱虎小分队。张春林成立爱虎小分队的事情，于贵臣早就知道。他认为这个爱虎小分队也不过是借给保护区做事的机会拿一些什么"好处"，顺便也得一些好名声。小分队已经成立很长时间了，没有几个人参加，活动也搞不起来。说心里话，他对此很不感兴趣，"我一个打猎的，专门杀生，转身就干起了保护，谁信啊？"但张春林说得恳切，并针对他的疑惑做出了合理解释——小分队纯粹为了保护老虎和其他野生动物，大家一起做一点儿积德行善的事情，没什么报酬，偶尔保护区会给那么一点点费用，也都用在队员的简单装备和活动上。

之后，于贵臣认真琢磨了好几天。睡不着的时候，眼前一会儿闪现出在林子里跑动的那些生动活泼的生灵；一会儿又闪现出他曾经杀害过的那些动物。当他想起把扎枪和猎刀刺向它们的瞬间，心里就不由得翻了一个"个儿"。直到接受我们的采访，提起杀生的事情，他还忍不住流下了眼泪："每一次我拿着扎枪、猎刀扎过去，它们就那么瞪大了眼睛看着我，眼巴眼望的，有的眼睛里还有泪，不知道窝里是不是还有小崽儿。现在我经常梦见那些眼睛，一双双的，直直地看着我……"

于贵臣终于想通了，不管别人想通过爱虎小分队做什么，反正自己就是想弥补一下以往的罪过，参加！于是，当天他就给张春林打了一个电话："以后你们有什么活动叫上我吧，我和你们一起去。"

从2015年冬季开始，于贵臣就当起了清山清套志愿者。这种爬山、走路、找套子的事情，对其他人来说可能很累很难，但对于贵臣来说，"跟玩一样"。因为于贵臣走得太快，大家都跟不上他。而保护局规定，任何人上山都不能单独行动，防止出现大型野生动物伤人事件。没办法，于贵臣就只能走一段站在那里等一阵子，等得不耐烦了，他就兜个圈子看会儿山，再回来找他们。

当初，于贵臣是下套子的高手；现在，也是清套高手。从前，有人在山里下了套子，自己记不住找不到了，就来找于贵臣，他到现场转一圈儿就把套子找了出来。特别是下在牛围栏里的那些套子，到了春天还不清出来，牛群一上山，就会造成牛的死伤。因为牛被赶进牛围栏之后，好多人就没有时间和精力过去查看。一段时间以后过去一看，牛被套子套住后不能活动，活活饿死了。有些套子明明已经下过，就是找不到了，怎么办啊？这类事情就只能求救于于贵臣。只要于贵臣到场，哪怕套子被春天新发的青草掩埋在草丛之中，他也能靠他那双"火眼金睛"把它找到。因为这个特殊本领，大家都管他叫"清套大王"，记得刚入山清套时，他一个人最多一天清除四五十个套子。三年下来，粗略估算，他一个人清出去的套子差不多有上千个。

队员进山清套一般吃住自己负责，补贴给到张春林手里，不给队员。不过，于贵臣并不在乎，他认为："既然选择了这条路，给不给钱都无所谓，国家有这个补贴给我呢，我就接着，不给，我也不提，因为我并不是为了钱才当志愿者的。"

闲暇时，于贵臣也不愿意待在屋子里，他会到果园里或附近的林子里走走，看看树，看看鸟儿，看看在树枝间穿来穿去的松鼠和花栗鼠。特别是冬季，没意思时就去山上四处走走。突然有一只山鸡或野兔从脚下蹿出，他心里就会一阵翻腾或一阵喜悦。偶尔会看到狍子和梅花鹿在林子里出现又跑远，心里简直会狂喜起来……如果是过去，他就会产生打猎的想法。但现在，他不再有那个念头了，更何况他已经是保护野生动物志愿者。从心底里，他也讨厌和惧怕起杀生的罪行："动物没了，老虎没了，人也就没了，最后什么都会没有的。"

有时，他躺在床上睡不着，就琢磨自己到底是怎么回事。为什么那么喜欢看到那些鸟兽的身影？琢磨来琢磨去，也没有更多的解释，就是喜欢，仅仅是喜欢，因为它们的生动、可爱而莫名其妙地喜欢。可能是太喜欢了，就想归为己有或握在手中。过去，总想不让它们在山上乱跑或落入别人手中，抓到了，打到了，它们就是自己的了；现在，他不再那么想了，他改变了观念和心态。现在，他更愿意站在远处欣赏它们，让它们纯净的神态和优美的跑动、跳跃给自己带来欣喜和想象。

（四）

我突然很想去感受一下山里的生态情况。我说的很想，是已经有了一点儿渴望和冲动的意味。

其实，在北京师范大学冯博士的监控里，我已经看到了一些从保护区里传来的视频。视频里有成群的野猪；有从容行走的老虎和豹子；有在黑夜里排着队走过摄录点儿的狍子；有成双成对觅食或打闹的棕熊；有在倒木前埋头吃东西的黑熊；还有成群在那里盘桓不去的梅花鹿……如今的山林，野生动物太多了，丰富又生动。但仅仅从视频里看还是觉得不过瘾，只在视觉上得到了一定的满足，还是无法真正"感受"。总觉得那些画面或视觉片段，像一个个孤立的文字，还没有通过真实的感觉连接成段落或篇章，还不能让我从整体上领会到这片山林的完美和玄妙。

于是，我和几个动保工作者一起住进了保护区设在山林里的基地。

那是一个不大的院落，坐落在大山深处。一栋简易的二层小楼，用于动保工作者起居和办公；两排带有封闭围栏的单层平房，用于被救助的野生动物们临时"住院"。

基地有电，但用处不是太大。在山里，白天的阳光和夜晚的星光，似乎都比电灯发出的光更富有诗意。也不用看书，那些来自宇宙的或强或弱的光里都有比文字更加丰富的内涵。特别是在夜晚看星星的时候，我会一边看一边不由自主地感动。那时节，来自黑暗中的光亮俱幻化成闪闪烁烁的记忆和声音，既遥远又亲切，纷纷随森林里溢出的凉意进入我敞开的情感。

基地的楼里没有上下水系统。其实也不是没有水，而是水不在房屋之内。出楼门绕到后面的山脚下，也就30米的距离，相当于穿过一个开放式的露天大厅。那里有一条日夜流淌的小溪，清澈，透明，无任何杂质。如果不是在一直流淌，不是在流淌中发出微微的声响，它就是一湾液态的空气。走下几个台阶，俯下身，掬一捧洗脸，再掬一捧饮用，脸上的灰尘和体内的杂质便荡然无存，人就觉得从内到外俱如溪水一样干净、透彻。

行于林下溪边，常有不知名的鸟儿在头顶的不远处鸣叫，亲切如动听的咒语，只清清脆脆的三五声，就把人的感觉系统扰乱了。鸟儿飞来又飞去，轮番地驻留，又轮番鸣啭，仿佛远逝的亲人，又仿佛儿时的伙伴，一一从面前走过，或淡然或热情或有意或无意地打着招呼。清脆、尖细且圆润的如妙龄少女，雄浑豪壮的如血气方刚的青年，沙哑粗粝的如沧桑老者……虽然我看不清他们的面容，已记不清他们的名字，更不知道他们是否还记得我，但我知道在逝去的和未来的浩瀚如海的时光里，在与时光同时延伸的难以捉摸的命运里，我们一直有着难以断绝的牵连。

凌晨三点半，我们匆匆从床上爬起来，在溪边简单洗漱后，陆续到楼前集合。前一天已经约好，今天由研究所的虎豹专家郎建民带我们去林子里进行一次巡查，感受、观察一下虎豹公园目前野生动物的生存和分布情况。

一部棕色的四驱动越野车，停在楼前，郎建民先跳上车，早早地启动了发动机，等待最后两人从小溪边走过来。那是郎建民前年刚刚购买的私家车，车况很好，近两年的山林活动全仗它的"南征北战"。在城市里，我一直觉得它像一头安静的骏马，温顺、健壮、干净、不事张扬，只在主人需要的时候，平稳、迅疾地向前奔跑。但这个早晨，我对它的印象却发生了很大的改变。

汽车刚刚发动，我就觉得它简直是一头咆哮的狮子，旋转的发动机发出巨大的噪音，仿佛院中的树梢都在随着它身体的颤抖而沙沙作响；从车后部喷涌而出的尾气，无孔不入地侵略着人们的嗅觉，让我感觉到无法呼吸。宁静的院落，经过它的搅动，仿佛瞬间变成了一个正在开足马力生产的工厂。

当我把这种很不美好的感觉说给郎建民时，他不以为然地笑了笑："那不是汽车的问题，汽车在哪里都是一样的。那是我们自己的感官发生了变化，在山里待久了，每一个人的感觉都会变得如此敏感，如此脆弱。回到城市再待两天就好了。我的车，又会变成一台安静的好车……"经郎建民一说，我才醒悟，原来，自己已经在山里待了将近一周的时间。

清晨的黄柏沟，薄雾蒙蒙，车在林间小路上低速穿行。如果时间倒退三年，我们这样的走马观花，注定会一无所获，连一个动物也看不到。但今天一出门郎建民就告诉我们，可能路上随时都会有各种野生动物出现。在上一次的巡视中，频频出现的野生动物，让郎建民对林子里的情况有了一个实实在在的底，所以，对这一次巡查，他信心满满。车离开基地还不到十分钟，他就提醒我们准备好手中的摄录设备。

一只白鹡鸰，像一个恪守职责的前导员一样，低飞在车前，始终与我们的车保持着2至15米的距离。低飞一段，落在路中间，等车迫近时继续向前低飞，落在前方等着我们，反反复复不离不弃。这有趣的小鸟深深地吸引着我，我坐在副驾驶的位置，打开照相机的摄录功能，开始对它进行拍摄。正当我努力在摇晃的汽车和白鹡鸰之间寻找着平衡和焦点时，郎建民突然踩住了刹车。前方有三只狍子横跨过路面一闪而逝。

我有些懊悔，没有集中注意力观察前方，让一只小鸟耽误了大事。郎建民却不在意，他觉得前边一定还会有站在路边的狍子或鹿。依据那些动物的脾气,它们对一种陌生的事物一定要看清楚。特别是狍子,它们甚至会在奔跑中停下来确认,当它们意识到并不安全时才会转身跑开。

车再开动时,那只白鹡鸰已经不知道飞到哪里去了。现在,飞在汽车前头的是一只野鸽子。尽管它和先前的白鹡鸰一样,对我的好奇心有很大的牵引作用,但我还是拿定主意,把相机的感光度和焦距调到最大,端在手中,等待远处的某一个陆生动物出现,不再理会眼前这飞翔的鸟儿。

十分钟之后,郎建民再一次踩了刹车,车骤然停下。"左侧。"他短促地小声提醒我们。果然在左侧的密林里,有一些活动的身影在黑黝黝的树干和墨绿的树叶间显现。透过树的间隙,隐约可见棕红色的动物皮毛上,印着点点白色的"梅花",那是一群正在觅食的梅花鹿。紧靠林子边缘的两只梅花鹿形体健硕,应该是成年雄性个体,靠里侧的是一些母鹿和幼崽。很快,鹿群就发现了异常,在几头高大的雄鹿带领下,迅速转身离去,几十秒的时间,已经在树丛中消隐得无影无踪。

在一处被河水冲塌的小桥边,道路中断,我们停了下来,弃车,踩着露出水面的石头和水泥板过河,继续徒步前行。这时,对面的太阳已经升上树梢,有一些阳光仍被挡在树木之后,形成浓重的阴影,有一些则从长长的运柴道上汹涌而至,同时将道路两侧的树叶和挂满了水珠的草纷纷照亮,抬头远望,满眼一片光明。

我们几个人跟在郎建民身后,鱼贯而行,一边走一边侧耳聆听林子里断续传出的各种声音。我惊奇地发现,只有走在静悄悄的清晨,才知道清晨的森林竟然如此的不平静——

我们的脚踩在沙石上发出的沙沙声,在遇到浓密的树丛后反射回来。它们和风吹过树梢以及一些不知名的动物在草丛或树枝间穿过的沙沙声混在一处，难辨彼此。有一只叫不出名字的鸟儿，从灌木丛后边的树林里发出清脆的鸣叫。每隔四五秒钟，鸣叫重复一次，那音质类似于拖着细细尾音的柳笛。渐渐地，那一缕清音，已经越来越小越来越缥缈了。那鸟儿一定是一边飞行一边鸣叫。紧接着，林子的两侧同时传来了梅花鹿和狍子的鸣叫。那声音一出现，就让人联想起巍峨的山峰之间那些悠远、空旷的回声。但仅仅是三两声，就再也没有任何动静，森林里出现了短暂的寂静。

走过一段路程之后，林子里突然传出了几声音量更大也更加急促的鸣叫。这些声音与之前出现的声音，大不相同。一时，竟连郎建民也没能辨别到底是什么动物发出的声音。我觉得这并不奇怪，因为林子里的野生动物在不同的情况下都会发出不同的叫声，觅食时、遇到危险时、发情时以及呼唤同伴和幼崽时，叫声都有很大的区别。有时，就连经验丰富的猎人都难以分辨。少顷，有几只星鸦从我们前方的树梢上飞过，然后是两只雉鸡急急地冲出林子，降落在前方的道路上，几乎一刻没有停留，就一头钻进路边的树丛……动物们频频发出慌乱的信息，据郎建民推测，一定有什么大动物从不远处的林间走过。

因为开车进山，人员又多，临出门前谁也没想到要随身携带喷火筒。此时，如果我们继续往下走，很可能会遇到意想不到的麻烦，况且，我们已经走得很深很远了，也应该返回了。于是，我们后队变前队，开始沿原路向沟口撤退。

往回走时，郎建民一言未发，表情明显不快，大家都不知道什么原因。直到返回基地吃午餐时，他才对我透露了沉默的原因。他认为，凭他的感觉，理应收集到更多令人振奋的信息，早晨的情况让他很不满意。我暗自思忖，这已经很令人欣喜啦！还有什么样的情况才能达到他所说的"令人振奋"呢？真希望下一段行程的巡查能如愿以偿，出现他所期盼的景象。

第二天凌晨三点，手机里的闹钟相继在几个敞着门的房间里同时响起。十分钟之后，我们的汽车准时向西北沟方向进发。我们今天要赶在动物们"起床"之前到达林子。

天还没有完全亮起来，林间仍然有雾，但车轮旋转的速度还是比前一天急切很多。车进入沟口之后，道路明显变窄，但郎建民并没有减速。继续前行不到十分钟，郎建民突然来了一个急刹车，我们已经清晰地听到了尖锐的刹车声。不用他提醒，我已经看清了前方50米左右的树林边有两只梅花鹿。它们正要穿过道路去另一侧森林，却在刹车声中骤然停下了脚步，犹豫不到5秒钟，回身逃回原来的树林。

这是一个好兆头，证明我们今天选对了时间，也选对了地点。接下来，我们的前行显现出格外的小心谨慎。为了防止尖利的刹车声惊吓到路边的野生动物，郎建民那只控制汽车油门的脚开始轻起轻落。这时，匀速、缓慢前行的汽车便有了一点蹑手蹑脚的味道。

我仍然把照相机调好，举在汽车挡风玻璃的后边，时刻准备着。一旦发现目标，只要手指一动，就能抢拍到它们的影像。行在直路，前方的情况一目了然，我还感到轻松些，毕竟开阔的视野，可以为我提供更大的回旋余地；但每遇到转弯处，我都要紧张一阵子，仿佛，一转弯就会有一只或几只意想不到的动物出现在那里。

一个小时过去，我们所过之处却一直空空如也，没有鸟儿，也没有狍子或鹿，更没有黑熊和虎豹，甚至连青鼬和獾子这样的小动物都没有看见。我悬在空中、举着相机的手臂，感觉到了异常的疲劳和酸楚。十分钟之后，汽车穿过密林来到了一片开阔地，路就在这里戛然而止。已经到了中俄边境线，必须马上返回了。

"怎么会呢？"郎建民一边开车往回走，一边自言自语，眼睛却依依不舍地梭巡着侧前方以及侧面的树林。我猜，他心里的失落和不甘，定如一次失败的约会之后无奈返回时的情形，明明知道等待的对象已经不会再来，却总忍不住要一步三回首，不自觉地期盼着奇迹出现。

40多分钟之后，我们在刚刚走过的路边，打开一台归保护区管辖的远红外摄像机。从摄像记录中可以看到，就在我们过去不到20分钟，有三大两小五只梅花鹿来到了摄像机前站了好大一会儿，有一头梅花鹿甚至还用鼻子闻了闻摄像头，几十秒之后才慢慢离去。再往前翻倒、查看，三五成群的狍子、鹿、野猪十分密集，三天前还有一头黑熊带着幼崽从这里经过。回头，看路边的泥地，各种动物的踪迹，密密麻麻，相互叠加，不可计数。

"怎么就看不到东西呢？"郎建民的情绪有一点激动。

看来，今天我们还要继续寻找下去，可是到底在寻找什么呢？那些野生动物虽然我们没有亲眼看到，它们存在的确切信息已经在那里，我们为什么要执着于眼见为实呢？一个时期以来的山林行走经验告诉我，就算我们真见到了几只或更多的野生动物实体，也只是一部分，并且并不能依据这一个上午的巧遇而推测全部和全貌。况且，那些胆小、警觉、四处游走的野生动物根本就不可能按照我们的想法，站在路边等着与我们邂逅。

在接下来的寻找中，我们弃车步行走向一个荒草丛生的沟塘。我们在勉强可以称作路的泥沙里循着不断出现的各种足迹断续前行，半小时过去，却始终没有见到留下这些足迹的实体。

突然，在两片林子间一处狭窄的通道上有两只梅花鹿飞奔而过。我们立定，不敢继续前行。转眼，又有一只漂亮的鹿，以同样的姿势和速度飞驰而过，紧接着是第四只、第五只……一共大约十七八只的样子。当所有的梅花鹿全部"飞"过之后,我们谁也没发出任何声音,也没有移动脚步。我们还在翘望前方,等待着奇观延续或重现。但一切终归于平静,似曾发生,也似未曾发生,梦幻般闪现又消失。

这山林里的事情,可真是不可思议!仅短短的几年时间,一片贫瘠的山林竟然变得如此丰富和生动。如此多的野生动物到底是从哪里来的呢?是慢慢繁殖起来的,还是从天上掉下来的?奇怪的是,老虎、豹子和其他的野生动物,捕食者和被捕食者,竟然同步增多起来。我们根本无法破译这自然中的秘密,很难猜测它们究竟遵循着怎样的规律在相生相克的交融中,一同衰微又一同兴盛。都说是因为有蹄类动物多起来之后,虎豹也多了起来;那么,我们可不可以反过来说,虎豹多起来之后,其他有蹄类动物也多了起来呢?

(五)

明天,我将离开这里。我站在基地房间的窗子前,望着连绵无际的山林,突生惜别之情,感慨万千,意犹未尽,但一时又不知道自己应该做些什么。尚有半天的闲暇时间,我决定下午再和郎建民一起去山里走走。

与这一带许多沟塘一样,土里沟也是一年前就已经被封闭。因为不允许车辆通行,所以细密的沙石路面之上,杂草丛生,看不到任何辙迹。很像一片废弃已久,人迹罕至的园林。极静。

我和郎建民每人手上握着一个防身用的喷火筒,并列走在废弃的道路上,无言,却打开所有感觉系统。听觉、嗅觉、视觉包括触觉全部进入紧张的工作状态。突然,一阵噼噼啪啪的声响,一只花尾臻鸡奋力拍打着翅膀,从脚边的草丛中飞起——惊悸之余,我看见它的花尾巴在眼前一闪,迅疾越过旁边的灌木丛,在视野中消失。

继续前行，不远，又一只花尾榛鸡飞起来，又一次袭击了我们的听觉。

15分钟之后，郎建民突然伸出手臂，示意我停下来，顺势用手指了指远处的路面。

隔着荒草，我看见有一个隐约的黑影，略微迟疑一下消失在路边草丛。我们一边走一边盯视着前方，到了黑影消失的地方，停下来，寻找可以捕捉的痕迹。仅凭远处一个模糊的影子，很难直接判断出是什么动物，可能是野猪，可能是黑熊，也可能是虎豹等大型动物，但我们并没有在坚硬的沙石路面上找到任何可供借鉴的痕迹。这很是让人疑惑，或许我们脚下并不是那个动物停留的准确地点。

大约走了三四十步，我突然看见路面上土质松软的地方有几个较浅的老虎足迹。我招手，将郎建民叫到跟前。经他确认之后，我们接着在路上搜寻，又找到了几个足迹，都不是很深、很清晰，却感觉很新。因为上午在西北沟泥水路面上已经拍到了一串清晰的老虎足迹，我就没有再继续用手机拍摄。

我们对这几个足迹认真琢磨了一会儿，郎建民认为是一只过去不久的母虎。至于过去多久，很难判断，或许是昨晚，或许是早晨，但应该不是当下。当时是下午四点左右，并不是老虎频繁活动的时间段，我们俩谁也没有想到，那只老虎会刚刚过去。

离开那串足迹，继续走不到三十步，突然，在我们身边的灌木丛后，传来一声可怕的低吼："呜——"那声音太恐怖啦！像有一股粗重的气流从一个结实的胸腔和喉咙间冲撞而出，紧张中夹带着几分恼怒。

小时候，我经常与狗遭遇，略知动物如何用声音表达自己的情绪。耳边的声音一出现，我想起一条硕大的狗在向人扑来之前那种低沉的呜咽。很有一点儿恐吓的味道,如果继续向前,也许灌木后就会有一道巨大的身影蹿出,迅猛地扑上来。

我和郎建民四目相对,几乎同时发出低语:"老虎!"

"撤退,但不要跑动!"郎建民发出简短却不容质疑的指令。

我们两人同时转身,他负责身后的警戒,我负责前边。两人手中喷火筒的拉环,都已经紧紧缠在手上,只要老虎的影子一出现,马上拉开。

就在这时,又有一声低吼传来:"呜——"

因为我们已经退出十步有余,感觉那低吼的力度较前一声有所降低。

我们稍微加快了一点步伐,但仍然保持着原来的"队形",大约一直走出有三十多米的距离。这时,第三声低吼传来。这一声吼,让我们稍稍感觉有了一点"底"。

一般来说,老虎如果想对猎物或人发起攻击,不会发出任何声音,更不要说刻意制造声音。按照老虎的习性,如果它们真想发起攻击,早已经悄无声息地扑上来了。像这种低吼,尽管情绪已经很激烈,仍属于某种谈判或对话的性质——只要你们不再继续"进犯",即可相安无事。

然而,这一切都是以往的经验和人类一厢情愿的推测。凡事皆有例外,万万不可掉以轻心。我们仍然保持着高度的警觉,一边走一边回头观察,看那只老虎是否跟了上来。突然,一阵撞击和扑打的声音,撞开身边的树丛。立时,我和郎建民都把头转到发出声音的地方。原来,又是一只受到惊吓的花尾榛鸡。

这个下午,哪里来了这么多这种讨厌的鸟儿?许久,我仍然感觉自己的心在怦怦跳个不停,看看身边的老郎,额头上也沁出了细密的汗珠。

接下来，百米之外的另一声低吼，已经变得有一点儿隐隐约约了。我和郎建民不约而同地放松下来，倒竖的毛发悄悄复位。我们可以一边向沟口撤离，一边交流了。

回顾当时的情景，估计，我们与那只老虎相遇时，最大的距离不会超多三十米。最有参考价值的第二声虎啸提醒我们，当时，仅仅十多米的距离都在我们与老虎拉开的距离中占有相当"可观"的比例。如果不是那段路和林子之间隔着一道由龙芽葱木和暴马丁香混杂而成的茂密"树墙"，我们和老虎之间，都会发现对方近在眼前，已没有躲闪和回旋余地。冲突，很可能在所难免。

据郎建民说，他在山林里奔走18年，一共遇虎9次，这是第9次，也是最危险、最紧张的一次。

走出土里沟，再回首，猛然间发现，自己已然站在一个特殊的时间节点上。

这是一个下午的结束；也是一段行程的结束。至此，我在山林里一年多的行走，也已接近尾声。

在沟口等车的大段时间里，我向着这片曾用双脚探查过的山林，再一次放飞了自己的目光和思绪。掠过眼前弯曲、幽静而深入丛林的小路；掠过小路两侧浓密而错落有致的山林；掠过托举着树木并奔腾起伏的山峦；掠过一座座山峦集合而成的浪涛；掠过海一样汹涌澎湃的林莽；我已经隐约地感知到了，这片宽广无边的绿荫下，那潜隐着的无限生机。

有一只金雕，突然尖叫着从林中跃起，展开它宽大的翅膀，直冲云天——那一瞬，我甚至恍惚，不知道它是山魂所化，还是我的思绪所化，但也就在那一瞬，我幡然顿悟，真正领会了那几声虎啸中所蕴含的奥义——

那是一种诉求。

虎，穿过200万年幽深的岁月，走到今天，依然是虎。而手握科学技术权柄的人类，却难以确定40万年之前，自己到底是什么。2010年12月27日有媒体报道，以色列考古学家在该国一个洞穴中发现了距今约40万年的数颗现代人的牙齿化石和其他遗迹，这是世界上已知年代最早的现代人化石，而此前在非洲找到的现代人化石仅有20万年历史。由此，我们有理由相信，较之年轻的现代人类，古老的虎更懂得自然的真意，也能够更加准确地领会和踩准自然的节奏。

人与虎，已经在和平与和谐的基调下共同度过40万年时光。而在过去的100多年历史中，老虎面对"晚生"并日益强盛起来的现代人类，面对突然被打破的自然平衡，却不得不一再"规避""退却"，割让自己的领地，赔付自己的皮、骨。

如今，虎已经退到不能再退的世界一隅。素称山林之主的老虎，早已经没有了，也许从来就没有过，称霸山林的野心；它们只是为了延续自己的种命，按照某种必然的自然法则，在只属于自己的那一片山林里做自己的主。这是自然应许给每一个独立物种起码的生存权利，这是最后、最基本的诉求。回想树丛后那一声老虎的低吼，我心惭然、赧然，为我那些得寸进尺的同类。

那是一种警告。

人类自从掌握了先进的工具、武器和科学技术之后，便开始四面出击，无限制地攫取。森林、草原、山川、河流、湖泊、海洋、大地、天空以及一切动物、植物、微生物，无不成为人类利用或伤害的对象。

当我们看到一种资源接着一种资源衰败或枯竭；当我们看到一个

物种接着一个物种濒危或灭绝；我们还敢理直气壮地认为，我们对自然、对世界没有做错什么吗？即便世界万物皆可没有限制地为人所用，可当万物尽皆消失之后我们还将依托什么而生存？难道这一切都是自然设计者的本意吗？

人类与自然之间究竟应该保持怎样的尺度和分寸？当一只躲在灌木之后的老虎，近距离向我们发出怒吼时，不正是它代表自然向我们发出的警告吗？此时此刻，我们应当猛醒，认识到自己已经走得太深、太远啦！我，应该转身离开；人类，应该转身离开。

那是一种宣言。

当一只虎拥有了自己的"家域"，它就是一个拥有了自己"国家"的王，它就代表了整体的"国家"而不是"国家"中的某一个个体。虎是一个国家的隐喻，一只虎的意志就是它的"国家"意志。它在自己的领土上执掌生杀或维持秩序，是上天赋予它的权利，也是自然和生态保持均衡、繁荣的内在需求。

200万年的生存史已经证明，一只独立自主不受打扰的老虎，本来就握有促进"家域"兴盛的"密码"。并不需要他者的介入和干预，它从来都能顺应自然的节律和秩序，维持这山林百花齐放、百鸟争鸣、百兽兴旺的勃勃生机。

然而，人类有史以来就始终没有断绝"自以为是"的痼疾，时时保持着干预别人的热情和欲望，自以为拥有"安排"和"塑造"一切的权利。而人与人之间的品头论足；族与族之间的指手画脚；国与国之间的侵略与干涉；以及针对其他物类的搅扰和冒犯，无不在彼辱我荣、彼衰我盛的阴暗预期中，破坏着某种自然、和谐的"生态"。

老虎在林中虓然一吼，无疑在向世界庄严宣告——天经地义的"主人"在此，请所有无意入侵的外来者，住口，住手，打住自己惯性前移的脚步。我理解，那正是虎之为虎的尊严。

这个惊心动魄的下午，既在我的期盼之中又在我的意料之外，它悄然为我长达数千公里的寻虎之旅画上了一个完美而意味深长的句号。但有一事，却让我铭记心头，似乎永远也不会忘记。那就是不论何时、何地、何种境遇，我们都要像大山那样，像河流那样，像森林那样，理解、顺应天意，敞开自己宽广、包容、仁爱、悲悯的心怀，对相遇、相伴的生命予以理解和怜惜，对置身其中的自然予以尊重和敬畏。

（原载《人民文学》2020年第9期）

山海闽东（节选）

许 晨

闽东是一片饱含深情的土地，闽东有一批兢兢业业的干部，有可爱可敬的人民。我对闽东的发展是充满信心、充满希望的。我们曾经同心同德为闽东地区的兴盛，为闽东人民的兴盛竭尽努力，我们没有理由不做得更好。我们完全有理由相信，"闽东精神"将会发扬光大，闽东各项工作将会一步一步推向前进！

—— 习近平《摆脱贫困》

序章　跨越三十年

接到电话的时候，老人刚刚在饭桌前坐下。

"老爸，你在家吗？"

"在家，吃饭呢！"

"快别吃了，有大喜事。你等着，我马上去接你！"

"什么大喜事……"没等到回答，只听"咔"的一声，对方放下了电话。

不一会儿，一阵"突突突"的摩托车声传来，"哧"地停在了"幸福茶馆"前。一个戴着蓝色头盔的年轻人单脚点地，没下车，只是大声地招呼着茶馆主人："老爸啊，快点出来，咱们走！"

"上哪儿去，这么急？"年逾七旬的老汉走下店门前的台阶，疑惑地看了看满脸是汗的儿子。

"别问了，先上车，在路上我给你说。抱紧我的腰，走了……"

摩托车载着父子俩跃上了乡村公路，一溜儿烟地远去了。

这是2019年8月6日中午，发生在福建省宁德市寿宁县下党乡的一幕。老人名叫王光朝，是下党乡政府所在地——下党村的普通村民，在路边开着一间茶馆店面，门前挂着醒目的红字招牌"幸福茶馆"，他的儿子则在下党乡乡政府工作。

乡里刚刚接到通知：中共中央总书记、国家主席、中央军委主席习近平给他们回信了！寿宁县县委书记汤孔忠正从县城赶来，向乡亲们传达这封珍贵的信件，特别要求前不久向总书记写信汇报的6名人员一定要到场。

王光朝就是写信人之一。所以，他的儿子第一时间，风驰电掣般地来接父亲。

弄明白了事情的原委，王光朝又惊又喜地说："这是真的？总书记那么忙，国内外大事太多了。我们只是想汇报一下情况，让他高兴高兴，压根儿没想到他会回信啊！"

"当然是真的！县委书记专门来传达，乡里都轰动了，正组织人员欢迎庆贺呢！"

"信上都是怎么说的？你先给我透透……"

"嘿,还没传达呢,一会儿就知道了!"

说话间,他们来到了村头那座古老而典雅的鸾峰桥边。从四面八方拥来的村民、干部们已经围得满满当当,互相询问着、打听着,兴奋喜悦的神情溢于言表。

"总书记真给咱们乡写信了?"

"你看县里汤书记都来了,那还有假?"

"都是怎么说的?"

"别急呀,书记会传达的……"

身穿一件白色短袖衬衣、戴着一副近视眼镜的寿宁县县委书记汤孔忠站在前边,挥着手,笑意盈盈地说:"大家静一静,静一静。先坐好了,我再给大家念信!"

"对对,这样的大喜事,一定要隆重对待!"人们边说边走进廊桥里边,分别坐在几排木凳上。并且,特意将那6位写信人一一请到前排就座……

半个多月前,曾经是乡干部、现已退休的刘明华与下党乡的村民王光朝、王光满等人聚在"幸福茶馆"里喝茶聊天,蓦地想到过几天就是7月19日了,这可是下党人永难忘怀的日子啊!

30年前那段温暖的往事,如同电影闪回镜头似的,又清晰地出现在人们的眼前——

公元1989年的7月19日,县里通知:宁德地委书记习近平将带领地区18个部门的负责人,前来下党乡现场办公。时任乡党委书记杨奕周、副书记刘明华等人既高兴又犯愁。高兴的是,这个大山里的乡村还从没有来过这么大的"官"呢! 一定会帮助解决一些实际问题的。犯愁的是,他们这里太穷了,太偏僻了! 怎么接待呢?

下党乡，位于寿宁县西部，山高林密、交通闭塞、田薄地少、贫穷落后，素有寿宁的"西伯利亚"之称，是全省唯一的"五无乡"。哪"五无"呢？说来犹如天方夜谭：已是20世纪80年代了，这里还"无公路、无自来水、无电灯照明、无财政收入、无政府办公场所"。村民们的生产、生活全靠肩挑背驮，爬山上坡，人均年收入不到200元……

建乡以来，县里领导都还没来过呢，如今地委习书记说来就要来了，这可是天大的好事啊！杨奕周等人研究了一下，决定先把乡里最宽敞的地方——那座始建于明代的鸾峰桥收拾出来，作为休息、办公点，同时组织人员挑着凉茶到山上迎接。因为正值炎炎盛夏，又是翻山越岭，可别让领导们中暑了。

当时的杨奕周已是中年人，而刘明华还是三十出头的年轻人。他们当天一大早就带着镰刀、草帽等物品赶到山外了。一是要当好带路人；二是山路难走，需要不时地砍去拦在路上的灌木杂草。而正当壮年的王光朝、王光满等村民则熬好了中药凉茶和绿豆汤，一桶一桶地挑到山路旁等候着。

天上的太阳移到头顶了，一行人穿过密林草丛，沿着一条小路从山上走下来了。走在最前面的那位，个子高高的，头戴着一顶宽檐草帽，脖子上搭着一条黄花毛巾，边走边擦着汗。他就是时年36岁的宁德地委书记习近平。他身后跟着年过不惑的行署专员陈增光、县委书记和30多位地区、县上的干部。大家都跟习近平同志一样，戴着草帽、搭着毛巾，有的还拄着一根竹棍，汗流浃背，气喘吁吁……

难怪干部们很少来下党乡，真是太艰难了！他们一早从宁德乘汽车先到寿宁县城，再换军用吉普车一路颠簸来到相邻的平溪乡上屏峰村，再往前走就不通车了，只能徒步进去。15里路整整走了两个多小时，习近平同志一行人才走进下党乡。

"地府来了！咱们的地府来了！"

"真的呀！快去看看……"

当时，这里的村民管地委书记叫"地府"。说起来也差不多，地委行署一级，不就相当于古代的"州府"嘛！

这一次行程，习近平同志后来回忆道："异常艰苦、异常难忘……下党，是我一辈子也忘不了的地方。"

而对于下党乡的乡亲们来说，这更是异常难忘的一天！

这次下党之行所看到的困难景况，给习近平同志和地直干部们极大震动，他们当场决定翻箱倒柜、千方百计地筹措资金，解决燃眉之急。继而，习近平同志又在几年间先后两次来到下党乡，具体帮助乡亲们解放思想、摆脱贫困，书写了一段"习书记九到寿宁三进下党"的佳话……

星移斗转，沧海桑田，整整30个春夏秋冬过去了，这里发生了翻天覆地的变化。下党乡的干部群众牢牢记住习近平同志的嘱托，齐心协力，团结拼搏，以"弱鸟先飞"的志气，以"滴水穿石"的韧劲，在绝壁上修路，在大山中前行，经营茶园、果园，发展现代农业产业和乡村旅游业，已经旧貌换新颜了。2018年，下党乡人均纯收入达到了13300元，乡里所有贫困户全部实现了脱贫。

吃水不忘挖井人。

村民们每每想起习近平同志跋山涉水，步行两个多小时，来到下党乡现场办公，带领大家脱贫致富的情景，总是激动不已、感恩不尽。2019年是中华人民共和国成立70周年，也是习近平同志首次来下党乡30周年，"咱们应该写封信向总书记汇报一下：如今的下党乡早已今非昔比，脱贫致富了。"

于是，6位曾亲历过习近平同志现场办公的干部群众，聚集在王光朝开办的"幸福茶馆"里,你一言我一语,由刘明华执笔,写成了一封给习近平总书记的汇报信。

信不长,只有两页信纸。主要内容是:尊敬的习近平总书记,我们是宁德寿宁县下党乡的村民代表。今天是7月19日,距离您第一次来现场办公整30年了,回想当年我们这里不通公路,您是步行山路走进来的,指导我们摆脱贫困,至今让我们非常感动。现在我们这里发生了巨大变化,已经全部脱贫了,路通了、村美了、民富了,乡亲们都过上了好日子,这些都因您和党中央领导得好啊!我们代表全体下党乡人表示衷心的感谢!请您有时间再来下党乡看看……

他们反反复复地修改了两遍,最后分别郑重地签上自己的名字:刘明华、王光朝、王光满、王光拔、陈大辉、王金花。这位王金花就是当年下党乡乡党委书记杨奕周的妻子,前几年杨奕周因病已去世了,而今她是满怀深情地代表丈夫出面的。

第二天,刘明华特意起了个大早,乘车赶到寿宁县县城邮局,把信寄给了北京中南海中共中央办公厅,转交习近平总书记收。藏在心底多年的愿望完成了,几位写信人满足地舒了一口气,回归平静的生活了。他们就是想向习近平总书记表达一下心意,仅此而已。

实在是没有想到,仅仅过了十几天,习近平总书记就写了一封热情洋溢的回信,由中共中央办公厅发给福建省宁德市,请他们转交寿宁县下党乡的写信人。

这封回信引起了福建省委、宁德市委的高度重视,因为习近平总书记的回信不止是回复下党乡的,对整个宁德、福建乃至全国扶贫开发事业都具有指导意义。寿宁县委书记汤孔忠更是如获至宝,一拿到原文,立刻驱车前往下党乡,隆重向大家传达信件内容。

还是在那座古廊桥——鸾峰桥上,还是一个炎炎的夏日,下党乡干部、群众代表，满满当当地坐在"地府"当年现场办公的地方，平心静气地聆听习近平总书记的回信。汤孔忠站在前面，双手捧着信纸，一字一顿地高声念道：

寿宁县下党乡的乡亲们：

你们好！

来信收悉。得知下党实现了脱贫，乡亲们的日子越过越红火，我非常高兴。向大家致以衷心的祝贺！

"车岭车上天，九岭爬九年"。当年"三进下党"的场景，我至今还历历在目。经过30年的不懈奋斗，下党"天堑变通途、旧貌换新颜"，乡亲们有了越来越多的幸福感、获得感，这生动印证了弱鸟先飞、滴水穿石的道理。

希望乡亲们继续发扬滴水穿石的精神，坚定信心、埋头苦干、久久为功，持续巩固脱贫成果，积极建设美好家园，努力走出一条具有闽东特色的乡村振兴之路。

习近平

2019年8月4日

好啊！欢呼声、鼓掌声，刹那间激荡在青山绿水之间，久久地回响着。

人们兴奋异常，奔走相告，从四面八方拥到桥头小广场上。一条临时赶制的红色横幅被拉起来了：习总书记给我们回信啦！背后石壁上镶嵌着习近平同志说过的那句话："下党，是我一辈子也忘不了的地方！"现场犹如过节一样，大家挥舞着五星红旗，载歌载舞，"感谢习总书记！""感谢党中央！"的口号声不绝于耳，幸福喜庆的笑容洋溢在每个人的脸上。

当天晚上，中央电视台《新闻联播》节目，向全国报道了习近平总书记给下党乡村民回信的消息，字里行间饱含着对脱贫乡亲们的深厚感情，寄托着一位老领导、老朋友的殷切期望。

这就像是一颗炽热燃烧的火种，瞬间在宁德、在八闽、在华夏大地上传播，点燃了干部群众奋进的激情，为脱贫攻坚决战决胜、全面建成小康社会吹响了冲锋号角。

福建省委迅速召开常委会扩大会议，传达学习贯彻习近平总书记的回信精神，强调要增强信心、坚持不懈，全力以赴、埋头苦干，持续巩固脱贫成果，坚决打赢脱贫攻坚战，走好乡村振兴之路。

会上，省委书记于伟国深有感慨地说：

"习近平总书记在福建工作17年半，足迹遍布八闽大地，对福建的山山水水、一草一木充满感情，与福建广大干部群众结下了深厚感情。习近平总书记始终心系人民群众，以百姓心为心，与人民同呼吸、共命运、心连心，始终把人民放在心中最高位置，同人民想在一起、干在一起，给我们树立了光辉榜样……

"我们要认真贯彻落实习近平总书记回信的重要要求，坚定信心、埋头苦干、久久为功，大力实施好精准扶贫、精准脱贫方略，紧盯'两不愁三保障'标准，下好'绣花'功夫，持续巩固脱贫成果，落实好支持老区苏区脱贫奔小康的各项政策措施，确保如期高质量完成脱贫目标任务，确保脱贫成果经得起历史检验，与全国人民一道进入全面小康社会。"

随后，寿宁县所在市，也就是当年习近平同志担任地委书记的宁德，召开宁德市委四届十次全会，专门就学习贯彻习近平总书记回信精神展开部署。对于如何系统推进脱贫攻坚、乡村振兴，如何继续传承"弱鸟先飞、滴水穿石"的闽东精神等课题,此次全会"干货满满",给出了自己的答案。

市委书记郭锡文在会上说:"习近平总书记的回信,是寿宁县和下党乡乡亲的福气,也是350万闽东人民的荣光。面对着城乡发展不平衡的现状,我们宁德要积极贯彻中央精准扶贫政策要求,加大基础设施建设,发挥优势,将乡村振兴的工作重心放在产业振兴、人才振兴、文化振兴、生态振兴、组织振兴等'五大振兴'上,持续念好'山海田经',在闽东特色的茶业、蔬菜、水果、中药材、食用菌、畜牧业、渔业、林竹花卉和乡村旅游的'8+1'产业上持续发力,构建和完善各具特色的产业格局。"

全会同时审议通过了《中共宁德市委关于深入学习贯彻习近平总书记回信精神 努力走出一条具有闽东特色的乡村振兴之路的决定》。这份决定对"五大振兴"的方略进行了细致阐释和部署,各项目标稳、高、远,提出了要因地制宜打造乡村振兴的"宁德模式"。

为此,宁德市委副书记、市长梁伟新专门做出说明。他说:"在产业振兴方面,宁德决心要在2022年前打造2000亿元的乡村特色产业全产业链;在人才振兴方面,要在2020年,使服务乡村振兴的人才数量达到10000人以上;推广'古村落+文创''摄影+民宿''白茶+文化'的新业态,以推进文化振兴;生态振兴把牢底线,在2022年前全市'绿盈乡村'占比要达到80%以上;组织振兴要着力抓好基层党建,培育万名乡村振兴'领头雁'。"

一封信跨越了30年,犹如一根金线,将下党、寿宁,包括全闽东扶贫开发、乡村振兴、全面建成小康社会的闪光历程,串联起来,化成了一条熠熠生辉的珍珠项链,装点着八闽乃至神州大地的山山水水。

事实上,下党乡乡亲们的来信,得到习近平总书记的高度重视和热情回应，只是我们扶贫开发事业的一个小小缩影。在960万平方公里的国土上，还有成千上万个下党乡这样"山乡巨变"的故事……

30年风雨坎坷，30年滴水穿石，30年沧桑巨变。

可以说，这条具有闽东特色的乡村振兴之路，是一条"爬雪山过草地"的新长征之路，也是改革开放以来扶贫开发的"星星之火，可以燎原"之路，其中闪耀着时任宁德地委书记的习近平同志深入实践、深刻思考的思想火花……

作家采访札记

2019年11月，我作为一名以反映现实、紧贴时代为己任的作家，深为闽东人民脱贫攻坚决战决胜的精神所感动，怀着崇敬和探究的心情，前往寿宁县下党乡乡政府所在地下党村，去寻觅那"天堑变通途、旧貌换新颜"的传奇乐章。

今非昔比，从县城通向下党乡的路，再也不是30年前习近平同志带队徒步下乡的羊肠小道了，而是一条宽阔平坦的盘山公路。俨然如毛泽东主席在《登庐山》诗中所写的那样："一山飞峙大江边，跃上葱茏四百旋。"

此时，北方正是黄叶飘零的深秋季节，而这里的山山岭岭还是一片郁郁葱葱。闽东特有的榕树、翠竹亭亭玉立，山间溪水清亮亮地奔流着，唱着叮咚清脆的歌曲奔向远方。公路蜿蜒曲折，随着山势时而高峰时而低谷，从车窗看出去，简直就像是民族舞蹈《红绸舞》演员手中的红绸带，上下翻飞，左右盘旋，令人眼花缭乱。

我们乘坐公务车沿着山路奔驰，穿过一条长长的隧道，不一会儿就到达下党乡了。远远望去，下党乡宛如油画一般：一湾清澈的溪流泛着白浪花穿村而过,沿岸隔着一条平坦的柏油马路,由低而高排列着一座座黄墙黛瓦的民居,鳞次栉比、错落有致,掩映在绿油油的树荫里,村头那座著名的木拱廊桥——鸾峰桥横跨溪上,形成了"廊桥、流水、人家"的美景。

走近细观,路旁建有"难忘下党"主题纪念馆,旁边竖立着"滴水穿石"的意象石雕,不远处建有题写着"下党,是我一辈子也忘不了的地方"标语的小广场,还有村民开办的民宿农家乐、"百口食堂""幸福茶馆"等富有特色的商铺门店,桥边欧式的路灯柱上悬挂着一串串红灯笼,上写"难忘下党,清新福建""下乡的味道"等字样……

乡里干部群众热情地前来迎接,领着我们边参观边介绍。虽说时隔习近平总书记来信已有3个月之久,但说起来依然溢于言表、历历在目,能够强烈地感受到人们那幸福喜悦之情。

尤其当我坐在村民王光朝的"幸福茶馆"里,听他操着带有闽东腔的普通话,朴实而又亲切地讲述30年前的情景,又如何一步步脱贫致富,以及怎样与其他5人一起商量写信向习近平总书记汇报的过程。言谈话语间,充满了欣喜、满足与自豪。

"太好了!老王大叔,在你这里聊天,可真是'幸福茶馆话幸福'啊!"我品了一口他特意沏好的自产香茶,真切地说道。

"对!好多人都这么说,我们这都是托习书记的福啊!"

瞧,他还是用当年习近平同志任宁德地委书记时的称呼,亲切而自然。

蓦地,如同电光石火一般照亮了我的脑海:我找到了这部长篇纪实作品的源头……

第一章 大山的呼唤

一 这里是闽东

在辽阔而壮丽的中华人民共和国的版图上，东南部沿海一带，有一个面向浩瀚太平洋的省份。它依山傍海，西北高东南低，90％陆地面积是山地丘陵地带，被称为"八山一水一分田"。这就是福建省，省会驻地设在福州。

《山海经》有言："闽在海中，其西北有山。"是指此地那时为闽越族人地，直至秦始皇兼并天下，南平百越，置闽中郡，中央政权始达于此。所以，福建省简称为"闽"，又称"八闽大地"。

中华人民共和国成立后，福建与浙江、上海、江西、江苏、山东属华东区。其中东北部一带，俗称为"闽东"，广义包括福州、宁德两市，因两地方言同属闽东语。近代则特指宁德地区，南连省会福州，北接浙江温州，西邻武夷名山，东与台湾岛隔海相望。地形以丘陵山地为主，沿海较多滩涂，属中亚热带海洋性季风气候。

闽东历史悠久，人文璀璨。早在新石器时代，古越族先民就在这里劳动生息。1949年10月之后，闽东迎来了新生，设福安专员公署。1970年，福安专区驻地由福安迁往宁德县城关，改称宁德地区。2000年11月14日正式挂牌，撤地建市。现辖蕉城区、古田县、屏南县、周宁县、寿宁县、福安市、柘荣县、福鼎市、霞浦县等县（市、区）和东侨经济技术开发区，共有43个乡（其中9个民族乡）、69个镇，人口325万。

在漫长的历史长河中，勤劳善良的闽东人民胼手胝足，辛勤耕耘，创造了丰富多彩的人类文明。历代文化名人朱熹、陆游、戚继光、唐伯虎、冯梦龙等，在这里留下了闪光足迹和珍贵文物，许多保存完好的建筑群、石雕廊桥等古迹至今巍然屹立。闽东还是全国最大的畲族聚居地。他们勤劳俭朴、能歌善舞，有着独特的民族传统文化及生活习俗，是中华文化宝库的组成部分。

尤为令人称道的是：1929年至1933年，老一辈革命家毛泽东、朱德率领红四军先后8次由赣入闽，播撒革命火种，推动了福建土地革命的深入开展。1934年2月，闽东第一次工农兵代表大会在福安柏柱洋召开，宣告闽东苏维埃政府正式成立，先后下辖福霞、安德、安福、福寿、连江等10个县苏维埃政府，800多个乡苏维埃政府，苏区人口近100万，面积达1.1万平方公里。从此，柏柱洋有了"闽东延安"的美誉。

闽东苏区既是全国最后成立的一个苏区，也是红军长征前的全国八大革命根据地之一。1934年10月，中央苏区第五次反"围剿"失败，中央红军走上了大转移的长征之路。闽东根据地也遭到国民党反动派的疯狂镇压，不得不以闽东独立师名义转入游击战。后来成为上将的叶飞，就是当年率领闽东人民坚持斗争的领导人之一。

这是一段星火燎原的红色记忆，一幕孤军奋战的腥风血雨；这是一座彪炳千秋的民族群雕，一部气壮山河的英雄史诗。1990年7月，已近八旬高龄的全国人大常务委员会副委员长叶飞将军，回到阔别34年的宁德福安，看望老苏区的父老乡亲。他首先来到闽东革命烈士陵园，面对着高高耸立的纪念碑，深深地三鞠躬……

按说，闽东一带山清水秀，自然风光绚丽迷人，人文历史悠久灿烂，特别是这里的人民具有吃苦耐劳的优秀品质以及百折不挠的奋斗精神，完全可以建设好自己的家园，过上殷实富裕的生活。

然而与全国其他革命老区——井冈山、大别山、沂蒙山等地一样，这里山高林密、沟壑纵横，南来北往困顿难行，虽说处于东海之滨，但没有金沙银滩，也少见缓冲平原，一上岸就是险峰峻岭。

这样的地形和位置，在战争年代适合做革命根据地，进可攻，退可守。而到了没有了血火交织的和平年代，这些地方偏僻闭塞、交通不便，甚至连可供耕种的农田都很少，久而久之便落伍了，成了挂满勋章的"乞丐"。

"老、少、边、贫"地区，这个富有时代特色的名词生动形象地说明了上述现象。凡是处于此等位置的地区，往往历史欠账多，工业基础弱，经济社会发展比较落后。而闽东不仅占全了这几条，还加了一个"岛"字——因其海岛众多，星罗棋布，面对着台湾海峡，长期以来一直是海防前线，难以发展工商业。

直至20世纪80年代，宁德地区无论是从工农业总产值，还是人均年纯收入计算，都排在福建省9个地市中的最后一名。贫穷困难，如影随形，牢牢地纠缠着这里的干部群众。经济基础的薄弱，势必影响到教育文化和思想观念的落后，以致形成了恶性循环。成百上千个自然村坐落在大山里头，耕田极少、物品奇缺，农民长年累月面朝黄土背朝天地劳作着，仅收成少量的稻谷番薯，连肚子都填不饱，更别说换钱买东西了。

当实施了家庭联产承包责任制，乡镇企业得到快速发展，极大地解放和发展了生产力时，党和政府的目光关注到"老、少、边、贫"地区的问题，采取了一系列扶贫措施。这其中包括：1980年，中央财政设立了"支援经济不发达地区发展资金"；1982年，将全国最为贫困的甘肃定西、河西和宁夏西海固的集中连片地区作为"三西"专项建设列入国家计划，进行区域性的专项扶贫工作。

1984年，中央有关部门又实事求是，酌情划定了18个集中连片贫困区进行重点扶持。其中，闽东的宁德地区就属于18个集中连片贫困区之一。随着改革开放的春潮奔涌，沿海长江三角洲与珠江三角洲都兴旺发达起来了，唯独位于它们中间的闽东一带还是穷困潦倒，成为我国沿海地区"黄金海岸的断裂带"……

二 《人民日报》头版上的读者来信

1984年，在中国当代史上，那是一个怎样的年份啊！希望的田野上麦浪滚滚，深化改革的大潮汹涌澎湃。至今回想起来，仍然令人热血沸腾、激动不已。

然而，正像浩瀚的太平洋没有一帆风顺的航程一样，跨入新时期的长城内外、大江南北，并不都是歌舞升平、富甲一方。尤其是在广大农村，尽管实施了家庭联产承包责任制，吃饱了肚子穿暖了衣，但远没有都像华西村村民那样变得有钱了、富裕了。

同样是在1984年的6月24日，一路高歌猛进的《人民日报》头版上刊登了一封不一样的读者来信，大胆却真实地反映了当时农村的另一面：

编辑同志：

实行生产责任制以后，农村发生了巨大的变化。但是，还有一些地方，特别是偏僻边远的山村，至今仍处于穷困落后的状态。

在闽东福鼎县与霞浦县交界的一条深峡谷里，有一个穷山村。这里地名叫下山溪，全村十八户，八十一口人。他们居住的房子十分简陋，耕种的土地全是贫瘠狭小的山坡地，粮食产量极低。他们祖祖辈辈吃番薯度日，偶尔到外地买几斤大米，只能在春节吃两顿，或供妇女"坐月子"吃几天。他们身上穿得破破烂烂，有的人买不起鞋子而光着脚板。他们的文化水平更低。解放三十多年来，这里只出过一个高小毕业生。据了解，在闽东山区尚有一些村庄至今生活仍很艰苦。这些地方大多数是解放前红军和游击队的根据地。

要使下山溪这样的穷地方富裕起来，依靠国家零星的救济见效不大。我认为只有从这里的实际出发，扬长避短，并给予特殊的政策扶持，方可从根本上改变其贫穷落后的面貌。下山溪村拥有一千二百多亩的山场，可以大力发展山羊，每户养几十只，这里就成了一个养羊基地。还可以把现有的灌木林逐步改变为杉木、柳杉混交林；同时大量种植毛竹、棕树，做到长短结合，提高经济效益。这样，要不了多久，这里就能逐渐富裕起来。

实现上述富裕目标，就要实行一些特殊政策。例如，有关部门要舍得花一些投资，帮助他们搞开发性生产，或由有关单位提供资金、种苗，同他们直接联办羊场、林场。要创造条件帮助他们从外地引进人才、技术，并保送一些当地青少年到外地学文化、技术，然后回村领导生产。另外，建议国家能减免粮食征购任务。在最好年景，下山溪全村平均每人占有几百斤粗粮，每年向国家交售之后，口粮往往发生困难。下山溪的群众迫切希望干部到那里去走走。

福建省福鼎县　王绍据

在一片形势大好的赞歌里，突然冒出来这样一封似乎"不合时宜"的来信，而作为党和政府喉舌的《人民日报》，竟然还在第一版上刊登了，这是怎么回事呢？

写信人王绍据，时任福建省宁德地区福鼎县委办公室副主任兼新闻科科长、报道组组长。

自从党的十一届三中全会召开以来，由安徽小岗村18户农民按下红手印"包产到户"发轫，很快波及全国农村的生产责任制，一下子改变了过去"出工不出力""大呼隆"的现象，焕发出了惊人的生产积极性，乡村农民面貌焕然一新，一片喜气洋洋的景象。各地报刊连篇累牍地报道：联产承包好，人人能吃饱。交上国家的，留足集体的，剩下都是自己的。盖新房，娶媳妇，老农民成了"万元户"……

一时间，广播有声、电视有影，仿佛农民全都告别贫穷，奔上吃穿不愁的小康路了。就连远在闽东的福鼎县新闻科报道组也在挖空心思去寻找脱贫的榜样、致富的模范，评先进，树典型，似乎农村形势一派大好，不是小好，而是到处莺歌燕舞了。

这天，王绍据正在办公室里上班，突然推门进来一位磻溪乡的干部，是王绍据的老熟人。他说："王科长，忙什么呢？"

"哦，这不正写稿子，咱县里有农民买上电视机了！"

那人接过去看了看，摇摇头放在一边，毫不客气地说："你们新闻单位只知道报喜不报忧，难道现在农民都富了吗？我们那里赤溪村的下山溪，有人家穷得都穿不上裤子哩！"

"啊？"王绍据一怔，不敢相信自己的耳朵，说，"改革开放四五年了，还有这么穷的吗？"

"千真万确！要不你们自己去看看。"

王绍据是个有良知、有责任心的宣传工作者，听了这位乡村干部如此尖锐的批评，内心深处受到震撼。人家告辞走了，他那篇表扬稿自然写不下去了，一直在思索着，忽然自言自语道："不行，我一定要去查下究竟。"

第二天——1984年5月15日，王绍据多年以后还牢牢记着这个日子，因为对于他来说，印象太深刻了。早晨起来，王绍据给办公室打了个招呼，说："我有事下乡了！"他赶头一班车从县城到达了磻溪公社，再往前走就不通公路了。一打听赤溪怎么走，有人说须走40多里山路，还要攀爬12000级台阶的"蛤蟆岭"才能到达呢！

年轻气盛的王绍据咬紧牙关，甩开大步上山了。那天刚刚下过一场小雨，空气十分新鲜，山林里鸟语花香，可想到此行的目的，王绍据却一点也轻松不起来，心事重重地迈着步子。一直走了两个多小时，大汗淋漓，口干舌燥。他渴了，捧一把路边的山溪解渴；饿了，掏出从家里带来的一块饼啃两口，一路跋涉终于到了赤溪村。

这是一个行政村的名字，在20世纪八九十年代，全赤溪共有12个自然村280户1300口人，其中少数民族畲族群众300多人，如同寥落晨星一般散居在深山密林中，有的小村子只有几户人家。山陡坡险，地狭村偏，如果到集镇上去，只有甩开脚板步行，有的往返一趟竟达到百里之遥。少数薄田产出的稻谷，还不够交公粮的，村民大都靠种在田边地角的番薯、野菜充饥。村里村外到处书写着两个大字：贫穷！

其中，下山溪村就是典型的代表。

王绍据稍微歇了歇脚，再问村人如何去下山溪，人家指了指上边说："只有一条铺满草丛荆棘的羊肠小道。"他深深地吸了口气，弯下腰就往上走去，走着走着，脚下一滑，连忙抓住旁边长着锯齿形的粗茅草，忽然钻心地疼，鲜血顿时从手心里冒了出来。等他走进村子，双手已是鲜血淋漓了。他苦笑着自语："想不到，下乡要流汗又流血！"

站在村头搭眼一望，王绍据不禁倒抽一口凉气：全村看不见什么像样的民居，只有山石边上、树丛缝中立着几间破烂不堪的草棚子、土木房，虽说房顶上罩着青瓦，由于年久失修，瓦残木朽，露着天，透着风,摇摇欲坠,好像来阵大风就能吹倒了似的。

王绍据随意走进一家农户,打了声招呼没人答应,便推门进去,只见一位妇女面色惨白,披着破棉絮躲在床上发抖。按说时令已是初夏,南方更是早就天热了,她这是怎么了?

"你生病了吗?"王绍据连问了几声,对方眼神慌乱,"呜呜"地只是摇头,说不出话来。难道是个聋哑人? 他走出来向隔壁邻居老大妈询问。

那人连连摇手,小声说:"太难为情了,她没有裤子穿。她家只有一条裤子,婆婆穿着出去采茶了,回来换给她穿上,才能起来做活呢!"

王绍据闻言,心里像被刀扎一样疼:中华人民共和国成立30多年了,竟然还有人过这样的日子。他脚步沉重地走到灶台边掀开锅盖一看,难闻的气味冲上来,里边黑乎乎的,一半番薯丝一半野菜。他眼眶发潮,差点流出了眼泪……

他默默地留下了10元,转身出来,找到了生产队小队长李先如了解村里情况。这位村干部听说王绍据是县里来了解村民生活的,不由得连连叹气说:"我们村真是太穷了,既无一分水田,又没有大块农地,主粮番薯都是在边边角角'斗笠丘''眉毛丘'种植的。你看看我们住的,遇上下雨天,外面大下,里面小下,外面不下了,里面还滴答。唯一的经济收入是砍些毛竹到山外去卖,每百斤才卖一元钱,半天砍,半天运,累死累活扛着百来斤的毛竹才赚个块把钱……"

李先如说不下去了,眼圈又红又湿。

王绍据听了很难受,心情沉重地返回了。正是太阳落山时分,尽管初夏美丽的杜鹃花盛开满山,他却毫无兴趣瞟上一眼,脑海里蓦然涌上那首古诗词来:"古道西风瘦马。夕阳西下,断肠人在天涯……"

等到疲惫不堪地回到家里，已经是夜里10点多了，王绍据简单地吃了饭洗了洗就躺下了。可是，从来不失眠的他，却辗转反侧怎么也睡不着，一天下来的所见所闻又清晰地浮现在眼前：那呛人鼻腔的野菜饭食，那面黄肌瘦的男女老少，那难以下床的尴尬妇女。村民们如此贫困，王绍据好似万箭穿心。

下山溪村民曾经为共和国的诞生付出过鲜血和生命，如今怎能让他们还过着这样食不果腹、衣不蔽体的生活呢？应该呼吁全社会给予关注，广大农村并不都是阳光灿烂，要帮助他们尽早摆脱困境。

想到这里，王绍据一骨碌翻身起床，扑到桌子上奋笔疾书，写出了题为《穷山村希望实行特殊政策治穷致富》的稿件。他在文中列举了所见的下山溪贫困情景，还提出了三条亟待解决问题的建议：一是困难的老区村应予减免上交公粮和统购粮；二是计划生育政策要网开一面；三是党和政府要大力帮助穷村发展生产、摆脱贫穷。

写完之后，一看表已是深夜2点多，王绍据仍然毫无睡意，瞪着眼挨到了天亮，马上乘车前往省会福州。他想找一位比较熟悉的省报编辑，请他将文章作为内参材料报上去，让省领导重视起来解决。当时还没有高速公路，王绍据在长途汽车上摇晃了近一天，终于在下午快下班时赶到了报社。

谁知，那位老编辑只翻了一下材料，刚才还很热情客气的脸色，立马变得严肃起来，忽地站起来，低声问道："小王啊小王，你是共产党员吗？"

这让王绍据不明就里，疑惑地回答："是啊，我1973年就入党了！"

"那你要做好被开除党籍的准备了！"

王绍据脑袋"嗡"地一下，犹如晴天霹雳。他说："怎么啦？我写错了吗？这都是我亲眼所见的现实。"

"现实是改革开放以来，全国各地都在宣传农村富裕的大好形势，你却披露缺吃少穿的阴暗面？！"继而，他沉痛而又关切地说，"赶紧拿回去烧掉，别外传了，搞不好你会被打成现行的'右派分子'！"

好似被迎头泼了一盆冷水，浇了个透心凉，王绍据不知自己是怎么离开报社的，当晚住到招待所里又是一夜难眠。他想不通为何为老百姓说几句实话，呼吁各级领导重视偏远农村的贫困，尽可能给予帮助解决问题，怎么就是"右派分子"了呢？事实上，在20世纪80年代初，刚刚从动乱年代挣脱出来的人们还心有余悸，极"左"的阴影尚未完全消除，那位老编辑代表了相当一部分人的看法，也是出于爱护年轻人才发出警告的。

出师不利，碰了"钉子"，王绍据闷闷不乐地坐车回到了县里。办公室的同事看出他情绪不佳，了解了原委，纷纷劝解道："别整这个事了，谁都愿听好听的，往脸上搽粉而不是抹黑。木秀于林，风必摧之，枪打出头鸟，你犯不着去冒这个险！"

有位要好的老同学，特意悄悄地把他拉到一边说："绍据啊，咱祖宗十八代都是农民，好不容易出了你这么一位吃国库粮的，年纪轻轻就是科长了，要是因此把你打发回农村了，那可亏大了！"

王绍据知道大家是为他好，担心他犯错误受到处理。信中所写确实与当前形势格格不入，但类似下山溪这样贫穷的状况绝不是个别现象，如果只看到成绩无视存在的问题，那于我们的事业是不利的。作为一名有良心的基层记者，一名以为人民服务为宗旨的共产党员，更不能对老百姓的疾苦视而不见。

那些日子，他寝食难安、坐卧不宁，纠结折腾到了第四天，终于想明白也下定了决心：铁肩担道义，辣手著文章。古人尚且有此担当，我一名共产党员何惧之有？倘若连了解基层情况的记者都不敢面对现实，没有勇气讲真话实话，那党中央怎能了解下情、解决问题呢？豁出去了，哪怕撤职开除，也要向上面反映实情。

王绍据横下一条心，把这篇稿件又修改了一遍，抱着试试看的心态，径直寄往《人民日报》编辑部。

读者朋友们，现在看来似乎是一件平常小事，但在当年却是惊天动地的，这是"捅破天""告御状"，需要极大的胆量！如果没有"敢为人民鼓与呼"的精神，没有"破釜沉舟削职为民"的准备，那是万万不敢做的。

毕竟，我们党正在拨乱反正，回归到实事求是的路线上来。

全国各地每天寄到《人民日报》的信件成千上万，几麻袋也装不完，此信能否被报社收到、收到后会怎样处理，王绍据心里一点底儿也没有，只想尽到一个基层通讯员的职责，如实向上级反映情况罢了。甚至，他还做好了一旦被认为有问题，挨批判受处分、回家当农民的心理准备。

万万没有想到，这篇来自偏远闽东小县城的信件被一位编辑看到了，不仅没有认为"不合时宜""有碍观瞻"，反而引起了他的高度重视，他立即编成内参上报党和国家领导人。

中共中央政治局一位常委面对这封来信，心情十分沉重，当即做了批示：信中所反映的情况令人震惊，"老少边"地区欠债太多，请福建省委查清汇报，以便中央统筹研究解决。

很快，此信连同中央领导人批示件，传真到了福建省委办公厅。1984年6月5日，省委办公厅在《情况简报》第194期上全文刊登。这同样得到福建省委领导的重视与关切，当即在上面批道："此件所提要求应限期解决，类似这样的边远山区，也应采取类似的措施。我们对不起这些地区的人民。"

雷厉风行。当天省委办公厅将此件传真到宁德地委办公室,进而批转到福鼎县县委。恰巧,兼任县委办公室副主任的王绍据首先拿到了此件。他忐忑不安,还以为是上级追查下来了!当他打开文件仔细一看,心中的一块石头总算落地了,百感交集:时代不同了,党的好作风又回来了,老区人民有希望了!

半个月后,《人民日报》又在头版重要位置发表了王绍据的信件。一时间,全国轰动。对照原稿,王绍据发现基本全文照登,只是个别地方删除了一点内容。当时《人民日报》每天才4个版面,第一版都是重要新闻,字字如金。同时,配发了本报评论员文章《关怀贫困地区》。

这一来,全国乃至全世界都知道了闽东的贫穷状况,而且中共中央敢于承认某些地方还十分贫困,还需要加倍努力。这是一个成熟的大党向人民负责、向历史负责的态度。

王绍据手捧着《人民日报》,激动得热泪盈眶……

来自首都的呼唤,代表了党中央的声音,立即引起了全国各地的强烈反响。赤溪村下山溪不断收到四面八方寄来的慰问信。有工人、干部、解放军战士,也有教师、学生。有寄来现金粮票的,也有寄来衣服被子的。甚至有不少信件只要写上"福建省福鼎县王绍据收",他就能收到并转交给乡亲们。

春雷响了,春雨下了,久旱的山野涌现一片复苏的新绿。和煦的阳光终于照到了偏远的山沟沟,温暖着近乎麻木的山里人。他们感到无比的喜悦和欣慰,同时也有了摆脱贫穷的期盼与渴望。

1984年9月29日,在中华人民共和国成立35周年的前夕,中共中央、国务院发出了中发〔1984〕19号文件,开宗明义:帮助贫困地区尽快改变面貌。

新时期以来，一场波澜壮阔、旷日持久的有组织、有计划、有目标、有方向的扶贫运动，在全国各地轰轰烈烈、如火如荼地展开了……

三　新来的地委书记

"哗——"

随着一阵响亮的掌声，宁德地委常务副书记林爱国、宁德地区行署专员陈增光陪着一位个子高大、脸庞方正的年轻干部，走进老地委大院二楼会议室。

参加会议的都是时任宁德地委和行署班子的成员，还有几位离退休的老同志。等到人们各自坐好以后，林爱国介绍道："同志们，这就是咱们新来的地委书记习近平同志，今天在这里跟大家先见个面，互相认识一下。"

"是啊，我昨天晚上刚到，以后就跟大家在一起工作了。"习近平同志微笑着接过话头说，"宁德，是革命老区，具有光荣的传统。我会尽快熟悉情况的，大家有什么话尽可敞开了说，也可以找我个别谈。"

一个别开生面的见面会开始了。这是1988年6月的一天，正值盛夏季节，宁德虽地处东南沿海一带，但还是十分的炎热。面积不大的会议室内没有空调，只有几只吊扇在"嗡嗡"地转着。不过，短短几句亲切朴实的话语，一下子拉近了人们的距离，大家顿时有如沐春风之感。

此前已经听说宁德要调整领导班子，新书记是曾任厦门市委常委、副市长的习近平同志。他原籍在陕西富平县，1953年6月出生在北京，调任宁德时刚满35岁。别看他年轻，却经历丰富：7年下乡知青锻炼、当过大队党支部书记，毕业于清华大学，在中央军委办公厅当秘书，下基层任河北正定县委书记，而后调任福建省厦门市工作。对于这样一位从北京来的老革命家子弟，又是经过经济特区磨炼的年富力强的干部，人们充满了期待。

那是1988年3月，已过了任职年限的宁德地委书记吕居永在福州参加省里两会，省委书记陈光毅找他谈话：省委考虑调他到省人大工作，由厦门副市长习近平同志接任宁德地委书记，征求一下他的意见。

吕居永是山西泽州人，南下干部，中华人民共和国成立初期就留在宁德任职，已经30多年了，现也过了任职年龄，听说有年轻干部来接班，自然很高兴。虽说他那时还不认识习近平同志，但各方面反映都不错，便爽快地说："习近平同志到宁德最合适了。因为宁德是革命老区，他是老革命的后代，所以他对老区肯定有很深的感情。他到宁德去，我完全赞同。"

两会之后，福建省委任命习近平同志为宁德地委书记的文件就下达了，同时调任吕居永为省人大常委会委员兼农村经济委员会主任。因吕居永留在福州办理其他事务，没有来得及回宁德交接。习近平同志就由宁德地委常务副书记林爱国和组织部副部长钟安乘车先期接到宁德，安排在地委招待所——对外称"闽东宾馆"住下来。

正如前面所言，由于历史、自然和政策上的种种原因，宁德地区当时在福建省9个地市当中，经济社会发展排在最后一位，是全国18个集中连片贫困区之一，9个县（市）有6个被列为贫困县，全区财政入不敷出，年年靠上级财政拨款过日子。1983年年底，全区农民人均纯收入只有330元，其中人均纯收入在200元以下的贫困户达16.63万户，占总户数的31.61%。贫困人口达77万，占农村人口的35%以上。

虽说宁德也靠海，但不像其他沿海地区那样富饶便利。当时闽东的状态可以归纳为几句话：班子不全，贫困后进，人心繁杂，期望值高。首先是领导班子不全，老书记吕居永超龄主持工作多年，缺位没有补充。其次是贫困后进，人们对前景感到悲观。宁德干部到省里开会，总是坐在最后一排，说话不敢高声，自我感觉低人一等。大家都憋着一口气，盼望有人带领打个翻身仗！

福建省委基于多方面考虑，决定调整和加强宁德班子建设。习近平同志离开厦门赴任时，陈光毅代表省委找他谈话说："福建9个地市，宁德经济排老九。派你去宁德，就是让你用特区的闯劲、特区的精神到那儿去冲一冲，把宁德带起来。"

"我明白！"习近平沉思着点点头说，"宁德和厦门毕竟不一样，去了怎么干我还得掂量掂量……"

应该说，由改革开放的前沿到全省"老末"任职，习近平同志属于临危受命、勇挑重担。同时，也给宁德人带来了热切的期望。于是有的老干部"不客气"地提出了要求："习书记，你来宁德是我们盼望已久的事情，因为你是北京派来的，又是中央领导同志的后代，我们对你寄予很大希望。我们这里太贫困了，你能不能给我们多弄一点项目、多弄一点资金，把我们的基础设施改善一下？"

当时的宁德人太想一步富起来了，特别是对"三大目标"抱有很大希望：一是修通福温铁路，即福州到温州的铁路，改善困扰多年的交通不便问题；二是开发三都澳港口，这个港湾水深域阔，周边有山岛屏障，口子小肚子大，是良好的深水港，但因长期是对台军事战略要冲，无法全面开发；三是建设中心城市，形成宁德的行政中心和经济中心。

面对广大干部热切的目光，习近平同志没有摆出"新官上任三把火"的架势，而是表现得非常沉稳。他说："我很高兴也很荣幸能到闽东老区来工作，为老区人民奉献自己的一份力量。我到这里毕竟人生地不熟，还是要靠大家充分献策，你们提出的合理意见，我一定会采纳，也一定竭尽所能，在任期内为闽东多做一些事情。"

见面会很快就结束了，可新书记的首次亮相和表态，给大家留下了深刻的印象：这是一位不尚空谈、注重务实的领导人！

走出会议室，习近平对地委、行署几位主要负责人说："我们要把老同志的建议和干部群众的问题放在心上，走出办公室，到基层去寻找思路，到基层去寻找答案。"

果然，没过几天，他就带着地委的干部以及有关委办局的同志到各县乡去调研了。

"没有调查，没有发言权。"这是毛泽东主席早年在江西寻乌调查时得出的结论，成为指导中国革命和建设的至理名言。

习近平同志牢牢记住这句话，7月初就在陈增光等人的陪同下，一个县一个县地跑，利用一个月的时间，跑遍了宁德下辖9个县市。据当时陪同他调研的陈增光回忆说：

"习书记走基层有几个特点。第一，到每个县调研，肯定都要先听各县班子的工作汇报，但他不提倡念稿子。他对县里的同志说：'你们不要念稿子，了解多少就说多少，记住多少就讲多少，你念稿子上的东西我还很难一下子记住，不如咱们这样脱稿交流效果好。你们放心讲，讲不下去了可以看一下稿子，讲得下去就讲出来。'第二，他喜欢看县志。习书记每到一个地方就要调阅当地的县志，他说不看县志就不了解这个县的过去和现在，就难以深入认识县情。第三，他注重走访。每到一处，他既走访一些企业，也走访一些村庄和农户，了解群众的生产生活情况，而不仅仅停留于听汇报……"

他们调研的第一站是古田县。

一说到古田,人们往往会联想历史上的"古田会议",那是在闽西龙岩市上杭县古田镇,同名不同地。闽东这个县是因古田溪而得名。时任县委书记的蔡天初,从福安县调来还不满一年,担心吃不透县情,汇报不好,提前召集常委会研究了一份汇报提纲,毕竟第一次见习书记,不了解他的性格和工作作风,心里还是有些忐忑不安的。

那天,习近平同志来与大家见面,一开场就使人感到亲近而放松了。他说:"我们这个古田是闽东宁德的'古田县',不是闽西龙岩上杭县的'古田镇',普通话要是发音不准,还会把'莆田'和'古田'混在一起。我这次来古田是'看准了'才来的。"

在场的人不由得笑了起来。蔡天初紧张的心情也平静下来,打开汇报提纲准备从头讲起。

没想到,习书记开门见山,直奔主题。他说:"我知道古田有一座很大的梯级水电站,是一个库区大县,现在库区移民的生活、生产情况怎么样?"

"习书记,是这样的。"蔡天初干脆抛开稿子,一五一十地汇报了库区移民的现实情况,而后说,"现在主要存在三个遗留问题,一是沿库后靠定居农民的生产和生活出路,二是县城城关的市政建设和社会配套服务,三是各类移民房屋和土地的补偿等,需要统筹解决,我们县里正在这方面下功夫。"

"民有所呼,官必有所应。我们要正视困难,不要回避问题。新官要理旧账,干部就是要以人民为中心,要敢于担当,发现问题、面对问题、解决问题。班子成员要拧成一股绳,团结带领干部群众,把一个一个问题都解决好。"

接下来,他们经屏南县又来到了周宁县。此地位于宁德西北,地势由西北向东南倾斜，县城海拔880多米，居全省之冠。境内有个鲤鱼溪，景色不错，历史悠久。县领导汇报完情况后，特别讲了关于鲤鱼溪的传说：过去沿岸两个村经常发生械斗，为防备对方下毒，人们就在溪里养鲤鱼，万一鱼被毒死就知道水不能喝了。渐渐地，整条溪里鲤鱼越来越多，就变成了鲤鱼溪。

习近平听后感慨道："鲤鱼溪有文化、有传统，可以发展旅游产业，带动当地发展。"

闽东依山傍海，山海相依。这天他们下山来到了海边的霞浦县。这个县虽说没有被列入贫困县，也只是相对而言，同其他沿海地区比起来，还是不能同日而语。用一句形象的话来说，就是"穿着西装的贫困县"。

习近平同志每到一地，必看当地的志书，加深了解县情。这次也不例外，陈增光先让人拿了一本《霞浦县志》给他看。当天晚上，他们住在县招待所里，习近平又对他说："你帮我找一本福宁府的府志吧。"

历史上福建分为上四府下四府，又称"八闽"，现今的宁德地区叫作福宁府，相当于地委行署机构，府衙就设在霞浦。不过，这都是几百年前的事了，一般还真没有这个府志了。陈增光派人到县文化馆，终于找到了一本，连夜送了去并关切地说："习书记啊，咱们一天到晚跑来跑去这么辛苦，你还要熬夜看书，能吃得消吗？"

"增光同志，我们这样看情况、听汇报是不够的，还要看历史。一个县的历史最好的体现就是县志，府志则更为全面，里面既写正面人物，也写反面人物，我们一看就知道这个地方发生过什么事，可以从中有所借鉴。"

果然，第二天在县委会上，习近平同志就讲起他在《福宁府志》上看到的内容：霞浦这里有一片官井洋，是"因洋中有淡泉涌出而得名"。

老百姓也称"官井洋半年粮",因为这里一直盛产大黄鱼,是名副其实的鱼米之乡。百姓在这一带搞好生产,等于把半年的粮食都解决了。

他感慨地说:"这是我们闽东很重要的一个资源,既要把它保护好,也要把以养殖业为代表的海上经济带动开发起来,让老百姓都富起来。"

如今,这些目标已经成为现实,霞浦海产品闻名遐迩,不但大黄鱼走向了世界,还是著名的"中国紫菜之乡""中国海带之乡"呢!

这一圈9个县转下来,用了一个多月。回到宁德后,习近平同志潜心思考,认真总结。他感慨地对班子成员说:"闽东脱贫不是那么容易呀……闽东虽然山峦起伏,但林木少,光秃秃的,没有什么像样的矿产,资源比较贫瘠。沿海4个县也多半是山区,海岛缺电缺水,灾害频繁。所以,我们不能脱离这些实际谈脱贫,不能寄希望于一下子抱个'金娃娃'。"

而后,在地委行署干部大会上,他系统地讲述了此次调研的感受,以及下一步如何工作的思路。实际上,这等于是他来到宁德后的施政演说。大家既兴奋又期待:习书记终于要做报告了,闽东大发展的号角要吹响了。不过,在会上习近平同志首先指出一点,就是对他期望值不能太高。他说:"我就是我,父辈的光荣,不能作为儿孙辈的老本。"第二点,他指出闽东经济发展不能急躁,不能寄希望于一下子抱个"金娃娃",一口吃成个胖子。第三是强调要树立"功成不必在我"的精神,几任班子一本账,一任接着一任干。他言辞恳切,鞭辟入里地说:

"闽东,交通闭塞,信息短缺,是小农经济的一统天下。商品经济的发展较其他贫困地区,显得更为步履艰难。人们说起闽东,便是五个字：'老、少、边、岛、贫'。处于这么一种弱鸟的境地，有没有'先飞'这个话题的一席之地呢？我看，不但有一席之地，还有大讲一下的必要。地方贫困，观念不能'贫困'。'安贫乐道'，'穷自在'，'等、靠、要'，怨天尤人等等，这些观念全应在扫荡之列。弱鸟可望先飞，至贫可能先富，但能否实现'先飞''先富'，首先要看我们头脑里有无这种意识。所以我认为，当务之急，是我们的党员、我们的干部、我们的群众都要来一个思想解放，观念更新，四面八方去讲一讲'弱鸟可望先飞，至贫可能先富'的辩证法。这样，既可跳出老框框看问题，也可以振奋我们的精神。

"不少同志希望国家多拨资金，多安排一些计划内原料，总之，韩信用兵，多多益善。一般说来，关照多一点总不是坏事。这心情可以理解，但我们有必要摆正一个位置：把解决原材料、资金短缺的关键，放到我们自己身上来，这个位置的转变，是'先飞'意识的第一要义。我们要把事事求诸人转为事事先求诸己。比如说，可以着眼于挖掘潜力，降低成本；可以通过外引内联，建立稳定的物资协作网络；可以鼓励各县制定一些让利政策。我们完全有能力在一些未受制约的领域，在贫困地区中具备独特优势的地方搞超常发展。也就是说，贫困地区完全可能依靠自身的努力、政策、长处、优势在特定领域'先飞'，以弥补贫困带来的劣势……

"闽东还有一项重要的工作是脱贫工作。闽东的贫困面比较大，经过3年的脱贫，有了可喜的变化。但应该清醒地看到，现在的脱贫还是处于低水平，还不稳定。脱贫是一项长期艰巨的任务，要有打持久战的思想准备。扶贫先要扶志，要从思想上淡化'贫困意识'。不要言必称贫，处处说贫。有些本来发展不错的乡镇也把自己列入贫困的范围，这样做只能起消极作用。其次，要有比较明确的脱贫手段，无论是种植、养殖还是加工业，都要推广'一村一品'（即每个村都要抓一种有特色的产品）……对闽东，我是充满信心的，经过我们的不懈努力，我们一定可以创造'弱鸟'在许多领域先飞的奇迹。"

习近平同志讲了不到一个小时，大家静静倾听，整个会场鸦雀无声，都被深深地吸引住了，大有茅塞顿开之感。讲话实在，言之有物，有的放矢，切中宁德的症结所在，并且指出了今后的努力方向。他脚踏实地，条分缕析，特别是为短期抱"金娃娃"的想法泼了冷水，而是要因地制宜，"持之以恒"，这与他日后提出的"滴水穿石，久久为功"一脉相承。

后来，这篇讲话被整理成一篇文稿，收入习近平在宁德工作文集《摆脱贫困》一书中的第一篇。那些后来在全国倡导的"绿水青山就是金山银山""扶贫先扶志""一县一策""精准扶贫"等理念，早在30多年前他任宁德地委书记时就已经酝酿了。

这既来自多年的刻苦读书学习，也有脚踏实地深入调研后的思考，同时不可否认父辈老革命家的言传身教和良好家风的陶冶。宁德人从年轻的地委书记身上，感受到了习习清风，更加刮目相看，也更加有了改变面貌的信心和决心。

当然，宁德人敬佩的不仅仅是习近平同志的工作能力和理论水平，还有他那平易近人、廉洁奉公、艰苦朴素的生活作风。他来宁德时新婚不久，爱人是人们喜爱的总政歌舞团歌唱家彭丽媛，身在北京，演出任务十分繁忙。习近平是单身赴任而来，没有带家属。

地委办公室做了这样的安排：在闽东宾馆为书记腾出一个套间，便于食宿生活起居；行署新进了两部进口小车，专门安排一部给他乘坐，司机由他自己定。不料，习近平同志一一谢绝，说："车辆还是用老书记退下来的小车,连原司机一起转过来就行了。我也不能住在宾馆,还是搬到机关干部宿舍住,吃在机关干部食堂就可以。"

办公室主任连忙劝道:"这可不行啊! 老书记退下来的车已经跑了20多万公里,车头在一次车祸中碰坏修理过,闽东山高路险,还是换新的比较安全吧! 让您住在宾馆,主要是考虑到家属不在身边,生活不方便。"

"我们是贫困地区,不要摆阔气、讲排场,还是过紧日子好。新车就留给接待客人用,要保证客人坐得舒适安全。我是来工作的,不是来享受的,住在机关宿舍,和干部在一起工作生活,各方面才方便。"

两天后,习近平同志就搬到机关干部宿舍楼里住,一套西头不大的房间,夏天西晒很厉害,桌椅床铺大都是原来的旧家具。平常他与干部一道吃在机关食堂,唯有彭丽媛来探亲时,才自己用煤气炉子开伙。他的办公室安排在老地委大院办公楼三楼,总共只有20多平方米,里外两间,外面摆放着两张沙发和一张茶几,用来会客;里间是他办公的地方,放了一张办公桌和一个书柜。原本还打算重新装修一下,可是习近平坚决不同意,说原样就挺好,来了就直接进去办公了。

在宁德工作的两年里,习近平同志坚持用旧车,连司机也是吕居永老书记留下的。而且他从不公车私用,彭丽媛几次到闽东来看望他,都是自己买车票或搭便车来的。宁德电视台记者邢常葆常开车去福州省台送片子,有时就顺道到车站接彭丽媛。

有一次,原书记吕居永和老伴儿乘车回宁德 —— 虽然他调任省人大工作了,但还有一些事务需要处理。习近平同志十分尊重老领导,听说他回来总是抽出时间访谈,友情颇深。这时,刚好彭丽媛也在宁德休探亲假。

过了几天，习近平与吕居永谈别的事情，顺便问道："你什么时候回去？"

"明天，有事吗？"

"回去都什么人坐你的车？"

"没别人，就是我和老伴儿两个人。"

"彭丽媛要回去了，顺路搭你那个车好不好？"

"当然可以。"吕居永一口答应，心里特别敬佩：作为地委书记，妻子难得前来探望，派车专门接送一下，再正常不过了。可习近平同志却不这样做，从不占公家一点便宜。

类似事情还有很多。

当时，习近平同志兼任宁德军分区党委第一书记，分区每年都开一次工作会议，一般都会给参会代表买点纪念品。这在那个年代比较常见。1989年那次全区会议时，他们决定买一种"三用收录机"，既可以听广播，又可以录音、播放。分区政委赵文法给习近平同志送去了一台。

"老赵，这个东西我不需要也不能要，你拿回去吧！"

"习书记，大家都有。你是军分区第一书记，理所当然可以收下啊！"

习近平坚决地说："你要支持我的工作，在福建干干净净地干事业。"

后来习近平同志调往福州工作，临走之前的那天晚上，赵文法想到反正人都要走了，应该会收下的，借送行机会又拿着这台三用机去给他，可还是被坚决地拒绝了。

这位地委书记如此严于律己，一身正气、两袖清风，一下子征服了人心。大家都觉得，跟着这样的领导干，他说什么都服气……

作家采访札记

时光飞逝,岁月如梭,宛如毛泽东主席诗词中所写:"三十八年过去,弹指一挥间。"虽说现在距离习近平同志任职宁德地委书记还不到38年,但也有32年了。对于一个人来说,早过了而立之年,可谓是"三十功名尘与土,八千里路云和月"。

而今,我从遥远的北方,来到闽东、来到习近平同志当年主政一方的地区。根据来时所做的案头工作,以及精心查阅的资料,我主动要求接待单位安排在"闽东宾馆"老楼上。因为,当年习近平同志初次前来就职,最初几天就是住在这里的。

在20世纪80年代,这里是宁德地委招待所,对外则名为"闽东宾馆",是全地区较好的接待场所,上级来人抑或与外商洽谈,都是安排在此处。时代列车在不断前进,如今城区已经有很多座高级酒店,三星四星富丽堂皇,就连闽东宾馆也盖起了新楼,装修得十分舒适漂亮。虽说当年习近平同志住过的楼房已经被拆除了,但还有一座相同的旧楼,没有电梯,窄小简朴……

我走进去放下简单的行装,站在楼道里,遥想当年习近平同志就是在这样的地方开始他的宁德岁月,感慨万端。一个不大的套间,连空调都没有,在南方的夏天里是很艰辛的。即使如此,他也不愿搞特殊,住在宾馆里让人服务,而是很快就搬到干部宿舍楼了,在大食堂就餐,自己打扫房间卫生。这与某些当领导的调到一个地方上任,长年住在豪华宾馆里相比,简直就是天壤之别。

紧接着,我又专程来到宁德老地委大院参观、体验。它坐落在宁德市老街上,大院很深,路面不宽,几排旧楼房矗立着,还是当年的格局。别看现在"门前冷落鞍马稀",宁德市委、市政府办公地点早已移到新区了，当年这里可是全地区的中心，设有地委、行署办公室以及干部宿舍等。门前有块牌子，上写：署前路14号，宁德市直机关署前路办公区。

按照指引，在市扶贫办小王陪同下，我们来到了原地委领导办公室所在地。由于种种原因，这里暂时封闭起来，我没有走进办公区里去，只是站在门口细细观看了一番。

这是一座普通的老式三层小楼，一个小院，院内种植着几棵广玉兰、桂花树，时令虽是深秋，仍然郁郁葱葱、满院碧绿。门外对面则有几丛南方特有的三角梅，正在盛开，一片火红的颜色，如同火焰一样。门前是一条细长的柏油马路，勉强可以错开两辆小车。据说原来还是条泥路，习近平同志来后与大家一起拿着铁铲劳动，挖高填低，盖上水沟改造而成。

继而，我们又来到位于下方不远处的干部宿舍，其中有座楼就是当年地委领导们居住的。门卫告诉我，那栋四楼最西头的房间就是习近平同志在宁德的住所。平常不下乡不出差，他就走着上下班，晚上在食堂吃完饭，则穿过那道小门去军分区院里散步。

有时候，他的夫人彭丽媛来探亲，两人才自己起火做饭，时常沿着这条小路到外面买菜。那时彭丽媛是著名歌唱家，比习近平同志有名气，一上街大家认出来，就围着要签名合影。

我站在院子里，久久地凝望着老地委的办公室和家属楼，想到虽说此前习近平同志当过大队支部书记、县委书记和副市长，一步一个脚印，政绩斐然，但宁德是他独立主政的一个贫困地区，山高海阔，经历了艰辛的磨砺，提炼出了"弱鸟先飞、滴水穿石"的闽东精神，走出了一条脱贫致富、全面振兴的道路。我感慨不已。

蓦然间，我仿佛看到年富力强的习近平同志，迈着大步，从院子那头走来了，依然是那么坚定、那么沉稳……

第二章 "中国扶贫第一村"

一　赤溪村

赤溪，原名叫作漆溪，早在400年前就有人居住，因山中盛产漆树而得名。漆树是我国重要的特用经济林之一，材质坚实，生长迅速，漆液是天然树脂涂料，素有"涂料之王"的美誉。这吸引了许多善于经营和制造的外乡人，不远千里地前来收集漆胶。因感觉"漆"字难写，又与"赤"字发音接近且易写易认，他们便把地名"漆溪"改叫"赤溪"了。

它位于宁德福鼎磻溪镇东南部，与霞浦县相毗邻，距福鼎城区65公里，且都是高山大岭，林深草密。从旅游者的角度看，那是山清水秀，景色迷人；可对于21世纪之前生活在此的人们来说，却是"蜀道难，难于上青天"，四塞之地，土货不出，百货难入，日子过得比"走蜀道"还难……

全村有280户人家，散居在崇山峻岭包围之中的旮旯皱褶里，山陡、坡险、溪弯、地窄、村偏、人穷，是当时赤溪十几个自然村的真实写照。其中的自然村下山溪，最具有代表性了。自从《人民日报》头版及时刊登了王绍据的来信，中共中央和国务院又印发了《关于帮助贫困地区尽快改变面貌的通知》，吹响了新时期有组织有计划的扶贫工作进军号。不用说，宁德地区福鼎县最先行动起来。

1984年6月10日，福鼎县组成了扶贫工作队，由县委书记周义务亲自带队，率领农业、粮食、林业、供销、畜牧、民政、老区等部门的负责人，带着救济金、慰问款，还有大米、鱼肉、衣服、棉被等物资，沿着崎岖不平的山路艰难地向下山溪村走去。分门别户地访贫问苦、慰问救济。根据每家人口多少，分别送上米面和衣被等物品。

贫困现实远远超过人们的想象。如果不是我党进入新时期，摒弃了极"左"思潮，重回实事求是的路线，那是不敢明说农村的穷困现实的。因为那样反映，有"给社会主义抹黑"之嫌。新中国成立30多年了，下山溪村竟还有几位上了年纪的老人，从没有吃过白米饭和红烧肉，此时激动得老泪纵横：

"白米饭、红烧肉，那是媳妇们生孩子才能吃上几口的，我们男人连沾沾嘴的福气都没有啊！今天吃上啦，吃上啦，死也值啦！"

一句句欢呼，让县里来的干部们心如刀绞，这里可是当年叶飞领导的红军游击队转战的老区，畲族群众曾为革命事业做出过很大的贡献啊！如今还过着这样的日子，怎不让人触目惊心！

农村贫困，不是哪一个地方的偶然之事。据国家统计局数据显示：全国从1978年到2014年，虽说累计减贫逾7亿人，但直至2015年，还有每天收入仅六七元的贫困人口超过7000万，20万人还用不上电，数千万农村家庭喝不上"干净水"。贫困人口中因病致贫返贫的比重超过40%。

由此可见，扶贫攻坚、脱贫致富的任务是多么艰巨啊！

半个月之后，《人民日报》正式发表了这封反映福鼎县贫困村的来信和评论员文章，再次鞭策了一时成为焦点的福鼎县。县委、县政府组织有关部门，由分管副县长林立慈带队，又一次携钱带物深入下山溪村进行"输血"式扶贫。

按照各家各户的不同情况，民政局送上一笔救济生活费，粮食局给每户送上一袋大米，畜牧局送去了60多只山羊崽和50多只长毛兔，林业局送上3000多株杉树苗和2000多株水果苗，农业局、卫生局则送去了药材种子和种植资料……

然而，事与愿违，理想与现实大相径庭。下山溪村自然条件太差了，山地过于贫瘠，加之干旱少雨，种下的杉树苗不到一年枯死大半，存活下来的也长不高、长不大，成不了材。一些桃、李果树倒是成活了，后来也结出果实，可还没等到成熟，就让山鸟连吃带叼糟蹋光了。

正在人们为此头疼之时，党中央和国务院的扶贫文件下达了，实事求是，因地制宜，对于贫困乡村，各地根据实际情况可以灵活掌握，实行特殊规定。福鼎县党政领导认真学习领会文件精神，研究讨论包括赤溪在内的乡村扶贫新办法：鉴于下山溪村没有水田，不产稻谷，有少量农地种番薯都难以自给的情况，特此决定：

一、从当年夏季开始一律免交征购公粮，免售加价粮，一定5年不变。并且，第二年整个赤溪行政村都享受这一新政策。由此，村民们不用再拼死拼活地砍柴伐竹卖钱，买稻谷交公粮，也不用再以野菜充饥省下口粮向粮食部门交统购粮了。

二、鉴于全村人口逐年减少，娶不上媳妇的光棍汉越来越多，而本村只有五六名育龄妇女还有生育能力，县计生部门也经过慎重研究，大胆地从十分严格的"国策"中网开一面，对青壮男女不再实行计划生育，免做结扎绝育手术。

三、针对村小学因无教师而停办的状况，县教育局从邻近的小溪村聘请一位回乡知青，免费给予培训，安排到下山溪村担任民办教师。同时，还报送他到县卫生部门学习，兼当"赤脚医生"，并赠送全部的医药器械，建立了村卫生室，解决缺医少药问题。

如此一来，特殊政策特殊扶持，犹如给一个奄奄一息的病人输入了新鲜血液，濒临绝境的下山溪村起死回生了，面黄肌瘦的村民脸庞上泛起了红晕,双目无神的眼睛开始有了亮光……

作为改变下山溪村贫困面貌的第一个呼吁者,王绍据已经把下山溪村的村民们看作自己的亲人,心中装着这里的一山一水、一草一木。尤其习近平同志上任地委书记之后,选派他来做《闽东日报》的复刊工作,更是从全区角度关注扶贫事业了。

《闽东日报》创刊于1952年4月,前身叫《新农村报》,1958年7月改版为《闽东日报》,曾被评为全国三家先进地方报纸之一。1961年,因经济困难改为每周三出版的《闽东报》。1969年在"文化大革命"时期停刊,一停就是20年。

习近平同志来到宁德任地委书记,感觉这里交通不便、信息不畅,指导基层开展工作有困难。为此,他提出:"宁德应该有一张报纸。"指示宣传部研究恢复《闽东日报》。可当时人、钱、物什么都缺乏,怎么办报? 他说:"只要真想干成事,办法总比困难多。"

第一件事就是物色合适人选。有人提议要么请《福建日报》帮助复刊,要么花大价钱请外面的人来办。这两种方案均不切实际。一是省报兼顾不过来;二是财政上无钱高薪聘请外援。最后决定就地取材,在宁德本地寻找办报人才。于是还在福鼎县当县委办公室副主任兼新闻科科长的王绍据,进入了选人视野。

习近平同志有每天看《人民日报》的习惯,不但自己看,也提倡机关干部读书看报。当年,他就在《人民日报》上看到了宁德福鼎县王绍据写的那封读者来信,深受感动。如今来到这个地区工作了,他感到王绍据是个难得的有担当、懂业务的好干部。

1989年8月26日,习近平同志的秘书给王绍据打来电话,说:"老王啊,你明天11点半前到地委来一趟,习书记找你谈话。"

"啊！好好，我一定按时到。"王绍据心里忐忑不安，不知道发生了什么事。

第二天早上7点多，王绍据就动身出发了。当时的公路等级很低，汽车跑不快，从福鼎到宁德走了4个小时。临近中午了才赶到地委大院，他热得气都喘不上来。习近平同志正在办公室里一边看文件一边等候，听秘书通报人到了，马上走出来亲切地与他握手，说："绍据同志，你辛苦了！"

看到王绍据满身是汗，习近平赶紧从橱子里拿出一条崭新的毛巾递过来，又端了一杯茶，让他坐在沙发上先歇一歇。王绍据本来有些拘束，见书记如此亲切自然，一颗紧张的心慢慢平复下来。

两人攀谈了几句，习近平同志转入了正题，说："这次我们研究准备办一张报纸，想请你来负责复刊的具体工作，尽快把《闽东日报》重新办起来。你有什么困难，都可以跟我说。"

这句话吓了王绍据一大跳，他一时没反应过来，脱口讲了三句大实话："习书记，我一没有文凭，小时候家里穷，13岁就辍学了；二没有办过报纸，毫无这方面经验；第三，现在宁德地区财政这么困难，要办一份报纸谈何容易啊！"

习近平听了以后，稍微思考了一下，说："文凭不是问题，关键是有敢于担当的责任心。我看过你1984年在《人民日报》上发表的读者来信，当时你敢于揭露宁德贫困状况，为广大群众疾呼，引起广泛讨论。就冲这一点，就说明你对闽东有感情，对党的事业有担当，我相信你。关于经验问题，你毕竟在基层写过新闻稿，在复刊工作中还可以边实践边学习，不断积累经验。经济上，现在我们财政确实非常困难，但地委决定从'牙缝'里挤出10万块钱给你作为'起家本'，相关人员由你组织，用两个月时间把报纸拿出来。"

既善解人意，又干脆果断，坦诚相见且充满信任，这使王绍据深为感动，顾虑打消了，不再犹豫了，站起来坚定地说："感谢书记和地委的信任，让我干就一定尽最大努力干好！我马上回去交接一下，抓紧来上班。"

一切从零开始，王绍据在地委隔壁军分区租了4个房间，开始"招兵买马"，考虑到从事新闻工作要有一定的学识素养，就先从中小学爱好写作的教师里选了7个人，准备调过来。不料，这引起了一场轩然大波。

当时老师的工资不太高，工作又累，许多人想调出来，《闽东日报》复刊带来了机会。这一下，惹恼了地区教育局局长。在一次地委工作会议上，他当场向习近平同志提意见，说："习书记，我这局长没法干了，现在都巴望着到报社当编辑、当记者，很不利于教师队伍的稳定，会影响教学质量的。"

教育是关系千秋万代的大事，这话不无道理，大家面面相觑，都看着习近平同志怎样回应。关键时刻，就看出一个人处理问题的艺术来了。习近平同志微笑着说："局长你从本职工作出发，提得很对。不过办党报也很重要，咱们只能就地取材。这样吧，我同你商量，要不你去当报社总编辑，让王绍据来当教育局局长，你们换换怎么样？"

会场上笑出了声，看似沉重的话题被轻松化解。那位局长刷地红了脸，认识到自己本位主义了，连忙表态，说："哎，我当不了总编，该调人就调吧！"

看得出来，习近平同志办报的决心坚定不移，全力支持筹备《闽东日报》复刊。王绍据他们也是拼上命地干，没黑没白地连轴转。好在就住在军分区院里，没有上下班之分，经常工作到深夜。

有一天晚上近12点了，没有休息的习近平同志看到王绍据房间还亮着灯，就走来看望，说，"绍据还在干哪！怎么样，有什么困难吗？"

"哦，书记好！"王绍据一边让着座，一边答道，"按时出报没问题，就是房子很贵，一个月要600多块。我们就这10万块钱，想方设法省着花，可光房租这一项就要用掉好多钱，我是真心疼啊！"

习近平同志听了之后，点点头说："不要急，这事我来解决。"

第二天，习近平同志把军分区赵文法政委找到办公室谈事，最后话锋一转，说："《闽东报》是大事，你们提供了办公用房，也是一个贡献啊！"

"当然了，军民一家亲，办报也对我们工作有利啊！"

"说得好！不过，他们经费有限，你一年收去7000多元的房租，咱就不那么亲了。"

赵政委不好意思地呵呵一笑说："我们开会商量一下，尽量减免不收房租了！"

王绍据心无旁骛地做着复刊工作。两个月时间，他瘦了20斤，终于完成了这项有意义的大事。1989年11月1日，《闽东日报》复刊了。开始是一周一期，叫《闽东报》，直到1993年办成了日报。

习近平同志十分高兴，亲自拟定了办报宗旨和编辑方针，提出要大力宣传本地区各条战线的新成就、新人物、新典型、新经验，探讨新问题。还要帮助广大干部群众了解信息、拓宽思路、增长才干，促进闽东经济振兴，推动社会主义各项事业向前发展。

他还为《闽东报》撰写了题为《坚定方向 弘扬正气 振兴闽东》的复刊词，热情洋溢又铿锵有力："期望《闽东报》重展当年雄姿，紧扣时代脉搏，在坚持四项基本原则、坚持改革开放、建设社会主义新闽东的宏伟大业中奏出时代的强音。"

由此可见，他对办好《闽东报》、对做好闽东的新闻工作有很深入的研究，也有深刻的思考。他在宁德提炼出来扶贫开发、乡村振兴以及经济社会全面发展，要发扬"滴水穿石、久久为功"的精神，首次系统写成文章《滴水穿石的启示》，就是发表在1990年3月份的《闽东报》上。

文章不长，但简明扼要地阐述了一个重要思想，至今闪耀着真知灼见的光彩。由此，"弱鸟先飞""滴水穿石"成为习近平同志在宁德实践与思考的成果之一，也是有力指导当地经济社会发展的思想武器。

赤溪村，包括所有宁德脱贫攻坚的县市区和乡镇村，都是在这种意识和精神的鼓舞下，一步步地走向新生……

二 "输血"与"换血"

按说从国家、福建省到宁德地区、福鼎县都给"以贫出名"的下山溪村很大的扶持，送粮、送钱、送物，还给予了政策倾斜，免交公粮和不限生育，这个村子应该改变贫困面貌，人们吃饱穿暖不成问题了。

谁知，好景不长，这种"输血"式扶贫只能治标无法治本，输入再多的血，也是一时的"回光返照"，还是不能从根本上解决问题。当地的自然条件太差，村民文化不高又没有技术，种植经济树苗成不了材，养殖山羊、长毛兔活不了，等到把救济款花完了，粮食吃完了，就又返贫了，只得再要救济。

如此往复，成了一个恶性循环。

早在1988年8月4日，习近平同志上任不久，就在陈增光等人陪同下，来到福鼎县检查工作，从山上到海边，整整调研了3天。他指出：福鼎有山有海，"靠山吃山唱山歌，靠海吃海念海经"，稳住粮食，山海田一起抓，发展乡镇企业，农、林、牧、副、渔全面发展。抓山也能致富，把山管住，坚持10年、15年、20年，我们的山上就是"银行"了。

实际上，这就是因地制宜、根据实际情况扶贫的理念。

一任任地区、县乡干部们按照这个思路抓扶贫，才能跳出"年年扶贫年年贫、年年贫困年年扶"的怪圈。还是以下山溪村为例，已经当上《闽东报》总编辑的王绍据，人脉资源和眼光视野更广阔了，可他的心始终牵挂着那个小山村。

那一年初秋，王绍据约上宁德地区民政局局长缪耕山等人，专程再去探访下山溪村。正值"秋老虎"发威的季节，还是那条坎坷崎岖的山路，还是一身的大汗淋漓，这些都不在话下，只是满怀希望看到扶贫的成果。不料，涛声依旧，展现在他们面前的仍然是一副贫困的模样，房子破旧不堪，村民难得有开心的模样。

带着满面愁容和疑虑，王绍据找到了上次来时访问的生产队小队长，后为村民小组组长的李先如。他说："老李，你好啊！现在生活好些了吗？"

"王科长（还在叫王绍据10年前的称呼）来了，你看看，好不了多少呀！"他的脸色还是那样蜡黄，而且衰老了许多。

与10年前一样，他们让李先如带领着挨家挨户地看粮仓、开菜橱、掀锅盖。现实让人感到震惊：如今村民们的口粮难见白米饭，还是番薯野菜当主粮，腌咸笋为主菜。最好的一户人家的菜橱里，也只有几条食指宽的咸鱼干。

当王绍据一行人走到一处岩壁下，看到两个小女孩闲坐玩耍时，便蹲下身子问道："小朋友，你们多大了，怎么没有去上学啊？"

孩子们抬起头来，眼神躲闪着。一个回答："我12岁，家里没钱让我去读书！"另一个则说："我9岁了，爸爸妈妈在外面打工寄钱来，可村里没处去上学……"

怎么回事？前几年不是给村里聘请了一位民办教师兼赤脚医生

吗？面对王绍据疑问的目光，李先如解释说："由于报酬太低，山里又闭塞，他连对象都找不到，早就辞职跑到山外去了。"

事实证明："输血式"扶贫如同一针兴奋剂，只是起到一时的提神作用，等到钱花完了、物品用光了，一切又都回到老路上去了。

下山溪村，简直就是闽东大山里扶贫的一个缩影，10年扶贫10年变化不大，穷根子到底在哪里？经过深入实地调查研究，宁德人发现了一个切肤之痛：此地不适合人类生存。说白了，先天不足，条件太差。这里既没良田沃土，又无清水灌溉……

古语说："一方水土养一方人。"比喻一定的环境造就一定的人才。不同地域上的人，由于环境的不同、生存方式不同、地理气候不同，导致思想观念不同、人文历史不同、为人处世不同，文化性格特征也不同。然而，包括下山溪村等一些地方在内，由于大自然的吝啬和偏差，一方水土养不了一方人！

"迷迷瞪瞪上山，稀里糊涂过河；再也不能这样活，再也不能那样过。"必须釜底抽薪，从源头上拔"穷根"，挪"穷窝"，全村整体搬迁到山下合适的地方生活，把"输血"改成"换血"。

此时，习近平同志已由宁德地区调任福建省省委常委、福州市委书记了，可那种"弱鸟先飞"的意识、"滴水穿石"的精神永远地留了下来。接任地委书记的陈增光、专员汤金华牢记老书记的嘱托，一任接着一任干，把闽东扶贫开发事业推向前去。

1994年，陈增光在霞浦县三沙镇看到有个受到风灾的农户，在政府帮助搬迁修建的新家门上，贴着一副对联：造出一番新天地，福到农家感党恩。他很受启发，说："上下联的第一个字，不就说明了大搬迁的意义嘛！今后我们可以把这项工作叫作'造福工程'。"

"对啊！这说出了农民的心里话，也更生动形象，一说就明白。"

由此，宁德地区将不适宜生存的山区农户、连家船民、畲族聚居区等地的人们有计划地搬迁安置，称为"造福工程"。并且在取得显著成果之后，被推广到全省乃至全国同类地区。

万事开头难。最初这项造福村民的工程，并没有得到下山溪村村民的理解和赞同。当准备搬迁的消息传到村里时，好比油锅里掉进了一颗水珠，"哗啦"一下就炸了"锅"。特别是有些祖祖辈辈居住在这里的老年人，无论如何想不通：

"全村都搬下山？这不是不要祖坟了吗？！"

"不去不去，祖宗几百年前就定居在这里，我们习惯了山里生活，哪里也不想去！"

一时间，村民不明真相又不听劝解，搬迁受阻了。这也难怪，千百年来形成的老观念，就是"金窝银窝，不如自己的土窝"。因为外面再华美富贵，终究是别人的；土窝虽简陋清苦，却实实在在地属于自己。穷也穷得自在快活。

扶贫先扶志，治穷先治愚。换血，首先要换思想，换观念。

于是，地区、县、乡、村干部四位一体，开展了一系列春风化雨般的说服动员、解放思想的工作。尽量消除村民的种种顾虑和陈旧观念，激发他们内心的变革愿望和主观能动性，从根本上摆脱贫困落后的束缚，改天换地地走向新生。

首先打通思想的还是村民小组组长李先如，不但带头搬家，还陪着乡镇干部给村民做工作。他说："我原本也不想搬，几百年都这样过来了，苦就苦些吧！可是想想那年我千辛万苦地娶个老婆，孩子刚出世，她就因难产走了。要不是窝在这个山旮旯里，哪能那么早过世呢！现在政府号召搬迁，是帮助咱们挖穷根啊！不然的话，村里还会有女人像我老婆一样惨哩！"

现身说法、苦口婆心，深深地打动了大家的心……

按计划，下山溪村集中搬迁到赤溪行政村所在地。故土难离，新家难建！一个22户、88口人，并且分散在六七处山角角的小村子，要在人家的地盘上重建家园，不是一件容易的事情。

宅基地怎么征用？建房资金哪里来？新家的生产用地在哪里？新老村民怎样和睦相处？

一个个现实的问题，摆在宁德人面前。地委、行署十分重视下山溪这个典型，希望从中总结出一套切实可行的异地搬迁、换血扶贫的办法来。为此，他们经过充分准备，适时地召开了地区、县、镇、村和自然村的五级干部参加的联席办公现场会。针对其中存在的新课题，逐条加以解决。

会后，磻溪镇专门成立了下山溪村"造福工程"领导小组，具体抓异地搬迁工作。俗话说：人心齐，泰山移。不到半年时间，两排砖木结构的二层新房，就在赤溪村村委旁的空地上拔地而起了。

1995年早春二月，乍暖还寒，村民们的心头却早已热乎乎的了。连日来，家家户户忙忙碌碌，收拾房子捆扎家具，有的肩扛，有的手抬，还有头顶的、背挎的，三五成群地沿着羊肠小道向山下走来。嗬，下山溪村划时代的一幕上演了——乔迁之喜！

回想数百年前，弱小穷困的畲族人为了躲避官府的奴役、恶霸的欺凌，跑到人迹罕至的荒山野岭求生，艰难度日。如今，在我们党和国家的关怀下，离开了不适宜生存的荒蛮之地，走向高远宽阔的天地，建设自己新的家园。

这是一场意义深远的大迁徙，是当地村民与旧传统观念决裂、思想解放的可喜行为，同时也创新了一种闽东人扶贫开发的新模式、新路子。

新生事物值得赞叹，但并不是十全十美的。毕竟老祖宗传下来的生活习惯，已经延续了千百年了。换个地方、换种方式，需要时间来适应和磨合。比如，由于赶工期，考虑不周，规划不细，建筑质量有些瑕疵，22户人家都没有化粪池，厕所不好用……

小事不小，处理不当，"造福工程"就造不了福了。各级领导积极帮助解决。不用说，下山溪村的老朋友王绍据也责无旁贷了。

一天晚上将近11点了，王绍据从报社处理完夜班事务回家，正准备上床睡觉，忽听到房门被敲得"咚咚"响。他赶紧披衣开门，原来是下山溪村村民小组组长李先如和在村里当过民办教师的沈朝连来访。

"路上堵车不好走。太迟太迟了，打扰您了！"原来，他们从福鼎乘车200多公里赶到宁德，辗转打听着才找上门来。

"没关系，我还没休息呢，快进来。"王绍据把他们让进门坐下，各倒了一杯水，说，"这么晚了，肯定有急事，说吧。"

"唉，老麻烦你，真是不好意思。可我们跟你熟啊，就想向你反映反映。搬迁下来比原来房子好多了，不过没有安上玻璃，贴张报纸不管用，风一吹还挺冷的。"

"啊？！我以为搬完家就没啥事了，就没再过问。不好意思的应该是我呀！你们别急，现在村里有难处，我想想办法通过其他渠道解决。"

这一说，两位村民放下心来，把特意带来的一大捆笋干留下就告辞。王绍据哪能要呢，反复推辞不下，只好先收下。第二天，他让爱人上街买了22床新被套，让他们带回村里分给各户，一家也不少。

随后，王绍据四处奔波，得到地区民政局的大力支持，争取到一笔资金，不到20天时间就给所有搬迁的人家都安上了玻璃门窗。太阳照进房间，满屋亮亮堂堂，村民们心里也亮了。

好一个王记者、王总编，不仅仅是为他们写稿反映情况，还成了村民的亲朋好友，大家有事愿意给他讲，他也诚心诚意地帮助他们。

下山溪村的村民终于融入了赤溪村，眼界开阔了，天地宽广了，积极寻求摆脱贫困的致富之路。有的经营小本生意，有的跟着能人打工，如同闷了一冬的土地沐浴着春雨，麦苗返青了。

过去，别看赤溪村是个行政村，可村子里是没有街道的，90多户人家的400多口人都是散居。而下山溪村22户新搬迁来后，有关部门沿着15米宽的道路两侧规划建设，逐渐形成了一条大街。

下山溪村已经成为历史，这个名字也就不存在了。那么，集中住的新址叫什么好呢？大家一起议论：我们下山就是为了刨穷根，长住久安。再说，北京天安门广场还有个长安大道呢，咱多亏了国家的好政策，山里人有了"造福工程"，才能过上好日子，能不能叫"长安街"呢？

"好！"领导们听到汇报，都大声叫好，一致同意，"这条新建的大街就叫'长安新街'！"

1995年的五四青年节，古老的赤溪村变得更年轻了。长安新街上锣鼓喧天、爆竹声声，一个隆重庆祝下山溪村村民乔迁新居的仪式正在举行。福鼎县首个"造福工程"落成了！来自地区、县镇的领导们在一片掌声中剪彩揭幕，而后走家串户参观新居，心潮澎湃。在随后召开的乔迁新址座谈会上，一致认为，异地搬迁是"换血"刨穷根的产物，是宁德人10年来扶贫开发的创举。

三 激活"造血"功能

一花引来百花开。

下山溪村的搬迁成功，长安新街的日渐繁荣，极大地鼓舞了渴望改变命运的人们。不久,在县、镇、村有关部门的协调下,周边的半山、小溪、丘宅、东坪里4个畲族自然村,及排头、溪东、旗杆里、赤溪坪等汉、畲杂居的自然村,分3期陆续搬迁出山。原本散居的赤溪店、坑里弄、旗杆兜和杜家行政村的南柄畲族村等自然村的村民,也纷纷向赤溪行政村长安新街集中。

人,是群居的"高级动物",哪里有人气哪里就会兴旺。镇、村领导因势利导,投资建设,有规划地把新街硬化、亮化和美化起来,公路平坦硬实,两边多为三层小楼,一楼是店面,上边是住家。统一规划,每单元均为3.8米宽、12米至15米进深,彼此相接,不留间隔。

如今,长安新街就像一块巨大的磁铁,不断吸引着周围的村民和南来北往的游客,已经陆续延长到800多米了。常住人口由原来的93户400多口人,剧增到356户1580多口人,占全村总人口的86%以上。汉、畲两族融洽相处,和气生财,其乐融融。

事实证明,异地搬迁、另行安置,效果很好。

让那些条件差、基础弱、无法改造发展的村庄,整体集中到适宜生活的地方,实现人口聚集,促进民族融合,是扶贫方式从"输血"到"换血"的重大改变,也是赤溪村走出的一条成功之路。

然而,仅仅"换血"还不能从根本上摆脱贫困,如果没有从事生产的新门路、持续增收的新本领,一旦新鲜劲儿过去,又会陷入"寅吃卯粮"的怪圈。要想一劳永逸,可持续发展,必须激活他们的"造血"功能,获得源源不断的新鲜血液,才能保持旺盛的生命活力。

"输血""换血"是前提,"造血"才是目的。可怎样实施呢?我们知道:人类自身的造血系统是指机体内制造血液的整个系统,由造血器官和造血细胞组成。一个集体、一个村庄也是一样,应该结合本地特点,发挥自身优势,开发合适对路的产业。

闽东，包括福鼎一带的山村海滨，最富有特色的就是好山好水好风光。过去，由于山峦阻隔，交通不便，"养在深闺人未识"，而今条件改善、信息灵通，"一朝选在君王侧"，当然这个"君王"不是唐明皇，而是生活在这里的人们以及出现的商机。

尤其赤溪村紧连着邻县霞浦杨家溪。杨家溪于1988年8月经国务院批准，与太姥山之景并列于第二批国家重点旅游风景区，"山、川、瀑、海、岛"景色兼备，素有"江南第一溪"之盛誉。它原名南洋坪，相传因北宋名将杨文广在此平定南蛮十八洞之一，并留杨家将士驻守而得名。

杨家溪源自柘荣东山顶和目海尖两大高峰，绕太姥山麓，其中下游流域自福鼎乌杯始，至福鼎霞浦交界的湖里，称九鲤溪，从兰兜至渡头为杨家溪。溪水清澈见底，两岸峡谷青山郁郁葱葱，奇花异草色彩纷呈。乘筏顺流全程约需两个小时，或飞奔于砾石堆积、浪花飞溅的浅滩，或遨游在碧水潆洄、一平如镜的深潭；瞬间变化万千，令人叹绝。

习近平同志任宁德地委书记来福鼎调研时，曾留下一句话："抓山也能致富，把山管住，坚持10年、15年、20年，我们的山上就是'银行'了。"

时机成熟，赤溪人举起了开启"山上银行"的钥匙。恰巧，此时出现了一位有缘的"乡亲能人"，助了一臂之力。

他的名字叫吴敬禧，1958年出生在赤溪坪自然村，曾在赤溪行政村当过文书、会计，后来考上大学学习经济管理专业，毕业后来到霞浦县工作，辗转成为杨家溪景区旅游开发的负责人。不管走到哪里，他心中一直牵挂着家乡。杨家溪的上游就是流经赤溪村边的九鲤溪，如果能够实施联体互动发展旅游，那可是造福桑梓的大好事啊！

于是，他邀请相熟的文化旅游公司前来考察。2004年，他们沿着九鲤溪上下的赤溪、湖里等山山水水走了一遍，慧眼独具，一下子就被美丽的景色迷住了，决心把这里作为乡村旅游的"试验田"。他们陆续投入了近2000万元，从改变基础设施入手，修路、整治河道、建停车场、挖掘亮点、精心设计。2006年，九鲤溪竹筏漂流启动，翌年户外拓展亮相，成为户外运动与观光旅游巧妙融合的旅游项目。

嗬，"回眸一笑百媚生，六宫粉黛无颜色"。尤其秋末初冬，枫林红透，而荻花盛开的时候，九鲤溪千娇百媚越发撩人心魂。坐上竹筏顺流而下，悠闲地欣赏两岸风光，任秋日的暖阳洒在身上，十分惬意。连片绽放的芦荻，或洁白或粉红，在青山绿水的映照下，在古桥老屋的衬托下，人游其间如同行在一幅幅精美的画中。

随着九鲤溪旅游的崛起，景区辐射的赤溪、杜家等村成为直接受益者。且不说旅游开发中的用工劳务收入，公司直接吸纳就业的村民就达160多口人，月人均工资2000多元，并带动200多户村民参与餐饮、住宿、特产等经营，脱贫致富。

"太好了，在家门口就能挣到钱啦！"村民们兴高采烈、争先恐后。许多年轻小伙子当起了撑筏工，"小小竹排江中游，巍巍青山两岸走"，虽用力气，可挣钱不少，走一趟100元，旅游旺季时，一天能往返三四趟，成了让人羡慕的生财之道。

随着游客的日益增多，长安新街也越来越热闹了。市场是只无形的手，不用号召，村民们纷纷开起了民宿、农家乐、小超市、土特产店，还有不计其数的流动饮食摊，现做现吃，热乎乎、香喷喷……

好事多磨。

就在赤溪村利用山清水秀的优势，大力发展乡村旅游产业、第三产业服务业，激发本身"造血"功能，永远摆脱贫困之时，新的问题又产生了。

日子好过了，不愁吃穿了，有的人腰包鼓了起来，手头有了几个闲钱，便不由自主地飘飘然起来。这也难怪，历史上形成的陈旧观念、小农意识不是一下子就能消除的。村里先后出现了酗酒闹事、聚众赌博、打架斗殴等扰乱社会治安的事件，甚至还有人张罗着修庙建宫，求神拜佛，挑起姓氏宗族之间的矛盾。

曾经名声在外的脱贫致富的典型，一时间成了令人头痛的"乱村"。这样下去，好不容易取得的"造血"成果将会毁于一旦。新任镇党委书记杨祖良和镇长丁一芸看在眼里、急在心里，经过慎重讨论，决定委派副镇长吴敬亮驻村工作。他曾经当过村支部书记，站得正、立得直，不怕得罪人，立即深入赤溪村蹲点调研。

很快，吴敬亮摸到了"乱纷纷"的根子所在：农村党组织建设薄弱，干部不敢管、不会管，对一些歪风邪气听之任之。这种现象再也不能继续下去了。

事实上，习近平同志在宁德工作时，就针对这种情况敏锐地开出了"药方"。他在1990年1月写的一篇题为《加强脱贫第一线的核心力量》的文章中明确指出：

"党组织必须建设成为带领农民群众为实现党的路线和他们的切身利益而斗争的坚强核心，使广大农民群众从实践中得出共识：'要想脱贫致富，必须有个好支部。'……特别要强调的是，一定要选好党支部书记，没有一个好带头人，就带不好一班人。"

吴敬亮及时向镇党委做了汇报，达成共识后，开始大刀阔斧地整顿村两委班子。首先是选拔一个有能力、有干劲、有追求的党支部书记。通过发动广大党员民主测评、投票，选举了年轻能干的杜家住为赤溪村党支部书记,并对他寄予厚望。

杜家住精力旺盛、头脑敏捷,曾学过一门修表手艺,自家先富裕了起来。后来他见乡村旅游十分红火,便承包了一片鱼塘,利用赤溪天然水质优势,养殖当地名产光鱼,供给饭店游客食用,仅这一项年收入就达八九万元。自从2009年当上村里的领头人,他把鱼塘交给妻子照管,一门心思地考虑如何擦亮赤溪品牌。

"新官上任三把火",新支部这把火从哪里烧起呢?思路决定出路,他们经过讨论,决定还是要解放思想、改变观念。首先在党员干部中开展了"赤溪优势在哪里?""我们该怎样摆脱贫困?""当村干部为什么?"等大讨论,摆正了心态,坚定了信念。

而后,杜家住又组织村民代表数十人分头前往浙江、泉州等地参观学习,达成了"要钱要物不如发展好项目"的共识,决定还是在乡村旅游上下功夫,进一步配合旅游公司的工作,新上蝴蝶生态园、台湾九品香水莲等项目,修建休闲山庄,支持和鼓励村民开特色商店……

与此同时,及时制定村规民约,组建乡风文明督导队,扭转大操大办婚丧嫁娶、酗酒赌博等陋习。发挥群团组织作用,完善村里人民会堂、民族团结和谐主题公园、扶贫历史展示厅等文体设施,定期开展积极向上的群众文体活动,引导村民弘扬尊老爱幼、勤俭节约的新风尚。

"好雨知时节,当春乃发生。"赤溪村又变得鲜活水灵起来了。

2011年,福建省委、省政府实行扶贫新举措,确定赤溪村为"省级整村推进扶贫开发重点村",由省民族宗教事务厅具体挂钩帮扶。他们选派机关干部杨振伟担任赤溪村党支部第一书记,杨振伟开始了为期3年的村支书生涯。

这位原籍漳州的中年汉子,当过农民、当过兵,朴实能干,来到赤溪村后，首先走村串户，全面细致地了解人员构成、经济收入、产业发展、资源分布等情况，逐渐形成了新思路。他与党支书杜家住等"两委"深入讨论研究，确立了"立足当地资源优势和区位优势，东承太姥，南接霞浦，生态立村，旅游兴村，农业强村"的目标，致力打造"中国扶贫第一村"和"生态旅游畲族风情特色村"的品牌，把赤溪村建成具有浓郁畲族文化和民族风情的，融民俗、观光、休闲、耕乐、探险于一体的人文生态旅游区。

赤溪村原有的供电设施陈旧老化了，一遇刮风下雨就有可能跳闸停电，给村民的生活生产带来很大不便，也不利于建设生态旅游村。杨振伟利用人脉关系，发挥熟悉办事流程的优势，约上杜家住不停地跑省市有关部门，前前后后地跑了一个月，终于为村里引来80万元专项资金，加装了两台变压器，改造了所有的低压线路。

电力闪耀着文明之光。贫困山村供电正常了，开展各项事业就有了前进的动力。整个赤溪村迎来了"造福工程"大升级的时期。随着时间的推移，各个设计项目一项项实施，硬件软件建设一项项竣工，赤溪村的面貌也在一年一个台阶地变化。

有一天，杨振伟发现村民杜大爷在后山上种了一些柚子，长势不错，不亚于自己漳州家乡的特产，便找到他聊天。他说："杜大爷，我看你这柚子挺像闽南品种，是哪儿来的？"

"噢，就是闽南的，学名叫琯溪红心蜜柚。"

嗬！作为土生土长的漳州人，杨振伟十分高兴。这是产自漳州平和县著名的传统名果，至今已有500多年的栽培历史，果皮金黄光滑，果肉柔嫩红艳、香甜可口，清代乾隆年间被列为朝廷贡品，具有极高的经济价值。他立即召开村"两委"会议，说明杜大爷种植成功，可以大面积引进琯溪红心蜜柚。

通过耐心的介绍、发动，村民们开垦荒山荒地200多亩，筹措了资金30多万元。杨振伟亲自往返平和县好几趟，帮助大家选购种苗，邀请技术员前来指导，将10000余株平和琯溪红心蜜柚引到赤溪村。不久就见效了。看着漫山遍野长势喜人的柚子，杨振伟既兴奋又激动地说："每当走到这里，我好像又回到了自己的家乡！"

是啊，第一书记把下派村庄当作家乡一样对待，那就一定会取得不凡的成绩，得到当地村民们的爱戴。赤溪村的人气越来越旺了。

1990年出生的杜赢，是土生土长的赤溪村人，2009年考上了外省大学，这在当时的赤溪村可是首屈一指的"独一份"。2013年毕业后，他放弃在城市工作的机会，回到家乡创业。

杜赢的父亲杜承汉在村里经营一家小茶厂，儿子要毕业了，他也希望儿子回来帮自己一起干，从事福鼎白茶加工销售。杜赢坦承道："上了大学又回村，自己心里也犹豫过，现在看，当时的选择没有错。"

此时，宁德市在福建省率先出台政策：鼓励大学生返乡创业、助力扶贫。杜赢这样的典型，党支书杜家住岂能坐视？他与第一书记杨振伟积极奔走，一口气帮他争取来福鼎市市人社局、市农业银行两笔共20万元创业基金和低息贷款。

"看一个村子有没有生机活力，就看'两个多不多'，一是年轻人多不多，二是在乡的党员多不多。"这是一位领导讲的话，赤溪村党支书杜家住记得很牢。

截至2015年年底，一度在校学生仅剩60名的赤溪小学，回升到了120名，全村考上大学的已有60多名。而全村党员数从29名陆续增加到44名，且绝大部分在家务工。像杜赢这样的回乡创业青年，在赤溪村已经不是少数。他们看好家乡的原因都一样——乡村旅游。

赤溪村的发展变化，多次受到福建省、宁德市、福鼎市（县级市）有关部门的充分肯定和大力表彰。2012年10月，宁德市驻村扶贫生产发展现场会全体人员，专程来到赤溪村参观学习。杨振伟先后被评为福鼎市"扶贫工作先进个人""优秀党务工作者"，并荣立宁德市个人二等功一次。

3年期满，杨振伟完成挂职任务，即将返回省城原单位工作了。赤溪村村民们闻讯纷纷赶来送行，在村口拉着他的手依依不舍。支部书记杜家住代表村"两委"给他送上一本荣誉村民证书，还有一面鲜红的锦旗。

依依不舍时，一位年逾古稀的老大爷分开人群走上前，递上一个小布包说："杨书记，您这3年好辛苦啊！我没有什么可送的东西，就想到把它当作礼物送给您吧，希望您常回来看看！"

杨振伟打开一看，瞬间热泪盈眶，原来那是一包泥土。他郑重地点点头，放在随身的旅行袋里，高声道："谢谢、谢谢！请乡亲们放心，我永远是赤溪人，永远也忘不了赤溪村！"

四　榜样的力量

历经"输血、换血、造血"扶贫开发三部曲的赤溪村村民，在各级党组织和政府的亲切关怀下，在社会各界热心人士的帮助下，脚踏实地、团结奋斗，终于迎来了化茧成蝶、鱼跃龙门的一天。

昔日穷山村的帽子早已扔到东海里去了，代之而来的是吃饱穿暖有钱花、阳光满屋人幸福的小康日子。吃水不忘挖井人。赤溪村村民——尤其是首批"刨穷根"搬下山的下山溪村村民，万分感激党的好政策以及有关部门的尽力帮扶，真扶贫、扶真贫，那是说多少个"谢"字都无法表达的！应该想办法让子孙后代都念念不忘、牢牢铭记。

什么办法呢？立碑！立功德碑！

自古以来，华夏民族就有为道德模范者、盖世奇功人勒石立碑纪念的传统，通称功德碑。它的特点是内容具有典型性，形式具有个案性。对于碑主来说，是褒奖和颂扬，也是当时和后人的楷模与榜样，既有现实意义又有历史意义。

曾当过下山溪村村民小组长的李先如，已是赤溪长安新街13号的主人，感受最深，率先发话。他说："过去日子苦黄连，现在生活如蜜甜。我的儿子儿媳每月收入有4000多元，孙子孙女也都靠手艺挣钱了，一家子越过越兴旺。这要感谢党和政府！我们是全国首先让《人民日报》呼吁扶贫的村庄，也是第一批享受'造福工程'的村民，应该立一块功德碑，让子孙后代永远都记住！"

"说得好！就这么办！"大家热烈响应道。

碑上写什么字呢？千言万语，怎一个"谢"字了得？！有时候，字越少，含意越多，供人们联想和体会的范围越广。最后达成了共识，那就专写7个大字：全国扶贫第一村！

按说，这个提法可是很大啊！他们能这么说吗？

当然能！群众自发的情绪非常高涨，理由十分充分：既然新时期扶贫由赤溪村萌发，经过来自北京的春风吹拂，如同火种一样迅疾燃遍大江南北，拉开了全国扶贫开发的大幕，那我们就完全可以宣称为"第一村"了！

这并不是争夺什么头衔，而是铭记改革开放以来，中国共产党人不忘初心的一段历史，以及背后那艰辛探索的扶贫历程。

2008年，时任村委会主任的李信全受全体村民委托，积极筹办，挑选出一块高1.6米、宽0.7米的青石条，请石匠一笔一画地镌刻上"全国扶贫第一村"7个鲜红大字，计划挑一个吉日立起来。

这年1月15日上午，正值隆冬时节，寒风凛冽，可赤溪村村民们丝毫不觉得冷，早早地拥到长安新街上，举行隆重热烈的立碑仪式。喜悦的鞭炮凌空震响，庆贺的彩球沿街飘舞。曾任宁德行署专员、福建省政协民族和宗教委员会主任的汤金华，宁德市扶贫协会会长，福鼎市市长等省市领导们，以及磻溪镇、赤溪村和周边村数百名群众专程赶来祝贺。

在一阵春雷般的掌声中，汤金华等领导和村民代表们一起揭开了蒙在石碑上的红绸子，村委会主任李信全在仪式上发言：

"我们这个'全国扶贫第一村'虽然没有上级的命名，但表达了全体村民的心声。目的就是要永远记住党的恩情，记住党和政府的扶贫好政策，记住赤溪村曾经是最早一批的扶贫对象，激励子孙后代永远跟党走。今后我们还要不断奋斗，树立'致富第一村'的目标，加快实现全面小康的进程！"

伴随着他的话音，锣鼓喧天，喜乐高奏。

或许是受到村民自发热情的感染，或许是查阅历史资料得到相同的认知，2009年4月30日，国务院扶贫开发领导小组办公室（简称扶贫办）印发了一份文件，明确要求选送"福鼎市中国扶贫第一村"的有关材料。

太好了！这不就等于国家认可了吗！从宁德市、福鼎市到磻溪镇、赤溪村无不欢欣鼓舞，抢抓机遇，连夜加班加点，迅速收集有关资料照片，一边上报，一边在赤溪村布置起"第一村"展览室。

2009年5月13日，正是山花烂漫、姹紫嫣红的时节，闽东赤溪村又迎来了一个欢欣鼓舞的时刻，"中国扶贫第一村揭牌仪式暨造福工程回顾展"在这里举行，同时召开了实施"造福工程"15周年座谈会。大家充分肯定"造福工程"的创举与成就，纷纷盛赞赤溪村干部群众

"弱鸟先飞""滴水穿石"的顽强拼搏精神。

这就是"中国扶贫第一村"的由来。它既是全国贫困农村的代表，也是奋力脱贫致富的榜样。

2014年6月24日，是《人民日报》发表王绍据反映赤溪村下山溪自然村贫困状况来信30周年。在这个值得纪念的日子里，《闽东日报》又特派记者前来报道他们在扶贫路上的新举动，进一步促进脱贫攻坚战向纵深发展。果然，勤劳智慧的赤溪人又有创意作为：特意挑选了一块坚实硕大的青石，替换了原先那块立在长安新街上的石碑，并且将碑文由原来的"全国扶贫第一村"改成"中国扶贫第一村"，高高地竖立在村头上。

春种秋收。这年11月1日，新任国务院扶贫开发领导小组副组长、办公室主任刘永富，偕同几位分管各部门的司长，来到福鼎市赤溪村考察调研。

他是湖北随州人，曾在空军某部服役，锻炼了扎实细致的工作作风。履新后，有人就认真地对他说："好啊，选你扶贫选对了，永富永富，希望中国农民早日脱贫，永远致富。"

这天，刘永富一行在福建省扶贫办主任马国林，宁德市委常委、政法委书记林鸿，副市长黄建龙以及福鼎市委书记刘振辉、市长包江苏陪同下，走进了这个声名在外的"第一村"。

查看村容村貌，与脱贫农户倾心交谈，曾当过甘肃省分管农业工作副省长的刘永富，每到一地不满足于听汇报、看材料，而是扑下身子询问调查，前后对比思考。当他了解到赤溪人因地制宜，从"输血"到"造血"，开发旅游产业消除贫困的历程后，欣喜地说了句："你们的路子选对了！"

边走边谈，他们来到了村史展览室。当年给《人民日报》写信的王绍据，已经从《闽东日报》总编辑位置上退下来，担任了福建省扶贫开发协会特约研究员，一如既往地情系扶贫。尤其是对他所熟悉的赤溪村，更是责无旁贷、如数家珍。此时，他就为刘永富同志担当了讲解员。

就像初次接触赤溪村扶贫史的人一样，往往会对这个"第一村"的名称不明就里。刘永富主任就职不久，也不太了解，更想理清来龙去脉。他说："你们这个'中国扶贫第一村'是哪儿来的呀？"

"哦，是这么回事。"王绍据一五一十地从头道来，而后加重语气地说，"第一块石碑纯粹是村民们自发竖立的，叫'全国扶贫第一村'。后来有了国家扶贫办文件形成的'中国扶贫第一村'，就改称了，一字之差，就区别了民间和官方啊！"

说着，他又从展柜里拿出一份国务院扶贫办2009年第57号文件复印件，指着当中的一行字迹，请刘永富主任细看。

"好，认了，认了！"刘永富笑着说。

作为主管全国扶贫工作的"当家人"当面确认，那就更具权威性了。在场的省市镇村干部和村民代表异口同声，喜笑颜开地说："认了，就认了啰！哈哈哈……"

不久，人们重新选来一块雄鹰冲天似的巨石做碑体，铭刻上"赤溪中国扶贫第一村"几个金色大字，矗立在村口大路旁，成为福鼎赤溪村的标志性建筑，也是闽东，不，是福建乃至全国扶贫事业的心理坐标。

由此，"中国扶贫第一村"的名号越来越响，慕名而来参观学习的人越来越多。

赤溪村人从来都是昂首欢迎、低头做事，从不张扬。他们深深懂得：所谓"中国扶贫第一村"，只是党和政府在新时期最早有组织、有计划地实施扶贫，并不意味着已经达到多么辉煌的成就了。虽说与过去相比，他们村发生了沧桑巨变，但离成为中国农民人均纯收入第一、建成全面小康第一村还有不少的距离，需要再接再厉、奋斗不止。

新闻媒体推波助澜，人民群众干劲更大。

在纪念全国有计划、大规模展开扶贫30年的前后，赤溪村当之无愧地成为典型之一，省内外报刊连篇累牍地进行报道。

《人民日报》发表了题为《下山溪村下山记——三十年前，全国性扶贫攻坚从这里启幕》的长篇通讯，并配发短评《扶贫要因地制宜》，指出30年来一脉相承，真抓实干今昔巨变；新华社发出通稿《福建宁德：扶贫扶智更扶志，弱鸟要先飞》；《经济日报》以《太姥山下访赤溪》为题，发表了新闻特写。

中央电视台则在晚间《新闻联播》上连续播放《福建宁德：赤溪村的致富路》。《光明日报》以《弱鸟先飞滴水穿石——福建宁德赤溪村三十年攻坚脱贫纪实》为题，发表长篇通讯。《农民日报》整版刊载了《中国扶贫第一村：大山深处拔穷根》。

尤为令人欣喜的是：国家民委的《民族工作简报》也介绍了赤溪畲族村的扶贫成就。2015年1月29日，习近平总书记看到了放在案头的这份简报，得知当年他工作过的闽东发生巨变，甚为欣喜，当即挥笔做了如下批示：

30年来，在党的扶贫政策支持下，宁德赤溪畲族村干部群众艰苦奋斗、顽强拼搏、滴水穿石、久久为功，把一个远近闻名的"贫困村"建成了"小康村"。全面实现小康，少数民族一个都不能少，一个都不能掉队，要以时不我待的担当精神，创新工作思路，加大扶持力度，因地制宜，精准发力，确保如期啃下少数民族脱贫这块"硬骨头"，确保各族群众如期实现全面小康。

这是巨大的鼓舞和鞭策！

习近平总书记的批示，既是对"中国扶贫第一村"的充分肯定，更是再次向全国吹响了扶贫攻坚的号角。

不用说，福建省、宁德市雷厉风行，狠抓落实，把赤溪村的脱贫做法和经验全面推广。福鼎市、磻溪镇、赤溪村召开三级干部联席会议，确定借此东风，提升标准，实施扩修公路、扶持产业、改善村卫生所、办好农民技术学校等"十五个一"工程，把赤溪村建设得更美更好。

小康路上，一个都不能少。

2015年12月7日，时至初冬，北方已是彤云密布、寒风凛冽了，而八闽之地却还是一片绿意盎然，刚刚下过一阵小雨，好像把山山水水洗了一遍似的，显得"中国扶贫第一村"愈加清新迷人了。

中共中央政治局委员、国务院副总理汪洋，在福建省委书记尤权、代省长于伟国陪同下，来到福鼎赤溪村考察调研。他精神矍铄、和蔼可亲，参观长安新街上的农家乐、特色超市，与村民拉家常、聊生意；走进村卫生所了解"海云工程"和村民看病情况，不断满意地点着头。

在赤溪村扶贫展示厅里，还是由最初的写信人王绍据介绍这个村子的前世今生。当说到赤溪村脱贫历程由"输血"到"换血"，再到"造血"的30年艰辛探索时，可能他的闽东普通话不太标准，汪洋同志听成了"放血"，不解地插话问道："既然'输血'了，干吗还要'放'出来？"

一旁陪同的当地人员连忙解释说："是更换的'换'，不是放开的'放'，意思是换个地方'造血'。"

汪洋同志听明白了，笑着说："看，推广普通话很重要，差点闹了乌龙。"

"哈……"大家一齐笑了起来。

当天下午,在宁德召开了东部地区扶贫工作座谈会,汪洋同志出席并讲话。他充分肯定宁德扶贫工作取得的成效,指出"宁德模式"是精准扶贫、精准脱贫的成功实践,是中国特色扶贫开发道路的典范,值得认真总结学习。他说:

"宁德是习近平总书记早期开展扶贫实践的地方。在这里,他系统提出了'弱鸟先飞'的意识、'滴水穿石'的精神和'四下基层'的作风,还有'以改革创新引领扶贫方向,以开放意识推动扶贫工作'的原则等一系列重要思想。我们要认真学习领会、发扬光大,做好扶贫攻坚工作。

"东部地区是国家发展的'排头兵',要以更高标准、更严要求、更实措施,在深化精准脱贫、加快脱贫进度、提高脱贫水平、健全脱贫机制、探索脱贫路子等方面走在前面,为全国脱贫攻坚积累经验。"

榜样的力量是无穷的。

"中国扶贫第一村"诞生在宁德不是偶然的,名不虚传,堪当楷模……

辞旧岁三阳开泰,迎新春六猴送安。

2016年2月19日,正当人们欢天喜地送走羊年、迎来猴年之际,赤溪村的父老乡亲又迎来了一件天大的喜事。

一大早,微风徐徐,细雨蒙蒙,天气还是有些寒意,可赤溪村扶贫展览厅内却已是春意盎然了。26位村民代表——有村干部,有家庭妇女,有大学生,还有小朋友。大家都装扮一新,还有几位穿上艳丽的畲族服装,喜气洋洋。

前面是一面硕大清晰的电视大屏幕,来自人民网的技术人员已经调试好了,大家都在耐心等候着。

原来,自从中央媒体集中报道赤溪巨变的事迹,尤其是2016年2月1日,《人民日报》在头版头条刊登了"新春走基层"专题报道《脱贫路上的赤溪村》,在第10版用一个整版发表了长篇通讯《"中国扶贫第一村"脱贫记》之后,又在全国掀起了脱贫攻坚的热潮。赤溪村更是窗户上吹喇叭 —— 名(鸣)声在外了。

大年初十,《人民日报》福建分社社长蒋升阳给王绍据打来电话,说:"王总编啊,下午有车来接你,咱们一起去一个地方。"

"好啊,去哪里?"

"现在你不要问,你就跟我来。"

见了面,坐上车,他告诉王绍据:"去赤溪村。"但没说什么事,直到18日下午5点,人民网副总裁唐维红告知是安排同总书记视频连线。

啊,王绍据明白了,心情非常激动:每到春节前后,习近平总书记心里始终牵挂着正在脱贫路上奋战的人们,几乎年年都要到天南海北的乡村去看望父老乡亲。可他太忙了,太累了,那就在视频上与赤溪村人见面吧!

总书记要跟我们对话!那我们要怎么说呢?

当天晚上,赤溪村党支部书记杜家住和王绍据等人激动得睡不着觉,连夜做着准备。想想习近平同志在宁德工作时的情景,十分亲切,一定要怀着真诚的感情汇报。

2月19日上午9点30分,习近平总书记等领导人来到了人民网演播大厅里,同时双方画面均清晰地呈现在屏幕上,千里江山一线牵,就好像面对面相会。赤溪村人欢腾了,村民代表像久别的亲人一样欢呼起来。

"总书记好！总书记好！"

站在前排的几个小朋友喊得特别起劲："习爷爷好！习爷爷好！"

习近平总书记微笑着招招手，回应道："乡亲们好！"

人民网现场主持人许博喜悦而专业地向总书记简短问候、介绍之后，赤溪村党支部书记杜家住接过话筒，抑制住内心的激动做了汇报："尊敬的总书记，您好！我是这个村的支部书记，我叫杜家住，去年1月29日，您对我们赤溪村的脱贫工作做出了重要的批示，我们大伙儿都备感振奋，欢欣鼓舞。在这一年来，我们赤溪村又发生了新的变化。新修的杨赤公路已经正式开通了。

"我们现在人均纯收入达到13600元。您当年倡导我们保护下来的绿水青山，如今真正变成了老百姓致富的'银行'。现在全村的贫困率已从20世纪80年代的92%下降到现在的1%。我相信在不久的将来，我们将完全消除贫困，确保少数民族群众一个也不能掉队。请总书记放心！"

平时讲话有些结巴的杜家住，此时却能够从容而顺畅地发言。

习近平总书记面带微笑，认真听完，带头鼓掌，而后讲道："很高兴在《人民日报》人民网和你们视频连线，看到宁德的乡亲们，我也是感到很高兴、很亲切，我也是在想念你们。"

接着，他抬手指着展示厅正前方墙上的一行字，说："你看你们那标头是'中国扶贫第一村'，这个评价是很高的，但是我觉得这里面也确实凝聚着我们宁德的人民群众、赤溪村的心血和汗水。我在宁德讲过'滴水穿石''久久为功''弱鸟先飞'，你们做到了，而且你们的实践也印证了我们现在的方针，就是扶贫工作要因地制宜、精准发力，所以我们现在提出精准扶贫。希望赤溪村再接再厉，在现有取得很好成绩的基础上,自强不息,继续努力。

"扶贫根本还要靠自力更生,还要靠我们的乡亲们内生动力,但是党和国家一直会关心你们和支持你们。我看到这些年轻的孩子们健康、活泼、可爱,我感到很高兴。幸福的生活会越来越好,在孩子未来他们的生活会越来越幸福。我祝赤溪村,也祝我们宁德地区各方面的工作蒸蒸日上,事业兴旺!"

"哗——"他的话音刚落,演播室立时响起一片热烈的掌声。女主持人又把话筒递给了王绍据,请他跟总书记说几句话。

"总书记,新春好!请允许我代表乡亲们向您拜个年!今天能够在视频上同您见面,我的心情特别激动,回想您在宁德工作期间的日日夜夜,我们都历历在目、记忆犹新,我们大伙都想念您啊!我虽然退休了,但我经常到赤溪村来走走看看,每去一次都看到这里新的进展、新的变化。赤溪村脱贫致富有如此变化的今天,我想就印证着您在批示中的16个字,那就是'艰苦奋斗、顽强拼搏、滴水穿石、久久为功'。总书记啊,乡亲们热切盼望您回宁德走走,到赤溪村看看。谢谢您了!"

他讲了一分钟,可为了这次对话,王绍据几乎琢磨了一个通宵,生怕言不达意,生怕声音哽咽沙哑,幸好流畅而准确地表达了心情。习近平同志认真听着,频频点头,继而指着屏幕亲切地说:"绍据啊,我看到你也感到很高兴!"

一句话就说得王绍据眼眶湿润了!一个大国领袖,日理万机,不知接触过多少中外人士,居然在相隔多年后,一眼就认出了当年他选定的《闽东日报》总编辑,怎不让人激动万分呢!

"听说你已经退休了,这真是啊,当年还是个小伙子,现在已经退休了。我也记得当年我们一起共同下乡的情况,应该说我们当时下乡还是比较深入的,所以我现在特别注重我们在地方工作的同志能够深入基层,新闻战线的同志也要接地气、深入基层,这样才能了解真实的情况。你几十年前报道的赤溪村的情况,它当时就很有新闻价值。

"赤溪村给我今年写了信,我看了也感觉到很亲切。它的历程是我们全国扶贫的一个历程,我们要很好地总结,而且要不断地向全面建成小康继续努力。绍据同志,你在那边也是当地一个活地图、活字典。一个很好地帮助大家一起,协助大家总结宁德的一些扶贫经验;一个提供一些实际情况,这样为下一步我们全国全面摆脱贫困、建成小康,你还可以发挥余热。好,也祝你们新春愉快,祝猴年吉祥!祝赤溪村、宁德的人民群众生活幸福,事业兴旺!"

总书记的亲切问候、殷殷关怀,犹如阵阵春风吹拂着人们的心田。展示厅内春潮般的掌声经久不息。视频连线结束了,没有一个人舍得离去,兴奋不已,沉浸在幸福的回忆与憧憬之中。

这是习近平总书记第一次通过网络媒体,与中国一个基层村庄的乡亲们面对面地交流,传递党中央致力脱贫攻坚、全面建成小康社会的决心和信心,影响巨大、意义深远。

赤溪村,已不仅是闽东的赤溪村了,而是走向了大江南北、长城内外,成为中国农村脱贫攻坚路上的一个典型样本……

作家采访札记

深秋的一天——距离上次视频连线3年后,我在宁德见到了曾在新时期发出"扶贫第一声"的王绍据先生,通过深入交谈,敬佩之心油然而生。

他个头不高,有些谢顶,那是多年做文字工作的"收获",年纪已逾七旬,却精神矍铄,思维和记忆力都不输给年轻人,谈起往事来历历在目。数年前,王绍据从宁德市市委宣传部副部长、《闽东日报》总编辑职务上退休,实则退而未休,仍然担任着一些社会职务,每天忙忙碌碌,主要还是为脱贫攻坚鼓与呼,影响范围也远远超出赤溪村和闽东,遍布省内外了。这些年来,他不仅为到宁德取经的各种培训班讲课达160多场次,还不辞劳苦到宁夏、贵州等深度贫困地区传播扶贫的"宁德模式"。

回过头来看,当年他作为一名年轻的新闻科科长、基层报道员,在一片"到处莺歌燕舞,更有流水潺潺"的氛围里,"冒天下之大不韪",讲真话敢报忧,上书京都,为民请命,实乃惊天动地之举。这在封建社会有"坐牢杀头"的危险,即便在极"左"思潮下,也可能会被批倒斗臭、罢官丢职。好在时逢拨乱反正、改革开放的新时期,王绍据的呼吁得到我们党中央的高度重视,发出号召,从而激起了全国各地的强烈反响,点燃了扶贫的火焰。

从这个意义上说,王绍据的这封人民来信功德无量。难能可贵的是,他没有停留下来,而是一如既往地关心着赤溪村乡亲们的脱贫历程,进而开辟《闽东日报》这块阵地,为全市乡村脱贫致富奔走呼号。并且,他不忘总结其中的经验教训,写文著书、座谈研讨,为其他地方扶贫开发提供有益的参考。2017年,王绍据荣获"全国脱贫攻坚奖奉献奖"。

我们整整谈了大半天,使我加深了对赤溪村和宁德扶贫工作的认识,感觉他真不愧是总书记所说的当地"活地图、活字典",尤其对于扶贫事业更是如数家珍。

最后,他真诚地对我说:"写扶贫,新闻记者来了不少,你是第一位深入体验、多方采访的作家。听说你已经跑了不少地方,这很好,但一定要去赤溪村看一看呀……"

"是的，已经联系好了。我是想先向你这位'活地图'了解一下，会更加全面而深刻的。"

两天后，在赤溪村白墙青瓦的村委会里，我采访了现任村党支部书记杜家住、村主任吴怡国、村委杨海燕等人。他们分别回顾了全村的脱贫历程，衷心感谢党的领导和习近平总书记的关怀。

尤其是在谈到3年前习近平总书记在人民网视频直播间，同2000公里之外的赤溪村村民们视频连线时，杜家住一下站了起来，两眼闪着光，说："我当时真的很紧张也很激动，没有想到能跟总书记这样见面对话！我们永远也忘不了，一定努力工作，不辜负大家的期望，建设一个更加幸福美满的新赤溪。"

我也深受感染，好像穿越到当年的视频连线现场，情不自禁地起立，双手用力由衷地鼓掌："真是太好了！祝福赤溪，祝福全国乡村，明天更美好！"

接着我提议合影留念，杜家住欣然同意。由于村委会距那块标志性石碑还有一段距离，他打电话找来一辆面包车，与我一同专程来到了村头，在那块铭刻着"赤溪中国扶贫第一村"的巨石前，拍下了一张值得纪念的照片。

望着这片绿意盎然、春天永驻的山水，还有身材高大、信心满怀的年轻支书，我感到"中国扶贫第一村"的称谓只是时代的印迹，是今天赤溪村人的起点。未来，这里必将还会成为一个新的样本，那就是"中国小康示范村"……

（节选自《山海闽东》，原载《中国作家·纪实版》2020年第10期）